MANERAS DE MORIR

ROBIN COOK

MANERAS DE MORIR

Traducción de
Jorge Rizzo Tortuero

PLAZA JANÉS

Papel certificado por el Forest Stewardship Council®

Título original: *Manner of Death*

Primera edición: abril de 2025

© 2023, Robin Cook
© 2025, Penguin Random House Grupo Editorial, S. A. U.
Travessera de Gràcia, 47-49. 08021 Barcelona
© 2025, Jorge Rizzo Tortuero, por la traducción

Penguin Random House Grupo Editorial apoya la protección de la propiedad intelectual. La propiedad intelectual estimula la creatividad, defiende la diversidad en el ámbito de las ideas y el conocimiento, promueve la libre expresión y favorece una cultura viva. Gracias por comprar una edición autorizada de este libro y por respetar las leyes de propiedad intelectual al no reproducir ni distribuir ninguna parte de esta obra por ningún medio sin permiso. Al hacerlo está respaldando a los autores y permitiendo que PRHGE continúe publicando libros para todos los lectores. De conformidad con lo dispuesto en el artículo 67.3 del Real Decreto Ley 24/2021, de 2 de noviembre, PRHGE se reserva expresamente los derechos de reproducción y de uso de esta obra y de todos sus elementos mediante medios de lectura mecánica y otros medios adecuados a tal fin. Diríjase a CEDRO (Centro Español de Derechos Reprográficos, http://www.cedro.org) si necesita reproducir algún fragmento de esta obra.
En caso de necesidad, contacte con: seguridadproductos@penguinrandomhouse.com

Printed in Spain – Impreso en España

ISBN: 978-84-01-03638-5
Depósito legal: B-2736-2025

Compuesto en Comptex&Ass., S. L.
Impreso en Rotativas de Estella, S. L.
Villatuerta, (Navarra)

L036385

*Para Jean,
mi compañera*

PRÓLOGO

Miércoles, 6 de diciembre, 21.30 h

Hank Roberts caminaba a paso ligero, silbando alegremente, mientras se dirigía hacia el este por la calle Cuarenta y seis, en el barrio neoyorquino de Hell's Kitchen. Hasta finales de los años setenta y principios de los ochenta del pasado siglo aquel era un barrio obrero de estadounidenses de origen irlandés, con un montón de bares de mala muerte entre sus almacenes y bloques de pisos, y con un índice de criminalidad impresionante. En aquella época llamarlo *sórdido* habría sido usar un eufemismo, a pesar de que albergaba el aclamado Actors Studio y de que era el hogar provisional de muchos actores y actrices que soñaban con alcanzar la fama. Hank era consciente de la historia del barrio porque el holgazán de su hermano le había llevado en varias ocasiones desde su casa en Weehawken, en Nueva Jersey, cuando Hank no era más que un preadolescente flacucho, aún en secundaria, y su hermano acariciaba la idea de convertirse en actor.

Para llegar a Hell's Kitchen, Hank había tomado un coche compartido en el Upper West Side, donde vivía actualmente, y le había pedido al conductor que le dejara en la esquina de la Duodécima Avenida y la calle Cuarenta y seis, literalmente a la sombra del portaaviones de la Segunda Guerra Mundial *Intrepid*, hoy convertido en museo y anclado permanentemente en uno de los muelles del río Hudson. El cielo estaba despejado y hacía frío, lo que justificaba el abrigo oscuro y el gorro de lana azul marino que llevaba en la cabeza. Colgada del hombro con una correa de cuero llevaba una cartera de Gucci que contenía una Glock 19 provista de silenciador, así como otras herramientas y material de limpieza que pensaba que podía llegar a necesitar, incluida una segunda Glock, el arma fantasma que planeaba dejar en el escenario, un tipo de arma no serializada que se monta con piezas sueltas y cuya compra no se puede rastrear.

Hank tuvo que contener la excitación mientras esperaba que cambiara el semáforo para poder atravesar la concurrida avenida. Una vez en el otro lado, se encontró caminando junto a una serie de bares y clubes elegantes y restaurantes multiétnicos encajados entre los pocos negocios originales que quedaban en el barrio, en rápido proceso de aburguesamiento. A pesar de ser un miércoles por la noche, estaba atestado de gente bien vestida, y el aspecto general era muy diferente al del lugar que había visitado de jovencito con su hermano. Al igual que el entorno, él también había cambiado mucho: ya no era un chaval enclenque de cuarenta kilos, sino un ex Navy SEAL de cuarenta y ocho años, metro noventa y noventa y cinco kilos de peso, puro músculo, que aún entrenaba a diario.

El motivo de que Hank se sintiera tan animado pero algo nervioso era que estaba implicado en cuerpo y alma en una misión. La empresa para la que trabajaba, Action Security, le había encargado un trabajo que había hecho necesaria una considerable planificación las veinticuatro horas anteriores, por lo que le iban a pagar una cantidad extra considerable, además de su sueldo habitual. Al igual que en sus otras misiones para Action Security, de las que había ejecutado ya casi una docena, la de esa noche iba a requerir que hiciera gala de su amplia experiencia militar, así como de la formación que había recibido en Guerra Naval Especial durante la instrucción para convertirse en un SEAL, la unidad de élite de la Marina de Estados Unidos.

Toda esa preparación convirtió a un veinteañero Hank Roberts, hasta ese momento un universitario normal, empático, atlético y competitivo, en un hábil asesino. Todo había ido bien hasta su cuarta misión, que había tenido lugar en Idlib, en Siria. El objetivo de aquella misión era acabar con Abu Rahim al-Afri, un líder de segundo rango del Estado Islámico de Irak y el Levante. Lo había conseguido, pero aquello había dejado una huella permanente en él. Seis años más tarde aún recordaba detalles de la funesta operación como si hubiera tenido lugar la semana anterior. En aquella época Hank formaba parte del Team Five de los SEAL, desplegado en Irak, donde había participado en cuatro operaciones exitosas contra el ISIS, en las que no había sufrido ni un rasguño gracias a la gran labor de espionaje desplegada, a la gran planificación, a los complejos simulacros previos y a una ejecución impecable.

Aún ahora, mientras se acercaba al escenario de la misión de esa tarde, recordaba como si fuera ayer cuando estaba sentado en aquel helicóptero Black Hawk con seis de sus compañeros SEAL. Camaradas en la oscuridad de la madrugada, acercándose al objetivo y sintiendo el inevitable subidón de adrenalina. Con el inevitable ruido del motor del helicóptero y el característico repiqueteo de sus rotores no había conversación posible, ni había motivo para pensar que aquella misión fuera a ser diferente de las cuatro anteriores, ya que la preparación había sido similar, incluidos los completos simulacros.

Una vez situados sobre el objetivo, que era un bloque de hormigón de dos plantas con un apartamento, Hank había sido el segundo en bajar por la soga rápida, apenas un instante después del teniente comandante Miller, tal como habían planeado. Mientras se deslizaba por la cuerda, le sorprendió oír el típico *ratatatá* de un Kalashnikov a pesar del ensordecedor ruido que producían el helicóptero y el viento. Habían vigilado la casa del líder terrorista durante casi un mes y nunca había habido ningún vigilante en la azotea, pero era evidente que esa noche la situación había cambiado.

Dejándose llevar por el instinto, Hank soltó inmediatamente la cuerda y se dejó caer el último metro y medio, en lugar de esperar a sentir el contacto del suelo contra las botas. El resultado fue que cayó con todo su peso sobre el cadáver del teniente comandante Miller. Mientras rodaba por el techo de hormigón consiguió sacar su arma de mano P266, porque el rifle de asalto M16A2 lo tenía colgado a la espalda, bien pegado al cuerpo para facilitar el descenso desde el helicóptero. En ese mismo momento, el suboficial jefe Nakayama aterrizó sobre Miller y Hank. Por el sonido de sus agonizantes jadeos y sus espasmos, supo que Nakayama también había sido alcanzado por las balas del guardia del ISIS, pero su afanosa respiración se silenció del todo cuando recibió varios disparos más.

Con cierto esfuerzo, porque tenía el cuerpo de Nakayama encima, se echó boca abajo y miró por encima del torso de Miller. Gracias a la luz verdosa de sus gafas de visión nocturna localizó al guerrero del ISIS protegido tras la estructura que daba acceso a la escalera, por la que debían acceder al interior del edificio. Con el arma apoyada en la cintura y apuntando hacia arriba el terrorista disparaba ahora hacia la panza blindada del Black Hawk, iluminando la azotea con los destellos procedentes del cañón del Kalashnikov. Sin dudarlo un segundo, Hank usó la mira láser de su pistola SIG Sauer para apuntar al guardia y disparó varias veces. Al momento vio que el hombre dejaba caer su arma, retrocedía unos pasos trastabillando y caía después sobre la superficie de la azotea.

Apenas un instante más tarde Hank se vio rodeado por otros tres compañeros de equipo, que llegaron a la azotea sin problemas mientras el Black Hawk se alejaba, a la espera de que lo llamaran para la extracción. Los tres miembros de la unidad de élite de la Marina ya tenían sus rifles de asalto en las manos. Hank se giró hacia el teniente D'Agostino e hizo un movimiento con el pulgar de lado a lado del cuello señalando a Miller y Nakayama. El teniente asintió e indicó con un gesto a los miembros que quedaban de su equipo que se dirigieran a la salida de la escalera, donde reventaron la puerta.

El resto de aquella fatídica misión fue igual de desastroso, aunque no hubo más bajas en el Team Five de los SEAL. El ruido del helicóptero y los disparos en la azotea habían alertado a los ocupantes del edificio, en particular al objetivo, cuya reacción fue abandonar su dormitorio, en la primera planta, y buscar refugio entre su reducido harén, en la planta baja.

Con el conocimiento exhaustivo que tenían de los planos del edificio, los SEAL no tuvieron ningún problema para encontrar a Abu Rahim al-Afri y acabar con él, pero no antes de que otros combatientes del ISIS de edificios cercanos se hubieran despertado y hubieran acudido para participar en lo que se convirtió en un intenso tiroteo. A diferencia de las otras misiones en las que había participado Hank, esta acabó provocando una terrible pérdida de vidas humanas, incluidas las de mujeres y niños. A esto hubo que sumarle que la extracción se retrasó y resultó bastante complicada, porque tuvieron que hacer llegar hasta allí una plataforma de extracción táctica aérea para recoger los cadáveres de Miller y Nakayama y llevarlos de vuelta a la base. Los SEAL no abandonaban a sus compañeros en el campo de batalla.

Mientras Hank se acercaba a su actual objetivo, que ahora estaba a menos de media travesía de distancia, sintió un reconfortante subidón de adrenalina que le recordó su tiempo de servicio activo. Para él era como el chute de un adicto, algo que necesitaba desesperadamente. Lo malo era que al mismo tiempo esa euforia también le recordaba lo mucho que le había afectado aquella fatídica misión en Idlib. Aunque había tenido la suerte de sobrevivir, lo que no se esperaba era que, a partir de aquel día, su vida privada se vería afectada. Incluso antes de lo de Idlib, su habitual carácter tranquilo y sereno había ido cambiando con el paso de los años, con cambios de humor repentinos e inesperados, *flashbacks* de sus misiones y dificultades para dormir, sobre todo mientras estaba en casa, de permiso, lejos de su equipo.

Cuando su mujer se lo decía, él lo negaba con vehemencia. En cambio, no tenía ningún problema en señalar que su carácter impredecible estaba afectando negativamente a la familia, en particular a sus dos hijas pequeñas. El problema era que como militar de una unidad de élite estaba condicionado —casi le habían lavado el cerebro— para no admitir ese tipo de debilidades humanas.

La consecuencia fue que, unos seis o siete meses después del desastre de Idlib, su vida privada colapsó, lo que desembocó en un diagnóstico de trastorno por estrés postraumático (TEPT). A pesar de sus vanos intentos por negar la realidad, tuvo que acabar enfrentándose a un divorcio conflictivo, al licenciamiento de la Marina y a la pérdida de la custodia e incluso del derecho a visitar a sus hijas.

El siguiente año fue un auténtico descenso a los infiernos, con una serie de infructuosos tratamientos para el TEPT con varios métodos de psicoterapia y fármacos en fase de estudio que tuvieron un efecto mínimo o nulo. Empezó a beber más y a tomar drogas, y casi había perdido la esperanza. Estaba desesperado. Pero entonces, como en respuesta a sus oraciones, recibió una llamada de Chuck Barton, ex compañero en los Navy SEAL algo mayor que él, al que había conocido brevemente cuando Hank estaba acabando su instrucción. Tras dejar el ejército, Chuck había creado una exitosa empresa llamada Action Security, en la que trabajaban sobre todo ex militares de las fuerzas especiales. Tras varias reuniones, en las que Chuck restó importancia a los supuestos problemas psicológicos de Hank —que este no intentó ocultarle—, le ofreció un trabajo que le aseguró que sería perfecto para su nivel de formación y experiencia. Hank lo recibió como maná caído del cielo y aceptó. Y supuso una recuperación de autoestima casi mágica, así como un alivio de su TEPT, especialmente después de realizar unas cuantas misiones con otro empleado de Action Security, David Mach, ex Ranger del ejército. Esas misiones suponían viajar a México a petición de un cártel de la droga para eliminar a ciertos individuos que habían caído en desgracia en la organización o que se habían pasado a algún cártel rival.

A partir de entonces, mientras estaba ocupado con ese tipo de misiones, que él interpretaba como una terapia de inmersión real, en contraste con los tratamientos psicológicos que había probado antes, sus síntomas fueron mejorando. Muy pronto volvió a dormir razonablemente bien, las terribles pesadillas desaparecieron, estaba más centrado e incluso pudo volver a ver a sus hijas.

Seis meses más tarde las cosas mejoraron aún más cuando Action Security empezó a trabajar para un nuevo cliente llamado Oncology Diagnostics. Aquello supuso para Hank un gran impulso. No tenía muy claro qué era lo que hacía exactamente aquella empresa de servicios de salud, pero no le interesaba ni quería descubrirlo. Lo que le importaba era que ya le habían encargado seis misiones allí mismo, en Nueva York, con lo que se ahorraba tener que hacer viajes internacionales y la complicada logística que ello suponía. Todas aquellas misiones las había llevado a cabo él solo, aunque David Mach estaba disponible por si lo necesitaba. La misión que iba a ejecutar ahora era para esa misma empresa de salud, y Hank confiaba en que no necesitaría apoyo, lo que suponía un ahorro considerable para el cliente.

A medida que se acercaba a su objetivo empezó a preguntarse una vez más por qué iba a necesitar eliminar a nadie una organización médica; eso era algo que le tenía desconcertado. Sin embargo, estaba agradecido con la oportunidad que le había caído del cielo para volver a empezar y no pensaba poner objeciones. Lo que hacía más complicadas esas misiones en Nueva York era que el cliente insistía en que se realizaran de modo que no provocaran ninguna investigación por homicidio. Eso exigía una planificación mayor por parte de Action Security y, en particular, por la de Hank, y la solución que habían decidido adoptar desde el principio era hacer que esas muertes parecieran suicidios. Por lo que sabían él y Action Security, de momento ese sistema había funcionado. Lo importante era la satisfacción del cliente. En cuanto al objetivo actual, un hombre de treinta años, Hank había planeado el mismo formato, y ese era el motivo de que llevara una pistola fantasma.

Pasó junto a una tienda del Ejército de Salvación, aún cerrada, y varios portales más allá llegó a un edificio de ladrillo de cinco plantas con una gran cornisa decorativa. Gracias a la investigación realizada en las últimas veinticuatro horas, sabía que el objetivo, Sean O'Brien, vivía solo en la tercera planta, en el apartamento de atrás. Sean llevaba tres años viviendo en Manhattan, y trabajaba en el mundo de las finanzas. Tenía una novia, pero solo la veía los fines de semana, lo cual suponía que la posibilidad de que estuviera solo un lunes era de casi un cien por cien. Aunque se había cruzado con unos cuantos noctámbulos aún de fiesta en el bloque anterior, entre la Duodécima y la Undécima Avenida, donde ahora se encontraba, no había ni rastro del millón y medio de personas que vivían en Manhattan. Las circunstancias eran casi perfectas.

Sintiendo el subidón de adrenalina, sacó un sobre vacío de su bolsa dirigido a Sean O'Brien, con Oncology Diagnostics como remitente, y subió los tres escalones de la entrada del edificio para llegar al interfono, que estaba a la derecha del portal. Apretó el botón del apartamento 3B y esperó. Estaba entrenado para transmitir calma y tranquilidad. Después de consultarlo con el cliente y con el equipo de operaciones de Action Security, Hank tenía claro lo que quería decir. Por fin se oyó el murmullo de la electricidad estática y una voz:

—¿Dígame?

—Señor O'Brien —dijo Hank, acercándose al interfono—, tengo una carta para usted de Oncology Diagnostics. Por lo visto es un asunto de máxima urgencia.

—¿En serio? —preguntó Sean.

—Eso parece —respondió Hank.

Tras una breve pausa, que Hank ya se esperaba, puesto que la misma se había producido en las seis misiones anteriores realizadas para Oncology Diagnostics, la puerta emitió un sonoro zumbido. La abrió rápidamente y entró en el edificio. Al igual que en las otras misiones, pensó con satisfacción, todo estaba saliendo perfectamente.

1

Jueves, 7 de diciembre, 5.45 h

Laurie Montgomery se despertó sobresaltada al oír la alarma de su móvil. Era el sonido de radar instalado por defecto y no era excesivamente estridente, pero se lanzó a la mesilla y agarró el teléfono con fuerza, como si su vida dependiera de ello. Desde que era adolescente, los despertadores siempre habían activado en ella una especie de reacción de enfrentamiento o huida que era incapaz de controlar. En el pasado la causa era el miedo a llegar tarde a clase y sufrir las consecuencias, aunque nunca había sido impuntual. Con el tiempo había ido analizándose y había llegado a la conclusión de que ese hábito se debía a un miedo condicionado a las figuras de autoridad, como el director del colegio, y al temor de suscitar su ira, algo de lo que hacía responsable a su padre, un cirujano cardiovascular autoritario y distante emocionalmente.

Después de apagar la maldita alarma, se concedió unos momentos para arrebujarse de nuevo entre las sábanas, calmarse y prepararse para el ajetreado día que tenía por delante. También se giró hacia Jack para darle el primero de los muchos empujones necesarios para hacerle reaccionar. Pero se encontró con el segundo sobresalto del día: ¡su marido no estaba ahí!

Volvió a sentarse en la cama, en la oscuridad de la madrugada, mientras un mínimo atisbo de los primeros rayos del sol se colaba por entre las dos ventanas, que daban a la calle Ciento seis, en el Upper West Side de Manhattan, y frunció los párpados, aguzando el oído en busca de cualquier sonido inusual en el silencio reinante. Como madre, su primer pensamiento iba siempre dirigido a sus hijos, Jack Junior —J.J.—, que tenía trece años, y Emma, de siete, preguntándose si alguno de los dos se habría despertado y habría sacado a Jack de la cama. La otra posibilidad era que le hubiera pasado algo a Dorothy, su madre, que seguía viviendo con ellos tras la muerte del padre de Laurie. Con cierto alivio, oyó el ruido distante pero tranquilizador del agua de la ducha. Estaba claro que Jack se acababa de levantar, sin despertarla, y que ya se estaba duchando.

Se concedió otro minuto entre las sábanas calientes, y se preguntó qué sería lo que había despertado a su marido. Desde su terrible accidente de bicicleta un año atrás, cuando había sido arrollado por un conductor kamikaze, lo que le había obligado a seguir un largo proceso de recuperación para curarse de las fracturas de cadera y peroné de la pierna derecha, era siempre ella la que le despertaba a él y no al revés, a pesar de lo mucho que le costaba abrir los ojos por las mañanas.

El motivo era sencillo: a ella le gustaba la noche, y se relajaba leyendo en la cama —en muchos casos más rato del que debería— antes de apagar la luz. En sus tiempos de universitaria, en la facultad de Medicina, e incluso cuando empezó a trabajar como forense, solía leer novelas británicas del siglo XIX. Pero cuando aceptó dirigir la Unidad Forense de la ciudad de Nueva York, aquello cambió. Ahora todo lo que leía en la cama estaba relacionado con el trabajo, porque siempre tenía la sensación de que había algún detalle que repasar, aunque pasaba cada día diez horas —y en ocasiones hasta doce— en su despacho. Cuando aceptó el cargo, cinco años atrás, no tenía ni idea de que iba a requerir tanto tiempo y dedicación, y darse cuenta de ello resultó duro. Ahora, cuando lo pensaba, era la primera en admitir que habría tenido que adivinarlo. Al fin y al cabo, sabía que la Oficina del Médico Forense Jefe de Nueva York, la OCME, tenía que revisar más de setenta mil casos de muertes al año, y que debía estar activa veinticuatro horas al día, siete días a la semana y trescientos sesenta y cinco días al año. También sabía que para llevar a cabo esa ardua tarea eran necesarios más de seiscientos funcionarios, entre ellos unos cuarenta forenses de carrera, otros tantos investigadores médico-legales y un presupuesto de más de setenta y cinco millones de dólares. Ser la forense jefe de la ciudad de Nueva York, la mayor institución de este tipo en el mundo, no era un cargo menor.

Después de salir del hospital y volver a casa tras su accidente y la consiguiente intervención, Jack se había pasado casi una semana entera en la cama, lo cual significaba que Laurie tenía que usar un despertador por las mañanas, ya que él dormía más de lo habitual. Pero más tarde, cuando él insistió en volver al trabajo, pese a no haber recuperado toda la movilidad, ella por fin aceptó hacer uso de una ventaja propia de su cargo: disponer de transporte al trabajo. Pero como era perfectamente consciente de los problemas de presupuesto, decidió no pedir un nuevo vehículo ni crear un nuevo puesto de chófer para su uso personal, y recurrir al personal y al parque móvil del Departamento de Transporte de la OCME para llevarlos a ella y a Jack a la morgue y a casa. El único problema era que el cambio de turno de los conductores se producía a las siete de la mañana, lo que significaba que tenían que recogerlos bastante antes de que acabara el turno, es decir, sobre las seis y media. Dado que a ella le llevaba algo más de tiempo arreglarse que a él, tenía que despertarse antes. Previo a sufrir el accidente, era Jack quien se levantaba primero y la despertaba antes de irse a trabajar en su bici. Ese había sido su *modus operandi* matutino durante más de diez años.

Con un suspiro, consciente de que no podía retrasarlo más, Laurie apartó las sábanas, se levantó, flexionó los dedos de los pies, los metió en las zapatillas y se puso la bata. Entró en el baño y sintió el agradable calor de la humedad del ambiente. En el momento en que llegó a su lavabo —en el baño había dos, uno al lado del otro— Jack estaba cerrando el grifo. Salió de la ducha, con las costuras cicatrizadas de la cadera y la pantorrilla de un rojo encendido a causa del agua caliente.

—Buenos días tenga usted —dijo alegremente, imitando un afectado acento inglés mientras tiraba de la toalla colgada del toallero caliente.

—Buenos días —dijo Laurie, mirándose al espejo para pasar revista a lo que ella llamaba *los daños* causados por el sueño nocturno—. ¿Por qué estás tan contento?

—¡Hoy es el día! —exclamó Jack animado, cubriéndose la cabeza con la toalla para secarse el cabello—. ¡Estoy entusiasmado!

—¿De qué demonios estás hablando? —preguntó Laurie—. ¿Qué es lo que tiene de especial el día?

La habitual energía de Jack nunca dejaba de sorprenderla, pero esa mañana se le veía aún más efervescente que de costumbre.

—Hoy es el día en que por fin me darán la nueva bici Trek que encargué hace cuatro meses —dijo Jack, colgando su toalla. Se miró al espejo y, con un par de golpecitos se arregló el cabello, que llevaba a lo César. Luego se dirigió a la puerta que daba a lo que llamaban el vestidor, que conectaba el dormitorio con el pasillo—. Aún no me puedo creer que haya tardado tanto —comentó, sin girarse, antes de desaparecer. Levantó la voz para que lo oyera y añadió—: Si hubiera tenido la más mínima idea de lo mucho que iba a tardar con todos esos problemas de suministro causados por la pandemia, la habría encargado nada más salir del hospital.

—¡Dios santo! —exclamó Laurie en voz baja, sin apartar la vista del espejo. Lo cierto era que ya se había olvidado de la bici, y esperaba que Jack también lo hubiera hecho. Nunca le había agradado que la bicicleta fuera su medio de transporte preferido y, tras el accidente, esperaba que Jack hubiera pillado el mensaje y que por fin se hubiera pasado a su bando. Aunque el vehículo de dos ruedas fuera cada vez más popular en la ciudad, con todas esas estaciones de bicis de alquiler que habían aparecido por todas partes y con los nuevos carriles bici, ella seguía pensando que en Nueva York solo podían ir en bicicleta quienes apreciaran poco la vida. La OCME registraba habitualmente de treinta a cuarenta muertes al año por accidente de bicicleta y la cifra iba en aumento, sobre todo porque la gente que las alquilaba raramente usaba casco y porque las bicicletas eléctricas iban demasiado rápido.

Se apoyó en el borde del lavabo y decidió que no quería iniciar un acalorado debate sobre por qué pensaba que, como padre y marido, la decisión de Jack de ir en bici, con el peligro que eso suponía, era irresponsable y hasta egoísta por su parte. Ya hacía tiempo que había aceptado que esa discusión no iba a ganarla, dado que el ir en bicicleta, e incluso los duros partidos de baloncesto en la pista del barrio, suponían para él mucho más que un medio de transporte o la práctica de ejercicio. Ambos eran para él un modo de enfrentarse a los demonios que le perseguían por la pérdida de su primera familia, de la que aún se culpaba. Visto así, tampoco era tan malo. Y esa ansiedad contenida era también la causa de la intensidad que ponía en su trabajo como forense. En la OCME era, con mucho, el más productivo de todos los forenses, siempre dispuesto a afrontar nuevos retos con los que ocupar la mente.

Laurie suspiró. Era una batalla perdida, así que para evitar el conflicto cambió de tema.

—Yo también estaba deseando que llegara este día —dijo, levantando la voz para que la oyera.

—¿De verdad? —preguntó él, asomándose a la puerta del vestidor mientras se ponía la camiseta—. ¿Qué pasa hoy?

—Es jueves —dijo ella, intentando pensar en algo que resultara creíble. Un año atrás había establecido la norma de que cada jueves haría una autopsia con uno de los becarios que hacían sus prácticas en la OCME para poder graduarse como patólogos forenses, o con uno de los dos patólogos residentes de la Universidad de Nueva York que hacían su rotación de un mes en el departamento durante el cuarto año de carrera. Así que el jueves era su día preferido de la semana.

Además de las largas jornadas de trabajo y de las frustraciones que le causaba el aspecto político de su cargo, lo que menos le gustaba a Laurie de su puesto era que echaba de menos ejercer de forense, el desafío que suponía hacer autopsias y poder determinar la causa y la forma de la muerte. Para ella su trabajo era una vocación, la oportunidad de hablar por los muertos. Aunque hacía lo que ella llamaba rondas de supervisión cada mañana, lo que significaba bajar a la sala de autopsias y pasar brevemente de mesa en mesa para escuchar la presentación de cada caso y hacer sugerencias o dar consejos basados en su amplio conocimiento y su experiencia en el campo, eso no era lo mismo que participar personalmente en un caso.

—¡Ah, vale! —dijo Jack, aunque ya había desaparecido otra vez—. ¿Esta mañana vas a hacer una autopsia?

—¡Por supuesto! —gritó Laurie—. No me lo perdería por nada del mundo. Es lo que me ayuda a mantener la cordura.

—¿Con quién vas a trabajar hoy? —respondió Jack, con otro grito.

—Qué curioso que me lo preguntes. Con uno de los nuevos patólogos residentes que empezaron el viernes. Se llama Ryan Sullivan. ¿Lo conoces?

Jack volvió a aparecer en la puerta del baño. Ahora se estaba abotonando una de sus camisas de cambray que, con su americana de pana, componían su atuendo habitual.

—No, aún no he hablado con él, pero le he visto a él y a la otra residente en la sala de autopsias. No he trabajado con ninguno de los dos.

Jack aún no había recuperado su velocidad de trabajo habitual ya que, a pesar de haber retomado todas sus actividades, como el baloncesto a media pista, tras la operación de cadera se cansaba si pasaba mucho tiempo de pie junto a la mesa de autopsias. El doctor Chet McGovern, responsable de los residentes en calidad de director académico, había evitado asignar a los nuevos a los casos de Jack por miedo a que eso pudiera alargar las autopsias.

—¿Has oído algo de los otros forenses que han trabajado con él?

Jack negó con la cabeza.

—Nada. ¿Por qué lo preguntas?

—Porque Chet tenía mucho interés en que hoy trabajara con él. Según él, Ryan muestra poca disposición. No le gusta demasiado la patología forense y parece molesto de tener que pasar aquí un mes. Así que ha escurrido el bulto de algunas de las autopsias que se le han asignado, especialmente por las tardes, cuando se escabulle al Hospital Pediátrico de Hassenfeld para repasar los casos de patología pediátrica.

—Oh, oh —dijo Jack—. Creo que estoy teniendo un *déjà vu*.

—Tienes razón —dijo ella. Unos años atrás habían tenido un problema similar con una de las residentes de la Universidad de Nueva York, Aria Nichols, que también había eludido sus responsabilidades durante el período de residencia en la OCME. En aquella ocasión Chet le pidió a Laurie que hiciera una autopsia con ella para ver si podía despertar el interés de la joven por la ciencia forense, algo que ya había conseguido con gran éxito al menos con otra residente en el pasado. Desgraciadamente, aunque una vez más lo consiguió, la historia tuvo un final triste y trágico. Despertar el interés de la mujer por la ciencia forense llevó a una serie de situaciones que en última instancia provocaron su asesinato, y que Jack tuviera que hacerle la autopsia a la joven residente. El cadáver al que habían hecho la autopsia juntas Laurie y Aria correspondía a un caso supuestamente de sobredosis, pero que al final resultó ser homicidio, y cuando Aria descubrió al asesino, este la mató.

—No me digas que este Ryan Sullivan es otra Aria Nichols —dijo Jack, poniendo los ojos en blanco.

—También a mí se me ha pasado por la cabeza —dijo Laurie—. Pero antes de que pudiera planteárselo, Chet me ha tranquilizado al asegurarme que Ryan no tiene esa agresividad antisocial que mostraba Nichols. De hecho, da la impresión de que Ryan es todo lo contrario. Por lo visto tiene una personalidad pasivo-agresiva. Lo bueno es que se supone que es tan listo como lo era Nichols. Según Chet, ya le han ofrecido una beca de patología pediátrica en la Universidad de Nueva York. Eso no es nada fácil, así que en otros campos debe de ser un residente de lo más brillante.

—¡Menudo consuelo! Que tengamos a un segundo residente problemático no hace más que poner en evidencia que el paso por la OCME debería ser voluntario, y no un requisito obligatorio para todos los residentes de patología anatómica de la universidad. Y dado que eso no va a pasar, se me ocurre que al menos deberíamos estar avisados cuando un residente presenta una actitud negativa, para que podamos estar preparados.

—No podría estar más de acuerdo —dijo Laurie—. Es una sugerencia interesante. Siempre he querido tener una excusa para ir a conocer a la nueva jefa del Departamento de Patología Clínica de la Universidad de Nueva York. Podría ser la ocasión. A ver si encuentro un momento esta tarde. Al menos servirá para comunicarle al departamento que, tras la tragedia de Aria Nichols, hemos animado a nuestros forenses a que les den ocasión de participar más a los residentes, sobre todo después de que nuestro consejo general nos prohibiera darles más responsabilidad efectiva.

—¡Oh, oh! —exclamó Jack, poniéndose el reloj en la muñeca y mirando la hora—. Más vale que te metas en la ducha. Ya son más de las seis.

—¡Joder! —respondió Laurie, dejando caer la bata y quitándose las zapatillas con sendas patadas al aire. Una vez en la ducha, le gritó—: ¡Ya que estás vestido, ¿qué tal si preparas café?!

—Ahora mismo.

2

Jueves, 7 de diciembre, 7.00 h

El sonido agudo de grillos procedente del teléfono de Isabella Lopez la despertó de golpe. En cuanto apagó la alarma, lo primero que notó fue que tenía la boca seca como el esparto. Por suerte había un vaso de agua casi lleno sobre la mesita de noche. Lo segundo que observó fue que tenía un ligero dolor de cabeza, sin duda porque había bebido demasiado la noche anterior. Como siempre, se juró que iría con más cuidado en el futuro, aunque sabía perfectamente que la próxima vez que saliera de noche disfrutaría del momento, como era habitual en ella.

Isabella era una cubana-americana de segunda generación. Tenía veintiocho años, había estudiado diseño gráfico en la Universidad de Florida y estaba muy centrada en su carrera profesional. De hecho, tras muchos esfuerzos había conseguido un puesto de trabajo estupendo de publicista en Nueva York, y estaba disfrutando como nunca en la Gran Manzana.

Se giró y se quedó mirando a Ryan Sullivan, que curiosamente no había reaccionado al sonido de la alarma. Seguía profundamente dormido, tendido boca arriba con las manos cruzadas sobre el pecho, respirando profundamente. Estaban en el apartamento de él, en el barrio de Kips Bay, en la calle Veinticinco Este. Solo hacía dos meses que se conocían, después de haber contactado por internet, pero las cosas iban bien. Era la tercera noche que pasaban juntos, y él le había dado una llave de su apartamento, para que pudiera usar de vez en cuando su fantástico ordenador Razer, que tenía una tarjeta gráfica mucho mejor que la del Mac de ella. Viéndolo dormir, tenía que admitir que en persona resultaba igual de atractivo que en las fotos: una piel de porcelana, cabello oscuro, pómulos marcados, una sonrisa arrebatadora y, sobre todo, una nariz afilada que le daba envidia. Era el tipo de nariz que había deseado tener desde que era adolescente.

Lo que más le había sorprendido a Isabella de Ryan era que fuera médico de verdad. Cuando se lo dijo la primera vez, por internet, no le había dado mucha credibilidad. Por su experiencia, los personajes que se creaba mucha gente en las redes no siempre coincidían con la realidad. Esas discrepancias nunca le habían molestado demasiado, porque siempre se había tomado el flirteo con hombres por internet como una especie de juego, y casi nunca había sentido la necesidad de quedar con ellos en persona, así que no le importaba. Lo que le divertía más era pillar las falsedades que publicaban; era como un desafío, y compensaba el tiempo que dedicaba a rebuscar entre cientos de personas en sus aplicaciones de citas favoritas. Con Ryan había sido diferente, dado que lo que decía ser coincidía por completo desde el día uno, a pesar de los esfuerzos de Isabella por buscar contradicciones en su historia.

Las otras noches que habían salido juntos las habían pasado en clubes muy ruidosos, con música estridente y, al menos para Isabella, demasiado alcohol, lo cual había imposibilitado tener una conversación de verdad. En cambio, la noche anterior habían quedado para cenar en el Via Carota, en el Greenwich Village. Aunque el restaurante estaba abarrotado, habían podido hablar largamente. Ryan se había pasado un buen rato quejándose de su situación actual, diciéndole que era residente de patología, pero que tenía que pasarse un mes en la morgue de la ciudad, conocida como OCME. En lugar de salvar a gente, estaba haciendo autopsias de cadáveres, y era algo que no le gustaba nada. No veía el momento de que acabara. Ella no podía hacer otra cosa que compadecerle, ya que efectivamente le parecía horrible, hasta el punto de despertarle el instinto materno, algo bastante nuevo en ella.

Tras echar un nuevo vistazo al teléfono y ver la hora que era, Isabella se dio cuenta de que tenía que ponerse en marcha, ya que no podía llegar tarde al trabajo. Los jefes lo interpretarían como desinterés.

Volvió a mirar a Ryan, intentando decidir qué hacer. Podía levantarse de la cama, vestirse y marcharse. Sin embargo, teniendo en cuenta la interacción de la noche anterior, en la que ella también había revelado más de sí misma de lo que era habitual, le sabía mal marcharse con esa aparente indiferencia. Así que se apoyó en el codo y, alargando la otra mano, le agitó suavemente el hombro. Él abrió de pronto sus ojos de color avellana y levantó la cabeza de golpe.

—¿Qué hora es? —preguntó, de pronto angustiado.

—Es temprano —dijo Isabella, agarrando la sábana bajo la barbilla para taparse—. Poco más de las siete, pero tengo que volver a mi apartamento a cambiarme antes de ir a trabajar. No quería irme sin decir nada.

—Te lo agradezco —respondió Ryan, dejándose caer de nuevo en la cama. Aparentemente aliviado de no tener que salir corriendo, se relajó y colocó las manos tras la nuca. Hasta suspiró, aliviado.

—Anoche me lo pasé muy bien —dijo Isabella, relajándose a su vez. De pronto se dio cuenta de que su apartamento estaba a un paseo a pie, en Gramercy Park, lo que significaba que tenía más tiempo del que creía en un principio, y no tenía que correr tanto.

—Yo también —dijo él—. Espero no haber sido demasiado pesado al contarte cosas de mi vida.

—En absoluto. A mí también me preocupaba haber hablado demasiado de mí.

—Para nada. Me gustó saber cosas de tu trabajo. Yo no sé nada del mundo de la publicidad y es agradable ver la emoción con la que hablas de lo que haces. Por supuesto me dio envidia, sobre todo si lo comparo con lo que me enfrento estos días en la morgue de la ciudad. Es una jodida pesadilla.

—Haces que suene muy desagradable.

—Repulsivo, más bien —dijo Ryan, agitando una mano, como asqueado—. Especialmente con mi olfato. Aunque me ponga dos mascarillas, algo que probé ayer, me cuesta entrar en la sala de autopsias, sobre todo cuando hay un cuerpo putrefacto o con gusanos. —Hizo una mueca y se estremeció—. Perdona, no debería darte tantos detalles, pero es asqueroso.

—¡Joder! —exclamó Isabella, arrugando la nariz—. No me lo puedo imaginar.

—Créeme, lo odiarías tanto como yo. Como cualquier persona normal. A decir verdad, no sé cómo voy a soportar pasar ahí el resto del mes. De verdad es una pesadilla. No lo digo en broma. Hasta el edificio es un desastre. Debe de ser uno de los más feos de la ciudad, incluso está programada su demolición. Por mí, cuanto antes, mejor. Y el interior es peor que el exterior, sobre todo en la sala de autopsias y en sus alrededores. No te exagero: es como el decorado de una vieja película de terror. Y eso es solo el espacio físico. ¿Anoche te describí a alguno de los habitantes de este inframundo?

—No. ¿También dan miedo?

Durante la cena, mientras escuchaba cómo se lamentaba de su actual situación laboral, se le había ocurrido preguntarse a qué tipo de médico podía gustarle un ambiente así. Le resultaba inconcebible que alguien decidiera tratar con la muerte todo el día, todos los días, año tras año, después de dedicar tanto tiempo y energías a completar los estudios de medicina para aprender a curar a la gente.

—Más que dar miedo es que son tipos extraños. Todos los que he conocido hasta ahora tienen algo raro, en particular el forense que nos supervisa a los residentes. Anoche no te lo mencioné, pero la otra residente que está conmigo es una lameculos, lo cual me deja aún en peor lugar. En cualquier caso, nuestro supervisor está encantado con ella. El primer día me llevó aparte y me preguntó si estaba casada o si tenía novio formal. Es evidente que es un depredador. Y además de ese misógino, la gran jefa, con la que apenas hablé el primer día, es de esas que sientan cátedra desde el púlpito, y está convencida de que la medicina forense es la especialidad reina. Lo curioso es que su marido también es forense en el mismo centro, y por lo que parece es un adicto al trabajo que no se cansa de hacer una autopsia tras otra. En fin, un grupito extraño.

—Vaya. Suena fatal.

—Lo peor —murmuró Ryan, abatido tras poner en palabras su situación.

—Yo te aconsejaría que asumieras que tienes que hacerlo y que intentaras aprovecharlo al máximo. Es un mes, así que ya llevas casi una cuarta parte. —Isabel alargó la mano y cogió su teléfono para ver qué hora era. Apretó los dientes. Ya le quedaba poco tiempo, a pesar de que su apartamento estuviera cerca.

Él sonrió sin ganas y meneó la cabeza.

—Eso es más fácil decirlo que hacerlo. Pero gracias por el consejo. Ha sido como la voz de la madre que nunca tuve.

Sorprendida por ese comentario tan inesperado, Isabella se lo quedó mirando con gesto interrogativo.

—¿Qué quieres decir?

—Perdona —se disculpó Ryan—. No quería decir eso. Mi madre murió de cáncer cuando yo tenía ocho años, así que durante un tiempo sí tuve madre. Es solo que apenas tengo recuerdos anteriores a esa edad.

—¡Oh, vaya! Lo siento mucho —dijo, de corazón. Su madre era la persona más importante de su vida, e Isabella no podía imaginarse lo que sería haber crecido sin ella—. Espero que tu padre consiguiera llenar el vacío. ¿Volvió a casarse? ¿Has tenido madrastra?

Ryan chasqueó la lengua con un gesto burlón.

—¡Para nada! Mi padre era alcohólico y violento. Se mató apenas un mes después de que muriera mi madre.

—¡Por Dios! —exclamó Isabella, impresionada. Al venir de una gran familia cubana, muy unida, todo aquello le resultaba inconcebible—. ¿Perdiste a ambos padres? ¿Qué fue de ti? ¿Eras hijo único?

—No, tenía un hermano tres años mayor. Pero, oye, siento haber dicho lo que he dicho. Te pido disculpas, pero es que pensar en mi trabajo me pone de mal humor. ¿Podemos hablar de algo más alegre, para que pueda afrontar el día con más ganas? La verdad es que no me gusta hablar de mi infancia, porque no fue fácil. Me deprimiría aún más.

Isabella se lo quedó mirando, conmovida, pero curiosamente no encontraba palabras para responder a aquellas revelaciones inesperadas. No era habitual en ella no saber qué decir. La idea de que haber vivido una infancia tan dura y aun así salir adelante como había hecho él le parecía algo inimaginable.

—¿Y si hacemos algo juntos este fin de semana, si no tienes planes? —sugirió Ryan—. No me importaría ir a ver el árbol de Navidad del Rockefeller Center el sábado o el domingo por la tarde. ¿Te apetece?

Ella bajó la mirada y tardó un momento en reaccionar.

—Tendré que mirar si me había comprometido este fin de semana —dijo, tartamudeando un poco—. Más tarde te mando un mensaje.

—Está bien —dijo él. No le parecía muy convencida, pero ¿qué podía hacer?—. Vale. Espero que puedas. Estaría bien tener algún plan divertido en el horizonte.

—Tu ambiente de trabajo parece horrible —dijo Isabella, tras recuperar la voz—. En eso estoy de acuerdo. Pero llegar a ser médico después de haber perdido a tus padres a los ocho años es algo tan extraordinario que yo diría que tener que pasar un mes en la morgue, por muy desagradable que sea, no debería parecerte tan grave en comparación.

—Estás diciendo que debería aguantarme.

—Supongo que sí. Pero también que lo que ya has conseguido tiene mucho mérito.

Por un momento se quedaron mirando fijamente desde sus respectivos lados de la ancha cama.

Isabella rompió el silencio:

—¡Pero ahora tengo que irme!

Y se levantó de la cama, recogió la ropa del suelo y se metió en el baño.

Ryan se quedó mirando la puerta del lavabo unos minutos. No podía evitar sentirse algo molesto porque Isabella le hubiera dicho que debía aguantarse sin más, para luego meterse en el baño. Se esperaba más empatía, no condescendencia, teniendo en cuenta cómo le había abierto su corazón. Si no tuviera que ver más cadáveres en su vida sería mucho más feliz, pero aún le quedaban tres semanas de autopsias. A decir verdad, nunca había sido un gran amante de las autopsias anatómicas, ya que también tenían algunos aspectos desagradables, pero no se parecían en nada a las autopsias forenses, que eran una agresión para los sentidos. Se estremeció al pensar en los cuerpos putrefactos que tendría que ver durante el día.

Lo que le gustaba a Ryan de la patología clínica era su naturaleza intelectual, en particular la parte microscópica y el trabajo de laboratorio. Se realizaba en un ambiente limpio y, en la mayoría de los casos, sin tener que tratar directamente con los pacientes. Lo que más le gustaba era realizar el diagnóstico de enfermedades infantiles, en particular enfermedades de la sangre, como la leucemia, a partir de muestras de médula ósea. Las últimas tardes se había escaqueado de varias autopsias, había salido de la OCME sin que lo vieran y se había ido al Hospital Pediátrico de Hassenfeld para ver las fotografías de las muestras de médula ósea del día. El día anterior, además, a petición de uno de los médicos, había echado un vistazo a uno de los casos, y había conseguido detectar un detalle significativo que se les había pasado por alto a los que habían examinado las fotografías en un primer momento.

Unos minutos más tarde Isabella salió del baño perfectamente arreglada. Se acercó a la cama, le dio un beso en la mejilla y se fue. Todo ocurrió en un abrir y cerrar de ojos.

Ryan cogió una bocanada de aire, la contuvo y luego la soltó de golpe. Apartó las sábanas y se levantó, dispuesto a afrontar el nuevo día.

3

Jueves, 7 de diciembre, 7.45 h

Tal como solía ocurrir últimamente, Laurie y Jack ya estaban antes de las siete en el edificio de la OCME, situado en la esquina de la Primera Avenida y la calle Treinta. Habían llegado rápido y sin incidencias, debido al escaso tráfico que había a esa hora. Lo único que lamentaba Laurie era haber tenido que salir del apartamento, una vez más, antes de que se despertaran sus hijos. Para ella, lo peor de ser forense jefe era tener que irse de casa antes de que J.J. y Emma se levantaran, y, a pesar de sus esfuerzos, en algunas ocasiones no llegaba a casa a tiempo para ver a Emma antes de que la niña se acostara. Así era su vida, un difícil equilibrio entre familia y trabajo, algo habitual entre las mujeres trabajadoras. Los fines de semana intentaba compensar sus ausencias pasando el máximo tiempo posible con sus dos hijos, especialmente con Emma, que estaba haciendo grandes progresos en el colegio para niños autistas al que iba desde septiembre, cerca del de J.J.

Laurie y Jack entraron por la puerta principal del número 520 de la Primera Avenida aquella mañana y recibieron los saludos de los vigilantes nocturnos, ya que el personal de día aún no había llegado. Tras despedirse rápidamente de Jack, Laurie se dirigió a la zona de oficinas que daba a su despacho, mientras él iba a la sala de identificación para escoger los casos de los que se encargaría ese día de entre todos los que habían llegado por la noche, con la esperanza de encontrar alguno que le supusiera un reto para él.

Laurie encendió las luces del techo de la zona de oficinas y luego hizo lo mismo en su despacho. Su secretaria, Cheryl Stanford, aún tardaría una hora en llegar. Después de colgar el abrigo se sentó tras su enorme escritorio de caoba. A pesar de lo que le costaba levantarse al sonar el despertador, en realidad le gustaba disponer de ese tiempo para estar en su despacho a solas, ya que le daba la oportunidad de ocuparse de asuntos que requerían toda su atención, y siempre había alguno.

Uno de los problemas más acuciantes a los que se enfrentaba Laurie como jefa de la OCME era que las instalaciones, y la sala de autopsias en particular, necesitaban una reforma urgente. En el momento de su construcción era de lo más moderno, pero de eso hacía ya más de medio siglo. Además, el vetusto edificio pertenecía a la Facultad de Medicina de la Universidad de Nueva York, que tenía sus propios planes para aquel espacio.

Durante muchos años, Laurie había oído decir que iban a construir un nuevo Centro de Patología Forense, con su nueva sala de autopsias, las oficinas y el laboratorio de toxicología, en el lugar que ocupaba ahora un aparcamiento al este del nuevo bloque de la OCME, en la esquina de la Primera Avenida y la calle Veintiséis —que actualmente albergaba el Laboratorio de Biología Forense y otros departamentos—. Para ello le habían hecho dedicar innumerables horas a repasar los planos de un edificio modesto, para que este se ajustara a las necesidades de la OCME y a la vez a las limitaciones de presupuesto de la administración municipal. Pero luego se llevó la sorpresa de que el plan quedó descartado de golpe cuando el Hospital Bellevue reclamó aquel aparcamiento para su ampliación y el gobernador y el alcalde anunciaron la creación de un nuevo Centro de Salud de Kipps Bay que costaría mil seiscientos millones de dólares y que incluiría un espacio para la OCME. Ese nuevo Parque Científico y Centro de Investigación, o PCCI, iba a ocupar toda una manzana del campus de Brookdale, en el Hunter College, al lado del nuevo Laboratorio de Biología Forense de la OCME, de modo que Laurie ya se imaginaba un puente peatonal que cruzaría la calle Veintiséis y que lo conectaría con el Centro de Patología Forense. Ese puente sin duda sería muy útil para la OCME, pero no tenía claro que fuera tan fácil construirlo. Y de pronto tenía que competir por el espacio en el interior del PCCI con otras instituciones como el Hunter College, la Facultad de Salud Pública de la CUNY, el Hospital Bellevue y numerosas empresas privadas de asistencia sanitaria y biotecnología. En algunos aspectos iba a resultar mucho más difícil y problemático que tratar con el ayuntamiento. Ese mismo día, a las once y media, tenía programada una reunión con la decana de la Facultad de Enfermería y de Ciencias de la Salud del Hunter College para hablar del reparto del espacio.

De pronto alguien dijo «toc-toc» y al mismo tiempo se abrió la puerta de su despacho. Levantó la vista y vio al doctor Chet McGovern en el umbral, con sendas tazas de café en las manos y el dosier de una autopsia bajo el brazo. Era un hombre de aspecto atlético que bien habría podido pasar por el hermano de Jack, salvo que, a diferencia de este, el doctor McGovern tenía unas entradas muy marcadas. Para compensarlo se había dejado perilla, pero últimamente se la había afeitado, algo que contaba con la aprobación de Laurie, aunque no se lo iba a decir. A ella no le gustaba el vello facial; pensaba que daba un aspecto poco profesional. Laurie lo conocía mejor de lo que conocía a otros forenses del centro, porque Chet y Jack habían compartido despacho en sus primeros tiempos en la OCME, y a lo largo de los años Jack le había contado muchas historias sobre las rarezas de Chet en el trato con la gente. Profesionalmente, sin embargo, era un forense muy competente.

—¿Tienes un momento? —le preguntó.

—Por supuesto. Entra.

—Te he traído un café, por si te apetece —dijo él, acercándose y poniendo una de las tazas sobre el escritorio de Laurie—. Tiene un poco de azúcar y leche, como a ti te gusta.

—¡Perfecto! ¡Te has acordado! Muchas gracias.

Cogió la taza y, sosteniéndola entre las dos manos, dio un sorbo al café. Estaba calentito y delicioso.

—Quería decirte que tengo un caso preparado para ti esta mañana, tal como te prometí, y que te he asignado a Marvin Fletcher para que te eche una mano.

Chat le pasó el dosier a Laurie. Él sabía que era de las que pensaba que, cuanto más sabes de un caso antes de empezar, menos probabilidades tienes de pasar algo por alto. Era lo contrario de lo que hacía Jack. Él prefería afrontar sus casos prácticamente sin saber nada, convencido de que si tenía demasiada información, eso podía condicionarle, con lo que quizá pasara por alto algo importante.

—Gracias —repitió Laurie, cogiendo la carpeta—. Estoy deseando empezar.

Marvin era su técnico de morgue. Y como habían trabajado mucho juntos antes de que ella accediera a la jefatura, conocía bien sus preferencias.

Laurie echó un vistazo rápido al nombre. Sean O'Brien.

—¿Qué tipo de caso es?

—Un disparo con arma corta.

—Excelente —dijo Laurie. Le había pedido que le encontrara un caso que ayudara a poner de manifiesto el poder de la ciencia forense para que ese residente tan poco convencido valorara la labor de la OCME. Los resultados de la autopsia y las observaciones de los forenses en los casos de heridas de bala solían contribuir en gran medida a la labor de la policía a la hora de buscar al culpable, y a que el fiscal del distrito pudiera obtener una condena.

—¿Hay alguna detención?

—No. Ninguna. Ha sido declarado suicidio.

—Oh —se limitó a responder Laurie, algo decepcionada.

—Pero no es un suicidio tan claro —añadió Chet, que pareció darse cuenta de su reacción—. Al menos según Janice Jaeger.

Janice era una de las investigadoras médico-legales —o IML, como solían llamarles— más experimentadas, y llevaba trabajando en la OCME más tiempo que Laurie. Sus opiniones eran muy valoradas, especialmente por Jack, que solía cantar sus alabanzas.

—La policía lo ha clasificado como un suicidio y lo trata como tal, pero el informe de Janice indica una posible señal de alarma, por dos cosas que le han llamado la atención. La primera es la pistola que seguía en la mano de la víctima, que apareció sentado, algo que según dice no ha visto nunca. La segunda es que interrogó a varios vecinos del edificio, que solo tiene diez viviendas, y nadie oyó ningún disparo. Y eso le llamó la atención, porque el momento de la muerte se había fijado en las diez de la noche, teniendo en cuenta el estado del *rigor mortis* y la temperatura corporal. Se supone que a esa hora casi todo el mundo estaría en casa y despierto. Le pareció que era algo especialmente significativo porque el edificio es relativamente viejo y nunca ha sido reformado, lo que hace pensar que el aislamiento acústico no será de primera.

—Esos datos son interesantes, pero para nada definitivos —comentó Laurie.

—Estamos de acuerdo —concedió Chet—. Pero al menos abren la duda de si se trata realmente de un suicidio o de un homicidio disfrazado. Tengo la sensación de que el caso puede ser un buen ejemplo para demostrar la contribución de la ciencia forense a la hora de resolver una cuestión tan importante. Lo más curioso es que hemos visto media docena de casos parecidos en los últimos seis meses, tal como expuse en la conferencia del jueves pasado por la tarde. Con este son siete, si es que realmente es un suicidio.

—Tienes razón —dijo Laurie, que entendía lo que quería decir. Lo primero que le vino inmediatamente a la mente fue que determinar la trayectoria del disparo, así como si el cañón de la pistola había quedado apoyado contra la piel, iban a ser detalles críticos—. ¿Ha mencionado Janice si le parecía que había una herida de contacto?

—Oh, sí, desde luego que la había. Es un disparo intraoral.

—Ah, vale —dijo ella. Sabía que muchos suicidios con pistola se producían situando el arma contra la sien derecha, pero la boca era la segunda opción, mucho menos habitual, seguida por la frente, la sien izquierda y, en menor medida, la superficie inferior de la barbilla. Pero aparte de todas esas consideraciones, tenía que reconocer que era un buen caso para ilustrar el poder de la ciencia forense y, con un poco de suerte, suscitar el interés de Ryan Sullivan en la especialidad, que era el principal objetivo del ejercicio.

—¿Te va bien a las nueve? —preguntó Chet.

—De momento sí. A menos que ocurra algún desastre antes.

—Y siempre que el doctor Sullivan se presente a tiempo. El primer día se le dijo que tenía que estar aquí a las siete y media, pero desde luego no ha hecho caso. Esta mañana aún no lo he visto. Tal como te dije ayer, está mostrando una conducta típica de una personalidad pasivo-agresiva, y llegar tarde es un síntoma claro.

—Bueno, a ver si puedo hacerle cambiar de actitud —dijo ella.

—Si alguien puede conseguirlo, eres tú. Te veo en el hoyo.

«El hoyo» era el nombre con el que todos en la OCME se referían a la sala de autopsias. Se despidió con un gesto de la mano y se dirigió hacia la puerta.

—Otra pregunta —dijo Laurie, levantando la voz y haciéndole detenerse de golpe—. ¿Sabes por casualidad si Jack ha conseguido algún caso interesante esta mañana?

—Pues sí —respondió Chat—. Me han dicho que ha encontrado un caso de manipulación cervical, que le ha encantado y que enseguida se lo ha pedido.

—¡Oh, no! —murmuró ella. Sabía que un caso así probablemente requeriría una disección de la arteria vertebral, lo que supondría que la autopsia sería larga y complicada. Le preocupaba que Jack tuviera la resistencia física necesaria, que intentara aguantar más de lo que debía y que pudiera empeorar de sus lesiones.

—Ya sé lo que estás pensando —dijo Chet—, pero lo tendré controlado, y si el caso se alarga, insistiré en que se lo pase a otro.

—Vale, genial —dijo ella, levantando los pulgares.

—De hecho, el caso de la manipulación cervical aún no ha empezado. Cuando he llegado, esta mañana, Jack ya estaba en el hoyo, haciendo una autopsia con Lou.

El teniente Lou Soldano era un viejo amigo, primero de Laurie y ahora también de Jack, que iba a menudo a la OCME a observar cómo realizaban autopsias. Pertenecía a la brigada de homicidios, y le fascinaba constatar la ayuda que podía proporcionar la OCME a la policía.

—¿Qué tipo de caso está haciendo con Lou? —preguntó. Aquello le daba tan mala espina como una posible disección de una arteria vertebral.

—Una detención de tráfico que acabó con el sospechoso muerto por múltiples heridas de bala.

—¡Oh no, otro de esos no! —exclamó Laurie.

—Sí, es un caso importante. Resulta que había una orden de detención contra el tipo, y cuando los agentes le hicieron parar, sacó una pistola y provocó un tiroteo.

—¿Cuántos disparos tiene el cadáver? ¿Lo sabes? —dijo, de nuevo preocupada por Jack. Los casos con numerosos orificios de bala implicaban localizar y recuperar fragmentos de los proyectiles, lo que podía suponer horas de trabajo.

—No tengo ni idea, pero si quieres me informo.

—No te preocupes —dijo Laurie, quitándole importancia con la mano—. Ya iré a verlo cuando baje a hacer mi autopsia. Gracias, Chet.

—De nada —respondió él, y salió del despacho.

Laurie se quedó un momento mirando la puerta mientras daba otro trago al café, y luego fijó la vista en su escritorio al tiempo que se sentaba en la punta de su silla. Aunque sabía que debería seguir preparando la reunión con la decana de la Facultad de Enfermería, la breve conversación que había tenido con Chet le había despertado el interés por la autopsia que tenía por delante.

Cogió la carpeta de la autopsia, pasó unas cuantas páginas y localizó el informe de Janice. Ojeó los conceptos básicos sin fijarse demasiado, con la idea de que ya los repasaría con más atención antes de iniciar el procedimiento, y supo que Sean O'Brien era un hombre soltero de treinta años originario de Charlestown, Massachusetts, que trabajaba para Morgan Stanley como asesor de gestión financiera. De pronto, la vista se le fue a una frase que decía que al hombre le acababan de diagnosticar cáncer y —lo más significativo— que, según su novia, que era quien había encontrado el cadáver, el diagnóstico había dejado a Sean bastante deprimido.

Laurie dejó de leer y miró hacia delante. El dato era importante, porque sabía que un diagnóstico de cáncer suponía un golpe psicológico devastador que multiplicaba por dos el riesgo de suicidio, en particular con ciertos tipos de cáncer como el de páncreas y el de pulmón. Volvió a fijar la vista en el informe de Janice e intentó dilucidar qué tipo de cáncer tenía O'Brien, pero no se mencionaba.

Metió de nuevo el informe en el dosier de la autopsia y volvió a levantar la vista, con la mirada perdida. No podía evitar recordar que ella también había tenido que enfrentarse al miedo que provoca un diagnóstico de cáncer dos años atrás, lo que le había llevado a una profunda introspección. Ella no se había planteado el silencio en ningún momento, pero había tenido que tomar decisiones difíciles, entre ellas la de hacerse una doble mastectomía y una ooforectomía. Así que sabía perfectamente a lo que se había enfrentado Sean O'Brien, y podía entender que hubiera decidido tomar el control de su propio destino.

4

Jueves, 7 de diciembre, 7.55 h

A pesar de que ya llegaba veinticinco minutos tarde, Ryan se detuvo frente al número 520 de la Primera Avenida y levantó la vista para observar el edificio que tenía delante, que era como una pared de seis pisos de ladrillo de color claro, sin ventanas ni detalles arquitectónicos, afeada aún más por unos viejos andamios que cubrían la fachada frontal y lateral del edificio sin motivo aparente. Ya se había preguntado por la razón de los andamios anteriormente, porque era evidente que no estaban haciendo obras. Tomo aire por última vez, pasó por debajo y entró.

Una vez dentro, mostró su identificación temporal a la agradable recepcionista, que apretó un botón y le dio acceso al interior del edificio. Su destino era la sala de residentes, en la primera planta, que de sala no tenía mucho. Era una habitación pequeña, sin ventanas, junto a otra más grande que, en un alarde de generosidad, llamaban comedor. En el interior apenas había espacio suficiente para dos viejos escritorios de metal, uno frente al otro, cada uno con un monitor y un teclado, y poco más. Sharon Hinkley, la otra residente, sentada ante uno de los monitores, tecleando, levantó la vista al verlo entrar.

—Llegas tarde otra vez —dijo, con tono acusatorio.

Ryan se limitó a asentir. Tal como le había explicado a Isabella esa mañana, Sharon le parecía razonablemente atractiva: era delgada, tenía el rostro ancho y unos bonitos ojos azules; el cabello castaño claro hasta los hombros, con la raya en medio y —quizá lo más llamativo de todo— unos dientes excepcionalmente blancos y bien alineados. También era inusualmente joven para ser residente de segundo año, al haber entrado en Princeton a los dieciséis años de edad y en la Facultad de Medicina a los diecinueve. Lo que no le gustaba de ella era que fuera tan pelota con todos los médicos, ya que era evidente que, siendo tan brillante, no le hacía falta.

—El doctor McGovern ha venido a buscarte dos veces.

—Muy bien —respondió él, mientras se quitaba el abrigo y lo colgaba en el respaldo de su silla.

—No le ha sentado nada bien ver que aún no habías llegado —añadió ella—. Ha dicho que vayamos a verle a la sala de identificaciones cuanto antes. ¿Estás listo?

La sala de identificaciones era donde acudían los familiares o conocidos a hacer el reconocimiento definitivo de los fallecidos. Aunque en el pasado era obligatorio que la gente viera los cadáveres, ahora solía hacerse con las imágenes digitales, siempre que los identificadores no exigieran ver el cuerpo. La mayoría no lo hacían. A primera hora, la sala de identificaciones servía como lugar de reunión de los forenses, y era donde examinaban y se repartían las autopsias de los casos que habían llegado durante la noche.

—Supongo que no hay otro remedio —dijo Ryan, con resignación.

Sharon se puso en pie. Era una mujer alta, casi tanto como Ryan, que medía metro ochenta.

—No creo que nos beneficie a ninguno de los dos que llegues tarde todos los días y que te muestres tan negativo. La próxima vez no voy a esperarte.

—Allá tú —respondió—. Lo siento, pero hago lo que puedo. Odio este lugar. Y me asombra que tú no lo odies.

—Me está gustando más de lo que pensaba —dijo ella, mientras se ponía la bata blanca que solían llevar los residentes—. Deberías darle una oportunidad. Ayer por la tarde me encontré con un caso interesante. Era un prolapso de una válvula mitral provocado por un atraco. Lo fascinante es que el atracador se va a encontrar con una denuncia por asesinato, aunque no le puso la mano encima a la víctima, porque el certificado de muerte dirá homicidio.

—Esa autopsia quizá la habría podido tolerar —concedió Ryan, mientras salía de la minúscula oficina tras ella, al comedor desierto—. Mis dos últimos casos eran de cuerpos que habían tardado días en descubrir.

—Sí, eso puede ser duro. Tienes que centrarte en las cuestiones científicas para sobreponerte a los aspectos más desagradables.

—Eso es fácil decirlo.

Tomaron las escaleras para ir a la planta baja y se dirigieron a la sala de identificaciones pasando por la zona interior, un trayecto más largo, para evitar pasar por la recepción. Encontraron al doctor Chet McGovern sentado tras una de las mesas de la zona común de la sala. En las paredes había varias puertas que daban a diferentes salitas. Cuando se acercaron, Chet levantó la vista. Su estado de ánimo era evidente con solo mirarle a la cara.

—Buenas tardes a los dos —dijo, obviamente irritado.

—Perdón —dijo Ryan—. Ha sido culpa mía. Me he despertado más tarde de lo que debía.

—¿Te despiertas más tarde de lo que debes todas las mañanas? —preguntó Chet, incisivo—. ¿Y qué demonios te pasó ayer por la tarde? El doctor Blodgett dijo que no te presentaste al caso del flotador.

Un *flotador* era un cadáver hallado en una de las masas de agua que rodeaban Nueva York. Podían presentar un grado avanzado de descomposición, por lo que sus autopsias solían ser desagradables y, al enterarse, Ryan había decidido que no podría soportarlo.

—Estuve en el Hospital Pediátrico de Hassenfeld para asistir a una aspiración de médula ósea —dijo Ryan, con la esperanza de que esa información pudiera hacer más perdonable su ausencia. Le había dado la impresión de que a los forenses con los que se suponía que tenía que trabajar no les importaba demasiado si estaba allí o no, y que no se quejarían—. El doctor Sanger, uno de los patólogos del hospital, quería saber mi opinión.

Por un momento Chet se quedó mirando a Ryan, mientras repiqueteaba los dedos sobre la mesa. Tras una pausa, se aclaró la garganta y añadió:

—Este mes tienes la responsabilidad de estar aquí para aprender todo lo que puedas de medicina forense. Eso significa que no puedes desaparecer para volver a la Facultad de Medicina, cualquiera que sea el motivo. Ya te advertí de ello la primera vez que lo hiciste. ¿He sido lo suficientemente claro?

—Sí —dijo Ryan.

—Como jefe del Departamento de Educación de la OCME, tendré que emitir un certificado de asistencia. Si no lo hago, quizá no den por completado tu ciclo de residencia en la universidad —informó Chet.

Ryan dudaba mucho de que eso pudiera pasar, pero se mordió la lengua.

—Muy bien —dijo Chet, recogiendo dos dosieres que tenía en la mesa—. Vamos a empezar. Os he asignado un caso a cada uno. Doctora Hinkley, trabajarás con la doctora Mehta en un caso de supuesta sobredosis. Doctor Sullivan, vas a trabajar con la jefa, la doctora Montgomery, en un caso de supuesto suicidio.

Y les entregó los dosieres correspondientes.

Ryan se quedó perplejo al echar un vistazo al resumen del caso, sobre todo viendo que se trataba de un treintañero de Charlestown, Massachusetts. Chet siguió hablando, insistiendo en que aunque ambos casos parecían rutinarios, en particular el de la sobredosis, había habido casos parecidos en que la OCME había demostrado que la causa de la muerte no era lo que parecía. Pero

Ryan ya no le escuchaba. Estaba recordando su paso en falso con Isabella, al mencionarle el suicidio de su padre. Lo que no le había dicho era que el suicidio había vuelto a ser protagonista en su vida a los quince años de edad, en el correccional. Todo eso, combinado con la aversión que le producía sentirse encerrado en la OCME durante un mes, rodeado de muerte en sus versiones más horrendas, hacía que no tuviera ningún interés en practicarle la autopsia a una víctima de suicidio que tenía la misma edad que él y que, además, había crecido en un pueblo de Massachusetts a tiro de piedra de Charlestown, al otro lado del río Mystic. La conexión era demasiado inmediata, demasiado próxima, demasiado fácil, y le traía recuerdos dolorosos de desesperanza y de depresión.

—¡No voy a participar en este caso! —declaró Ryan de pronto, interrumpiendo a Chet a media frase. El doctor McGovern se lo quedó mirando, incrédulo, igual que Sharon—. Sería mejor que me encargara yo del caso de la sobredosis —añadió, en un tono más normal, tendiéndole su dosier a Sharon e intentando coger el de ella.

—¡Un momento! —exclamó Chet, que tardó unos segundos en reaccionar—. ¡No! No vais a intercambiaros los casos. ¡Ni hablar! Acabo de salir del despacho de la doctora Montgomery. Ya está informada de que va a hacer el caso del suicidio contigo, doctor Sullivan, y está encantada.

Pasaron diez segundos en los que el silencio se hizo eterno. Los tres se miraron mutuamente hasta que Ryan reaccionó, arrepentido de haber perdido el control y haber montado una escena. Se sentía como atrapado en su propia trampa, y desde luego no tenía ninguna intención de explicarles a esas dos personas por qué no quería hacer aquella autopsia. Tenía que aceptar el caso de suicidio. No había vuelta de hoja.

—A mí no me importa intercambiar los casos —dijo Sharon, encogiéndose de hombros—. No tengo preferencias.

—¡No! Está bien, lo haré —dijo Ryan—. Pido disculpas. No sé qué me ha pasado; un momento de enajenación transitoria. Este caso está bien. Supongo que me esperaba algo que supusiera un mayor desafío.

—Todas las autopsias pueden suponer un desafío —dijo Chet—. ¡De verdad! No exagero. Cada caso es único, hasta los que parecen más mundanos, igual que pasa con las personas. Quizá más aún.

«Sí, claro —pensó Ryan—. Menuda idiotez». Pero guardó silencio.

—Muy bien, doctora Hinkley, tú puedes empezar ahora mismo —dijo Chet, levantando el pulgar—. La doctora Mehta ya está abajo, y probablemente esté deseando ponerse manos a la obra. Doctor Sullivan, tú tienes algo más de tiempo, ya que la doctora Montgomery no puede empezar hasta las nueve. Aun así, te sugiero que bajes al hoyo y te familiarices con el contenido del dosier de la autopsia, que ya está ahí. Te aseguro que la doctora Montgomery se esperará que estés plenamente familiarizado con el caso.

5

Jueves, 7 de diciembre, 9.10 h

Tras ponerse el equipo de protección, incluida la mascarilla, Laurie entró en la sala de autopsias, que estaba funcionando a pleno rendimiento, con las ocho mesas en uso. El murmullo de las conversaciones en voz baja se mezclaba con el zumbido de fondo del potente sistema de ventilación y con el sonido del agua que corría constantemente por debajo de cada una de las mesas de autopsias. Dado que todavía era temprano, aún no se oía el ruido de las sierras para hueso usadas para abrir los cráneos y extraer el cerebro, algo que Laurie agradeció, ya que ese chirrido agudo era una de las pocas cosas que no le gustaban de aquel lugar.

En la mesa número 1, que enseguida vio que tenía reservada para ella, se encontró el cadáver de un joven adulto tendido boca arriba. La única evidencia de trauma era una ligera quemadura en los labios. En el otro extremo de la mesa estaba Marvin Fletcher, uno de los pocos técnicos de morgue afroamericanos y, en su opinión, uno de los mejores. A su lado tenía una bandeja con todo el instrumental de autopsias organizado, etiquetas y frascos para muestras, lo que indicaba que estaba preparado para empezar. En el mismo lado que ella estaba Ryan Sullivan, al que reconoció a pesar de que solo lo había visto brevemente el viernes anterior, para darle la bienvenida a la OCME. Ambos llevaban el equipo de protección, como ella.

—Veo que ya estáis listos los dos —dijo Laurie, animada, deteniéndose a la cabeza de la mesa. Con el cuerpo tendido boca arriba, el orificio de salida no era visible.

—Estamos listos —dijo Marvin—. Creo que he pensado en todo, pero si hay algún instrumental especial que pueda necesitar...

Marvin sabía que ella siempre preparaba a fondo sus autopsias y quería estar listo para cubrir sus necesidades.

—No se me ocurre nada —dijo Laurie—. Debería ser un caso sencillo, en lo que se refiere a la autopsia. ¿Tenemos la radiografía?

Marvin señaló a un lado, donde había una batería de pantallas de visionado de radiografías.

—La tengo ahí puesta. Es la primera de la izquierda.

Ella se giró hacia Ryan.

—¿Has visto la radiografía, doctor Sullivan? ¿Te importa si te llamo Ryan?

—Claro que no. Llámeme Ryan —respondió—. Y sí, ya he visto la radiografía.

—¿Y?

—Las primeras vértebras cervicales han sufrido daños significativos —dijo. Laurie, que solía fijarse en los detalles, tuvo la impresión de que parecía algo tenso o nervioso, y se preguntó cómo podría hacer que se relajara—. Y hay varias manchas opacas, que deberían ser fragmentos de bala —añadió.

—Excelente —dijo, haciendo un esfuerzo por mostrarse complacida. Recordaba lo nerviosa que estaba cuando había hecho su primera autopsia con el doctor Bingham, que era el jefe cuando empezó. Para entonces ella ya era médico forense, no residente, como Ryan Sullivan—. Bueno, sé que los dos estáis impacientes por empezar, pero tengo que hablar un momento con el doctor Stapleton. ¿Me disculpáis un minuto?

—Por supuesto —dijo Marvin—. Ryan se limitó a asentir, sin establecer siquiera contacto visual.

Laurie pasó junto a las otras mesas, asintiendo a todo el que interrumpía su trabajo para saludarla. Pero no se paró. Los otros días de la semana, cuando no tenía que encargarse de una autopsia personalmente, Laurie siempre visitaba la sala a las nueve, o algo antes, para hacer sus rondas, y se pasaba por todas las mesas. Pero esa mañana no tenía tiempo para eso, aunque era, con mucho, lo que más disfrutaba de su trabajo, y lo que justificaba tener que afrontar toda la burocracia que suponía ser la médico forense jefe.

Jack estaba muy ocupado en la mesa número 8, en el otro extremo. Era su mesa preferida, porque era la que sufría menos interrupciones, al estar al final de la línea, ya que si algún forense quería interrumpirlo, tenía que ir expresamente a hacerlo. Jack casi siempre conseguía esa mesa, porque era el primero en llegar por la mañana.

Cuando se acercó, Laurie vio que su marido estaba trabajando en el interior de la cavidad torácica de la víctima, ya vaciada. También reconoció al teniente Lou Soldano, que estaba sentado en un taburete, intentando ver lo que hacía Jack. Vinnie Amendola, el técnico de la morgue que solía trabajar con Jack, era el único que podía verla llegar.

—Hola, doctora Montgomery —dijo Vinnie, y tanto Jack como Lou levantaron la cabeza.

—¿Qué tal va el caso? —preguntó Laurie.

—No va mal —respondió Jack.

—He oído que es un caso de múltiples heridas de bala —dijo—. ¿Cuántas?

—Ocho —dijo Jack.

—¡Vaya! —comentó Laurie—. Te va a llevar tiempo localizarlas todas.

—Quizá —concedió Jack—. Pero la cosa va bien.

—Eso depende de a quién se lo preguntes —le corrigió Vinnie. Jack y él siempre bromeaban, tomándose el pelo y metiéndose el uno con el otro.

—Nos iría mejor si tuviéramos un técnico decente —dijo

Jack, devolviéndole la puya—. Pero bueno, de momento estoy intentando localizar la bala que atravesó el corazón y que probablemente le diera a la víctima el golpe de gracia.

—Lo cual será muy significativo —añadió Lou—. Espero que balística demuestre que el disparo mortal se lo asestó él mismo, lo que obviamente tendría consecuencias muy positivas para el departamento de policía.

—Interesante —dijo Laurie—. Y sin duda muy importante, pero me preocupa cuánto va a durar la autopsia, teniendo en cuenta las limitaciones de Jack. Ya sabes, Lou, que Jack sigue teniendo problemas con la cadera cuando debe pasar demasiado tiempo de pie.

—No lo sabía, pero ahora ya lo sé.

—Me encuentro bien —respondió Jack.

—Y yo me alegro, pero quiero estar segura de que me avisarás si la cadera empieza a molestarte. Chet ha dicho que estará encantado de sustituirte si hace falta. Dime solo que no aguantarás hasta que el dolor sea insoportable, que pararás antes.

—Sí, mamá —contestó Jack, poniendo los ojos en blanco.

—Vinnie, te hago responsable. No lo pierdas de vista.

—Con mucho gusto —dijo él.

Aunque no estaba nada convencida de que Jack fuera a seguir su sugerencia, Laurie sintió que había hecho lo que debía y se volvió hacia su mesa. Al girarse tropezó con Marvin, que la había seguido.

—¡Oh, vaya! —exclamó Laurie sorprendida, dando un paso atrás—. Lo siento.

—Es culpa mía —dijo Marvin—. Solo quería hablar un momento contigo, para decirte que estoy algo intranquilo con respecto al doctor Sullivan.

—¿En qué sentido? —preguntó Laurie, mirando por encima del hombro de Marvin. El residente seguía en la misma posición que antes, junto a la mesa número 1, de espaldas a ella, mirando hacia la salida.

—Está tenso —dijo Marvin.

—Antes yo lo he visto intranquilo. Pero ¿a qué te refieres? ¿Lo ves nervioso o enfadado?

—Más bien nervioso.

—¿Tienes alguna idea del motivo?

—Lo único que se me ocurre es que se identifique con el muerto. Mencionó que tenía su misma edad y que creció en un pueblo cercano, en Massachusetts. Cualquiera que sea el motivo, le pasa algo raro, y he pensado que era mejor decírtelo.

—Te agradezco tu preocupación. Una cosa: ¿ha comentado algo que haga pensar que conociera al difunto de algún modo?

—No, y si así fuera, creo que lo habría dicho enseguida.

—Bueno, gracias por la información. Vamos a ver si podemos tranquilizarlo, y de paso a ver si conseguimos que se apasione por la medicina forense. Según el doctor McGovern, actualmente su interés por la especialidad es nulo. Desgraciadamente, la situación me recuerda la de la doctora Aria Nichols. Seguro que te acuerdas de ella.

—¿Quién podría olvidarse de esa mujer? —dijo Marvin—. Fue una historia triste, pero con los técnicos se mostraba siempre altiva y prepotente.

—Lo digo solo porque tú y yo al menos conseguimos convertirla en una apasionada de la ciencia forense durante aquel caso de sobredosis que hicimos juntos. Espero poder hacer lo mismo con el doctor Sullivan.

—Por qué no —respondió Marvin, y fue más una afirmación que una pregunta.

Con Marvin a sus espaldas, Laurie se dirigió de nuevo a la mesa número 1. Ryan no se había movido. Y tampoco había cambiado su gesto ausente, ni siquiera para asentir al verlos llegar.

—Muy bien, Ryan —dijo Laurie, animadamente—. Vamos a empezar. Sugiero que dirijas tú la autopsia, y Marvin y yo te asistimos. ¿Qué te parece?

Él se los quedó mirando a los dos alternativamente, como confuso.

—¿Te ves capaz de hacerlo? —le preguntó ella, para darle un empujón.

—Supongo que sí —respondió Ryan por fin, pero sin el entusiasmo que se esperaba Laurie.

—Déjame que te explique una cosa —dijo ella—. Mi equipo y yo siempre hemos intentado dar más responsabilidad a los residentes de patología clínica como tú durante vuestras prácticas, para que esto os resulte más interesante y satisfactorio. Desgraciadamente, debido a las restricciones legales, no siempre puede ser. Aun así, tengo interés en que tú lleves este caso. La responsabilidad seguirá siendo mía, y en el certificado de defunción aparecerá mi firma, pero por lo demás estás tú al mando. ¿Te parece?

—Supongo que sí —volvió a decir él.

—Esa no es la respuesta que esperaba —dijo Laurie, intentando no perder los nervios—. ¿Es por falta de interés o porque no te sientes cualificado?

—Ninguna de las dos cosas —dijo Ryan—. Es algo emocional.

—¿Emocional? No lo entiendo. ¿Me lo puedes explicar?

—Es un caso de suicidio cometido por alguien de mi edad y de un pueblo cercano al mío.

Aquello la pilló a contrapié. Aparentemente Marvin tenía razón. Había algún elemento de identificación personal en juego.

—Mira —dijo, después de tomarse un momento para ordenar sus pensamientos—, aquí nos vemos obligados a enfrentarnos al suicidio a diario, ya que, lamentablemente, en Nueva York se produce uno cada dieciséis horas de media, lo que significa unos quinientos casos de suicidio al año. La tasa se redujo en un tres por ciento más o menos al inicio de la pandemia, por motivos desconocidos, pero últimamente ha aumentado considerablemente. Es una pena, pero es así. Déjame que te pregunte algo:

¿conocías por casualidad a Sean O'Brien o a alguien de su familia?

—No, no es ese el motivo —dijo Ryan—. Reconozco que mi reacción ha sido poco profesional, y lo lamento. Esto me ha pillado por sorpresa, más de lo que me esperaba, pero ya me he recuperado. Necesitaba unos minutos. Sí, dirigiré la autopsia, y estoy de acuerdo con usted. Participar activamente será mucho más interesante que limitarme a observar, que es lo que me esperaba.

—¿Quieres que te demos unos minutos más? O, si lo prefieres, podemos hablar un poco más del motivo de esa respuesta emocional.

—No, estoy bien. Gracias —respondió Ryan, recobrando la compostura—. Vamos a empezar.

—Muy bien —dijo Laurie—. Pero antes hablemos sobre el papel de la medicina forense y sobre el motivo por el que estamos obligados por ley a hacer autopsias con todos los suicidios. Al fin y al cabo, si vas a pasar aquí un mes es para poder valorar este tipo de trabajo, y por eso es especialmente apropiado este caso. ¿Me sigues?

—Claro —dijo Ryan—. Un suicidio puede ser un suicidio o un homicidio manipulado para que parezca un suicidio.

—¡Exactamente! E incluso hay suicidios manipulados para que parezcan accidentes. Aquí en la OCME hemos visto todas las permutaciones. Una de las cosas que se supone que puede proporcionar la autopsia es la causa y el mecanismo de la muerte, que suele ser bastante sencillo de establecer. En este caso es una herida por disparo de pistola, con destrucción del cerebro y de la médula espinal. Pero quizá lo más importante sea que la autopsia también aporta pruebas con las que dilucidar la forma de la muerte, que es más difícil de determinar pero igual de importante, y en algunos casos aún más. Seguro que eres consciente de que una herida por disparo de pistola puede tener el mismo aspecto tanto si el autor es la propia víctima como si es el resultado de una ejecución.

—Por supuesto —respondió Ryan, cambiando el peso del cuerpo de un pie al otro. Ahora que había recuperado la calma, quería acabar con aquello lo antes posible, para poder salir pronto de la sala de autopsias. De momento no olía a putrefacción, pero sabía que eso podía cambiar en un momento, amargándole el día.

—Lo que quiero dejar claro es que la forma de la muerte es, en última instancia, una opinión desarrollada de forma racional y basada en pruebas convincentes procedentes de diversas fuentes: la autopsia, la investigación del escenario, el conocimiento del trasfondo social y médico, y la toxicología. Todo ello forma parte de la ciencia forense.

Él asintió.

—Lo pillo —dijo—. No me parece ingeniería aeroespacial. ¿Empezamos?

Por un momento Laurie se quedó mirando al residente, intentando combatir su creciente exasperación. Chet le había dicho que Ryan tenía una personalidad pasivo-agresiva, y ese tipo de personas se caracterizan por expresar su enfado o descontento de una manera indirecta, pero aquel tono sonaba bastante agresivo. Para darse un poco de tiempo, ordenar las ideas y controlar los pensamientos negativos, cambió de tema:

—¿Has leído el informe de la investigadora médico-legal?

—Sí, lo he hecho.

—Entonces eres consciente de que la IML que lleva el caso, que es una de las más experimentadas que tenemos, ha planteado dudas sobre temas que podrían ser sensibles en la determinación de la forma de la muerte. En primer lugar, que la víctima fue hallada sentada, y que aun así seguía teniendo la pistola en la mano, algo que según dice no había visto nunca y, en segundo lugar, que ninguno de los vecinos del edificio a los que interrogó oyeron el disparo, que calculó que habría ocurrido hacia las diez de la noche. ¿Eso qué te sugiere, ahora que vas a empezar la autopsia?

Ryan puso los ojos en blanco y volvió a cambiar la pierna de apoyo.

—Que tenemos que estar abiertos a la posibilidad de que se trate de un homicidio y no de un suicidio.

—Exacto —dijo Laurie, haciendo caso omiso de la impaciencia de Ryan—. Pero, por otra parte, ¿qué hay en el informe de la IML que hace pensar que efectivamente nos encontramos ante un suicidio?

—Que la novia de la víctima, que fue quien descubrió el cuerpo, dijo que el fallecido estaba deprimido e inquieto después de que le hubieran diagnosticado cáncer.

—Correcto —dijo ella—. Se sabe que la tasa de suicidio de las personas con un diagnóstico de cáncer es un ochenta y cinco por ciento superior a la de la población general, especialmente si va asociado con depresión. Otra cuestión: ¿qué hay del hecho de que no hubiera ninguna nota de suicidio? ¿Eso no influye en tu valoración?

—No lo sé —respondió Ryan—. ¿Debería?

—No, no debería —dijo Laurie—. Pese a lo que se suele pensar, en la mayoría de los suicidios no hay nota. Si hubiera nota, y siempre que fuera auténtica, podría ser útil para decidir la forma de la muerte, pero el hecho de que no la haya no tiene demasiado peso. Así pues, en el momento de iniciar esta autopsia, y basándonos en los datos con los que contamos de momento, nos inclinamos a pensar que se trata realmente de un suicidio.

Se aclaró la garganta y prosiguió:

—Hay un dato interesante, y es que últimamente hemos visto seis casos en los que algún indicio llamativo planteaba la posibilidad de que un suicidio fuera en realidad un homicidio, como en este, pero en todos ellos se decidió que la muerte había sido autoinfligida. El doctor McGovern hizo mención a este asunto en la última reunión semanal de representantes de todos los distritos, dado que había seis forenses diferentes implicados. Como son solo seis de unos doscientos cincuenta casos de suicidio a los que se les ha hecho la autopsia hasta ahora, es un porcentaje menor. Este podría ser el séptimo caso.

—¿Podemos empezar? —preguntó Ryan, con un suspiro.

—Sí, por supuesto —respondió Laurie. Contó mentalmente hasta diez para calmarse. No iba a ser tan fácil como pensaba despertar el interés de aquel residente por la medicina forense—. Pero antes de que empieces la autopsia, querría que examinaras y fotografiaras el orificio de salida de la bala y que tomaras muestras de las manos para ver si hay residuos de pólvora.

6

Jueves, 7 de diciembre, 9.35 h

Mientras progresaba la autopsia, Laurie no pudo evitar pensar en Aria Nichols, dado que era evidente que Ryan Sullivan era igual de bueno y rápido como prosector. Pero no quiso dejarse llevar por los recuerdos, y se concentró en recordarle periódicamente que tenían un diagnóstico de cáncer sin que les hubieran dicho de qué tipo, así que quería que fuera especialmente cuidadoso y metódico en la exploración y la extracción de cada uno de los órganos internos, en particular los pulmones, el hígado, los riñones y el intestino. Después, viendo que no encontraban pruebas evidentes del cáncer, le animó a que extirpara incluso el páncreas, algo que no solían hacer en todas las autopsias, ya que podía palparse y podían extraerse muestras sin diseccionarlo. Pero para estar seguros de que no se trataba de cáncer pancreático, le dijo que también lo extrajera. Tampoco encontraron allí ningún tumor.

—Me sorprende un poco que no hayamos encontrado evidencias de cáncer —dijo unos minutos más tarde, tras la extirpación de las glándulas adrenales, que también tenían un aspecto normal.

—Aún nos queda la cabeza y el cuello —propuso Ryan, moviéndose por el lateral de la mesa de autopsias.

—Es cierto —dijo ella—. Y no deberíamos olvidarnos de la

médula ósea. Quizá el cáncer fuera de médula o de sangre, y no un tumor sólido.

—Podría ser —aceptó él—. Pero en ese caso tendríamos que esperar al informe histológico para el diagnóstico del cáncer.

—Posiblemente —dijo Laurie, pero no estaba convencida. Se preguntaba cómo podían haber hecho el diagnóstico inicial, si ellos no podían verlo en la autopsia, pero no quiso seguir con eso—. Tengo que felicitarte por la impresionante velocidad que estás mostrando en las disecciones hasta el momento. Pero ahora que vas a pasar a la cabeza, al cuello y a la boca, querría que fueras más despacio. Sobre todo, con la herida oral. Ahí es donde estarán todos los indicios patológicos. Vas a tener que dejar expuesto y fotografiar todo el recorrido de la bala, y extraer todos los fragmentos del proyectil. Pero antes te recomiendo que hagas una disección cervical anterior, para que podamos descartar un cáncer de laringe o tiroides.

Ryan no redujo la velocidad a pesar de las palabras de Laurie, pero ella no se quejó, ya que siguió impresionándola con su habilidad en la disección. Al cabo de unos minutos ya tenía la piel retirada, había cortado los músculos estriados y dejado la tiroides y la laringe a la vista, pese a que era un proceso que a Laurie siempre le había parecido lento y tedioso.

—La tiroides parece normal —dijo él, pasando el dedo índice por la superficie anterior y posterior de la glándula—. No hay nódulos. ¿Quiere tocarla?

—No, te creo —dijo Laurie—. Toma muestras. Lo siguiente es la boca.

—Necesito otro escalpelo —dijo Ryan, después de tomar varias muestras de la tiroides. Le entregó el instrumento a Marvin, que se agachó para sacar otra hoja de bisturí. Ryan ya había consumido las dos que Marvin le había dado hasta el momento.

—Te recomiendo que abras la cavidad bucal por ambos lados —dijo Laurie. Mientras hablaba echó un vistazo por encima del hombro de Ryan y vio la mesa número 8 al final de la sala. Tanto

Jack como Lou parecían estar en la misma posición que antes, lo que le suscitó serias dudas sobre los progresos que pudiera estar haciendo su marido, con ocho balas por localizar. No había visto a Chet, a pesar de su promesa de tener controlado a Jack.

—Eso es exactamente lo que tenía pensado hacer —dijo Ryan, reclamando de nuevo la atención de Laurie. Antes, durante el examen externo, no había sido posible ver el interior de la boca debido al *rigor mortis*, por lo que aún no habían podido localizar la herida de entrada.

Marvin volvió enseguida con el bisturí, provisto de una nueva hoja. Ryan se puso manos a la obra y enseguida tuvo toda la cavidad bucal expuesta bilateralmente, y las amplias quemaduras provocadas por los gases expulsados por la boquilla de la pistola en el interior de la boca a plena vista. También se podía apreciar que la herida de entrada estaba en la pared posterior de la nasofaringe; la bala había perforado el paladar blando, pero no había rozado siquiera el paladar duro.

—Vale, espera —dijo Laurie, en el momento en que Ryan estaba a punto de desarticular la mandíbula para ver mejor el recorrido de la bala—. Antes de seguir adelante, tienes que tomar fotos. Tenemos varias señales de alarma justo ahí delante.

—¿Qué tipo de señales? —protestó Ryan, que no tenía ningunas ganas de bajar el ritmo. En todo caso, habría preferido acelerarlo. Acababan de traer un cuerpo que estaba «pasadito», y lo habían colocado en la mesa número 4. Aunque de momento solo le había llegado un rastro del olor, le preocupaba cómo olería cuando abrieran el cuerpo. Le asombraba que todos los demás parecieran inmunes al hedor.

—Mira la lengua —dijo Laurie—. ¿Qué ves?

—Da la impresión de que se ha volado la punta —dijo Ryan.

—Exactamente. Y la medicina forense nos dice que eso no es nada habitual en un caso de suicidio con disparo en la boca. No es que nunca se produzcan daños en la lengua, sino que no son habituales. Y hay otra cosa que también nos dice la medicina forense, ahora que vemos la herida de entrada y podemos conectarla mentalmente con la de salida.

Ryan levantó la cabeza.

—¿Qué más nos dice la medicina forense? —A pesar de lo poco que le gustaban las autopsias y de la agresión que suponían para sus sentidos, lo que estaba diciendo la doctora Montgomery le resultaba cada vez más interesante. Hasta ese momento solo podía pensar en acabar la autopsia lo más rápidamente posible, convencido de que era un claro caso de suicidio, a pesar de las potenciales señales de alarma.

—Sepárate un poco de la mesa y observa la cabeza —le sugirió Laurie—. Y cuando lo hagas, conecta mentalmente la herida de la entrada al fondo de la boca con la herida de salida en la parte trasera del cuello. Una vez visualizada la trayectoria de la bala, ¿cómo la definirías en relación con el eje longitudinal de la mesa de autopsias?

—¿Qué quiere decir con eso de definirla?

—¿Dirías que la trayectoria de la bala es casi perpendicular, o que traza un ángulo determinado? Y, si traza un ángulo, ¿dirías que es ascendente, hacia la cabeza, o descendente, hacia los pies?

Ryan dio un paso atrás e hizo la abstracción que le sugería Laurie.

—Diría que es casi perpendicular —dijo, enseguida.

—Yo también lo diría —confirmó Laurie—. Dado que sabemos que la víctima estaba sentada cuando la hallaron, la trayectoria de la bala fue casi horizontal, en lugar de seguir un ángulo ascendente, que es lo que la medicina forense nos dice que es más habitual. Imagina que te metes el cañón de una pistola en la boca mientras estás sentado en una silla, con la intención de acabar con tu vida. ¿Cuál es la posición más probable de la pistola?

—Ya veo a qué se refiere —dijo Ryan, intentando no pensar en que era él quien lo hacía, sino imaginándose a otra persona—. El cañón estaría orientado hacia arriba.

Laurie se rio.

—Sí, y la herida de salida debería estar en la región occipital, no al nivel de la primera vértebra cervical, como en este caso. Además, dado que entre el ochenta y cinco y el noventa por ciento de la población es diestra, la ciencia forense también nos dice que la trayectoria en caso de suicidio por un disparo en la boca suele presentar un ángulo, en esos mismos porcentajes, no solo hacia arriba sino también ligeramente hacia la izquierda de la víctima, en lugar de ligeramente hacia la derecha, tal como vemos aquí, en donde se observan daños hacia la derecha del paladar blando.

—Fascinante —dijo Ryan. Estaba impresionado; aquello no se lo esperaba—. ¡Vaya! —añadió, con más énfasis—. ¿Cree que nos enfrentamos a un homicidio?

—No —dijo Laurie—. De momento no vamos a sacar conclusiones. Lo que vamos a hacer, y en particular tú, como prosector, es recoger pruebas forenses para poder sopesarlas después, de modo que podamos alcanzar una conclusión racional. Recuerda que al iniciar la autopsia te he dicho que la forma de la muerte viene determinada por la valoración de pruebas convincentes, entre otras procedentes de la autopsia. Aunque el examen forense nos diga que nos encontramos ante algunos elementos extraños, son factores que hay que cotejar con pruebas procedentes de la investigación del escenario, de la historia social y médica de la víctima y de lo que puedan deducir de la pistola después de que la examine nuestra nueva Unidad Criminalística de Balística y ADN. De momento, la información que nos ha proporcionado la novia de la víctima es que el difunto estaba deprimido y que le habían diagnosticado cáncer recientemente, y eso tiene más peso que lo que sugieren estos detalles que estamos descubriendo en la autopsia. Pero hasta que no se firma el certificado de defunción hay todo un proceso. Y, aun así, es algo que se puede cambiar si aparece nueva información que altere el resultado de la ecuación de preponderancia entre las diferentes evidencias. ¿Entiendes lo que te digo? El proceso que seguimos tiene muchos más matices de lo que se cree la gente.

—¡Tiene toda la razón! —dijo Ryan con una convicción que le sorprendió incluso a él mismo. De pronto se dio cuenta, algo avergonzado, de que no le había prestado a aquella rotación la atención que merecía; había dejado que la sensación de asco le dominara—. Gracias por tomarse el tiempo de explicármelo.

—De nada —dijo Laurie, con cierta satisfacción. De repente, tenía la impresión de que estaba consiguiendo su objetivo de estimular el interés del residente, al menos de momento—. Bueno, sigamos adelante con este caso. La verdad es que tengo un día muy apretado.

—Por supuesto —dijo Ryan. Con energía e interés renovados, se puso de nuevo manos a la obra y enseguida pudo dejar a la vista y fotografiar la trayectoria de la bala. También consiguió extraer los fragmentos del proyectil que habían quedado dentro tras el impacto con el hueso de las vértebras cervicales. Cuando llegó el momento de pasar al cerebro, sobre todo al tronco cerebral, y determinar los daños, Laurie y Ryan se apartaron un poco de la mesa para que Marvin tuviera espacio y pudiera usar la sierra.

—Antes ha mencionado otros seis casos en los que surgió la cuestión de si los suicidios eran en realidad homicidios —dijo Ryan, levantando la voz para que le oyera con el chirrido de la sierra para huesos.

—Así es.

—¿Eran todos suicidios por disparo en la boca, como este?

—No. Si mal no recuerdo, de los cuatro casos de disparos, uno era en la región temporal y los otros tres en la boca, como este, algo inesperado, ya que es más habitual la sien que la boca. Creo que uno de los otros dos suicidios era por ahorcamiento y el otro por exanguinación por las muñecas, pero no me apostaría nada. No oí toda la exposición porque me llamaron por teléfono y tuve que salir de la conferencia. Además, no fue una exposición muy larga. Más que nada se planteó para que todo el mundo supiera que era algo que podía ocurrir y que estuvieran todos atentos por si surgían nuevos casos. Una de las funciones más importantes que desarrollamos en la OCME es llamar la atención sobre las tendencias emergentes, en particular en relación con las enfermedades infecciosas, pero también con otras causas de la muerte.

—Bueno, ahora este caso nuestro puede incluirse en ese grupo.

—Es cierto.

—¿Sabe si esas señales de alarma que hacían pensar en un posible homicidio en los otros casos de disparo en la boca eran similares a las que tenemos aquí?

—No podría decírtelo, pero supongo que no se encontraría la pistola en la mano de la víctima. Sé lo exhaustiva que suele ser la IML que trabaja con este caso. Pero ¿por qué me lo preguntas?

—No sé —reconoció Ryan—. Me da la impresión de que sería interesante saber cuáles eran todas esas señales de alarma y si había puntos en común entre los diferentes casos, especialmente si hubiera algo común a todos ellos.

—¿Por ejemplo?

—No lo sé —dijo Ryan—. Cualquier cosa. Que fueran del mismo sexo, edad, raza, que tuvieran historias parecidas... Cualquier cosa que los relacionara, si no ya a todos, a la mayoría.

—No, no lo creo. Al menos no que recuerde. Pero... no es a mí a quien tienes que preguntar. El doctor McGovern será, sin duda, una fuente más fiable, ya que fue él quien planteó el asunto, lo hizo público y moderó el debate. Lo que sí recuerdo es que había seis forenses diferentes implicados. El suicidio es algo importante aquí, en la OCME. Durante el momento más crítico de la pandemia, la tasa de suicidios en la ciudad descendió. No de una manera exagerada, pero sí lo suficiente como para que se notara. Y ahora estamos experimentando un aumento de casos.

—¿Por qué cree que bajó durante la pandemia?

—Nadie sabe qué pudo ser, aparte de que cuando la gente estaba aislada y confinada en sus casas, se relacionaban más entre sí. Pero eso no es más que una suposición. En cualquier caso, es un asunto interesante desde el punto de vista social.

—Dijo que esos casos de los que hablaba se produjeron en los últimos seis meses, y que durante ese tiempo en la OCME estudiaron más de doscientos cincuenta suicidios. Eso significa un dos y medio por ciento. ¿Sabe si en otros intervalos de seis meses se han registrado tasas similares?

—No tengo ni idea —dijo Laurie, impresionada de nuevo. Admiraba a la gente capaz de hacer cálculos aritméticos de cabeza, ya que ella era incapaz. Siempre necesitaba papel y lápiz.

—Tengo una idea —dijo Ryan.

—¿Cuál es?

—Antes de hacerle la propuesta que tengo en mente, querría decirle que el hecho de que me haya permitido hacer esta autopsia con usted ha despertado mi interés en la medicina forense. A decir verdad, ahora mismo tengo la sospecha de que era ese su objetivo.

—Lo era —reconoció Laurie—. El doctor McGovern me ha dicho que no mostrabas interés y que te habías saltado algunas autopsias de tarde para volver al centro médico.

—Bueno, pues ha conseguido hacerme cambiar de opinión, al menos en lo relacionado con la medicina forense, ya que esto ha dado un giro de ciento ochenta grados a mi actitud. Estaba muy molesto por tener que pasar aquí un mes, sobre todo porque, si le digo la verdad, las autopsias me parecen algo extremadamente desagradable, algo que a usted, como forense, probablemente le parecerá incomprensible. No entraré en detalles; créame cuando le digo que observar autopsias me resulta extremadamente desagradable y agobiante. Sin embargo, los temas de medicina forense que me ha planteado esta mañana me parecen realmente interesantes. Lo que me gustaría hacer es dedicar algo de tiempo y esfuerzo a analizar este caso en combinación con los seis casos anteriores que ha mencionado. Me gustaría ver si hay algún elemento en común que podamos haber pasado por alto.

—¿Cómo piensas estudiarlos?

—Usted ha dicho que participaron seis forenses diferentes.

Lo que propongo es que me deje hablar con ellos para ver si hay puntos en común.

—También tendrías que hablar con los IML para hacerte una idea completa —sugirió Laurie.

—Bien pensado. Sí, también hablaré con los IML.

—Me alegro de haber estimulado tu interés —dijo Laurie—. Y sí, claro, puedes estudiar el caso. Te aseguro que nadie va a intentar detenerte. Y estoy segura de que el doctor McGovern estará encantado de darte algo de tiempo en alguna de las conferencias de tarde para que puedas presentar cualquier hallazgo significativo.

—Muy bien, todo suyo —anunció Marvin, mostrándoles el cuerpo de O'Brien, ahora con la cabeza apoyada en un bloque de madera y sin la parte superior del cráneo, lo que dejaba el cerebro expuesto.

Marvin había retirado el cuero cabelludo, apoyándolo sobre el rostro, para poder acceder al hueso y retirar la cúpula del cráneo.

En el momento en que Laurie iba a acercarse, Ryan levantó la mano, indicando que aún tenía algo más que decir.

—Querría proponerle un trato —anunció.

—¿Qué tipo de trato? —dijo ella. Ahora que parecía que había alcanzado su objetivo con Ryan, ya tenía la mente puesta en la apretada agenda que tenía esa mañana, en particular en la reunión que debía mantener con la decana del Hunter College.

—Mañana llevaré aquí una semana, y ya he participado en ocho autopsias en total, incluida esta. Ya he comprendido bien el procedimiento, algo que ha visto reflejado en mi habilidad para la disección. Lo que querría pedirle es que me dispense de observar autopsias, al menos mientras me dedico a investigar estos siete suicidios.

Ryan contuvo el aliento, ya que eso era lo que le interesaba realmente.

Laurie se lo quedó mirando unos momentos mientras procesaba su petición. Aquello la había pillado desprevenida. Era la primera vez que un residente le pedía ausentarse de las autopsias. La autopsia era el pilar de la medicina forense. Ni siquiera Aria Nichols le había pedido que la dispensara de asistir.

—No es que no quiera cumplir con mis responsabilidades —prosiguió Ryan—. Salvo en este caso, soy siempre un mero observador, así que el hecho de que no esté observando no supondrá un mayor trabajo para nadie. Y, tal como le he dicho, la experiencia de las autopsias me resulta extremadamente desagradable. Quizá sea una carencia por mi parte, pero así es.

—No tengo muy claro cómo se lo tomaría el doctor McGovern —dijo Laurie, que no quería interferir con la gestión que hacía Chet del programa educativo de la OCME, en su opinión espléndida.

—No metamos en esto al doctor McGovern —dijo Ryan—. Él y yo tenemos nuestras diferencias. Encuentro que su misoginia es un anacronismo en la cultura antisexista de hoy, y me resulta difícil de soportar.

A Laurie aquello le cayó como un balde de agua fría. La actitud de Chet hacia las mujeres era algo que no sabía bien cómo afrontar. Por otra parte, el tema del acoso sexual administrativo le hacía pensar, una vez más, en Aria Nichols, que le había dicho que había sufrido personalmente la misoginia de Chet.

—No pretendo criticar al doctor McGovern —se apresuró a añadir Ryan—. Sé que se toma en serio la gestión de los programas educativos. Pero me gustaría hacer un uso más constructivo de mi tiempo.

—Vale, te dejaré que te dediques a esa investigación —dijo Laurie, que no tenía ninguna intención de debatir sobre los defectos de Chet con un residente—. Pero debes tenerme informada de tus progresos, y no quiero enterarme de que lo estás alargando solo para no tener que volver a la sala de autopsias. Aquí hay mucho más que aprender de lo que te puedes imaginar, a pesar de los inconvenientes. Supongo que ese estudio tuyo no debería llevarte mucho tiempo, ya que el doctor McGovern puede proporcionarte los nombres de las víctimas, sus números de registro y el nombre de los forenses y los IML de cada caso, de modo que no tendrás que buscarlos por tu cuenta. Si tienes algún problema en conseguir los dosieres originales de los IML, te puede ayudar Bart Arnold, que es el jefe del departamento. Informaré al doctor McGovern y al señor Arnold de tu plan. Por lo demás, querría que fueras discreto con respecto a este acuerdo entre nosotros, en particular con otros residentes que aún tienen que pasar por aquí. Supongo que entenderás que no quiera sentar un precedente.

Lo que Laurie no le mencionó fue que Aria también le había pedido hacer una investigación, y que eso fue lo que le provocó la muerte en última instancia. Pero esa asociación de ideas negativa quedó eclipsada por otra mucho más positiva. La petición de Ryan de investigar un grupo de suicidios para determinar aspectos sobre la forma de la muerte le recordó una investigación parecida que había hecho ella misma. Había sido sobre una serie de presuntas sobredosis en la que analizó la forma de la muerte, demostrando finalmente que se trataba de homicidios. Había ocurrido tiempo atrás, al poco de entrar en la OCME, cuando la cocaína era la droga más extendida.

Y, sobre todo, aquella investigación había sido uno de sus triunfos personales.

—La mantendré informada puntualmente —dijo Ryan. Estaba encantado, pero procuró contener sus emociones para no hacerle replantearse su decisión. En un primer momento se había quedado pensativa, como si se lo estuviera replanteando, y lo cierto es que no se esperaba que accediera tan rápidamente—. ¿Cuándo se lo comunicará al doctor McGovern? Me gustaría empezar enseguida —añadió, con la esperanza de evitar que le asignaran otra autopsia esta tarde.

—En cuanto acabemos con esto —dijo Laurie—. Ahora vamos a sacar el cerebro y completar la autopsia, para que puedas empezar cuanto antes.

7

Jueves, 7 de diciembre, 10.47 h

La fase final de la autopsia de Sean O'Brien discurrió a toda velocidad en cuanto sacaron el cerebro del cráneo. La lesión se hizo evidente, ya que la mitad inferior del tronco cerebral estaba destruida por fragmentos de bala que habían atravesado la primera vértebra cervical. Después de tomar fotos, ya que estaba claro que el daño cerebral era el mecanismo de la muerte, Ryan suturó el cadáver con una celeridad admirable.

—¡Bien hecho! —dijo Laurie, mientras se quitaba los guantes—. Has ejecutado la autopsia con precisión, a pesar de lo mucho que dices que te desagrada el proceso.

—En comparación con otras ha sido un placer —respondió Ryan.

—Bueno, yo tengo que ponerme en marcha —dijo ella—, pero confío en que ayudarás a Marvin a recoger esto y meter el cuerpo en la cámara. También espero que redactes el informe y que te asegures de que todas las muestras llegan a los departamentos correspondientes.

—Por supuesto.

Ella asintió. La solicitud de Ryan para dedicarse a las tareas posteriores a la autopsia, en particular la manipulación del cadáver, suponía un claro contraste con la actitud que mostraba Aria Nichols. Eso le gustó. Aunque había algunas semejanzas entre ambos residentes —algo que al principio le había resultado inquietante—, también había grandes diferencias evidentes. Lo último que deseaba Laurie era repetir la debacle que había supuesto la muerte de Aria Nichols.

Dejando atrás a Ryan y a Marvin, cruzó la sala de autopsias, asintiendo de nuevo en respuesta a todos los que la saludaban. Quería saber cómo lo llevaba Jack antes de ir a su despacho. Y cuando se acercó a la mesa número 8 vio que su marido y Lou seguían básicamente en la misma posición que al empezar ella el caso O'Brien.

—¿Cómo va? —preguntó, acercándose a la cabecera de la mesa. En ese momento Jack tenía ambas manos metidas en la zona pélvica de la víctima. Lou seguía encaramado a su taburete, intentando ver por encima de su hombro. Vinnie sostenía en la mano el retractor para darle un mayor espacio de actuación a Jack.

Los tres hombres levantaron la cabeza para mirarla.

—Fatal —dijo Vinnie—. Vamos a estar aquí hasta la semana que viene.

—Tú igual sí, pero yo habré acabado en menos de una hora —rebatió Jack.

—Tú estás soñando —replicó Vinnie.

—Va bien —dijo Lou.

—De los ocho proyectiles, ¿cuántos has recuperado ya? —preguntó Laurie.

—Seis —dijo Jack—. Y esos eran los difíciles. —Levantó las manos por encima de la cabeza y se estiró—. El último está en el muslo, así que debería ser relativamente rápido.

—Lo importante es que hemos recuperado la bala que le dio el golpe de gracia —dijo Lou, con evidente satisfacción—. ¡Y no tenemos que esperar a balística! Es una bala encamisada, lo cual exculpa al Departamento de Policía de Nueva York, ya que nosotros solo usamos balas de punta hueca. Este delincuente murió de una herida autoinfligida.

—Vale —dijo Laurie—. Pero ¿tú cómo lo llevas, Jack? ¿Cómo va la cadera?

—La cadera está bien —dijo Jack, quitándole importancia con un gesto de la mano—. Ningún problema.

—¿Estás seguro? —insistió. No sería la primera vez que Jack restaba importancia a los síntomas físicos.

—Al cien por cien —dijo Jack—. No tengo ninguna molestia.

—Se suponía que Chet debía venir a ver cómo estabas. ¿Ha pasado por aquí?

—No, aún no —respondió Jack, que volvió a centrar la atención en las profundidades de la zona pélvica. Era evidente que quería volver al trabajo.

—Muy bien —dijo Laurie, consciente de que no podía hacer nada más—. ¡Que vaya bien!

—A ti también —dijo Jack, sin levantar la mirada.

Sin más dilación, Laurie se dirigió hacia la salida. Sabía que no le quedaba mucho tiempo antes de su reunión con la decana del Hunter College y, como era habitual, no se sentía preparada. Cuando pasó junto a la mesa número 1 vio a Marvin y a Ryan colocando el cadáver de Sean O'Brien sobre una camilla y no miró siquiera en su dirección. Un momento más tarde estaba a punto de atravesar la puerta doble cuando esta se abrió de golpe, obligándola a retroceder para evitar el impacto.

—¡Oh, lo siento! —dijo Chet, al ver lo que había ocurrido. Ni él ni Laurie habían mirado por las pequeñas ventanas blindadas de la puerta doble, que estaban ahí precisamente con ese fin.

—No pasa nada —dijo Laurie, recobrando enseguida la compostura.

—¿Cómo ha ido tu caso? —le preguntó Chet, mirando por encima de su hombro en dirección a la mesa número 1, donde Marvin y Ryan estaban ya empujando la camilla.

—Hablemos en el pasillo —sugirió Laurie.

Él asintió y salió tras ella al pasillo, donde ambos se quitaron las mascarillas.

—Ha ido mejor de lo que me esperaba —dijo Laurie.

—¿De verdad? —preguntó Chet, incrédulo.

—¡Sí, de verdad! ¿Por qué tanta sorpresa?

En ese momento las puertas de la sala de autopsias se abrieron de nuevo, y apareció la camilla, con Marvin delante y Ryan empujando por detrás. Los cuatro se saludaron con un movimiento de la cabeza al pasar, pero nadie dijo nada. Un momento más tarde la camilla desapareció tras la esquina en dirección a la cámara frigorífica.

—Pues porque es un tipo raro —dijo Chet—. No tenía muchas esperanzas. Esta mañana, cuando le he dicho que iba a encargarse de un caso de suicidio contigo, se ha negado de plano, diciendo que no pensaba hacerlo.

—¿Te ha dicho por qué?

—No, no me lo ha dicho. Incluso intentó cambiarle el dosier a la otra residente, que tenía un simple caso de sobredosis. No tenía sentido, porque era evidente que la sobredosis era un caso de rutina, mientras que el suicidio al menos tenía aspectos que dilucidar. Lo único que se me ha ocurrido pensar es que tenía que ver con el hecho de que fuera un suicidio.

—¿Crees que ha hecho algún tipo de identificación personal?

—Algo así —dijo Chet, abriendo los brazos y encogiéndose de hombros.

—De hecho, tanto a Marvin como a mí nos ha parecido que estaba algo nervioso antes de empezar la autopsia. Cuando le hemos preguntado, nos ha reconocido que se sentía algo identificado porque el paciente tenía su misma edad y era de un pueblo vecino al lugar donde creció él.

—Eso es muy curioso —señaló Chet—. Cuando empezó a ponerse raro conmigo apenas había tenido tiempo de leer el resumen del caso.

—Bueno, da igual —dijo Laurie—. Lo importante es que ha acabado siendo un caso perfecto para mostrarle la importancia de la medicina forense, y él enseguida se ha involucrado.

—¡Vaya! ¡Genial! —exclamó Chet, con cierta satisfacción por haber sido él quien había propiciado la ocasión.

—Bueno, ha sido un caso estupendo para la ocasión, así que te lo agradezco —dijo Laurie—. Lo importante es que el doctor Sullivan ha desarrollado un interés repentino, y yo diría que genuino, por la patología forense.

—Tus habilidades de persuasión son legendarias —dijo él, riéndose. Todo el mundo sabía que la doctora Jennifer Hernandez había escogido la especialidad solo por influencia de Laurie.

—Yo creo que su repentino interés se ha debido más a este caso en particular que a nada de lo que haya podido hacer yo —respondió Laurie, quitándose importancia. Los halagos la incomodaban un poco, y no solía hacer mucho caso—. De hecho, gracias a este caso, el doctor Sullivan me ha pedido permiso para investigar el asunto que planteaste sobre la media docena de casos de suicidio similares que hemos detectado en los últimos seis meses. Quiere ver si hay algún punto en común que haya pasado desapercibido. Yo le he dado vía libre, para potenciar su interés por la medicina forense. Espero que no te importe. No quiero interferir, si es que lo estás estudiando tú personalmente.

—No, qué va. Planteé el asunto en la conferencia con la esperanza de que alguien lo hiciera, especialmente si sigue el goteo de casos, con el aumento de la tasa total de suicidios.

—Bien pensado —dijo Laurie—. El caso es que le he dicho al doctor Sullivan que le proporcionarías los nombres y los números de registro de esos seis casos que presentaste.

—Lo haré esta misma mañana —dijo Chet.

—Hay otra cosa —prosiguió Laurie—. También me ha pedido que lo dispense de observar autopsias mientras se dedica a este proyecto, y se lo he concedido, siempre que no lo alargue de forma evidente. Como director del programa educativo, ¿te parece bien?

—Supongo —respondió Chet, meneando casi imperceptiblemente la cabeza.

—Ya veo que no te emociona la idea.

—Los residentes de patología clínica vienen aquí a presenciar autopsias. Es el motivo por el que están aquí.

—Es cierto, pero al doctor Sullivan parece que le resultan especialmente desagradables, lo cual no deja de ser algo sorprendente para un residente de patología clínica. En cualquier caso, lo que he pensado es que si conseguimos que se interese en la medicina forense con este proyecto de investigación, podrá gestionar las autopsias mejor y con un poco de suerte te facilitará el trabajo.

—De acuerdo —dijo Chet—. Ya veo lo que quieres decir, y será un alivio no tener que preocuparse de dónde está o qué está haciendo durante unos días.

—También le he pedido que sea discreto con respecto a nuestro pacto, para no sentar un precedente de cara a futuros residentes.

—Buena idea —dijo él.

Laurie se planteó por un momento mencionar el sorprendente comentario que había hecho el doctor Sullivan sobre la misoginia de Chet, pero enseguida cambió de opinión. Ya tenía demasiadas cosas de las que ocuparse, y pensó que ya plantearía el tema de nuevo con el doctor Sullivan cuando se reunieran para hablar de los resultados de su investigación. Le preocupaba un poco que aquello tuviera que ver con la otra residente, la doctora Sharon Hinkley, una mujer de aspecto juvenil y muy atractiva. Por lo que le había dicho Jack sobre la inmadurez social de Chet y sus preferencias en cuanto a mujeres, le preocupaba que la joven residente fuera un blanco demasiado tentador para él.

Lo dejó allí y se fue a la sala de taquillas a toda prisa, quitándose el traje protector por el camino. Se sentía muy satisfecha consigo misma. No solo había disfrutado de la autopsia, sino que aparentemente había cumplido su objetivo de despertar el interés del residente por la medicina forense. Y, además, le gustaba la idea de que alguien fuera a analizar la curiosa serie de casos de suicidio que Chet había recopilado, ya que le recordaba a sus primeros años como forense.

8

Jueves, 7 de diciembre, 11.15 h

El doctor Jerome Pappas tenía un mal presentimiento sobre la siguiente paciente que iba a ver en Oncology Diagnostics, la clínica que él y su socio, el doctor Malik Williams, habían creado un año atrás en Park Avenue, en el Upper East Side de Nueva York, cerca del Hospital Lenox Hill. Su secretaria, Beverly Aronson, le había advertido de que la cita era con una mujer de treinta y cuatro años llamada Marsha Levi que estaba indignada y que exigía el reembolso del precio de un escáner de todo el cuerpo que le habían hecho la semana anterior y que había dado negativo. Beverly había añadido que la paciente insistía en que la prueba no era necesaria.

Lo que más le preocupaba a Jerome era que ese tipo de cosas estaban ocurriendo con demasiada frecuencia en los últimos seis meses, quizá cada vez más. Solo una semana antes ya había tenido que soportar los gritos de otro paciente, Sean O'Brien, que se quejaba de lo mismo. Aunque en ambos casos los pacientes afirmaban que lo que querían era que les devolvieran el dinero, lo que más les enfurecía era la convicción de que se habían expuesto a una radiación intensa de forma innecesaria al hacerse el TAC en Full Body Scan, otra compañía que Jerome y Malik habían fundado hacía casi diez años. Respecto a la radiación no había nada que hacer, ya que era algo que no podía revertirse, así que los pacientes dirigían toda su frustración hacia la demanda de reembolso. Desgraciadamente, eso podía crearles un grave problema, ya que Full Body Scan estaba atravesando graves dificultades económicas, que habían hecho necesario que Jerome y Malik apuntalaran el negocio hipotecando todas sus propiedades, incluidas sus casas de fin de semana en los Hamptons. Lo cierto era que cada PET o TAC que se hacía en Full Body Scan era importante para mantener a flote la compañía, y si la gente empezaba a exigir que les devolvieran el dinero, eso podría suponer no solo el final del negocio, sino también del nivel de vida de Jerome y de Malik.

Jerome se quitó las gafas y las apoyó en la mesa un momento para frotarse los ojos y calmarse un poco antes de enfrentarse a Marsha Levi. Como médico sabía que la ansiedad que sentía no le hacía ningún bien, especialmente teniendo en cuenta su fibrilación atrial, que se trataba con un betabloqueante y un anticoagulante. Aunque su cardiólogo no estaba de acuerdo, Jerome estaba convencido de que su problema de arritmia se debía a la ansiedad que había estado sufriendo durante el último año, desde que Full Body Scan había empezado a tener dificultades económicas. Cuando lanzaron el negocio había sido una mina de oro, ya que se había adelantado a la demanda de pruebas de imagen para la prevención del cáncer encargadas por las grandes compañías que competían entre ellas por ofrecer a sus mejores ejecutivos exámenes médicos anuales, fueran o no eficaces realmente.

Jerome y Malik eran radiólogos de formación, por lo que sabían que las posibilidades de detectar un cáncer incipiente con un escáner de todo el cuerpo eran mínimas, mucho menores que algo realmente eficaz como una colonoscopia, pero eso no importaba. Lo que importaba era que ambos empresarios eran médicos licenciados con un Máster en Administración de Empresas y que habían tenido la intuición de que las grandes corporaciones y sus asegurados mostrarían un enorme interés en las pruebas de imagen para la prevención del cáncer, fuera o no dudosa su capacidad para hacer tal cosa. De ahí que fundaran su compañía.

Al principio los beneficios habían sido tan formidables que Jerome y Malik habían decidido invertir a lo grande, pidiendo préstamos para comprar más equipo, tremendamente caro. Lo que no habían calculado era que la ciencia acabaría proporcionando técnicas eficaces de detección del cáncer a través de análisis de sangre, algo que había salido al mercado un año atrás más o menos, lo cual había provocado un descenso catastrófico en la demanda de escáneres de todo el cuerpo. No obstante, últimamente Jerome y Malik habían encontrado un modo de aprovechar esa tecnología de detección de cánceres mediante análisis para sanear Full Body Scan, con la creación de Oncology Diagnostics.

Por mucho que lo intentara, no estaba consiguiendo calmarse. Volvió a ponerse las gafas, se levantó y se acercó a un armario empotrado que ocultaba un pequeño minibar. Abrió la puerta y se sirvió un dedo de whisky de malta. Se lo bebió de un trago y luego contempló su imagen en el espejo del minibar. Lo que vio no resultaba muy alentador. Era un hombre corpulento, pero en el rostro se le veían las preocupaciones económicas. Se vio hinchado, especialmente los ojos. Sabía que tenía que sobreponerse. En aquel estado de nervios, le preocupaba que la reunión con Marsha Levi no hiciera más que empeorar aún más las cosas. Lo que esperaba era poder contener el problema, siempre que pudiera amedrentar a la paciente. Afortunadamente, el alcohol empezó a calmarlo poco a poco. Para potenciar el efecto inspiró hondo, retuvo el aire y luego lo soltó. Ya se sentía algo mejor. Se metió un caramelo de menta en la boca, se ajustó el nudo de la corbata y se alisó las solapas de la bata de médico ante el espejo. Ya preparado, y con el historial de Marsha Levi en la mano, recorrió el pasillo y entró en la sala de consulta más cercana. Las salas de consulta las usaban sobre todo la doctora Alexa Murphy y el doctor Jonathan Morgan, oncólogos que tenían contratados a tiempo parcial. Eran ellos los que realizaban la mayor parte de los exámenes.

Marsha Levi estaba sentada en el extremo de la camilla cubierta de papel. Era una mujer menuda con el cabello oscuro hasta los hombros, moderadamente despeinado. Tenía las piernas cruzadas, la espalda erguida y las manos apoyadas sobre el regazo. La señal más evidente de su estado de ánimo era que tenía la boca cerrada en una tensa línea recta. Dolores Sanchez, una de las dos enfermeras de Oncology Diagnostics, estaba de pie a su lado.

—Buenos días, señora Levi —dijo Jerome, con toda la desenvoltura que pudo, aunque por dentro no estaba tan animado; el hecho de que Marsha estuviera casada podía suponer una complicación a la hora de enfocar el caso. Al menos los otros pacientes que habían planteado una amenaza eran solteros y vivían solos. Al principio Jerome había insistido en buscar pacientes para Full Body Scan entre personas solteras, profesionales, pero no tenían suficientes, y por insistencia de Malik habían ampliado el rango de búsqueda. Ahora parecía que esa decisión les iba a costar cara.

—¿Le han dicho por qué estoy aquí? —preguntó ella, con voz desafiante, yendo al grano.

—Me han informado de que querría que le reembolsaran los gastos de su escáner integral.

—Eso es lo mínimo que pueden hacer —replicó Marsha.

—Es una satisfacción que el resultado haya sido negativo —dijo Jerome.

—El resultado ha sido negativo porque no había ningún motivo para hacerlo.

—Pero tal como sabe, su test OncoDx inicial dio positivo, lo que significa que está gestando algún cáncer incipiente en algún lugar de su tracto gastrointestinal. Lo que queremos es hallar el origen, para tener ocasión de eliminarlo en una fase previa, y ofrecerle así una cura total. No queremos que tenga que esperar hasta que ese cáncer oculto crezca, se vuelta sintomático y tenga ocasión de formar metástasis.

—¡Escuche! —dijo ella, malhumorada—. Resulta que mi marido, Nathan, se graduó en ciencias antes de dedicarse a la gestión sanitaria y especializarse en planes de salud. No es médico, pero una de las cosas que ha aprendido de todos los médicos con los que ha tenido que tratar es que, si una prueba médica da positivo, lo primero que hay que hacer es repetirla. Los falsos positivos existen. Bueno, insistió en que lo hiciera con nuestro médico. ¿Y sabe qué? La prueba dio negativo.

—¿Qué tipo de prueba? —preguntó Jerome, a pesar de que ya se temía la respuesta. Oyendo la historia de Marsha se confirmaban sus peores presagios. Su situación era idéntica a la de Sean O'Brien y los otros.

Ellos también les habían pedido a sus médicos que les repitieran el test OncoDx y a ellos también les había dado negativo, lo que había suscitado protestas por haber tenido que someterse a escáneres PET o TAC de todo el cuerpo, así como a otras pruebas que ofrecía Oncology Diagnostics.

—Era la misma prueba que ofrecen ustedes —dijo Marsha, para desazón de Jerome—. Así que me sometí a otro de los nuevos exámenes para la detección del cáncer que me recomendó mi médico, ahora no recuerdo el nombre, y también dio negativo. Evidentemente, su maldito test OncoDx dio un falso positivo, lo que significa que no tengo cáncer, y que desde luego no necesitaba el escáner PET/TAC, algo que me arrepiento profundamente de haberles dejado hacer.

—Le recomiendo que probemos a hacer el OncoDx por tercera vez —se atrevió a proponer Jerome, a pesar de que sabía perfectamente que Marsha no accedería—. Nunca hemos tenido un falso positivo.

Mentir tan descaradamente en el fondo le avergonzaba, pero no podía reconocerlo: afirmar que los test daban positivo era lo que estaba salvando a Full Body Scan de la bancarrota.

—Ya me he hecho bastantes pruebas de detección del cáncer —dijo ella—. Lo que he venido a reclamar es que, como poco, me devuelvan los cinco mil novecientos dólares que hemos pagado por su maldito escáner inútil.

—Prescribimos la prueba creyendo que era lo mejor para usted —dijo Jerome, aunque sabía que las posibilidades de que Marsha cediera en sus exigencias eran mínimas—. Oncology Diagnostics ya ha pagado su escáner a Full Body Scan. Quizá, teniendo en cuenta sus circunstancias, podríamos llegar a un acuerdo.

Aunque no era precisamente un secreto, tampoco era de dominio público que las empresas fueran de los mismos dueños.

—Si pudieran quitarme la radiación que he recibido, que según me han dicho es la misma que la que recibieron esos pobres observadores que estaban en el desierto y vieron cómo explotaba la bomba atómica, quizá podríamos plantearnos un acuerdo. Pero desgraciadamente eso no puede ser. Esto no es una negociación. Queremos que nos devuelvan el dinero, o tendrán noticias de nuestros abogados.

—Tendré que hablar de ello con mi socio antes de darle una respuesta —dijo Jerome, intentando ganar tiempo.

—Hágalo —dijo Marsha, mientras recogía su abrigo de la silla—. Esperamos tener noticias positivas suyas como mucho a mediados de la semana que viene. Y si le digo la verdad, creo que alguien debería revisar su plan de negocio, y quizá lo haga yo misma. Soy periodista de investigación en la CNN. Por lo que me ha dicho mi marido, tendría que haber sido usted el que repitiera la prueba de inmediato para descartar un falso positivo.

Y, con gesto airado, se giró hacia Dolores Sanchez, se despidió con un movimiento de la cabeza y abrió la puerta que daba al pasillo con fuerza, haciendo que golpeara contra la pared, antes de desaparecer.

Jerome se quedó paralizado, mirando a Dolores, preguntándose qué estaría pensando la enfermera. Aunque sentía la tentación de preguntárselo, con la esperanza de aplacar los inevitables cotilleos entre los empleados, decidió que estaba demasiado alterado. Lo que tenía que hacer era hablar con su socio.

Saliendo de la sala de consultas, se dirigió al despacho de Malik. Antes de llamar a la puerta echó una mirada a Beverly, la secretaria privada que compartían. Ella se llevó la mano a la oreja con el pulgar y el meñique extendidos, indicándole que Malik estaba al teléfono. Aun así, Jerome abrió la puerta con delicadeza y se asomó.

Efectivamente Malik estaba al teléfono, y levantó la vista para mirar a Jerome con un gesto interrogativo.

Sin emitir sonido alguno, Jerome movió los labios, articulando «¡Ven a mi despacho cuando acabes!».

Malik asintió y levantó dos dedos. Satisfecho con la perspectiva de ver a su socio en dos minutos, Jerome se volvió a su despacho y dejó la puerta abierta. Una vez dentro, se dirigió directamente al minibar. En esta ocasión se sirvió dos dedos de whisky, y se lo bebió en varios tragos. Luego se sentó a su mesa y se puso a tamborilear con los dedos, esperando impacientemente que le hiciera efecto el alcohol y a que apareciera Malik.

Para disgusto de Jerome, fueron más bien diez minutos los que pasaron antes de que su socio entrara en su despacho, cerrando la puerta tras él. Malik era negro, alto pero de movimientos ágiles, con una constitución que recordaba su pasado como deportista, en claro contraste con la corpulencia de Jerome. También sus personalidades eran opuestas. Ante el pesimismo de Jerome y su poca confianza, Malik se mostraba siempre positivo y animado, y ese era precisamente uno de los motivos por los que se llevaban tan bien y por el que se entendían como socios. Se habían conocido cuando eran residentes de radiología en la Universidad de Weill Cornell y enseguida se hicieron amigos cuando se enteraron de que ambos habían cursado la doble licenciatura en medicina y gestión y administración de empresas, y que tenían ganas de montar su propia empresa.

—Muy bien. ¿Qué ha pasado ahora? —dijo Malik, sentándose en el sofá bajo de cuero del despacho. Con el cuerpo hundido en él, las rodillas le sobresalían como tocones de árboles.

—Tenemos otra queja de una paciente —dijo Jerome, con una voz que reflejaba su estado de ansiedad—. Es tan grave como el caso de Sean O'Brien, o quizá peor. ¡Esta está casada, y es una periodista de la CNN que amenaza con investigar nuestro plan de negocio! Supongo que no tengo que explicarte por qué eso podría plantear la peor situación posible.

—¡Vale, cálmate! —respondió Malik—. Lo arreglaremos. Cuéntame más.

—Se llama Marsha Levi —dijo Jerome—. Y está muy cabreada; yo no me la tomaría a broma. Desgraciadamente, le pidió a su médico que repitiera el OncoDx y, por supuesto, salió negativo. Se ha presentado aquí hace unos minutos, exigiendo el reembolso del importe del escáner integral y amenazando con recurrir a sus abogados si no lo hacemos. El tema es serio y puede ser todavía peor. Tenemos que hacer algo inmediatamente. Y tratar con esta arpía no va a ser fácil, porque está casada. Ya te advertí que no teníamos que aceptar a personas casadas, pero tú no me escuchaste. Y aquí estamos. Esto va a ser un desastre.

—En primer lugar, es solo el séptimo caso entre cientos, así que no hay que dramatizar la situación. Estos dos últimos se han producido en poco tiempo, pero el anterior fue hace más de un mes. Cálmate. Estamos preparados para esto.

—No entiendo cómo puedes decir eso —replicó Jerome, levantando la voz—. No estamos en absoluto preparados.

—No estoy de acuerdo —dijo Malik, conciliador—. Supongo que no tengo que recordarte que cuando se produjo la primera queja ya pensabas que era el fin del mundo. Dedicamos mucho tiempo y esfuerzo en encontrar una organización clandestina capaz de enfrentarse específicamente a este tipo de situaciones. Y lo conseguimos, ¿no?

Jerome volvió a mirar a Malik y sintió menguar su rabia. Al fin y al cabo, su socio tenía razón.

—Ese es precisamente el motivo por el que contratamos los servicios de Action Security —añadió Malik—. ¿Quieres llamar tú a Chuck Barton o quieres que lo haga yo? Evidentemente es algo que no puede esperar.

—Muy bien, ya lo hare yo, puesto que tengo todos los detalles de la paciente.

—¡Excelente! —dijo Malik, dándose una palmada sobre las rodillas antes de levantarse—. Ya me dirás qué te cuenta Chuck. Estoy seguro de que podrá encargarse del caso de Marsha Levi enseguida, con la precisión militar con la que suele actuar.

—Esperemos —dijo Jerome—. Pero ¿no te preocupa que el hecho de que la mujer esté casada pueda suponer un gran problema? Lo último que queremos es una investigación de algún tipo.

—Estoy seguro de que sabrán cómo gestionarlo —dijo Malik, que ya había abierto la puerta del pasillo—. Recuerda que son profesionales; por eso les pagamos lo que les pagamos.

En cuanto Malik se fue, Jerome volvió a angustiarse de pronto. Fue a buscar uno de los teléfonos prepago que tenían para contactar con Action Security. Con dedos temblorosos marcó el número y, cuando empezó a hablar, lo hizo con una voz más aguda de lo habitual.

9

Jueves, 7 de diciembre, 12.35 h

Con una carpeta bajo el brazo, Chet atravesó el comedor del primer piso, que en realidad no era más que un espacio abierto con las paredes de cemento pintado y el suelo de linóleo, un montón de viejas mesas de fórmica y sillas de plástico desparejadas. La iluminación era agresiva; los fluorescentes del techo daban a todo el mundo un aspecto anémico. Las pocas ventanas estaban muy altas, aunque tampoco es que aquello importara: el edificio del Centro Médico de la Universidad de Nueva York quedaba a menos de dos metros. En cuanto a la comida, la única opción era una fila de máquinas expendedoras.

Aunque Chet casi nunca usaba aquella sala, puesto que prefería comer en su despacho, muchos empleados lo hacían, y al abrirse paso por entre las mesas saludó con la cabeza y sonrió a unos cuantos conocidos, muchos de ellos bedeles y personal de mantenimiento. A diferencia de otros forenses, Chet se llevaba bien con todo el mundo, ya que consideraba que todos estaban en el mismo equipo. En esa ocasión su destino era la sala de residentes.

Tras llamar con los nudillos y entrar, observó, complacido, que el doctor Ryan Sullivan estaba sentado en una de las viejas mesas de metal, tras un monitor. En la semana que llevaba allí el residente, a veces era difícil de encontrar, y no siempre respondía a los mensajes de texto.

—Me alegro de haberte encontrado —dijo Chet mientras cogía la silla con ruedas vacía de la segunda mesa, la acercaba a la de Ryan y se sentaba en ella—. He oído que la autopsia de esta mañana con la doctora Montgomery ha ido bien.

—Sí, ha ido bien, para variar —dijo Ryan, pero su tono, levemente hostil y acusatorio, contradecía sus palabras.

Chet se quedó mirando fijamente al residente. Desde el primer momento en que lo había visto, una semana atrás, había tenido la sensación de que no iban a llevarse bien a causa de la actitud del joven. Chet había hecho un esfuerzo por establecer al menos una conexión de hombre a hombre, preguntándole a Ryan por el estado civil de Sharon, pero aquello no había funcionado. Ahora lo estaba intentando de nuevo, acudiendo a hablar con él en lugar de convocarlo a su despacho.

Después de aclararse la garganta para darle tiempo a reaccionar y adoptar una mentalidad más positiva, Chet abrió la carpeta que llevaba y sacó una hoja de papel que sostuvo en el aire.

—La doctora Montgomery me ha pedido que te proporcionara una lista de los seis casos que reuní hace un par de semanas para presentarlos en nuestra conferencia. Por lo que me ha dicho, son similares al caso al que acabáis de hacer la autopsia, en el que ha surgido al menos una sospecha sobre la forma de la muerte por diversos detalles sutiles. Todos estos fueron declarados suicidios al final, tal como parece que va a pasar con el caso de esta mañana, por lo que dice la doctora Montgomery. —Chet estiró el brazo y le entregó la lista a Ryan, que la cogió y le echó un vistazo. Era una lista de seis individuos con sus edades, los números de registro en la OCME, los nombres de los forenses, de los IML y las fechas de las autopsias. Y nada más. No proporcionaba más información.

—¿Esto es todo? —preguntó Ryan, evidentemente decepcionado. Esperaba recibir mucha más información, no solo un listado de nombres.

—Sí, es todo.

—Muy bien, gracias —se limitó a decir Ryan, que ya estaba viendo el lado bueno de aquello. Con tan poca información de partida, quizá podría alargar el proyecto unos cuantos días más.

—¿Cómo te planteas analizar estos casos?

—No lo sé —reconoció Ryan. No había pensado demasiado en ello, dado que lo que realmente le movía era evitar tantas autopsias como le fuera posible en lo que quedaba de mes.

—Quizá pueda hacerte una sugerencia sobre cómo empezar, contándote qué fue lo que me llamó la atención del asunto —dijo Chet—. Si te interesa, claro.

—Me interesa —dijo Ryan, con voz fatigada. Tenía poca paciencia con las figuras autoritarias como el doctor McGovern, tan cargado de manías.

Chet se quedó un momento más mirando fijamente a aquel joven residente tan irritante. Sentía la tentación de levantarse y marcharse. Pero luego recordó el evidente interés de Laurie en él y se lo replanteó.

—Muy bien —dijo, cerrando los ojos por un momento para ordenar las ideas—. Tal como ves, en cada uno de estos casos hizo la autopsia un forense diferente. Pero no sucede lo mismo con los investigadores médico-legales. ¿Has hablado con alguno de los IML?

—No, aún no.

—Pues te recomiendo sinceramente que hagas el esfuerzo de hablar con ellos. Nuestros IML tienen una gran formación y mucha experiencia, y te pueden enseñar mucho durante tu estancia aquí. Son la primera línea de acción de la OCME a la hora de enfrentarnos a los casi ciento cincuenta muertos diarios que se contabilizan en Nueva York.

—Si usted lo dice, seguro que es así —respondió Ryan.

Al oír esa respuesta Chet se planteó una vez más la posibilidad de marcharse, pero de nuevo se quedó por Laurie.

—Los casos números uno y tres los investigó David Goldberg —prosiguió Chet, ahora ya con voz de hastío—. Fue él quien me llamó la atención sobre el tema por primera vez, ya que sabe que nos interesa detectar tendencias. Así que le pedí a Bart Arnold, que dirige el departamento, que le preguntara a su equipo si había más casos así. Y resulta que sí. Kevin Strauss, otro IML del turno de tarde, había visto los casos cinco y seis, mientras que Janice Jaeger, una de las IML del turno de noche, se había ocupado del caso número dos, así como del caso de la autopsia de esta mañana, y Darlene Franklin, también del turno de noche, se había ocupado del caso número cuatro. Así que mi consejo es empezar por los IML, ver qué te dicen, y luego pasar a los forenses. Eso te dará una visión clara de todo el grupo, y si descubres algo interesante ya nos lo dirás.

—La doctora Montgomery me dijo que iba a hablar con Bart Arnold —dijo Ryan.

—¡Bien! Eso te allanará el camino. También me ha dicho que le has pedido que te dispense de tus obligación de asistir a las autopsias mientras te dedicas a este proyecto de investigación.

—Sí, es todo un alivio —reconoció Ryan—. Detecto que no le parece bien.

—Por supuesto que no me parece bien —dijo Chet, haciendo patente su irritación al verse obligado a consentirle a aquel advenedizo arrogante—. Si estás aquí es para ver cuantas más autopsias, mejor.

—Estoy aquí para aprender sobre patología forense —le corrigió Ryan, levantando la lista y agitándola al aire—. Y para eso me va a ser mucho más útil examinar estos casos de suicidio potencialmente falsos, sin tener que pasar por esa tortura. Por lo que a mí respecta, ya he visto más autopsias de las necesarias. No derramaría una lágrima si no viera ninguna más en mi vida.

—Nunca son más autopsias de las necesarias, teniendo en cuenta la importancia de la medicina forense.

Ryan puso los ojos en blanco sin hacer el mínimo esfuerzo por disimularlo. Aquel hombre era insufrible. Durante su complicada vida ya había tenido que tratar con muchos otros engreídos como él, en posiciones de poder, y ahora que llegaba el final de su proceso de especialización se había convencido, erróneamente, de que ya no tendría que hacerlo más.

—Deja que te dé un consejo —dijo Chet—. La medicina es una labor de equipo, que requiere que cada uno haga su parte, y a la vez haga el esfuerzo de colaborar con sus colegas. Es más...

Ryan no respondió. Volvió a fijar la vista en la lista que le había proporcionado Chet y de pronto se quedó paralizado. Aunque aquella tarea era más una excusa que un proyecto legítimo, no pudo evitar ver un rasgo común a todos los pacientes. Las edades de todos ellos, incluida la del tipo al que acababa de hacer la autopsia con la doctora Montgomery, eran sorprendentemente similares con una diferencia máxima de cinco años, lo que significaba que se encontraba ante un grupo de *millennials*. No sabía si era casualidad o si había alguna posible explicación.

—¿Podría ser una mera coincidencia? —preguntó, en voz alta. Y, un momento más tarde, añadió—: ¿Por qué cree que las edades son tan similares?

—¿De qué demonios estás hablando? —preguntó Chet, que no salía de su asombro al ver que le había interrumpido a media frase mientras intentaba darle un consejo profesional, intentando que aquel tipo tan irritante pusiera algo de sentido común—. ¿Es que no estabas escuchando lo que te estaba diciendo?

—Estoy hablando de la edad de estas víctimas de suicidio sin relación entre sí —dijo Ryan, dándole la vuelta al papel y poniéndoselo a Chet ante las narices, mientras señalaba con el dedo índice—. Son todos *millennials* en un rango de edad de cinco años. ¿Qué probabilidades hay de que algo así ocurra por casualidad? Yo diría que mínimas. Ya sé que son solo siete casos, pero aun así...

Ryan dejó la pregunta en el aire.

Chet se puso en pie, convencido por fin de que intentar concederle el beneficio de la duda a aquel tipo raro era una insensatez, y que tenía cosas mejores que hacer.

—Ya veo que aquí no estoy consiguiendo ningún progreso —dijo—. Y para que lo sepas, en Estados Unidos las personas entre veinticinco y treinta y cinco años presentan una de las tasas de suicidio más altas, solo superada por la franja entre setenta y cinco y ochenta y cinco años. Así que las posibilidades de que los siete casos de suicidio caigan en esa primera franja de edad no son mínimas en absoluto.

»Mira, la doctora Montgomery me ha dicho que te ha dispensado de asistir a autopsias mientras trabajas en este proyecto tuyo. Eso te vale para el corto plazo. Como jefe del Departamento de Educación de la OCME, respetaré el pacto hasta el lunes, cuando tendrás que mostrarme los progresos que hayas hecho, si es que los hay. En ese punto revisaremos tu situación. ¿Queda claro?

Chet se quedó mirando fijamente al residente.

—Algo es algo —dijo Ryan, sin más. No iba a dejarse intimidar ni a postrarse ante aquel fanfarrón, como había tenido que hacer tantas veces cuando era más joven.

Chet se dio media vuelta y salió de la sala con paso decidido, evidentemente molesto.

Ryan, que seguía frente a su monitor, se encogió de hombros. En unos segundos la mente se le fue de nuevo al papel que tenía en la mano. Por su experiencia, las estadísticas que le había mencionado el doctor McGovern tenían sentido, pero aun así le sorprendía que aquellas siete personas se llevaran como máximo cinco años. Respiró hondo y soltó el aire lentamente, preguntándose si habría modo de detectar alguna otra señal de alarma que pusiera en cuestión la forma de la muerte. De pronto, sintió que su interés en el proyecto aumentaba, a pesar de que hiciera referencia a un tema tan sensible para él como era el suicidio. En cierto modo, siendo positivo, podía verlo como una terapia de inmersión, y quizá incluso le sirviera para asimilar mejor el papel que había tenido el suicidio en su vida.

10

Jueves, 7 de diciembre, 13.40 h

El día era claro pero frío, lo que anunciaba la llegada del invierno. Laurie entró en el edificio relativamente moderno que albergaba el Departamento de Patología Clínica de la Universidad de Nueva York, así como el Centro Oncológico Perlmutter. A las 13.45 h tenía una reunión con la doctora Camille Duchamp, que había sido contratada para hacerse cargo de la dirección del departamento tras el desgraciado incidente de Carl Henderson, que había sido condenado por asesinato y estaba en la cárcel. Laurie habría podido ir a pie, dado que el departamento estaba en la calle Treinta y cuatro, solo cuatro manzanas al norte y dos y media al oeste de su despacho, pero decidió recurrir a uno de los chóferes del Departamento de Transporte que estaban disponibles. Esa tarde tenía la agenda muy llena como para dedicarse a hacer ejercicio al aire libre, aunque planeaba volver a pie si le sobraba tiempo.

Se avergonzó un poco de no haber tomado las escaleras, ya que fue la única que salió del atestado ascensor en el primer piso. Al llegar a la zona de administración del Departamento de Patología Clínica, no pudo evitar comparar la elegante decoración del lugar con la del caduco edificio de la OCME. La secretaria de la doctora Duchamp le cogió el abrigo y le indicó la entrada al despacho de la jefa, que tenía la puerta abierta.

—Bienvenida —dijo Camille, poniéndose en pie en cuanto la vio entrar. Se habían visto brevemente en alguna recepción del departamento, pero era la primera vez que hablaban en privado. Camille era una mujer delgada, y Laurie calculó que mediría metro setenta, unos cinco centímetros más que ella. Era de rasgos angulosos, y tenía la nariz fina y aguileña. Sus ojos eran oscuros y penetrantes, pero mostraba una actitud muy acogedora. Aunque por su postura y por el modo en que miró a Laurie a los ojos era evidente que era una mujer segura de sí misma, le sonreía con calidez. Al igual que Laurie, que era la primera mujer en alcanzar el puesto de jefa del departamento forense, Camille había sido la primera en tomar las riendas del Departamento de Patología Clínica de la Universidad de Nueva York. Y, al igual que Laurie, le gustaba llevar vestidos debajo de la bata de médico.

—Por favor —dijo Camille, señalando una de las butacas después de estrecharle la mano sobre la mesa. Laurie se sentó—. Cuando mi secretaria me dijo que querías que nos viéramos me alegré mucho. Yo hace tiempo que quería proponértelo; me alegro de que hayamos tenido ocasión de conocernos. Supongo que puedo tutearte...

—¡Por supuesto! Y lo mismo digo —respondió Laurie—. Es un problema de distancia, tanto literal como figurada, entre la patología clínica y la medicina forense. Desgraciadamente, la distancia física va a acrecentarse cuando trasladen la morgue cuatro manzanas al sur, a la calle Veintiséis.

—Pero, por lo que he oído, va a ser un gran impulso para vuestro trabajo.

—Sin duda —confirmó Laurie—. No solo volveremos a contar con unas instalaciones modernas, sino que estaremos de nuevo en contacto con nuestro Departamento de Biología Forense.

Tras un poco de charla insustancial sobre la situación de sus respectivos departamentos, Camille le preguntó a Laurie cuál era el motivo de aquella reunión cara a cara.

—Quería hablar contigo sobre la rotación de un mes de los

residentes de patología anatómica con nosotros —dijo Laurie—. Dado que recientemente se ha decidido que es un requisito obligatorio, y no voluntario, nos gustaría que se estableciera un mecanismo para que se nos pudiera informar por adelantado si un residente ve la rotación como una pérdida de tiempo, o si ven las autopsias como algo profundamente desagradable, o si hay algo en la personalidad del individuo de lo que debamos tener constancia.

—¿Ha pasado algo que debamos saber? —preguntó Camille, sorprendida.

—Pues sí —dijo Laurie—. Supongo que habrás oído la desafortunada historia de la doctora Aria Nichols.

—Por supuesto —respondió Camille enseguida, levantando la mirada, como en busca de ayuda—. Desgraciadamente, esa triste historia se ha vuelto legendaria por aquí. Parece ser que tenía muchos problemas.

—Desde luego supuso un reto para nosotros, ya que durante el tiempo que estuvo en la OCME no podía estar más resentida, y no ocultaba su desdén por el trabajo que realizamos. Fue una pena no estar avisados sobre su actitud y sus dificultades sociales. De haberlo sabido quizá habríamos podido evitar lo que sucedió. Y el caso es que actualmente tenemos un problema parecido con un nuevo residente, el doctor Ryan Sullivan, aunque no tiene un carácter tan polémico.

—¿De verdad? —reaccionó Camille—. Eso es toda una sorpresa. Solo he oído alabanzas del doctor Sullivan. Es uno de nuestros mejores residentes, y ya le han ofrecido una de nuestras becas de investigación en patología pediátrica.

—Sí, nosotros eso también lo hemos oído, y dice mucho de él —dijo Laurie—. Y desde luego no es tan disruptivo como lo era la doctora Nichols, pero se ha saltado varias autopsias, y no oculta lo mucho que le desagrada el procedimiento en sí mismo. Esta mañana he querido que hiciera una autopsia conmigo para ver si podía conseguir que entendiera el valor de la medicina forense y suavizar las cosas, y parece que he tenido cierto éxito. Ahora se ha ofrecido voluntario para estudiar una serie de casos en los que se cuestiona la forma de la muerte.

—Bueno, es un consuelo.

—No podría estar más de acuerdo —dijo Laurie—. La autopsia que hemos hecho juntos esta mañana era de un caso de suicidio. Al principio el doctor Sullivan parecía vacilante y nervioso, y ha reconocido que le había afectado el hecho de que el paciente fuera de su misma edad y que procediera de un pueblo de Massachusetts cercano al suyo. ¿Te suena de algo ese tipo de reacción?

—Lo siento, pero no —confesó Camille—. Soy casi una recién llegada al departamento, así que los únicos residentes que conozco personalmente son los que esperamos que vengan en julio. En cuanto a nuestros residentes actuales, me los han presentado solo en grupo, no individualmente. Pero quien sí los conoce bien es el doctor Philip Zubin, el director de nuestro programa de residencia, que también dirige nuestro comité de admisión de residentes. Su despacho está a dos puertas del mío. Puedo ver si está libre ahora, ya que estás aquí.

—Te lo agradecería mucho —dijo Laurie.

Mientras Camille se levantaba y se asomaba a la puerta para pedirle a su secretaria que comprobara si el doctor Zubin estaba disponible, Laurie sacó su teléfono para ver si tenía mensajes urgentes. No había ninguno. También comprobó la hora. No tenía otro compromiso hasta las 15.15 h, cuando se reuniría con Twyla Robinson, su jefa de personal, y con Bart Arnold, director del Departamento de Investigadores Médico-Legales, así que aún tenía tiempo.

—¡Buenas noticias! Estará aquí en dos minutos —anunció Camille, volviendo a su sitio—. Le hemos pillado entre dos reuniones.

Mientras esperaban, Laurie le contó a Camille que la OCME intentaba darles a los residentes de patología clínica ciertas responsabilidades, aunque no pudieran firmar los certificados de defunción. Antes de que pudieran acabar la conversación, llegó el doctor Philip Zubin.

Laurie había coincidido con Phil, como prefería que lo llamaran, en numerosas ocasiones. Era un hombre alto y delgado que parecía aún más alto con su larga bata blanca de médico. De hecho, habría podido pasar por familiar de Camille, puesto que tenían los mismos rasgos finos y el mismo color de piel. También mostraba la misma confianza en sí mismo, con su postura perfectamente erguida y su mirada directa. Saludó cordialmente a Laurie llamándola por su nombre y se sentó a su lado.

Camille le explicó el motivo de la visita de Laurie, haciendo referencia específicamente a la actitud negativa de Ryan y a los posibles problemas de identificación con un caso de autopsia en el que había participado aquella mañana.

—Yo no tenía constancia de que tuviera esa percepción de la medicina forense —dijo Phil, recostándose en su silla y cruzando los dedos de las manos sobre el regazo—. ¿Por qué sospecháis que se trata de un caso de identificación?

—Al técnico de la morgue y a mí nos pareció que estaba muy vacilante y nervioso antes de empezar, como si quisiera irse a toda prisa, y él mismo lo dijo. No estoy exagerando. Incluso le pregunté si quería salir un rato.

—¿Qué tipo de caso era? —preguntó Phil.

—Un suicidio de un varón de la misma edad que él y de un pueblo cerca del lugar donde se crio el doctor Sullivan.

—¡Ah! —dijo Phil, comprendiendo de pronto y asintiendo varias veces—. El doctor Sullivan tiene una historia personal complicada en la que el suicidio ha estado presente.

—Se me pasó por la cabeza que había algo de eso —señaló Laurie—. ¿Es algo que deberíamos haber sabido antes?

—Buena pregunta —dijo Phil—. Quizá sí. Tiene una personalidad compleja, dado que vivió una infancia difícil. Para el comité de admisiones eso supuso una disyuntiva, dado el contraste entre su evidente potencial y su oscura historia personal. Para facilitar las cosas, hice un listado con información que él me proporcionó espontáneamente y de buen grado durante nuestra entrevista, y se lo pasé a los miembros del comité. Te puedo pasar una copia si te interesa.

—Me interesaría mucho —dijo Laurie, cada vez más intrigada.

—Vuelvo enseguida —dijo Phil, poniéndose en pie y saliendo del despacho.

—Todo esto es nuevo para mí —reconoció Camille—. Solo he oído cosas buenas sobre el rendimiento del doctor Sullivan como residente. Incluso ha sido recomendado por el personal clínico para una beca de investigación.

Phil volvió a los pocos minutos y le dio a Laurie un pliego de cuatro páginas grapadas antes de volverse a sentar. Laurie lo cogió y leyó el encabezado: COMITÉ DE ADMISIONES DEL DEPARTAMENTO DE PATOLOGÍA CLÍNICA DE LA UNIVERSIDAD DE NUEVA YORK. En la primera página aparecía el nombre de Ryan Sullivan y una fecha de cinco años atrás.

Laurie pasó página y hojeó las siguientes. Una de las cosas que había tenido que aprender de nuevo al asumir su cargo de jefa era a leer deprisa. En la Facultad de Medicina se trataba de analizar palabra por palabra con la esperanza de grabarlo todo en la memoria. Ahora había que leer en diagonal para pillar la idea general, para poder gestionar la enorme cantidad de memorandos que recibía a diario.

—Puedes quedártelo —dijo Phil—. Pero como resumen te diré que Ryan Sullivan tuvo una infancia increíblemente difícil, empezando porque vivía por debajo del umbral de la pobreza en Chelsea, una mísera población de Massachusetts. Por si eso no fuera suficiente, su madre murió de cáncer de pecho por falta de tratamiento cuando él apenas tenía ocho años, y su padre, alcohólico y violento, se suicidó apenas un mes después. Como no había nadie en la familia que pudiera o quisiera hacerse cargo de Ryan y de su hermano mayor, Connor, los dos quedaron bajo la custodia del sistema de acogida temporal de Massachusetts.

—Eso es terrible —comentó Laurie. Era una historia desgarradora. Y a la vez le recordaba la de Aria Nichols, ya que su padre también se había suicidado.

—Desgraciadamente, el sistema de acogida no fue una solución para los chicos —prosiguió Phil—. Siendo preadolescentes y con un historial de conducta que no era el óptimo, no consiguieron que los adoptaran, así que pasaron por una serie de casas de acogida nada adecuadas para ellos, lo que les llevó a repetidos ingresos en correccionales.

—¡Dios santo! —comentó Laurie, que ya estaba ojeando la última página—. Y ya veo que el suicidio volvió a ser protagonista.

Phil se rio sin ninguna convicción.

—Pues sí. Connor se pegó un tiro a los dieciocho años, cuando quedó fuera del programa de acogida, y Ryan también lo intentó poco después, cortándose las muñecas en el correccional. Aún tiene las cicatrices; me las ha enseñado.

—Yo no las he visto —comentó Laurie.

—No se esfuerza en ocultarlas —dijo Phil—. Conmigo y con los otros miembros del comité se mostró muy abierto, contándonos su curiosa historia, que es la base de esas notas. Tal como te he dicho, nos dio todo este material de forma voluntaria. Como es natural, ahora mismo está orgulloso de haber llegado hasta aquí.

—Lo más notable es que de algún modo ha conseguido imponerse a un destino poco prometedor —dijo Laurie—. ¿Cómo puede ser que después de todo eso consiguiera entrar en la Facultad de Medicina? Parece demasiado increíble como para ser verdad.

—El caballero de brillante armadura llegó del lugar menos esperado —dijo Phil—. Se trata del doctor Robert Matson, vástago de la quinta generación de la familia Matson y actualmente radiólogo en el Hospital Weill Cornell. Los Matson son una rica familia de Nueva York que en la Edad Dorada se codeaba con los Vanderbilt, Astor y Rockefeller. La labor filantrópica del doctor Matson, a la que dedica la fortuna que ha heredado, me tiene fascinado: consiste en buscar a niños dotados de un intelecto especial y atrapados en el sistema de detención juvenil, adoptándolos si es posible, para enviarlos a internados de élite y exponerlos al mismo tiempo a una terapia cognitivo-conductual concentrada. Ryan Sullivan podría ser su mayor historia de éxito, ya que el chico rindió a un nivel sobresaliente en cuanto se le apartó de su entorno de origen.

—¿Ryan Sullivan fue adoptado por el doctor Robert Matson? —preguntó Laurie, atónita. Al igual que la mayoría de los neoyorquinos, había oído hablar de la familia Matson.

—Sí, cuando tenía dieciséis años —dijo Phil—. Y luego el muchacho obtuvo unos resultados lo suficientemente destacados en la Choate Academy como para entrar en Yale y luego en la Facultad de Medicina de la Universidad de Nueva York, donde también sacó notas excepcionales. Más tarde solicitó hacer la residencia con nosotros, y obviamente lo aceptamos.

—Ojalá lo hubiera sabido —comentó Laurie—. En el futuro, nos gustaría disponer de este tipo de información. Es esencial para tratar con personas tan particulares.

—Estoy de acuerdo —dijo Phil—. Como en nuestro comité hay tantos jefes del Departamento de Patología Clínica, todos conocíamos la historia particular de Ryan. Pero con el paso del tiempo, viendo su admirable rendimiento, fue quedando en el olvido, supongo. Lo siento. Habría tenido que informarte. Intentaré que no vuelva a suceder.

—Gracias —se limitó a decir Laurie, con la sensación de que había cumplido su misión.

Veinte minutos más tarde, tras una agradable caminata a paso ligero junto a los nuevos edificios del Langone Medical Center, Laurie llegó frente a la OCME y no pudo evitar avergonzarse un poco. Su segundo hogar, donde pasaba tantas horas, tenía un aspecto abandonado y vetusto, con su fachada lisa, y de pronto deseó poder acelerar el proceso de construcción del Parque Científico y Centro de Investigación cuatro calles más al sur.

Colándose bajo el andamio que protegía a los visitantes de la caída accidental de fragmentos de la fachada, entró e intentó no pensar en el tiempo y los esfuerzos que tendría que dedicar a diseñar y negociar el espacio de la nueva sala de autopsias, casi cuarenta consultas para forenses y un nuevo laboratorio toxicológico. Y lo peor de todo era que todo aquello le quitaría tiempo para hacer lo que más le gustaba: dedicarse a la patología forense.

11

Jueves, 7 de diciembre, 15.20 h

Con un gruñido final y no poco esfuerzo, Hank Roberts consiguió subir la barra, cargada con ciento doce kilos, y apoyarla en el soporte del banco de pesas tras completar solo ocho repeticiones. Quería hacer diez, pero había tenido que dejar la serie a medias al sonar el teléfono. Aunque estaba en las profundidades de su bolsa de gimnasio, cerrada con cremallera, oyó el tono clásico, al que ya se había vuelto sensible, con la esperanza de que la llamada fuera de Chuck Barton.

Tras echar un vistazo al número de la pantalla, apretó el puño, contrajo los músculos del brazo y dio una serie de golpes al aire. «¡Sí!». Se apresuró a aceptar la llamada.

Sabía que Chuck Barton no llamaría solo para charlar, así que confiaba en que la llamada fuera para anunciarle otra misión, a pesar de haber ejecutado una la noche anterior. Hank vivía de misión en misión. Era lo que más le ayudaba en la lucha contra sus fantasmas.

—¿Qué hay? —dijo, sin más, conteniendo la emoción.

—Parece que se espera buen tiempo para un futuro inmediato —dijo Chuck. A excepción de cuando usaban móviles prepago, de usar y tirar, las comunicaciones con Action Security solían ser breves y seguían una especie de código. *Parece que se espera buen tiempo* significaba que necesitaban a Hank para otra misión, mientras que el *futuro inmediato* indicaba cierta urgencia. Hank reaccionó dando otro puñetazo al aire—. ¿Podrías venir a la oficina enseguida? —añadió Chuck.

—¡Por supuesto! —respondió Hank, de inmediato—. Estoy cerca, entrenando. Puedo estar ahí en quince minutos.

Y tras aquel breve intercambio de palabras la llamada se cortó. Hank agarró su bolsa y se dirigió al vestuario. Estaba en el gimnasio Equinox, en Columbus Circle, donde entrenaba a diario. Al recibir la llamada estaba iniciando su rutina, y aún no había empezado a sudar, así que decidió saltarse la ducha, ponerse la ropa e ir directamente al edificio Bloomberg, en el número 731 de Lexington Avenue, donde estaban las oficinas de Action Security.

Apenas cinco minutos después de recibir la llamada, ya estaba en la calle, vestido con pantalones de chándal y una sudadera, cruzando Columbus Circle al trote para entrar en Central Park por el sur. Desde allí, corrió hacia el este hasta la esquina opuesta del parque, pasando frente al hotel Plaza. Una vez allí, su destino estaba a apenas tres manzanas, en Lexington Avenue. En poco más de los quince minutos que había calculado, Hank estaba ya en la planta de Action Security, llamando al timbre. Chuck Barton abrió la puerta y le saludó.

—Has ido rápido —comentó Chuck. Él, como Hank, tenía todo el aspecto de un ex marine de los Navy SEAL, con un cuerpo corpulento y un rostro muy masculino. Era musculoso, pero no estaba fuerte como Hank, ya que era algo mayor y no iba al gimnasio a diario como él. También era unos cuantos centímetros más bajo. En cuanto al cabello, ambos iban rapados al estilo militar.

Con un gesto de la mano, Chuck hizo pasar a Hank a sus dominios privados. El amplio despacho con ventanas estaba ocupado por un grupo de especialistas en tecnología de la información sentados frente a unos impresionantes ordenadores con varias pantallas que funcionaban las veinticuatro horas del día. La recopilación y el seguimiento de información crítica era un elemento fundamental del modelo de negocio de Action Security. Para proteger a sus clientes necesitaban conocer con detalle las amenazas a las que se enfrentaban, y los agentes de campo siempre estaban en estrecho contacto, para poder disponer de la última información actualizada. Al ser un trabajo clandestino no había recepcionistas ni secretarios. La mayor parte de los empleados de Action Security, ex militares de las fuerzas especiales, estaban por ahí protegiendo a los clientes. El papel de Hank era particular, ya que él y otros dos empleados, entre ellos David Mach, estaban siempre de reserva para misiones individuales, algo que Chuck no se había planteado que necesitaría al poner en marcha el negocio.

Mientras caminaba, Hank se giró hacia Chuck y le preguntó si le esperaba otro viaje internacional.

—No, es otra operación en Nueva York —dijo Chuck.

Hank se quedó agradablemente sorprendido. Estando aún tan reciente su misión de la noche anterior, estaba convencido de que lo que le esperaba era otro viaje a México. Y ahora que sabía que no iba al país vecino, le sorprendió aún más ver a David Mach en cuanto entró en el despacho de Chuck. En envergadura, corte de pelo y corpulencia, David Mach se parecía a Hank y a Chuck, solo que era negro y llevaba una barba muy corta. Hank y David se llevaban bien y se sentían cómodos trabajando juntos después de tantas operaciones en conjunto en México, que habían resuelto sin ningún percance. También compartían un debate constante, animado pero jocoso, sobre cuáles eran las fuerzas especiales con una instrucción más dura, el cuerpo de los Army Rangers o el de los Navy SEAL, y ambos defendían que el suyo era muy superior. Los dos habían sufrido estrés postraumático, y Action Security había sido su salvación. Aunque ambos vivían en Nueva York, les habían advertido que no debían socializar fuera del trabajo por motivos de seguridad.

Tras saludarse y estrecharse la mano, Hank y David se sentaron frente a Chuck, que se había situado tras su mesa.

—Muy bien, escuchad —dijo Chuck, plantando los codos en la mesa y juntando las puntas de los dedos—. Gracias a los dos por haber venido tan rápido. Tenemos un trabajo urgente de Oncology Diagnostics. Esta vez es una mujer de treinta y cuatro años que se llama Marsha Levi y vive en el Upper East Side. Así que...

—Pensaba que el cliente Oncology Diagnostics era mi jurisdicción —dijo Hank, interrumpiendo a Chuck. Sentía las misiones de Oncology Diagnostics como algo suyo, y no tenía ganas de compartirlas con nadie. No quería correr el riesgo de perder su principal fuente de ingresos.

—Tranquilo, sigue siéndolo —le aseguró Chuck—. Y tus últimos trabajos han sido un éxito. No te preocupes; nadie va a quitarte eso. Pero he querido incluir a David en esta misión porque hay una complicación. A diferencia de los otros casos de los que te has encargado, Marsha Levi está casada y vive con su marido. Ocuparse de ella y de su marido y evitar una investigación por homicidio, tal como pide el cliente, va a ser más difícil.

—Entendido —dijo Hank, aliviado. Montar un asesinato con suicidio, que era lo que suponía que sugería Chuck, sin duda requeriría la participación de más de una persona. Sería demasiado arriesgado intentar hacerlo solo.

—Desgraciadamente, el cliente quiere que el trabajo se haga de inmediato —prosiguió Chuck, chasqueando la lengua con un gesto de desdén—. Así que le he pedido al equipo que compile un informe completo sobre la pareja y, en cuanto lo tengamos, os lo pasaré para que decidáis cuándo y cómo ocuparos de ello. Así que manteneos conectados. No deberían tardar más que unas horas.

—¿Eso es todo? —preguntó Hank.

—Eso es todo, a menos que alguno de los dos tengáis preguntas.

Hank y David cruzaron una mirada y se encogieron de hombros.

—Por mí está bien —dijo Hank.

—Por mí también —confirmó David.

—Entonces estamos en contacto —dijo Chuck, poniéndose en pie—. ¡Manteneos disponibles!

Hank y David también se pusieron en pie y asintieron. Cinco minutos más tarde Hank estaba corriendo en dirección contraria, volviendo a Columbus Circle. Con la perspectiva de una nueva misión se sintió cargado de energía y decidió volver al gimnasio para acabar su rutina. Con un poco de suerte, esa misma noche David y él tendrían trabajo.

12

Jueves, 7 de diciembre, 15.45 h

Ryan devolvió el saludo y la sonrisa a la simpática recepcionista, Marlene Wilson, como siempre impecablemente vestida, que estaba sentada tras el mostrador de recepción de la OCME. Su elegancia contrastaba con el entorno del viejo vestíbulo, con sus muebles desparejados y el constante flujo de visitantes afligidos que acudían a identificar a sus seres queridos fallecidos. El día de su llegada para iniciar la rotación de un mes junto a Sharon, ya le había parecido que Marlene era el único elemento alegre de aquel funesto lugar.

Salió a la calle y respiró aliviado el aire fresco de la concurrida Primera Avenida. Echó a caminar hacia el sur, en dirección al rascacielos relativamente moderno construido a cuatro manzanas de distancia y que albergaba, entre otras cosas, el Departamento de Biología Forense de la OCME, que incluía el mayor laboratorio criminalístico de ADN del mundo. También era donde se encontraba el Departamento de Investigadores Médico-Legales de la OCME, que era precisamente adonde se dirigía. Siguiendo la sugerencia de la doctora Montgomery, Ryan había llamado al jefe del departamento de IML, Bart Arnold, que se había mostrado amable y le había invitado a que fuera a verle.

Al entrar en el inmueble de la calle Veintiséis, el contraste con el edificio de patología forense de la OCME en el número

520 de la Primera Avenida se hizo evidente. El rascacielos era moderno, de líneas limpias, y desde luego no parecía el decorado de una antigua película de terror. Y, sobre todo, allí no había salas de autopsias ni olores ofensivos. El primer día de su rotación le habían guiado en un recorrido para conocer las impresionantes instalaciones, así que tenía una idea bastante precisa del lugar al que iba.

—¿Puedo ayudarle? —le preguntó un guardia uniformado desde un mostrador junto a un torniquete.

—Vengo a ver a Bart Arnold —dijo, mostrándole su identificación de la OCME.

—Quinta planta —dijo el guardia, liberando el mecanismo de bloqueo del torniquete.

Unos minutos más tarde Ryan salía del moderno ascensor en la quinta planta y atravesaba la puerta de cristal de acceso a un largo pasillo que se extendía hacia el este en dirección al East River. A unos seis metros vio a un hombre corpulento vestido con una bata blanca de laboratorio que sostenía otra puerta de cristal. Esa puerta daba a una gran oficina con un mar de pequeños cubículos con paneles de separación hasta la altura del hombro. Ryan supuso que ese tipo debía de ser el jefe del departamento. Cuando se acercó vio que el hombre también lo observaba a él. Tenía el rostro grande y flácido, y era calvo a excepción de un semicírculo de cabello gris que llevaba muy corto y que le recorría la parte trasera del cráneo de una sien a la otra. Tenía una mirada viva y le sonreía amablemente.

—Soy Bart Arnold —se presentó, tendiéndole la mano.

—Ryan Sullivan —respondió él, estrechándosela. Luego lo siguió a través de la puerta para entrar en la oficina de los IML.

—Tal como me has pedido, le he comunicado a David Goldberg que querías hablar con él, y te está esperando —dijo Bart, girándose para dirigirse a él y haciéndole gestos para que lo siguiera—. David tiene una tarde muy ocupada por delante y no ve la hora de empezar. Así que si quieres habla con él primero y luego, si lo necesitas, podemos hablar tú y yo. Kevin Strauss había salido a ver un caso cuando has llamado, pero no creo que tarde, a menos que le surja alguna complicación.

—Le agradezco su ayuda —dijo Ryan.

—La doctora Montgomery me ha dicho que estabas estudiando ese grupo de seis suicidios en los que se han planteado dudas sobre la forma de la muerte.

—Siete —le corrigió Ryan.

—¿Siete? Pensaba que solo eran seis.

—Hoy nos ha llegado un séptimo caso —dijo Ryan.

—Bien visto por tu parte —dijo Bart, recorriendo un largo pasillo entre cubículos donde no había nadie—. La mayoría de los investigadores que hacen el turno de tres a once ya han salido a atender alguna llamada —añadió, como si se diera cuenta de que Ryan se preguntaba por qué estaba tan vacía la oficina—. Le he pedido a David que esperara un poco antes de salir a hacer sus visitas para que pudieras hablar con él.

—Muchas gracias —repitió Ryan, impresionado. Aquel hombre le gustaba.

En comparación con el doctor McGovern, siempre tan condescendiente, Bart Arnold era un soplo de aire fresco, un tipo realmente amable y solícito. Ryan también tenía en gran consideración el trabajo de los IML. Antes de acudir a esta visita, había dedicado unos momentos a buscar en Google la función y los numerosos requisitos solicitados para hacer aquel trabajo. Muchos IML habían sido asistentes técnico-sanitarios o enfermeros antes de cursar estudios sobre medicina forense y hacer las prácticas necesarias. Eran ellos los que gestionaban la enorme cantidad de muertes que se producían a diario en Nueva York, clasificándolas y decidiendo qué casos había que investigar con una visita al lugar de la defunción y cuáles tenían que enviar a la OCME para realizarles una posible autopsia. Pese a lo poco que le gustaban las autopsias, Ryan tenía la sensación de que ser IML sería aún peor. No podía imaginarse tener que enfrentarse cara a cara a la muerte en todas sus versiones y en plena calle, especialmente a los casos de asesinato y muertes traumáticas, y hacerlo día sí, día también, trescientos sesenta y cinco días al año.

—¿Qué es lo que esperas descubrir hablando con David y Kevin? Y supongo que también vas a ver a Darlene y Janice.

—Sí, quiero hablar con los cuatro. Vivo en el barrio, así que pensaba volver esta noche a las once, cuando lleguen Darlene y Janice para iniciar su turno. En cuanto a lo que espero descubrir, no tengo ni idea. A decir verdad, aún no tengo claro lo que busco. Cuando consulté los seis casos iniciales en el ordenador para ver la información disponible, me quedé un poco decepcionado. Lo único que encontré fue un resumen de la historia de cada caso y los certificados de defunción. Me gustaría preguntarles por la visita al escenario y pedirles sus informes originales. Cuando tenga todo eso, pienso entrevistar a cada uno de los médicos forenses y pedirles las transcripciones originales de las autopsias.

»Aparte de eso —prosiguió Ryan—, querría preguntarles a los IML si recuerdan algo más fuera de lo común. Lo que ha estimulado mi interés es que los siete individuos son *millennials* en un rango de edad de solo cinco años. ¿Podría ser una coincidencia? ¿Y puede haber algún otro rasgo en común que hayamos pasado por alto?

—¿Como cuál?

—La verdad es que no lo sé. Quizá algo inesperado, como que estuvieran conectados en redes, o algo de lo más inesperado, como que fueran aficionados a las setas. Lo único que he observado hasta ahora es que tenían prácticamente la misma edad.

Bart chasqueó la lengua y se encogió de hombros, deteniéndose frente a uno de los cubículos.

—Son ideas interesantes, pero desde luego no apostaría por lo de las setas. Algo así habría aparecido en los exámenes toxicológicos. Pero entiendo lo que quieres decir. Ese, precisamente, es el motivo por el que se creó esa lista.

Luego señaló hacia el interior del cubículo, donde había un hombre de aspecto juvenil que ya se había puesto en pie.

—Doctor Sullivan, te presento a David Goldberg. David, te presento al doctor Sullivan.

Ryan entró en el cubículo, que estaba algo desordenado, con libros sobre medicina forense, artículos y carpetas de autopsias amontonadas sobre la mesa, lo que apenas dejaba espacio para el monitor y el teclado. Tras la mesa había un tablero de corcho lleno de notas garabateadas y fotografías de niños. Al igual que Ryan y Bart, David llevaba una bata de médico corta sobre una camisa blanca arrugada y una corbata con el nudo aflojado. Era considerablemente más bajo que Ryan, de rasgos faciales redondeados, y tenía cara de sueño. En la coronilla llevaba una kipá sujeta con un clip de pelo.

—Os dejaré para que habléis tranquilos —dijo Bart—. Mi mesa está cerca de la puerta de salida, así que pásate cuando acabes aquí, y podré decirte si ha vuelto Kevin.

—¡Muy bien, gracias!

—Oh, vaya, lo siento —dijo David, cuando se dio cuenta de que la silla de las visitas estaba cubierta de libros y papeles, igual que la mesa. Los recogió a toda prisa y luego miró a su alrededor buscando un lugar para dejarlos. Cuando se hizo evidente que sobre la mesa no quedaba espacio, posó el montón en el suelo. Luego le señaló la silla.

—Gracias por atenderme —dijo Ryan, quitándose el abrigo y apoyándolo en el respaldo de la silla antes de sentarse.

—Es un placer —respondió David, volviendo a sentarse en su silla—. Debo advertirte que tengo unas cuantas llamadas pendientes hoy, así que tenemos que ir al grano. Pero primero déjame que te diga que agradezco que alguien analice esto. Me quedé decepcionado cuando vi que el doctor McGovern no parecía interesado en el tema hace casi un mes, cuando se lo planteé. Me llamó la atención cuando Kevin mencionó que había tenido dos casos similares en solo una semana y media. Los dos casos que había seguido yo se habían producido con meses de separación, y si te digo la verdad ya casi me había olvidado de ellos. Tienes que entender que aquí se trabaja veinticuatro horas al día, todos los días del año. No te imaginas la de visitas que hago en una semana.

—Me estoy dando cuenta del ingente trabajo que hacéis —dijo Ryan—. Tengo que confesar que nunca había pensado en cómo se gestionan las muertes, imagino que como la mayoría de la gente.

—Sí, nadie quiere pensar en los detalles técnicos de la muerte, especialmente en una ciudad del tamaño de Nueva York —dijo David—. Y nadie quiere oír hablar de ello porque puede ser espantoso. Pero yo estoy orgulloso de nuestro trabajo, y junto a los forenses ofrecemos un servicio importante a esta comunidad; eso es indiscutible. Bueno, ¿cómo puedo ayudarte, doctor Sullivan?

—En primer lugar, puedes llamarme Ryan. —A diferencia de muchos otros médicos, Ryan no tenía especial apego a los títulos, menos en una circunstancia como aquella, en la que sentía que David merecía mucho más respeto. Ryan esperaba que los IML compartieran con él sus ideas y presentimientos, cualesquiera que fueran, y eso era más fácil que sucediera entre iguales.

—Muy bien —dijo David, asintiendo, al tiempo que se apartaba del rostro el flequillo, lacio y bastante largo—. Supongo que el doctor McGovern te ha entregado la lista que yo le di.

—Pues sí. De hecho, la tengo aquí mismo.

Ryan sacó la lista, la desplegó y la apoyó en el único hueco que quedaba en la mesa, de cara a David.

—Bien —dijo David, después de echar un vistazo a la lista para asegurarse de que fuera la correcta—. ¿Qué es lo que quieres saber?

—En primer lugar, solo para confirmarlo, tú supervisaste el caso número uno, Stephen Gallagher, y el número tres, Daniela Alberich. ¿Es correcto?

—Sí. Y veo que has asociado correctamente a Kevin Strauss con el caso número cinco, el de Sofia Ferrara, y con el caso número seis, el de Lily Berg, así como a Janice Jaeger con el caso número dos, el de Cynthia Evers, y a Darlene Franklin con el caso número cuatro, el de Norman Colbert. Todo eso queda confirmado. Ahora ¿en qué puedo ayudarte?

—Me gustaría que me pasaras los informes preliminares de tus dos casos. Y quizá las notas que puedas tener de cualquier aspecto cuestionable. Lo que me interesa es cualquier cosa que pudiera haberte llamado la atención en ese momento. En estos seis casos de suicidio la mayoría de las evidencias acabaron señalando una lesión autoinfligida, pero me gustaría saber si hay alguna otra cosa que pudiera hacer pensar lo contrario. La doctora Montgomery hablaba de señales de alarma en el caso que hemos hecho esta mañana. Yo no sé cómo lo llamáis vosotros.

—Yo digo que es como una mosca detrás de la oreja —dijo David—. Es cuando algo me preocupa, pero no tiene una significación definitiva. A veces esas moscas detrás de la oreja acaban influyendo en mi diagnóstico y a veces no, pero siempre se me quedan ahí, como un picor que no me puedo rascar, haciendo que me pregunte si no estaré pasando por alto algo importante.

Ryan se rio con eso de *un picor que no me puedo rascar*. Le gustó. Definía muy bien la idea. Era justo lo que había sentido él con la autopsia de aquella mañana.

—Dame tu correo electrónico —dijo David—. Te enviaré mis informes preliminares, y todas las notas que hice sobre ambos casos.

—Perfecto. Pero ahora hablemos sobre el primer caso, Stephen Gallagher. ¿Cuáles eran esas moscas tras la oreja que hicieron que añadieras el caso a la lista? —preguntó Ryan, al tiempo que escribía su dirección de correo electrónico en un bloc que llevaba, arrancaba la primera página y se la daba a David.

—Había varias cosas —dijo David, apoyándose en el respaldo y apartándose el cabello de la cara a la vez—. Lo primero, que había pedido una pizza y no se la había acabado. En la encimera de la cocina había un trozo a medio comer y una botella de cerveza abierta, como si estuviera a media cena.

—No lo entiendo. ¿Eso hizo que te plantearas que quizá no fuera un suicidio real?

—Por mi experiencia, la gente que se suicida no suele estar haciendo otra cosa y de pronto decide acabar con su vida. Desde luego no es una regla universal, pero es algo que he observado en los años que llevo como IML, lo que cabría esperarse.

Ryan asintió. Le parecía que tenía sentido y comprendía el razonamiento. Su padre no estaba haciendo otra cosa cuando se disparó, ni tampoco su hermano. Ni él tampoco, cuando había intentado cortarse las venas. Ryan tomó nota.

—¿Fue eso lo primero que te hizo cuestionarte si te enfrentabas a un suicidio de verdad?

—No, eso no fue más que el primer detalle. Lo segundo fue la observación de la herida de entrada. Era un disparo en la sien, pero sin contacto, que es lo habitual en quizá el noventa y ocho por ciento de suicidios de ese tipo. Por la forma estrellada de la herida de entrada y por la cantidad de piel quemada y el evidente punteado, calculé que la boca de la pistola debía de estar a cinco centímetros de la cabeza al disparar.

—¿Con lo de la forma te refieres al contorno recortado de la herida?

—Exacto. Cuanto más cerca de la piel está la boca de la pistola, más irregular es la herida de entrada, a causa de los gases explosivos que salen del cañón junto a la bala. A partir de unos cinco centímetros de separación, la herida se vuelve más circular.

—Interesante. Tiene sentido. ¿Algo más?

—Sí, no había salpicaduras de sangre en la pistola, que es algo que esperaba encontrar. Pero entonces observé que la herida de salida era más posterior de lo habitual, lo que significaba que, por algún motivo, la víctima había girado la cabeza hacia la pistola al apretar el gatillo. Eso podría explicar que no hubiera salpicaduras en la pistola. El caso es que todo eso me dejó la mosca tras la oreja.

—Vale —dijo Ryan, tomando nota—. ¿Es todo?

—No, había una cosa más. Por el estado del cuerpo, en especial por su temperatura, determiné que la muerte se habría producido hacia las seis de la tarde, pero cuando pregunté en los pisos vecinos, nadie había oído el disparo. Pensé que eso también era un poco raro, hasta que me di cuenta de que habían hecho reformas en el edificio recientemente, con lo que quizá hubieran instalado un aislamiento que insonorizara los apartamentos. Aun así, aquello me hizo pensar.

—Vale —dijo Ryan, mientras escribía «¡¡No oyeron el disparo!!» con grandes signos de exclamación, porque recordaba que en el edificio de Sean O'Brien los vecinos tampoco habían oído nada—. ¿Es todo con relación a la mosca tras la oreja por el caso de Stephen Gallagher?

—Yo diría que sí.

—Eso suma cuatro elementos que te hicieron cuestionarte la forma de la muerte, pero aun así lo clasificaste como suicidio. ¿Puedes decirme por qué exactamente?

—Sí, claro —dijo David—. Todo lo demás apuntaba en esa dirección, sobre todo el escenario, que analicé a fondo. No había ningún indicio de forcejeo ni de que hubieran limpiado. Eso es muy significativo. Me he encontrado ya con unos cuantos falsos suicidios, y siempre hay algo revelador en el escenario. En el caso de Stephen no había nada fuera de lugar. Y hay otra cosa que tienes que tener en cuenta en una situación así. Como IML encargado del caso, sufro una gran presión por parte de los agentes de policía desplazados al lugar, que han acudido a ocuparse de un presunto suicidio, y que tienen prisa por confirmar que ha sido eso precisamente: un suicidio. A veces tengo que discutirme con ellos simplemente para que se retiren del escenario, porque no tienen cuidado. No paran de presionarme, metiéndome prisa. Y si no confirmo que es un suicidio y planteo la posibilidad de que sea un homicidio, tienen que cursar denuncia, lo que supone una enorme cantidad de papeleo para todos, y cuando digo enorme quiero decir enorme. Así que procuro no plantear la posibilidad de que sea un homicidio a menos que los hechos lo indiquen sin ningún género de duda. Te lo digo para que entiendas las circunstancias del caso. No intento buscar excusas. Es la realidad, porque yo trato con la policía prácticamente en todos los casos que investigo. Luego, cuando vuelvo aquí, repaso mis datos y tengo la oportunidad de cambiar de opinión porque, en cualquier caso, el cadáver va a llegar aquí para la autopsia.

—Te agradezco que me digas eso —respondió Ryan, que lo entendía perfectamente. Él sabía lo que era enfrentarse a policías con ideas prefijadas. Lo había hecho repetidamente durante su adolescencia—. Supongo que hablarías con alguien para informarte sobre la víctima.

—Por supuesto —dijo David—. Eso es clave. En el caso de Stephen Gallagher, quien lo encontró fue su hermano menor, Harold. Estaba allí cuando yo llegué. Los dos habían quedado para salir esa noche, y al ver que Stephen no llamaba ni le respondía al teléfono, Harold fue a su apartamento.

—¿Le sorprendió mucho que su hermano se hubiera suicidado?

—Sí y no —dijo David—. Tuve la impresión de que no estaban especialmente unidos, y que estaban intentando retomar la relación. Pero me mencionó que Stephen había roto recientemente con su novia de siempre.

—¿Dijo que Stephen estuviera deprimido?

—En realidad dijo *abatido*, no deprimido, pero a decir verdad no sé cuándo una cosa pasa a ser la otra.

—¿Tienes el contacto de Harold, por si quisiera hablar con él?

—Seguro que sí, en mis notas. Te lo mandaré.

—Vale, pasemos a tu segundo caso: Daniela Alberich.

—Ese caso no es tan complicado como el de Stephen Gallagher.

—¿Por qué no?

—Menos moscas tras la oreja. Lo más raro era que no parecía que hubiera tanta sangre en la bañera como en otros casos de suicidio en los que he visto que alguien se corta las venas. Pero quizá se debiera al factor de disolución, ya que había llenado la bañera tanto que, al meterse, gran cantidad de agua se desbordó. Eso fue lo que hizo que acabara descubriéndose. Los inquilinos del piso de abajo vieron que les caía agua del techo del baño. Llamaron al conserje del edificio, que usó una ganzúa y descubrió el cuerpo.

—¿Algún indicio más que hiciera que te plantearas que quizá no se había hecho ella los cortes?

—Sí, el color del cuerpo. No estaba tan pálida como en otros casos de exanguinación que he visto. De hecho, tenía el rostro algo cianótico y congestionado, lo cual me hizo plantearme a qué temperatura estaría el agua cuando se metió. Lo escribí todo en mi informe, ya lo verás. Por curiosidad, seguí el caso para ver si en Toxicología habían encontrado algo como fentanilo. En ese momento me planteé que quizá se hubiera tomado algo antes de meterse en la bañera y cortarse las muñecas, pero el examen toxicológico dio negativo.

—Interesante —dijo Ryan. Lo de las muñecas cortadas le tocaba de cerca, quizá demasiado para su gusto, así que prefirió seguir adelante—. ¿Quién te dio información sobre la fallecida en este caso?

—Una amiga y compañera de trabajo de la señora Alberich. Ambas eran analistas en McKinsey & Company, un buen trabajo y seguramente bien pagado. Ella también vivía en el edificio. Se presentó cuando llegó la policía, intrigada por toda aquella conmoción. Se quedó destrozada, atónita.

—¿Cómo se llama?

—Si te digo la verdad, no lo recuerdo. Pero te enviaré el nombre con mi estudio preliminar y todos los datos de contacto que tenga. Se mostró muy colaboradora y conocía bien a la fallecida.

—¿Dijo algo de depresión?

—Algo mencionó. Según su amiga, la señora Alberich también había cortado recientemente con alguien y estaba deprimida. La temporada de vacaciones puede hacer estragos en algunas parejas; en esa época observamos un pico de suicidios. Es triste, si lo piensas.

—Disculpad —dijo una voz. Ryan y David levantaron la vista y se giraron a mirar a un hombre bastante joven, de anchos hombros y cuello grueso, como un culturista. Tenía el cabello oscuro y corto, lo que ponía aún más en evidencia las prominentes orejas. También llevaba una bata de médico, que se había ensuciado en alguna visita de trabajo.

—No quería interrumpir. Soy Kevin Strauss. Bart me ha dicho que estaba aquí, doctor Sullivan. Solo quería decirle que ya he vuelto, y que estoy disponible, para lo que necesite.

—¡Pasa, Kevin! —dijo David, haciéndole un gesto para que entrara—. El doctor Sullivan prefiere que lo llamen Ryan.

Ryan se puso en pie y le estrechó la mano a Kevin.

—Justo a tiempo —añadió David—. Nosotros ya casi habíamos acabado, y yo tengo que irme. ¿Por qué no te sientas?

—Por mí, bien —dijo Kevin, buscando una silla con la mirada por el atestado cubículo.

—Coge una silla del cubículo de Karen, al otro lado del pasillo —sugirió David, que con Ryan y Kevin de pie allí delante, no podía salir.

—Vale —dijo Kevin. Desapareció un momento y regresó con una silla en las manos. Ryan le hizo espacio apartándose todo lo que pudo.

—Ryan está estudiando esa lista de seis casos que le pasé al doctor McGovern —dijo David—. El grupo de posibles falsos suicidios.

—Sí, Bart me lo ha contado. Me alegro de que alguien se ocupe de eso. A mí me pareció raro que hubiera seis casos así en seis meses. Hasta entonces no había visto ni uno en años, y de pronto tuve dos en menos de una semana.

—Yo tuve uno el año pasado —dijo David—. Y aquel sí que fue raro, pero fue al revés. Cuando llegué allí y vi el caos reinante, me convencí de que sería un homicidio, especialmente porque la víctima había recibido dos disparos, uno en el vientre y el otro en la sien. Varios disparos casi siempre significan homicidio.

—Recuerdo aquel caso —dijo Kevin—. Sí, desde luego fue de lo más raro.

—¿Qué es lo que tenía de raro? —preguntó Ryan. Aquellos dos hombres le tenían impresionado y confundido a la vez. Era evidente que conocían bien su trabajo y que eran buenos, pero no entendía por qué disfrutaban tanto haciendo un trabajo duro y, en su opinión, peor incluso que el de realizar autopsias.

—Porque al final resultó ser un suicidio preparado para que pareciera un homicidio —explicó David.

—¡Joder! —exclamó Ryan, sacudiendo la cabeza al mismo tiempo. Aquello tenía más miga de lo que parecía.

—En este trabajo lo más importante es mantener la mente abierta —comentó Kevin. Luego se giró hacia Ryan y añadió—: ¿Te interesan especialmente los suicidios que en realidad puedan ser homicidios?

—Solo desde esta mañana —confesó Ryan—. He hecho una autopsia con la doctora Montgomery y nos hemos encontrado varias señales de alarma, que son lo que ha hecho que me interese en el asunto.

—Es un caso que Janice Jaeger fue a examinar anoche —explicó David, para poner al día a Kevin—. Por eso aún no sabíamos nada de él.

—Vale, interesante —observó Kevin—. Así que ya son siete.

—Yo no soy forense, supongo que ya lo sabéis —dijo Ryan—. Soy residente de patología clínica. Estoy allí en una de mis rotaciones de la residencia; es obligatorio.

—No te preocupes, no te quitaremos la investigación —dijo Kevin, con una risita—. Pero si te interesa el asunto, te recomiendo un estudio interesante escrito por un par de forenses australianos. Se llama *El arte de asesinar y que no te pillen*. Deberías buscarlo en Google. Da los detalles de ciento quince falsos suicidios ejecutados a lo largo de muchos años en diferentes países. Han hecho un buen trabajo analizando todo lo publicado sobre cada caso.

Ryan tomó nota en su bloc.

—Lo que Ryan quiere son nuestros estudios preliminares de los seis casos —le explicó David—. Y los datos de contacto de la gente que nos dio información sobre las víctimas y los detalles de nuestros casos que nos hicieron cuestionarnos si se trataba de un suicidio o no.

—Estaré encantado de darte mis notas, aunque puede que no sean más que garabatos ininteligibles —dijo Kevin.

—Te lo agradezco —contestó Ryan, examinando de nuevo la lista—. ¿Qué puedes decirme de Sofia Ferrara?

—Chicos —dijo David, interrumpiendo a Kevin antes de que pudiera hablar—, siento aguaros la fiesta, pero tengo que marcharme. Podéis seguir sin mí.

Se puso en pie y agarró su abrigo.

—Por supuesto —dijo Kevin, indicándole con un gesto a Ryan que lo siguiera al tiempo que recogía su silla.

—Gracias por tu ayuda —le dijo Ryan a David.

—De nada —respondió él—. Cuando vuelva te mando el material por email. Si tienes más preguntas, llámame.

Ryan le mostró el pulgar a David y luego se fue con Kevin.

El cubículo de Kevin estaba muy cerca, pero era otro mundo. Frente al caos del de David, este estaba ordenado e inmaculado.

—Por favor, siéntate —dijo Kevin, señalándole una silla mientras él se situaba al otro lado de su mesa.

—Veo que eres algo más organizado que David.

Kevin se rio con ganas.

—Los IML tenemos nuestras excentricidades. Yo creo que es

algo que viene con el trabajo. Yo no podría trabajar en el entorno de David, y él no podría trabajar en el mío. Bueno, así que quieres saber por qué están mis dos casos en esa lista.

—Sí, pero antes de nada, ¿cuáles fueron las causas de la muerte?

—Ambos fueron suicidios con arma de fuego.

—Vale —dijo Ryan, introduciendo una nota en la lista, que empezaba a llenarse de apuntes. Se daba cuenta de que tendría que hacer una especie de tabla con los nombres de cada individuo en el eje horizontal y varios puntos descriptivos en el eje vertical, como la causa de la muerte, la edad y cualquier otra característica significativa. Es lo que tenía que hacer si quería encontrar puntos en común, aparte de las edades.

—¿Fue una herida en el lóbulo temporal, como en el primer caso de David?

—No, en mis dos casos fue por herida en la boca, algo que, pensándolo más tarde, me sorprendió.

—Oh ¿Y eso por qué?

—Por mi experiencia y por lo que dice la literatura, la mayoría de los suicidios con arma de fuego se producen disparando en la sien. En estos dos el tiro se produjo en la boca, igual que en el de Darlene Franklin, que es el número cuatro de la lista. A pesar de esa circunstancia inusual, me parecieron los dos suicidios reales.

—¿Y eso por qué fue?

—En primer lugar, y sobre todo, porque en ninguno de los dos escenarios había muestras de forcejeo de ningún tipo, algo que sí había visto en dos falsos suicidios anteriormente y que, por lo que he leído, siempre ocurre. Además, en ambos casos las personas que descubrieron los cuerpos manifestaron que las víctimas estaban deprimidas.

—Muy interesante eso del punto de entrada del disparo —dijo Ryan, mientras incorporaba aquel dato a su lista. Recordó que la doctora Montgomery le había dicho lo mismo, y tanto su padre como su hermano se habían suicidado disparándose en la sien—. ¿Es ese el motivo de que añadieras a esas mujeres a la lista?

—No, qué va. Tal como te he dicho, en eso caí más tarde. El motivo por el que las añadí a la lista es el mismo en ambos casos. Ninguna de las dos presentaba laceración del labio.

—¿Y eso por qué es importante? —preguntó Ryan. Recordaba que en el caso de Sean O'Brien tampoco habían visto laceración del labio esa mañana, así que ahí tenía otro posible punto en común.

—En casi todos los casos de suicidio por disparo en la boca que he visto, así como en otros de los que he leído, suele producirse la laceración del labio.

—¿Y eso por qué?

—Por el retroceso de la pistola y el movimiento brusco de la cabeza hacia atrás. Ambas cosas hacen que la pistola salga de golpe de la boca, y al salir la mira desgarra el labio superior. Da igual que la víctima esté sentada o tumbada, aunque es aún más frecuente si está sentada.

—¡Joder!... —exclamó Ryan, mientras tomaba nota de aquel dato tan desagradable. Oír aquellos detalles era para él un tormento. La idea de que una pistola pudiera disparar en el interior de la boca de una persona y de que provocara toda esa destrucción ya era suficientemente dura, pero pensar en el desgarro del labio superior le resultaba especialmente inquietante.

—Y quizá el motivo más importante por el que añadí esos dos casos a la lista es que ambas mujeres estaban haciendo algo. La señorita Ferrara tenía la tele encendida, mientras que la señorita Berg había puesto una lavadora.

—Vale —dijo Ryan, apuntado esos dos nuevos datos—. David también habló de la actividad de la víctima. Tú has llamado «señorita» a ambas mujeres. ¿Ambas eran solteras?

—Sí, las dos.

—Eso es interesante.

—¿Por qué?

—Los sujetos de los casos de David también eran solteros y vivían solos, igual que al que he hecho la autopsia esta mañana.

—Eso no es sorprendente. Los solteros y los divorciados, en particular los recién divorciados, presentan un índice de suicidios más alto que los casados.

—Vale —dijo Ryan, pensando en el asunto. Para él, aquello era un elemento en común tan válido como el que tuvieran edades parecidas, y se apuntó un recordatorio en el bloc para comprobar el estado civil de los dos casos de la lista que le quedaban. Luego levantó la vista y miró a Kevin—: Bueno, volvamos a tus casos. ¿Hay alguna señal de alarma más?

—Pues no, salvo por otro detalle: nadie oyó el disparo en ninguno de los dos casos, al menos según los vecinos con los que pude hablar. Dado que según mis cálculos los disparos se habían producido a media tarde, esperaba que alguien hubiera oído algo, pero no, nada.

—¡Ah! —respondió Ryan—. David mencionó lo mismo en su caso. Y lo mismo pasó en el caso al que le he hecho la autopsia esta mañana. Eso es un poco raro, ¿no te parece?

—Bueno, no lo sé. Quizá no sea tan raro. Especialmente en edificios nuevos, más elegantes, donde se ha hecho un esfuerzo por insonorizar los apartamentos. No sé en el caso de David, pero en los míos ambos pisos eran elegantes. Era evidente que a las dos mujeres les iba bien en el trabajo.

—¿Qué hacían?

—¿Quieres decir en qué trabajaban?

—Sí.

—Ambas en banca. La señorita Ferrara era una joven ejecutiva en el JP Morgan Chase y la señorita Berg lo mismo, pero en el TD Bank.

—Interesante. La señorita Alberich, la del caso de David, era analista en McKinsey.

—¿Y eso por qué es interesante?

—Estoy buscando puntos en común. Estas tres víctimas eran ejecutivas y trabajaban para grandes corporaciones.

Kevin se encogió de hombros.

—Supongo que sí.

—Y las tres eran solteras, y de una edad muy parecida.

Kevin asintió.

—Supongo que eso también es cierto. Pero no te emociones demasiado. Es un grupo pequeño. Es difícil sacar conclusiones con solo siete casos.

—Una última cosa antes de que me vaya —añadió Ryan—. ¿Puedes darme los nombres de las personas de las que obtuviste más información de cada uno de tus casos, y si fueron las mismas que encontraron el cadáver?

—En el caso de la señorita Ferrara fue su madre. Por eso conseguí tanto material. En el de la señorita Berg fue su novio.

Ryan tomó nota.

—Vale, de momento no tengo más preguntas. Gracias por tu tiempo. Déjame que te dé mi correo electrónico para que puedas enviarme los informes y cualquier otra cosa que te parezca interesante, incluidos, por supuesto, los datos de contacto de la madre y del novio.

—Eso está hecho —dijo Kevin—. Pero te advierto que puedo tardar unas horas; tengo que hacer otra visita, que he retrasado para venir aquí, y sin duda habrá más esta noche. La muerte nunca se detiene en Nueva York.

Ryan se puso en pie, y Kevin también. Se estrecharon la mano.

—Si tienes alguna pregunta, no dudes en llamarnos a mí o a David —dijo Kevin.

—Puedes contar con ello —respondió Ryan. Un momento más tarde ya se dirigía de nuevo al rellano del ascensor, satisfecho con lo que había obtenido en su visita a los IML. No solo le intrigaba más el cuestionamiento de la forma de la muerte de aquellos casos de suicidio, sino que las perspectivas en cuanto al tiempo que podría dedicar a su pequeño proyecto eran cada vez mejores. Al fin y al cabo, tenía la impresión de haber descubierto varios puntos más en común. En primer lugar, en cuatro de los cinco casos no se habían oído disparos; en segundo lugar, la mayoría de las víctimas eran solteras y vivían solas; y en tercer lugar, tres eran profesionales muy dedicados a su trabajo en grandes corporaciones. Todo eso significaba que tenía mucho trabajo por delante, empezando por ver qué le decían los forenses. Al fin y al cabo, ellos eran los que habían confirmado la forma de la muerte en último término.

13

Jueves, 7 de diciembre, 16.35 h

—En primer lugar —dijo Chuck Barton—, dejad que me disculpe por estropearos la tarde llamándoos con tanta prisa.

Estaba otra vez tras su escritorio de metal. A sus espaldas había más de una docena de fotos suyas enmarcadas posando con diversos peces gordos de la Marina, la mayoría de ellas en uniforme de gala. Hank y David habían vuelto y estaban sentados delante de él.

—La buena noticia es que el equipo ha completado el trabajo de documentación y el informe de estado sobre los Levi —anunció, poniéndose en pie y pasándoles una copia a cada uno por encima de la mesa.

Hank y David también se levantaron para coger los dosieres, de un tamaño considerable. Volvieron a sentarse y los abrieron. Aquel era el procedimiento estándar. En todas las misiones, tanto si eran en pareja o en solitario, el primer paso era recopilar toda la información posible. La última página del informe era un resumen detallado, que casi siempre bastaba para llevar a cabo la operación. El resto resultaba útil en caso de que surgieran complicaciones.

Chuck se acomodó de nuevo en su silla y les dio unos minutos a sus agentes especiales para que leyeran al menos el sumario de la primera página. No disponían de mucho tiempo. A los pocos minutos, Hank ya había cerrado la carpeta y levantado la vista. Un momento más tarde David hizo lo propio.

—Hay varias cosas que me llaman la atención de este informe —dijo Chuck—, y me pregunto si vosotros compartís mi preocupación. La primera es que es evidente que se trata de una pareja bien situada, con conexiones tanto sociales como políticas. Él es socio fundador de un grupo de inversiones privado y ella es periodista de la CNN. Lo que significa que muy probablemente toman más precauciones que cualquier pareja media. La prueba son las medidas de seguridad que han instalado en su casa de Greenwich, y que se detallan en el informe.

—Veo que tienen servicio —dijo David—. Eso complica mucho las cosas.

—Cierto —dijo Chuck—. Pero solo en su casa de Connecticut, no aquí, en su piso de Nueva York.

—Ese es el apartamento situado en la esquina de la calle Ochenta y dos con Park Avenue —dijo Hank.

—Exacto —confirmó Chuck. Y supongo que habréis visto que el equipo ha descubierto que hoy tienen hecha una reserva para cenar juntos en Le Bernardin.

—Lo cual significa que muy probablemente hoy se queden a dormir en la ciudad —apuntó Hank, con un gesto de aprobación.

—Eso es especular un poco, pero parece probable —dijo Chuck—. Y lo mejor de esto es que el cliente, tal como os he dicho antes, está deseoso de que esto se haga lo antes posible. Incluso me llamaron otra vez para insistir en ello, así que les encantaría que nos ocupáramos del asunto esta noche.

—Eso no va a ser fácil —observó David—. Si son de los que toman medidas de seguridad, su piso no va a estar en un bloque cualquiera. Nos encontraremos porteros y quizá hasta ascensoristas. Llevará un tiempo pensar en cómo afrontar todo eso. No sé cómo vamos a poder hacerlo esta noche.

—Ahí hemos tenido un poco de suerte —dijo Chuck, apoyando la espalda en el respaldo con gesto de satisfacción—. Tal como dice en el resumen, su segunda residencia en Nueva York es una *maisonette*.

—¿Qué narices es eso? —preguntó David.

—Yo lo sé —dijo Hank, girándose hacia David—. Es un apartamento en un bloque grande, pero con su propia entrada, y evidentemente en la planta baja. Las *maisonettes* son poco frecuentes, pero muy populares. Tienen mucha demanda.

—Estoy impresionado. No me imaginaba que sabrías lo que son las *maisonettes* —confesó Chuck.

—Cuando iba al instituto, mi hermano salió con una chica que vivía en una. También estaba en Park Avenue.

—Bueno, puede resultarnos útil —dijo Chuck—. Podéis evitar a los porteros, ya que la entrada está a la vuelta de la esquina de la calle Ochenta y dos.

—No estoy muy seguro de que eso cambie las cosas —objetó David—. Los Levi no abrirán tan fácilmente la puerta, dado que será bastante tarde cuando regresen de cenar.

—Por eso nos va muy bien saber dónde van a cenar —señaló Chuck—. Así podéis decir que sois de Le Bernardin, y que vais a devolverles algo que se han dejado.

—Eso podría funcionar —reconoció Hank—. Pero ¿y si no abren la puerta y nos preguntan qué es lo que se han dejado?

—El equipo de IT sugiere decir que es la tarjeta de crédito, que ya han investigado —respondió Chuck—. Es una American Express Centurian negra, e incluso tendréis el número. Estoy seguro de que funcionará. No van a dejaros ahí, en la calle, mientras comprueban si efectivamente han perdido la tarjeta, o al menos lo dudo mucho. Si lo hacen, tendréis que cambiar de plan y hacer algo en Greenwich durante el fin de semana. Pero eso será mucho más problemático.

—A mí me parece bien el truco de la tarjeta de crédito —dijo David, girándose hacia Hank.

—A mí también —confirmó Hank—. Si no nos dejan entrar,

no entramos. Ya pensaremos en un plan B para el fin de semana.

—Bueno, pues vamos a lo concreto —dijo Chuck—. Pensemos en cómo vais a ejecutar el plan y a evitar cualquier investigación de la policía.

—Supongo que vamos a fingir un asesinato con suicidio —propuso Hank—. En las siete misiones anteriores los clientes nos pidieron falsos suicidios. La única alternativa sería una sobredosis con alguna droga parecida al fentanilo, pero yo creo que es mejor el asesinato con suicidio. Después de nuestra reunión de antes, analicé los datos. En los hogares de Estados Unidos se producen entre quinientos y seiscientos casos de asesinato con suicidio cada año, así que no creo que despierte demasiadas sospechas, a menos que David y yo la caguemos en algo. Siendo dos, y con un poco de planificación, que es para lo que nos hemos entrenado, deberíamos hacerlo en un abrir y cerrar de ojos, y la policía no investigará demasiado en cuanto se confirme el suicidio. Al fin y al cabo, con un caso asesinato con suicidio ya tienen al culpable, así que no necesitan siquiera abrir una investigación por homicidio.

—¿Estás de acuerdo, David? —preguntó Chuck.

—Por mí, bien.

—La clave será separar a las dos personas —añadió Hank—. En la gran mayoría de los asesinatos con suicidio el asesino es el hombre y la víctima la mujer. La mujer suele morir en el dormitorio, de un disparo en la cabeza o en el pecho, así que podemos hacer eso. Yo me encargaré del falso suicidio, ya que lo tengo por la mano.

—Yo me encargo de la mujer —dijo David—. Ningún problema.

—¡Vale! Suena bien —dijo Chuck—. ¿Cómo veis la línea temporal?

—Nos situaremos en la entrada mientras ellos disfrutan de su cena elegante —propuso Hank—. Si podemos, nos ocuparemos de cualquier iluminación externa que haya y eliminaremos cualquier cámara de vídeo que veamos. Cuando lleguen los objetivos, actuaremos rápido, ya que será mejor pillarlos juntos, y les quitaremos los abrigos. Si no están juntos cuando abran la puerta, lo primero será encontrar al que falte. Si están juntos, les confiscaremos los teléfonos, los separaremos y haremos lo que tenemos que hacer. Después de eso, comprobaremos el escenario y nos retiraremos.

—Parece un buen plan —dijo Chuck—. Supongo que os reuniréis antes y discutiréis los detalles para que no haya sorpresas.

—Por supuesto —respondió David, que había estado asintiendo mientras Hank hablaba—. Una cosa que hemos aprendido en las fuerzas especiales es la importancia de la planificación.

—Muy bien, pues ya está —declaró Chuck, dando una palmada sobre su mesa con ambas manos. Se puso en pie—. Espero vuestra llamada cuando esté hecho, para informarme.

—Por supuesto —dijo David.

Hank también se puso en pie. Sintió la tentación de preguntar por qué hacía ese tipo de peticiones Oncology Diagnostics, pero no lo hizo. Se dio cuenta de que en realidad no quería saberlo, por si acaso el hecho de disponer de esa información mataba a la gallina de los huevos de oro. Las misiones de Action Security le habían salvado la vida, literalmente, y no iba a morder la mano que le daba de comer.

14

Jueves, 7 de diciembre, 16.48 h

En contraste con el sótano, donde se encontraba la sala de autopsias, la planta baja y la primera planta del antiguo edificio de la OCME, la segunda planta no resultaba tan deprimente. Al igual que la tercera, había sido renovada en un pasado no demasiado distante y acogía las consultas privadas de la treintena de forenses con base en Manhattan. Aparte del doctor McGovern, Ryan solo había conocido a media docena hasta aquel momento, los que habían ejecutado las autopsias que se había visto obligado a presenciar. En conjunto le parecían un grupito algo excéntrico, lo que atribuyó a su trabajo, pero en general eran bastante amables, incluida la médico con la que había quedado. Se llamaba Riva Mehta. Tres días antes había visto cómo esa mujer realizaba una autopsia a una víctima de sobredosis que, desgraciadamente para todos los implicados, no había sido hallada hasta días después de su muerte, lo que había hecho que la experiencia resultara pesada, especialmente para él, aunque tenía que reconocer que la doctora Mehta había liquidado la autopsia con considerable celeridad.

Al regresar de su visita al Departamento de IML, Ryan había ido a su mesa en la oficina de los residentes, donde se había tomado un tiempo para transcribir y organizar las notas garabateadas mientras hablaba con David Goldberg y Kevin Strauss. Le parecía esencial hacerlo mientras tuviera las conversaciones frescas en la mente. Aunque seguía pensando que tendría que organizar toda la información en una tabla, no podía dedicarse a eso de momento, porque para pillar a los forenses en sus consultas lo mejor era ir a media tarde, así que había llamado a la doctora Mehta para hablar de Stephen Gallagher y al doctor Paul Blodgett para hablar de Daniela Alberich. Ambos habían accedido a recibirlo. También había intentado llamar al doctor Fontworth, que había hecho la autopsia de Sofía Ferrara, e incluso al doctor McGovern, que había hecho la de Lily Berg, pero no había podido contactar con ellos.

La consulta de la doctora tenía la puerta abierta, pero aun así llamó con los nudillos para anunciar su llegada. La doctora Mehta estaba de espaldas, mirando al microscopio. Respondió girándose de golpe y haciéndole un gesto para que entrara.

—Gracias por recibirme —dijo Ryan, tirando de la silla que le indicaba la doctora Mehta. Era una mujer delgada y menuda, vestida con gusto, de piel oscura, cabello y ojos oscuros, hasta el punto de que la pupila se confundía con el iris. Y, sobre todo, tenía un rostro amable y una sonrisa acogedora.

—Faltaría más —respondió la doctora Mehta—. Me alegro de poder ayudarte, y aplaudo tu evidente entusiasmo por la patología forense. La mayoría de los residentes que recibimos no muestran tanta curiosidad.

Él evitó hacerle notar que aquel halago era inmerecido y se limitó a decir:

—Quería hacerle un par de preguntas sobre la forma de la muerte de Stephen Gallagher.

—Sí, es lo que me has dicho por teléfono —respondió la doctora Mehta—. Dado que fue hace seis meses, he sacado el dosier y le he echado un vistazo.

—Se lo agradezco —dijo Ryan—. También le agradecería mucho que me enviara una copia del informe completo por email —añadió, tendiéndole un papel con su dirección de correo electrónico.

—Con mucho gusto.

Cogió la nota, la dejó sobre la mesa y la alisó con los dedos.

—Hoy mismo he hablado con David Goldberg, que fue el IML de este caso —dijo Ryan—. Aunque no he leído su informe, ya que aún me tiene que enviar una copia, me dijo que había una serie de detalles que le hicieron cuestionarse si se trataba de un suicidio o de un homicidio encubierto. ¿Recuerda los detalles?

—Ahora sí, después de leerme su informe —dijo la doctora Mehta—. También recuerdo que, a pesar de esas señales de alarma, él opinó que efectivamente las lesiones eran autoinfligidas.

—¿Y usted estuvo de acuerdo después de hacer la autopsia?

—Sí, porque no había nada decisivo que sugiriera lo contrario. Mis colegas forenses y yo hemos aprendido a respetar el conocimiento y la experiencia de los IML. Son los que toman en consideración todas las variables. La autopsia no es más que un aspecto de la ciencia forense, y en ocasiones no es el más importante.

—¿Qué hay del detalle de que no hubiera salpicaduras de sangre en la pistola?

—Goldberg lo mencionó en su informe, pero también sugirió que daba la impresión de que la víctima estaba mirando hacia la pistola en el momento de apretar el gatillo. Me pareció que eso confirmaba que la entrada pudiera ser algo asimétrica y la trayectoria de la bala algo más posterior de lo esperado.

—Muy bien, gracias —dijo Ryan, poniéndose en pie. Estaba claro que los otros detalles que había planteado David Goldberg sobre la víctima, como la pizza a medio comer en la cocina o el hecho de que nadie oyera los disparos, no tenían nada que ver con la autopsia.

La doctora Mehta también se puso en pie.

—Bueno, esto ha ido muy rápido. Te enviaré el informe de la autopsia enseguida. Si te surgen más preguntas después de leerlo, aquí me tienes.

Mientras asentía con la cabeza a modo de agradecimiento, Ryan salió de la pequeña consulta. Ahora quería ver al doctor

Blodgett, que estaba en la tercera planta, una por encima. Tomó las escaleras, ya que los viejos ascensores del edificio eran desesperantemente lentos. Mientras subía los escalones, no pudo evitar preguntarse si estaba bien que fuera el forense quien determinara la forma de la muerte, tal como dictaba la costumbre. En muchos aspectos, el IML le parecía mucho más cualificado, ya que podía tomar en consideración muchos más elementos significativos. Se preguntó si alguien se habría planteado aquella cuestión, porque en su opinión tenía mucho sentido. No había duda de que el forense debía determinar la causa de la muerte, con sus amplios conocimientos de anatomía y fisiología, pero eso no quitaba que fuera el IML el más capacitado para determinar la forma de la muerte, gracias a su formación especializada y específica sobre todo lo relacionado con la muerte, y su conocimiento de primera mano del escenario del crimen y de la información proporcionada por la persona que había encontrado el cadáver, los familiares y los conocidos del difunto. Tenía la impresión de que los IML eran los que mejor podían combinar todos aquellos datos, una vez informados del resultado de la autopsia.

Mientras abría la puerta del pasillo de la tercera planta, se encogió de hombros y sonrió al pensar en aquella posibilidad. Se imaginaba la reacción que podía provocar aquella idea, especialmente en alguien como el doctor McGovern, si se le ocurría planteárselo.

La consulta del doctor Paul Blodgett era el reflejo especular de la de la doctora Mehta, solo que en el otro lado del edificio y, en lugar de una amplia panorámica de viejos edificios del Hospital Bellevue, al otro lado de la calle Treinta, daba a un bloque más alto del Centro Médico de la Universidad de Nueva York, a apenas unos metros. Aunque las consultas eran similares, el aspecto físico de ambos médicos no podía ser más diferente. En contraste con la imagen fina y delicada de la doctora Mehta y de su exótica femineidad, era evidente que el doctor Blodgett no se cuidaba. Solo hacía falta ver su envergadura y su piel cetrina.

Ryan no pudo evitar pensar que el doctor Blodgett era el reflejo de aquel lugar, ya que su aspecto encajaba perfectamente con el del propio edificio. Hasta su atuendo era algo descuidado. Por otra parte, no se mostró tan amable como la doctora Mehta.

—Espero que esto no nos lleve mucho tiempo —dijo inmediatamente, en cuanto Ryan se presentó. No le invitó a que se sentara—. A las cinco en punto me tengo que ir.

—No se preocupe. Estoy seguro de que no tardaremos mucho —respondió Ryan, consciente de que ya eran algo más de las cinco. Le entregó una copia de su dirección de correo electrónico—. Le agradecería mucho que me enviara una copia del informe de autopsia de Daniela Alberich. ¿Le ha echado un vistazo después de que le llamara?

—Sí que lo he hecho. Recuerdo el caso perfectamente. Por lo que a mí respecta, fue claramente un suicidio.

—He hablado con el IML del caso, David Goldberg. Me ha dicho que había anotado unos detalles que le habían llamado la atención. El primero es que no parecía que hubiera demasiada sangre en la bañera, como era de esperar.

—También dijo que la bañera estaba llena hasta el borde.

—Deje que lo plantee de otra manera: ¿la autopsia confirmaba una exanguinación?

—En mi opinión, sí. Lo que más me preocupaba era que hubiera sangre suficiente para el análisis toxicológico, y la había. En resumen, fue una autopsia sin nada extraordinario de una mujer sana de veintiséis años con laceraciones profundas bilaterales en ambas muñecas.

—Muy bien —dijo Ryan, que tenía la impresión de que doctor Blodgett no estaba especialmente interesado en la conversación y de que le molestaba un poco que cuestionaran su dictamen—. ¿Qué hay de la impresión que tuvo el señor Goldberg de que el rostro de la víctima estaba un poco congestionado y quizá algo cianótico, cosas que no suelen verse en un caso de exanguinación?

—En el rostro se apreciaba una cierta congestión y había algunas petequias en la esclera, pero no demasiadas.

—¿Eso le planteó alguna duda?

—Por supuesto. Pero el IML también había sugerido que el agua de la bañera podría estar ardiendo, lo que quizá provocara una fuerte maniobra de Valsalva. Es lo que decía en su informe.

—Cuando he hablado con él, hace un momento, no me ha dicho que estuviera caliente; solo ha sugerido que podría estarlo.

—Bueno, vale —dijo el doctor Blodgett, quitándole importancia con un gesto de la mano—. Si quieres podemos seguir hablando del tema mañana, cuando tenga más tiempo. Ahora mismo son ya pasadas las cinco. —Apagó la luz de su microscopio, que había estado usando al llegar Ryan, y se puso en pie.

—Una pregunta más —dijo Ryan, que no se resignaba a que se lo quitara de encima tan fácilmente—. Esta muerte ha sido añadida a una lista de casos en los que los IML se habían cuestionado la forma de morir. Aunque el IML encargado de este caso no lo ha hecho constar de manera específica, creo que se le pasó por la mente que la paciente podría ya estar muerta cuando le cortaron las muñecas, fingiendo un suicidio.

—Quizá se le pasara por la mente —respondió el doctor Blodgett—. A todos se nos pasan todo tipo de cosas por la mente mientras hacemos nuestro trabajo. Pero el hecho es que al final decidió que era realmente un suicidio, y eso es lo que escribió en su informe.

—Tiene razón —dijo Ryan, forzando una sonrisa. No valía la pena discutir con el doctor Blodgett y arriesgarse a ponérselo en contra, ya que no conseguiría nada, y quizá hasta llegara a oídos del doctor McGovern—. Gracias por su tiempo y, por adelantado, por el informe de la autopsia.

—De nada —respondió el doctor Blodgett—. Llámame mañana por la tarde si quieres; podemos quedar en otro momento si tienes más preguntas.

—Lo haré —dijo Ryan, asintiendo levemente. Se dio media vuelta y salió por la puerta.

Mientras recorría el pasillo hasta el ascensor, cayó en la cuenta de que la visita a los forenses le había aclarado muchas menos cosas de las que pensaba, y le pareció sorprendente. Al empezar con su pequeño proyecto le había parecido que serían ellos su principal fuente de información. Sin embargo daba la impresión de que iban a ser los investigadores médico-legales los que más datos le proporcionaran.

Ya en la primera planta, atravesó el comedor, ahora desierto, y entró en la sala de residentes. Encendió las luces del techo, se sentó en su mesa, sacó una regla y una hoja de papel de un bloc nuevo y empezó a hacer su tabla. En el lado izquierdo de la página puso los siete nombres. Después empezó a crear columnas para la edad, estado civil, tipo de trabajo, causa de la muerte y observaciones de la autopsia. La mayor parte de la hoja la dejó en blanco para futuras categorías. Quedó satisfecho con el resultado, y pensó que la creación de aquella tabla quedaría bien como muestra de sus progresos, y que incluso le serviría para librarse unos días más de hacer autopsias.

Con el mismo bloc de papel, Ryan inició una especie de diario sobre sus actividades y anotó sus entrevistas con David Goldberg, Kevin Strauss, la doctora Mehta y el doctor Blodgett. No escribió únicamente lo que le habían dicho, sino también lo que le había parecido a él lo que habían dicho, incluida la cuestión de si eran los forenses o los investigadores médico-legales los mejor preparados para determinar la forma de la muerte, convencido de que, cuantas más cosas tuviera, más fácil sería que el doctor McGovern le dejara seguir adelante.

—Vaya, vaya, mira quién sigue aquí pasadas las cinco —dijo una voz familiar—. ¡Una no deja nunca de sorprenderse!

Ryan levantó la vista y vio a Sharon, vestida con ropa de quirófano, entrando en la sala.

—No me digas que has estado en el hoyo hasta ahora.

—Pues sí —dijo ella, ocupando su asiento. Se recostó en la silla y estiró las piernas, agotada—. Acabo de terminar un caso muy interesante con el doctor McGovern. Una *commotio cordis* en un chico de quince años que jugaba al baloncesto. Un caso trágico, porque la autopsia ha salido totalmente normal, sin ninguna patología de ningún tipo, en particular en el corazón. El chaval era la viva imagen de la salud.

—Ahora entiendo por qué no encontraba a McGovern.

—¿Le estabas buscando?

—Pues sí —reconoció él—. Él practicó la autopsia de uno de los casos que estoy analizando.

—Ah, sí —dijo ella—. Ha mencionado que estabas haciendo un proyecto de investigación. Te informo de que no parece contento de que te hayas eximido de hacer autopsias temporalmente. Tengo la sensación de que se lo ha tomado como algo personal.

—Eso es problema suyo —dijo Ryan.

—¿Qué es lo que estás investigando, si puedo preguntar?

—Estoy analizando un grupo de casos de suicidio en el que hay algún indicio de que podrían ser homicidios. Siete casos en los últimos seis meses.

—¡Qué guay! ¿Y cómo te va?

—Mejor de lo que pensaba —admitió Ryan—. Empieza a interesarme el tema. Me he dado cuenta de que el dictamen de los investigadores médico-legales tiene una gran importancia en los casos de la OCME, quizá tanta o más que el de los forenses. Hasta ahora, con los dos casos en los que he podido hablar tanto con el IML como con el forense, es el IML el que ha indicado la forma de la muerte, y el forense no ha hecho más que certificarla. Da la impresión de que los IML son como los árbitros de la liga de fútbol americano: cuando señalan algo, su decisión es la que prevalece a menos que en la repetición aparezcan evidencias en contra. En este caso, en lugar de observar la repetición, el forense hace la autopsia.

—Yo no veo nunca el fútbol —dijo Sharon, con indiferencia. Levantó la espalda del respaldo, sacó su registro de autopsias y anotó el caso de la *commotio cordis* en su lista, cada vez más larga.

—¿Sabes dónde está ahora el doctor McGovern?

—Me imagino que en su despacho —dijo Sharon.

Ryan cogió el teléfono y marcó el número del despacho del doctor McGovern.

—¿Por qué le llamas? Yo creo que sería mejor que no le buscaras las cosquillas. Te aseguro que no es muy fan tuyo.

—Desgraciadamente, tengo que hablar con él. Ya te he dicho que es uno de los forenses de mi lista. —Y mientras esperaba la conexión, añadió—: Ya he hablado con el IML del caso y ahora me toca hablar con nuestro indómito líder.

Cuando el doctor McGovern cogió el teléfono le preguntó si le iba bien que subiera a hablar unos minutos con él sobre el caso de Lily Berg. En cuanto recibió la autorización, colgó y cogió sus notas, pero una vez en la puerta se detuvo.

—Tengo una pregunta para ti —dijo Ryan, girándose hacia Sharon—. No tienes que responder si no quieres.

—¿Qué?

—¿Te ha pedido el doctor McGovern que fueras a tomar una copa con él, en algún momento del fin de semana, o algo así?

—Pues sí. ¿Cómo lo sabes?

—Si tengo que explicártelo, la cosa pinta aún peor de lo que pensaba —dijo, y salió al comedor vacío.

15

Jueves, 7 de diciembre, 19.20 h

Jack Stapleton estaba agotado pero encantado. Su último tiro, bombeado, desde detrás de la línea de tiros libres, no había tocado siquiera el aro, y había significado la victoria para su equipo. Había pasado tanto tiempo recuperándose de su accidente de bicicleta que tenía la impresión de que no vivía emociones así desde hacía años. Apoyó las manos en las rodillas, intentando recobrar el aliento. Al momento Warren y Flash, dos de sus cuatro compañeros de equipo, se le echaron encima dándole palmadas en la espalda.

—¡La has clavado! —gritó Flash.

—Lo mejor ha sido cómo te has hecho espacio —añadió Warren, con la misma admiración, en referencia a la finta que le había hecho Jack a su defensor. Flash y Warren estaban impresionados, lo cual era un gran halago para él, ya que todo el mundo sabía que eran dos de los mejores jugadores del barrio.

Jack asintió en lugar de hablar, ya que tenía que concentrarse en respirar. Pensaba jugar solo un partidillo a media pista, como llevaba haciendo el último mes, pero Warren y Flash le habían convencido de que se apuntara al partido que se jugaba en toda la cancha. Tenían un buen equipo, así que después de ganar el primero habían jugado otro, y otro más. Y ahora Jack lo estaba pagando, puesto que aún no había recuperado la espléndida forma física de antes.

—Vamos a jugar otro —sugirió Warren, animado. Ya veía a sus próximas cinco víctimas calentando en la canasta contraria. La norma era que el equipo que ganaba se quedaba en la pista. Si un equipo ganaba todo el rato, podía quedarse en la cancha toda la noche.

—Yo no —consiguió decir Jack, casi sin resuello—. ¡Coged a otro! Lo siento. Estoy fundido.

—¿Estás seguro? —insistió Warren—. Estos cinco van a ser un paseo.

—Estoy seguro —respondió. Irguió el cuerpo y se fue a por su botella de agua a paso incierto. Echó un trago y se despidió con un gesto de Warren y Flash, que ya habían encontrado reemplazo para él. Se puso la sudadera para protegerse del frío del invierno y echó a caminar hacia su casa, que estaba a apenas cien metros. Era un bloque de cinco plantas al otro lado de la calle Ciento seis Oeste, enfrente de la pista de baloncesto. Al ver que respiraba mejor fue acelerando el paso, sintiéndose algo culpable. Ya eran más de las siete, y cuando había salido de casa Laurie aún no había llegado del trabajo, lo que significaba que sus hijos, J.J. y Emma, estaban al cuidado de su niñera interna, Caitlin O'Connell, que se tomaba ratos libres durante el día, cuando los chicos estaban en el colegio, y con la madre de Laurie, Dorothy. En principio Jack pensaba que jugaría tres cuartos de hora más o menos, pero como se lo estaba pasando tan bien habían acabado siendo casi dos horas.

Mientras esperaba a que pasaran los coches antes de cruzar la calle Ciento seis, levantó la vista. Vio una luz en su dormitorio, en la quinta planta, lo cual era buena señal, porque significaba que Laurie ya había llegado. Normalmente se iba directamente a la ducha para quitarse de encima el olor de la OCME antes de pasar un rato con los niños. Cuando Jack había llegado a casa, casi dos horas antes, J.J. seguía en el entrenamiento de baloncesto y Emma estaba encerrada con su logopeda, a pesar de haber pasado todo el día en el colegio.

Al subir las escaleras sintió las piernas pesadas. Aunque Laurie y él eran los propietarios del edificio, solo ocupaban la mitad del inmueble. Tenían seis apartamentos alquilados entre la planta baja y la segunda planta, lo que les dejaba las plantas tercera, cuarta y quinta para ellos. Casi a diario Jack daba gracias por haber podido comprar el edificio, ya que con los alquileres pagaban casi toda la hipoteca, con lo que podían vivir con cierto lujo a un precio razonable, pese a lo cara que les salía la niñera. Y eso era importante, porque el sueldo de los forenses era relativamente modesto, incluso el de la jefa.

—¡Hola a todos! —saludó Jack al entrar por la puerta, que daba al amplio salón con cocina abierta. Laurie y Caitlin fueron las únicas que le respondieron, ya que Dorothy estaba sentada frente a la tele, atenta a las noticias, y J.J. y Emma estaban en la mesa del comedor, abstraídos mirando el ordenador Caitlin estaba limpiando los restos de la cena de los chicos, y Laurie estaba preparando una ensalada para ella y para Jack. Por su respuesta apagada era evidente que no estaba nada contenta de que Jack hubiera estado en la pista de baloncesto hasta tan tarde.

Estaba sudoroso, pero besó a los dos niños en la cabeza, aunque ellos intentaron evitarlo. Estaban absortos en un juego al que jugaba J.J. A Jack le impresionó la atención que prestaba Emma. Siendo autista, que estuviera haciendo avances tan significativos en cuanto a concentración era admirable.

—Bajo en dos minutos —dijo Jack, pero no obtuvo respuesta. Se encogió de hombros, subió el último tramo de escaleras, se dio una ducha rápida, se puso una sudadera y unos pantalones limpios y volvió al salón. Dorothy seguía viendo la tele, pero los chicos ya no estaban en la mesa del comedor. J.J. se había sentado en la de la cocina, a hacer sus deberes, y Caitlin y Emma estaban en el sofá. Últimamente habían adquirido la rutina de leer un libro juntas.

Fue hasta la mesa del comedor, donde Laurie estaba ya sentada, comiendo una enorme ensalada mientras leía algún informe del trabajo. Le había puesto un plato, y se sentó delante. Laurie apartó los papeles que estaba leyendo.

—Mi nueva bici Trek es genial —dijo él, hincando el tenedor en la ensalada.

—¿Ah, sí? —preguntó ella, con evidente indiferencia.

—Tiene el cambio electrónico —dijo Jack—. No sabía si valdría la pena el gasto, pero el del concesionario me convenció, y estoy encantado de que lo hiciera. Es facilísimo de usar. También tiene frenos de disco. Me encanta. No sabes cuánto he disfrutado con ella esta tarde, en el camino de vuelta a casa.

—Me alegro por ti —dijo Laurie, aunque no parecía contenta en absoluto.

—Vale. Ya veo lo molesta que estás porque haya vuelto tan tarde de la cancha. Lo siento. Sé que para ti no significará mucho, pero he jugado mi primer partido en pista completa desde el accidente, con Warren y Flash en mi equipo, y hemos sido imparables. Ha sido como un antes y un después. Lo he disfrutado y he jugado bien. También me ha servido para ver lo poco en forma que estoy, igual que cuando he montado en la bici al salir de la tienda.

Laurie se lo quedó mirando un segundo. Jack sabía lo que estaba pensando, pero no sabía qué esperarse.

—Sabes lo que pienso de que vayas y vengas del trabajo en bici, especialmente después de tu accidente casi mortal. Pero también me doy cuenta de lo importante que es para ti y de por qué, así que me he resignado. Y lo mismo con tus partidos de baloncesto. No quiero que te hagas daño.

—Soy consciente de los peligros —dijo Jack—. También tengo un casco nuevo, más seguro, por si eso te hace sentir mejor. Es evidente que el casco me salvó la vida el día del accidente. Pero lo que pasó fue culpa de un perturbado, así que no es fácil que se repita.

—No sé cómo puedes decir eso. Hay miles de conductores perturbados en la ciudad.

—Sí, pero muy pocos van por ahí esperando chocar conmigo, y el que lo hizo ya no está entre nosotros.

—Tienes razón. Lo que me ha alterado esta noche ha sido llegar a casa y encontrarme con que nuestros hijos no tenían a su padre ni a su madre aquí. Supongo que en parte es mi sentido de culpabilidad. Yo también he llegado a casa más tarde de lo que debía, algo que he lamentado en cuanto he entrado, sobre todo porque esta mañana nos hemos ido antes incluso de que se hubieran despertado.

Jack echó una mirada a J.J., que parecía muy concentrado, y luego a Emma, que escuchaba atenta a Caitlin.

—Por suerte parece que les va notablemente bien, a pesar de nuestros lapsus parentales.

—En eso tienes razón.

—Hablemos de cómo ha ido el día —sugirió Jack, cambiando de tema—. ¿Qué tal el tuyo?

—Ha habido de todo, como siempre. Al menos he podido hacer una autopsia, eso ha sido lo mejor del día.

—¡Ah, bueno! —dijo él—. ¿Qué tal con el nuevo residente?

—Curiosamente ha ido bastante bien. Empezó con una opinión muy negativa sobre la patología forense, pero ha ido cambiando espectacularmente a medida que avanzaba el caso.

—No me sorprende —observó Jack—. Tienes talento para despertar el interés de la gente en la ciencia forense. ¿Qué tipo de caso era?

Laurie le dio los detalles.

—Muy bien —dijo Jack—. Parece un caso estupendo para que aprenda. ¿Al final qué ha sido, suicidio real u homicidio?

—De hecho, podría haber sido cualquiera de las dos cosas, pero lo que me ha convencido es que Janice Jaeger se ha enterado de que la víctima había sido diagnosticado de cáncer recientemente y estaba deprimido. Tras mi experiencia personal con el cáncer de pecho hace dos años, esa información ha resultado decisiva, sobre todo teniendo en cuenta las estadísticas sobre cáncer y suicidios.

—A mí no me pareció que estuvieras deprimida cuando te encontraron el tumor.

—Quizá no deprimida, pero desde luego estaba afectada —dijo Laurie—. De todas maneras, en el caso de hoy ninguna de las señales de alarma que podían hacer pensar en un homicidio eran definitivas.

—Lo importante es que eso despertara su interés.

—Pues sí. De hecho, cuando le hablé de los seis casos similares que había recopilado Chet, decidió hacer una revisión de todos ellos, ya que las autopsias las habían practicado diferentes forenses. Y yo le he animado a que lo haga.

—¿Dónde tenía el cáncer?

—No lo hemos encontrado en un primer análisis, pero hemos tomado muestras, más de las habituales. Supongo que Histología tendrá que darnos la respuesta a esa pregunta.

—¿Entonces Janice no había incluido el tipo de cáncer en su informe?

—No. Había obtenido la información de la novia, que había descubierto el cuerpo. Con lo concienzuda que es Janice, yo supongo que la novia no debía de saber de qué tipo de cáncer se trataba. Eso es algo que Ryan Sullivan puede determinar durante su estudio.

—Recuerdo que esta mañana has dicho que Chet tenía la sensación de que el residente tenía una personalidad pasivo-agresiva. ¿Tú cómo lo has visto?

—A mí no me parece que tenga una personalidad pasivo-agresiva, más bien lo contrario, expresa su descontento de manera abierta, y desde luego no es insociable. Lo que más me ha llamado la atención es lo sensible que es. Antes de empezar la autopsia se ha quedado bloqueado un momento, porque se trataba de un suicidio de un hombre de su misma edad y de un pueblo cercano al lugar en el que creció él, en Massachusetts.

—Parece que se ha sentido identificado.

—Eso es, y lo ha reconocido. Luego he descubierto por qué.

Hoy he conocido a la nueva jefa de Patología Clínica. Es una mujer impresionante, la verdad. Lleva poco tiempo en el cargo, así que no tenía mucha información sobre Ryan Sullivan. Para que supiera los detalles me ha presentado a Phil Zubin, el director del programa de residencia. Lo que me ha contado de Ryan es asombroso.

—Soy todo oídos. —Jack posó el tenedor y se quedó mirando a Laurie. La conocía bien, y sabía cuando algo la conmovía.

—El suicidio ha jugado un papel importante en su vida —explicó ella—. Su padre se quitó la vida pocos meses después de que muriera su madre, cuando él tenía ocho años. Su hermano y él acabaron en casas de acogida, y no les fue muy bien, aunque eso es quedarse corto, porque su hermano también acabó suicidándose en cuanto fue mayor de edad. Poco después, cuando apenas era un adolescente, Ryan también lo intentó cortándose las venas.

—Joder —murmuró Jack—. Con esa historia, ¿cómo demonios pudo acabar en la Facultad de Medicina?

—Es una curiosa historia de éxito —dijo Laurie, que le contó lo que había descubierto de Robert Matson.

—Estoy impresionado —dijo él, cuando ella se calló—. Impresionado, pero preocupado al mismo tiempo.

—¿Por qué estás preocupado? —preguntó Laurie, confundida. Después de contárselo todo, una vez más tenía la sensación de que era una historia con final feliz.

—Me recuerda a Aria Nichols —dijo Jack—. Quizá no sea tan insociable como ella, pero hay ciertos puntos en común, y no sé si está bien que le hayas animado a estudiar una serie de casos en los que hay una posibilidad, por pequeña que sea, de mala praxis. Aria estaba analizando un caso que pensaba que sería de sobredosis y acabó siendo de homicidio. Y eso acabó con su vida. ¿Y si uno solo de los casos que está analizando Ryan Sullivan resulta ser un homicidio? Podría convertirse en un gran problema, si pone al descubierto algo inesperado e incriminatorio para quien quiera que sea el responsable.

—Pero es todo una actividad interna... no va a hablar con nadie de fuera del departamento.
—Supongo que tienes razón. Sería difícil meterse en líos haciendo ese tipo de investigación. Has dicho que hoy ha habido de todo. Vale, la autopsia ha sido lo mejor. ¿Qué ha sido lo peor? Si es que quieres hablar de ello...
—Las reuniones que he tenido con la decana de la de la Facultad de Enfermería del Hunter College. Cuando he oído que la ciudad iba a hacer sitio para un Centro de Patología Forense en el Parque de la Ciencia y Campus de Investigación de Kips Bay, con ciento cuarenta mil metros cuadrados para repartir, he pensado que por fin sería una buena noticia para la OCME. Pero la señora Walters me ha dejado claro que las instalaciones son propiedad del Hunter College. Así que no va a ser tan fácil como pensaba. Voy a tener que luchar por cada centímetro cuadrado con el City College e incluso con alguno de los laboratorios biotécnicos que contribuirán a financiar el proyecto. Conseguir un espacio adecuado en una parte del complejo que esté lo más cerca posible de nuestro edificio va a ser complicado.
—Vaya —dijo Jack, dando gracias de no tener que ser él quien se enfrentara a aquella tarea. La diplomacia y la capacidad para aguantar a idiotas no se contaban entre sus principales habilidades.
—Bueno, ya hemos hablado bastante de mi día. ¿Cómo va tu pierna? Supongo que no te está dando problemas, si te has animado a jugar en la pista completa.
—Mi pierna está estupenda.
—¿No te ha molestado durante tus dos autopsias? Estar de pie sin moverte es lo que menos te conviene.
—Me ha dado alguna molestia. Por raro que parezca, parece que estar de pie me resulta más complicado que hacer ejercicio.
—Ya sé que tu primer caso te ha ido bien, y que Lou estaba contento. ¿Qué tal el segundo caso, el de manipulación cervical?

—Trágico —dijo Jack—. Un hombre de veintiocho años perfectamente sano con las dos arterias vertebrales diseccionadas. Es raro, pero la gente debería saber que puede suceder. Mañana se lo diré a la señorita Donatello, de relaciones públicas. Vale la pena ver si a algún medio le interesa la historia, para que el mensaje llegue al público general.
—Buena idea. ¿Has acabado de cenar? Si ya estás, vamos a ver si pasamos un rato con los chicos antes de que se acuesten.

16

Jueves, 7 de diciembre, 20.00 h

Ryan levantó la vista de la pantalla del ordenador y miró a Isabella, que estaba sentada frente a él, del otro lado de la mesa de la cocina. Le había dejado su ordenador porque tenía una tarjeta gráfica superior, así que él estaba utilizando el MacBook Air de ella para leer los correos electrónicos de David Goldberg, Kevin Strauss, Riva Mehta y Chet McGovern. La única persona que aún no le había escrito era Paul Blodgett.

Por un momento se quedó embelesado. Aunque solo podía verle la cara desde la nariz hacia arriba, le bastaba para poder apreciar su belleza radiante. La piel le brillaba como si acabara de tomar el sol, y tenía el oscuro cabello con tonos dorados tan reluciente que parecía de metal fundido.

Desde que había empezado la universidad, Ryan solo había tenido unas cuantas relaciones con mujeres, breves y poco profundas, por diversos motivos. Probablemente el más importante fuera que le costaba mostrar su verdadera identidad y su historia, por lo que no sabía muy bien cómo interpretar la naturalidad y la actitud relajada de Isabella Lopez con él, pese al poco tiempo que llevaban juntos. Le había llamado aquella tarde, cuando él aún estaba en el trabajo, para decirle que quería aceptar su oferta para usar su ordenador Razer para una presentación que necesitaba tener lista para el día siguiente.

—¿Te parece bien? —le había preguntado al final, como si de pronto se le hubiera ocurrido.

A Ryan aquello le pilló desprevenido, pero accedió inmediatamente. Ella enseguida propuso comprar algo de comida preparada por el camino, preferiblemente tailandesa o china, para que pudieran cenar juntos. Abrumado por tanto ímpetu, también había accedido a aquello. Así que al llegar a su apartamento no solo se la encontró esperando en la puerta, sino que habían cenado juntos y ahora estaban trabajando juntos, uno frente al otro, como si fueran novios desde hacía tiempo.

Se encogió de hombros, algo confundido, y volvió a concentrarse en lo que estaba haciendo, rellenando su tabla de datos y su diario de estudio. La tabla ya tenía tres columnas más: una para las actividades de las que se tenía constancia antes del suicidio, otra para el estilo de vida —dado que hasta el momento todas las víctimas vivían en apartamentos elegantes— y una más para la persona que había descubierto el cuerpo y/o que había proporcionado su historia personal, con sus datos de contacto.

Ryan estaba impresionado con su propio trabajo. No pudo evitar pensar que aquella tabla, e incluso el diario, podían proporcionar mucha información a medida que se iban ampliando con más datos. Luego miró el reloj. Se preguntó si sería demasiado tarde para empezar a llamar a las personas que habían encontrado los cuerpos, y si estarían dispuestas a hablar con él o no. Podía imaginarse lo desagradable que les resultaría recibir una llamada inesperada de un extraño para preguntarles por un tema tan delicado, especialmente después de haber sido interrogados en profundidad por los IML y quizá también por la policía. Mientras le daba vueltas a aquello, especialmente a lo inapropiado del momento, volvió a mirar a Isabella.

—Oye —le dijo, rompiendo el silencio, tan prolongado como sorprendentemente cómodo—. Perdona que te interrumpa, pero… ¿puedo hacerte una pregunta?

Ella irguió la espalda, de modo que pudiera verle todo el rostro, y le prestó la máxima atención.

—Por supuesto. ¿Qué pasa?

—Necesito hablar con una serie de personas sobre un asunto sensible y son ya las ocho de la tarde. ¿Crees que es demasiado tarde para llamar?

—¿Qué tipo de asunto?

—El suicidio de un familiar o un amigo.

—¡Vaya! Eso es algo fuerte.

—Lo sé. Por eso te lo pregunto.

—¿Está relacionado con tu rotación en la morgue de la ciudad?

—Sí.

—Me daba miedo preguntarte cómo te había ido el día, después de verte tan negativo esta mañana, pero al verte de un humor completamente diferente me picaba la curiosidad. ¿Qué es lo que estás haciendo, si puedo preguntártelo?

—He encontrado un modo de evitar hacer autopsias, al menos por un tiempo.

—¡Vaya, me alegro! Parece ser que has seguido mi consejo.

—Quizá, hasta cierto punto —dijo Ryan, evasivo—. El día no empezó bien. Me asignaron la autopsia de una víctima de suicidio de mi edad.

—¡Ayyy! Supongo que eso te despertaría recuerdos desagradables.

—Exacto —confesó Ryan—. Al principio sí, pero al menos el caso resultó ser interesante a nivel intelectual y lo mejor es que me dio una idea para llevar a cabo una investigación, y eso me da la excusa perfecta para mantenerme lejos de la sala de autopsia todo el tiempo que pueda alargar esto.

Luego le describió el estudio que estaba llevando a cabo. Mientras lo hacía fue animándose cada vez más, ya que al explicarlo iba viendo las cosas cada vez más claras. Aunque se suponía que la finalidad de todo aquello era que le sirviera como eximente, no había duda de que estaba encontrando elementos en común entre los diferentes casos. Isabella le escuchó atentamente, con una expresión en la cara que reflejaba una mezcla de curiosidad y repulsión, especialmente al oír los detalles más macabros. Ryan incluso le enseñó, con cierto orgullo, la tabla que estaba haciendo y el diario de estudio que llevaba.

—Esto es todo lo que tengo hasta ahora —dijo Ryan, al acabar—. El paso siguiente es hablar con las personas que proporcionaron la información personal, que en casi todos los casos son las que encontraron el cadáver, por si hay alguna pregunta que no les hicieron, lo cual dudo bastante, porque los investigadores médico-legales son unos tipos impresionantes, al menos los dos con los que he hablado hoy. La diferencia es que yo cuento con la ventaja de conocer los resultados de las autopsias de tres de los casos, mientras que los IML no. Pero no sé cuándo sería el mejor momento para llamar a estas personas.

Ella se encogió de hombros.

—Puede que les resulte duro que les recuerdes su pérdida, pero eso va a suceder a cualquier hora a la que los llames. Al menos ahora tienes muchas posibilidades de encontrarlos en casa. Si lo intentas durante el día, lo más probable es que tengas que dejar un mensaje en el contestador y esperar a que te llamen ellos. Y solo son poco más de las ocho. Probablemente sea buena hora, ya que la mayoría ya habrán cenado, pero aún les quedará un buen rato antes de irse a la cama. Yo lo haría.

—Bien pensado —dijo Ryan—. Vale, lo intentaré.

Volvió a fijar la atención en su tabla, donde encontró los datos de contacto de Harold Gallagher, hermano de Stephen Gallagher. Luego cogió su teléfono e hizo la llamada. Mientras esperaba respuesta miró a Isabella, que le devolvía la mirada. Por si quería oírlo, activó el manos libres y apoyó el teléfono en la mesa.

Se oyó el tono de llamada varias veces, y Ryan empezó a perder la esperanza. Justo cuando empezaba a pensar qué mensaje dejaría en el buzón de voz, alguien respondió y oyó una voz masculina que decía «¿Diga?» en un tono no demasiado amable.

—Buenas noches —dijo, volviendo a su plan inicial—. Soy el doctor Ryan Sullivan, de la Oficina del Médico Forense Jefe. Participo en un estudio retrospectivo de algunos de los casos que hemos examinado el último año, entre ellos el del fallecimiento de su hermano. —De pronto le entró la inseguridad y miró de nuevo a Isabella. No había pensado qué iba a decir exactamente y estaba improvisando. Ella le respondió con una sonrisa torcida y encogiendo los hombros en señal de apoyo—. ¿Le importaría hablar conmigo unos minutos? —prosiguió Ryan—. Me gustaría hacerle unas cuantas preguntas.

—Supongo que no —dijo Harold, sin demasiado entusiasmo. El sonido de fondo de un televisor hacía pensar que estaría viendo un programa de deportes.

—El investigador médico-legal con el que habló aquella noche me ha contado que usted le dijo que Stephen había cortado recientemente con su novia y que su hermano estaba abatido; no dijo deprimido —expuso Ryan, haciendo un esfuerzo para que se le oyera bien pese al ruido del televisor.

—Si, bueno, para mí no hay una gran diferencia entre una cosa y la otra.

—El motivo de que le haga esta pregunta es que la depresión suele jugar un papel importante en la incidencia de suicidios.

—Dije «abatido» porque estaba cabreado con aquella chica, pero supongo que también estaría deprimido. No lo sé. Recuerdo que le dije al investigador que no estábamos muy unidos. Habíamos quedado para cenar esa misma noche, y quizá entonces me hubiera explicado cómo se sentía, pero... ¿quién sabe?

—¿Hay algo más sobre su hermano, algo relacionado con su muerte, que crea que pudiera ser importante y en lo que haya pensado después, pasado el tiempo?

—No, la verdad es que no. No pienso mucho en todo aquello.

—Lo entiendo —dijo Ryan, echando una mirada a su tabla

para ver si tenía más preguntas. De pronto vio que tenía vacío el campo PROFESIÓN.

—Solo una pregunta más. ¿A qué se dedicaba su hermano?

—Trabajaba en banca. Era un pez gordo en el Bank of America.

—¡Vaya! —exclamó Ryan sin pensarlo, decidido a investigar la profesión de las otras tres víctimas.

—¿Por qué es tan sorprendente? —le preguntó Harold.

—No, no es nada sorprendente —respondió Ryan—. Muchas gracias por hablar conmigo. Si tengo más preguntas, ¿le importaría que volviera a llamarle?

—No me importa. Llámeme cuando quiera —dijo, y colgó.

—Bueno, parece que ha ido bien —dijo Isabella, encogiéndose otra vez de hombros.

—Supongo —respondió Ryan. Animado al ver que al menos había conseguido hablar con aquel hombre, introdujo la información en su tabla y en su diario, y luego buscó el número de Nancy Beardsley, la amiga que había encontrado el cuerpo de Daniela Alberich. David Goldberg no recordaba su nombre en el momento de su charla, pero se lo había enviado por correo electrónico, junto con sus datos de contacto.

—Parecías sorprendido al enterarte de que la víctima trabajaba en banca —observó Isabella.

Ryan le explicó el motivo mientras marcaba el número de la señora Beardsley.

—Bueno, pues parece que haces progresos. ¡Me alegro!

—Gracias. Y gracias por animarme a llamar. Pero dime una cosa, ¿quieres que vaya al dormitorio a hacer estas otras tres llamadas, para que puedas trabajar en paz?

—No, no es necesario, pero gracias. Estoy bien. Puedo trabajar mientras haces tus llamadas. No es un problema.

Las llamadas a Nancy Beardsley y Helen Ferrara, la madre de Sofia, fueron muy diferentes a su conversación con Harold Gallagher. Frente a la aparente indiferencia de Harold, tanto

Nancy como Helen fueron emocionándose cada vez más a medida que hablaban. Cuando colgó, Ryan sintió una punzada de culpabilidad por haber reabierto la herida causada por la pérdida de una buena amiga, en un caso, y de una hija, en el otro, especialmente porque ninguna de las dos llamadas le proporcionó ningún dato significativo que sumar a lo que ya sabía. Posiblemente lo único interesante fuera el dato que le dio la señora Ferrara al decir que era posible que su hija estuviera deprimida porque le habían negado un ascenso que daba por seguro en el banco.

La última persona a la que quería llamar era Tyrell Friss, el novio de Lily Berg, pero antes de marcar el número miró de nuevo el reloj. Ya eran casi las ocho y media, pero le pareció que aún era buena hora. Decidió que las nueve serían una hora límite razonable para llamar. Mientras oía el tono de llamada, volvió a mirar a Isabella, que había vuelto a su trabajo. Le maravillaba ver que podía concentrarse en lo que fuera que estuviera haciendo a pesar de que él no dejara de hablar al teléfono. Sabía que, si los papeles estuvieran invertidos, él no sería capaz de hacerlo, ya que no estaba acostumbrado a tener a nadie en su apartamento. Al menos ahora no estaba usando el manos libres, lo que esperaba que ayudara en cierto modo.

—*Ja* —dijo una voz con un claro acento escandinavo. De fondo se oía el mismo partido de fútbol que había oído Ryan al hablar con Harold Gallagher, pero a un volumen considerablemente mayor.

Ryan volvió a desplegar la misma introducción que había usado con las otras tres personas. Al llegar al final esperaba que Tyrell respondiera, pero lo único que oyó fue el rugido del público a través del televisor.

—¿Señor Friss? —insistió Ryan, levantando la voz.

—Oh, *ja*, perdón. Es que estaba viendo el partido. Deme un segundo.

Ryan se quedó a la espera con el teléfono junto al oído. Oyó cómo se reducía al mínimo la banda sonora del partido, y luego Tyrell reapareció al otro lado de la línea.

—Perdón —repitió Tyrell—. Claro que puede preguntarme lo que quiera sobre Lily. Qué tragedia. ¿Qué es lo que quiere saber?

—Usted le dijo al investigador médico-legal que estaba deprimida.

—Sí que lo estaba —confirmó Tyrell—. Estaba muy deprimida.

—¿Tiene alguna idea de la causa de su depresión?

—Desgraciadamente sí —dijo Tyrell, cambiando ligeramente el tono—. Probablemente sea en parte culpa mía. Poco antes le había dicho que había conocido a otra persona, pero que quería que siguiéramos siendo amigos.

—Ya veo —respondió Ryan, sintiéndose aún más culpable que con las dos llamadas anteriores.

—Me preocupaba que no estuviera bien —explicó Tyrell—. Esa noche, al ver que no me respondía al teléfono, me acerqué a su casa y la encontré. Fue una pesadilla. No tiene ni idea. Era lo último que me esperaba.

—Debió de ser todo un shock —dijo Ryan, que sabía lo que era aquello. A los ocho años de edad, él había encontrado a su padre con un agujero en la cabeza, manchado de sangre, después de oír el inconfundible sonido de un disparo procedente del dormitorio de sus padres.

Pasaron varios segundos en los que ni Ryan ni Tyrell hablaron; ambos esperaban que fuera el otro quien lo hiciera. Tras una pausa incómoda, ambos intentaron hacerlo a la vez, provocando otro momento incómodo. Ryan desatascó la situación diciendo:

—Ha mencionado que se culpa en parte por la depresión de Lily. Pero ¿sabe si había algo más que le preocupara?

—Además tenía que enfrentarse a un problema médico grave —dijo Tyrell—. Le habían diagnosticado cáncer. El hecho de que yo la hubiera dejado fue la puntilla. Pero antes de que me juzgue tengo que decirle que no me lo contó hasta después de romper con ella.

—Ya veo —dijo Ryan. Aquella revelación le recordó el comentario de la doctora Montgomery sobre el cáncer y el suicidio, en referencia a la autopsia que habían realizado juntos aquella mañana—. ¿Qué tipo de cáncer tenía?

Chet no había mencionado que hubieran encontrado ningún tumor en la autopsia, y Ryan no había visto ninguna mención al cáncer en el informe que le había enviado. Estaba bastante seguro de ello, pero desde luego iba a revisarlo otra vez.

—Todavía no habían determinado el tipo de cáncer —dijo Tyrell—. Le habían hecho un escáner completo como parte del examen médico anual requerido por su empresa. Se lo habían efectuado en una clínica llamada Oncology Diagnostics, por lo que era necesario hacer una batería de pruebas más. Aquello la angustió, porque tanto su madre como su abuela habían muerto de cáncer.

—Debió de ser muy difícil para ella enfrentarse a dos cosas tan delicadas a la vez —dijo Ryan tras una nueva pausa, sintiendo la necesidad de responder.

—Evidentemente.

—Agradezco su disponibilidad para hablar conmigo sobre todo esto. Yo...

—De nada —le interrumpió Tyrell—. Gracias por llamar.

Ryan se encontró con el teléfono en la oreja y sin línea. Aparentemente su interlocutor había decidido que la conversación había acabado, o ya se había cansado.

Se encogió de hombros, resignado, pese a que tenía más preguntas que hacerle. Pero en lugar de volver a llamar buscó la autopsia del doctor McGovern en el ordenador y la leyó otra vez rápidamente para estar absolutamente seguro de que no incluía ninguna mención al cáncer. Por lo que él recordaba, no la había, algo que consideraba cuando menos curioso.

Ahora daba la impresión de que había dos casos de siete en los que al paciente le habían diagnosticado cáncer, y en los que sin embargo no se había encontrado rastro de tumores, al menos en la autopsia. Sabía que aquello podía cambiar con el análisis histológico del caso de esa misma mañana, si es que encontraban algún cáncer microscópico en fase temprana, algo que probablemente sucedería.

—Escucha esto —dijo Ryan, cuando acabó de releer el informe de la autopsia.

—¿Qué pasa? —preguntó ella, levantando la cabeza.

—En esta última llamada me han dicho que a la víctima le habían diagnosticado cáncer.

—Qué mal —dijo Isabella—. ¿Fue ese el motivo del suicidio?

—Sin duda es una posibilidad, porque es bien sabido que el riesgo de suicidio entre la gente con cáncer es alto. Es curioso, porque hay otra persona de mi grupo de siete casos a la que también le diagnosticaron cáncer recientemente.

—¿Y eso es sorprendente?

—A decir verdad, eso tampoco lo sé —confesó Ryan—. Pero cuando menos es interesante.

Volvió a fijar la atención en su tabla de datos y añadió dos columnas más, una para DEPRESIÓN CONOCIDA y otra para DIAGNÓSTICO DE CÁNCER, que abrevió con las siglas Dx Cr. Luego, en las líneas horizontales, bajo la primera de esas dos nuevas columnas introdujo lo que le habían contado Harold Gallagher y la señora Ferrara. En la columna Dx Cr puso un signo más en la línea de Lily Berg y en la de Sean O'Brien, y en la de Lily anotó *Oncology Diagnostics* entre paréntesis. Aunque solo fueran dos casos de siete, la inesperada coincidencia del cáncer aportaba otro sorprendente empujón a la tabla, cada vez más grande, y también a su confianza en que le sirviera para demostrar sus progresos al doctor McGovern el lunes siguiente.

17

Jueves, 7 de diciembre, 21.15 h

Un Chevrolet Suburban negro con matrícula de coche de alquiler giró a la derecha por la calle Ochenta y dos desde Park Avenue e inmediatamente paró junto a la acera. Las dos puertas de atrás se abrieron a la vez y una mujer salió por el lado de la acera mientras un hombre salía por el otro lado, el de la calle.

—David —dijo Hank, dándole una palmadita en el hombro a su compañero—. Creo que ya podemos ir.

Hank estaba en el asiento del conductor de una furgoneta blanca sin distintivos, y David en el asiento del pasajero. David se había dormido, como solía hacer cuando se veía obligado a esperar para dar inicio a una operación. La primera vez que lo había hecho en una de sus misiones mexicanas, Hank se había quedado sorprendido e impresionado, ya que él sería incapaz de dormirse en ese momento, con la carga de adrenalina que le invadía justo antes de entrar en acción. Al preguntarle cuál era su secreto, David le había explicado que recurría a la meditación para descansar la mente y el cuerpo, de modo que pudiera estar a pleno rendimiento en cuanto empezara la acción.

Habían llegado a la zona una hora antes y habían esperado a conseguir un aparcamiento idóneo desde el que tuvieran una visión completa de la puerta de los Levis a través del parabrisas. Ataviados con monos de pintor y provistos de una escalera de mano, habían retirado una cámara de vídeo situada sobre la puerta, con el rostro escondido tras unas mascarillas N95 como las usadas en la pandemia. No querían que más tarde, cuando intentaran entrar, hubiera grabaciones. Nadie cuestionó su presencia ni su actividad mientras lo hacían. La entrada principal del edificio, donde estaba el portero, se hallaba a la vuelta de la esquina.

—Se les ve muy seguros de sí mismos —dijo David, mientras la pareja se dirigía a la puerta de su casa e introducían la llave en la cerradura. Un momento más tarde la puerta se abrió, proyectando un haz de luz en la acera.

Esa misma tarde, en la oficina de Action Security, Hank y David habían dedicado una cantidad de tiempo considerable a repasar cualquier posible detalle de la entrada en la casa, y habían decidido que intentarían usar la excusa de la tarjeta de crédito para conseguir entrar, tal como les había sugerido Chuck.

No podían entrar de manera forzada, ya que eso echaría por tierra el objetivo de fingir un asesinato con suicidio. Si el truco de la tarjeta de crédito no funcionaba, todos habían acordado que habría que cancelar la operación de esa noche. Pensando en las posibilidades después de atravesar la puerta, habían analizado todos los escenarios posibles, que en cualquier caso suponían inmovilizar a ambas víctimas en cuestión de segundos y confiscarles sus teléfonos. Luego tendrían que separar al marido de la esposa: David se encargaría de la mujer en el dormitorio y Hank del marido, preferiblemente en el estudio. Para facilitar las cosas, el equipo de IT les había proporcionado un plano detallado del apartamento.

—¡Vamos, vamos! —exclamó Hank en cuanto la pareja desapareció de la vista y la puerta del apartamento empezó a cerrarse. Ambos se pusieron sus mascarillas N95 y agarraron sus bolsas con las pistolas y demás equipo. Bajaron de la furgoneta de un salto y cruzaron la calle a la carrera. La velocidad era importante, ya que esperaban pillarlos en el recibidor, quitándose los abrigos. Igual que la noche anterior, Hank llevaba una pistola fantasma que dejaría en la escena del crimen.

Tal como habían planeado, David llegó el primero y llamó al timbre, mientras Hank se aseguraba de que no pudieran verle desde la ventana del salón que daba a la calle Ochenta y dos.

Aunque la respuesta llegó en menos de un minuto, la espera les pareció interminable. Por fin se oyó algo de ruido de electricidad estática y una voz masculina que respondía por el interfono:

—¿Sí?

—Buenas noches, señor Levi. Soy Art Sinclair, de Le Bernardin. El director me ha enviado para devolverle la tarjeta de crédito.

—No creo que me haya dejado la tarjeta de crédito —respondió Nathan, incrédulo, hablando esta vez a través de la puerta.

—La tarjeta va a nombre de Nathan Ariel Levi —dijo David. El equipo había conseguido el nombre completo de su tarjeta Centurion de American Express.

—¿De verdad? Muy bien, échala por la ranura del buzón, por favor.

—Lo siento. Me han pedido que compruebe su identidad y que se la entregue en mano —dijo David.

—¡Por Dios santo! —protestó Nathan.

A continuación oyeron el característico sonido de un seguro de cadena soltándose, seguido del de un pestillo, lo que hizo que los dos exmilitares se tensaran, listos para la acción. David y Hank se aseguraron de que no les veía ningún transeúnte y prepararon sus pistolas. En el momento en que la puerta empezaba a abrirse David entró de un empujón, seguido por Hank. Descolocado, Nathan dio dos pasos atrás. Al momento Hank le apuntó en la frente con el silenciador de su pistola y se llevó el dedo índice a los labios para comunicarle al aturdido Nathan el mensaje de que debía estar callado. Nathan era un hombre más bajo que la media, así que frente a un tipo corpulento y de metro noventa como Hank se le veía aún más pequeño. Mientras Hank se ocupaba de Nathan, David cerró la puerta de la entrada y fue en busca de Marsha Levi. Dado que solo hacía un momento que habían llegado, sabía que muy probablemente siguiera en la planta baja del apartamento. Tal como suponía, la encontró en la cocina-salón que daba al patio del edificio. Estaba de pie frente a la nevera abierta, sosteniendo una botella de vino a medias que se había traído del restaurante. Aún tenía puesto su abrigo de pieles.

—No abras la boca y nadie saldrá herido —le dijo David, en voz baja y calmada, mientras la apuntaba con el brazo extendido, directamente a la cara. Le quitó la botella de vino de las manos y cerró la puerta de la nevera. Marsha parecía paralizada—. ¿Me das tu teléfono, por favor? —preguntó, con la misma voz tranquila. Incluso le sonrió.

Aterrada, Marsha se sacó el teléfono del bolsillo del abrigo y se lo entregó a David, que se lo metió en el bolsillo. Mientras tanto, sacó el suyo y apretó enviar en un mensaje previamente escrito y dirigido a Hank, comunicándole que tenía a la mujer controlada.

—A lo mejor querrías quitarte el abrigo y dejarlo aquí —le sugirió David con otra sonrisa pretendidamente tranquilizadora. Señaló en dirección a la puerta que llevaba a la escalera de atrás—. Luego tú y yo vamos a subir al dormitorio principal, donde está la caja fuerte. Vamos a abrirla, a vaciarla, y luego mi compañero y yo os dejaremos tranquilos.

El equipo de operaciones había obtenido unos planos de reforma que mostraban una caja fuerte en la pared de uno de los armarios del dormitorio.

Marsha obedeció y se quitó el abrigo de visón. David lo cogió y lo colgó sobre el respaldo de uno de los taburetes de la isla de la cocina. Volvió a señalar las escaleras con una mano, pero con la otra siguió apuntándola.

—¿Dónde está mi marido? —preguntó Marsha, con voz temblorosa.

—Está seguro, con mi socio —dijo David, para evitar que se pusiera nerviosa.

El equipo de operaciones también había investigado sobre casos de asesinato con suicidio y habían llegado a la conclusión de que en la mayoría de los casos eran los hombres quienes mataban a sus parejas, disparándoles en la cabeza o en el pecho en el dormitorio, mientras que el suicidio se efectuaba con la misma pistola en el estudio —en caso de que lo hubiera— o, en su defecto, en el salón.

Con manos temblorosas, Marsha echó a andar hacia las escaleras.

Mientras tanto, siguiendo con el plan, Hank se había agenciado el teléfono de Nathan y le había hecho dirigirse al estudio que había junto al salón. Tras encender la luz, Hank le ordenó a Nathan que cerrara las cortinas y luego se sentara a su mesa, sin dejar de apuntarle a los ojos.

Tras unos minutos de silencio, Nathan encontró por fin la voz:

—¿Qué está pasando aquí? Por favor, llévense lo que quieran y váyanse.

—Gracias por su cooperación —dijo Hank, con un tono tranquilo similar al que David había usado con Marsha—. Es un simple robo. En cuanto tengamos lo que queremos, que mi socio sacará de su caja fuerte, nos iremos.

—¿Qué es lo que esperan encontrar en la caja? —replicó Nathan, sintiendo que la rabia se imponía al terror—. No hay dinero en efectivo dentro, si es eso lo que buscan. ¡Pero escuche, yo puedo encargarme de que les envíen dinero ahora mismo!

Antes de que Hank pudiera responder se oyó a lo lejos un golpe sordo, como un impacto seco.

—¿Qué demonios ha sido eso? —exclamó Nathan, intentando ponerse en pie.

—¡No se levante! —le ordenó Hank, inclinando el cuerpo hacia delante y acercando la pistola al rostro de Nathan. Había reconocido de inmediato que el sonido correspondía a la pistola de David, y que la misión iba según lo previsto.

A regañadientes, Nathan volvió a sentarse.

—Debe de haber sido un tubo de escape, en la calle —dijo Hank, sin inmutarse.

—Si me dan un número de cuenta les puedo enviar dinero —dijo Nathan—. Es tan sencillo como eso.

—Nos contentaremos con lo que haya en la caja —insistió Hank.

Antes de que Nathan pudiera responder, David apareció en el umbral y entró en el estudio. Asintió y se intercambiaron las pistolas. Hank inclinó el cuerpo por encima de la mesa, acercando la pistola que le había dado David al rostro de Nathan.

—Abra la boca, por favor.

—¿Qué quiere decir? —preguntó Nathan, aterrado.

—Es una orden muy clara —dijo Hank, abriendo la boca como para demostrarle lo que quería.

Nathan se quedó mirando a David, como si este pudiera ofrecerle una respuesta que le sacara de su estado de pánico y confusión. Pero David respondió abriendo bien la boca, como su compañero, y Nathan, con la mirada puesta en Hank, situado frente a él, obedeció, imitándolos.

Hank reaccionó de inmediato, metiéndole el extremo del silenciador en la boca y apretando el gatillo.

La cabeza de Nathan salió despedida hacia atrás y un chorro de sangre salpicó la librería que tenía detrás. Los brazos le cayeron a los lados, sin fuerza, y un momento más tarde apareció un reguero de sangre procedente de su boca abierta y de la herida que se le había abierto en el centro del labio superior. Tras emitir unos sonidos guturales y agitar las piernas brevemente, el cuerpo quedó inerte, desparramado sobre la silla del escritorio.

—Ha sido algo más violento de lo habitual —señaló Hank.

—¿De qué estás hablando? —preguntó David.

—De la forma en que ha salido disparada hacia atrás la cabeza. Normalmente intento que el extremo del silenciador no se les salga de la boca.

—¿Y eso es un problema?

—Espero que no —dijo Hank, encogiéndose de hombros.

David salió del estudio, ya que llegados a ese punto su papel en la operación era hacer un repaso del apartamento para asegurarse de que no quedaban pruebas de su presencia, mientras Hank se encargaba de montar la escena del suicidio. Lo primero que hizo Hank fue meter su pistola en una bolsa y sacar la pistola fantasma, que habían preparado quitándole dos balas del cargador. Rodeó la mesa y frotó la mano enguantada contra la de la víctima para transferir cualquier residuo de pólvora que pudiera haber. Luego le metió el cañón de la pistola en la boca ensangrentada y puso el arma en la mano de la víctima, colocando el dedo índice del hombre en el gatillo. Después, levantando la mano que sostenía la pistola hasta la altura de la cabeza de la víctima más o menos, la soltó. La mano y el arma golpearon el reposabrazos de la silla, y el arma cayó al suelo con un repiqueteo metálico.

Luego Hank echó una última mirada al estudio para asegurarse de no dejar rastro de su presencia en el lugar. Justo en el momento en que salió del estudio al salón se encontró con David, que llevaba en las manos el abrigo de visón de la mujer.

—Voy a colgar esto en el armario del recibidor —dijo David, a modo de explicación—. Estoy seguro de que es lo que habría hecho ella.

Hank respondió asintiendo.

Unos minutos más tarde, después de asegurarse de que no había nadie a través de la mirilla de la puerta, salieron a la calle oscura, cerraron la puerta tras ellos y echaron a andar tranquilamente hasta la furgoneta. Una vez dentro, con las puertas cerradas, se quitaron las mascarillas, los guantes de látex y chocaron los cinco.

—No podría haber ido mejor —dijo David, con un gesto de

satisfacción en el rostro—. ¿Quieres llamar tú a Chuck para informarle o lo hago yo?

—Hazlo tú —dijo Hank, mientras arrancaba la furgoneta y emprendía el camino. Hasta que no giraron por Park Avenue y recorrieron unas cuantas travesías hacia el norte no empezó a tranquilizarse. Había sido una misión satisfactoria como cualquier otra; su única preocupación era que no quería acostumbrarse a hacer tantas misiones seguidas, y que cuando el ritmo volviera a bajar, algo que acabaría ocurriendo, los síntomas del estrés postraumático pudieran volver a aparecer.

18

Jueves, 7 de diciembre, 22.50 h

Antes de volver al edificio de la OCME, en la calle Veintiséis, Ryan acompañó a Isabella a su apartamento de la calle Veintidós. Le había propuesto que se quedara en su casa, pero tuvo que reconocer que no sabía cuánto duraría su visita a la OCME, y en vista de que ella ya había acabado su proyecto, Isabella decidió que sería mejor que volviera a casa, ya que necesitaba estar en el trabajo especialmente temprano la mañana siguiente, para encontrarse con sus compañeros de equipo. Aunque aquello había supuesto una decepción para Ryan, especialmente después de que ella le dijera que ya tenía planes para la noche del viernes y la del sábado, Isabella le dijo que le encantaría desayunar con él el domingo por la mañana y luego ir a ver juntos el árbol de Navidad del Rockefeller Center, si a él le apetecía. Ryan había accedido inmediatamente, deseoso de tener algún plan que le hiciera mirar al futuro con optimismo. También le había sugerido que le enviara un mensaje de texto cuando volviera del trabajo, para que pudieran charlar si es que ella aún seguía despierta, ya que le habría gustado saber si la visita le había sido provechosa.

Después de pasar junto a la minúscula zona de juegos y al jardín frente al moderno rascacielos, Ryan se paró a mirar la fachada del edificio. A la derecha de la entrada principal vio una inscripción que rezaba CENTRO DE MEDICINA FORENSE CHARLES S.

HIRSCH, y de pronto se preguntó por qué no había visto la inscripción antes y quién sería ese tal Charles S. Hirsh.

Le mostró su identificación al guardia igual que había hecho aquella misma tarde y cogió el ascensor hasta la quinta planta.

Aunque todas las luces del techo del enorme edificio de los IML estaban encendidas, había menos gente a la vista, y el escritorio de Bart Arnold, en primer plano, estaba vacío. Vaciló un momento, pero luego entró igualmente por la puerta de vidrio. Por un momento se planteó ir a ver si David Goldberg o Kevin Strauss estaban en sus cubículos, pero justo en ese momento oyó tras él el ruido de la puerta del ascensor abriéndose y una repentina cacofonía de voces. Se giró y vio a un grupo de personas recorriendo el pasillo. De ellos, un número considerable entraron en las dependencias de los IML.

—Perdonen —dijo Ryan, al ver al grupo acercándose—. Estoy buscando a Janice Jaeger y a Darlene Franklin.

—¿Y quién las busca? —le preguntó una de las mujeres, con una voz dulce y agradable.

—Soy el doctor Ryan Sullivan.

—Yo soy Janice —dijo ella. Era una mujer menuda, de edad avanzada, con aspecto de abuelita. Tenía el cabello ondulado, oscuro y con mechones grises, oculto casi en su totalidad por la capucha del plumón que aún llevaba puesto, de color rojo. Aunque Ryan no se había hecho una idea del aspecto que podía tener, después de oír hablar de su excelente reputación como investigadora médico-legal y ahora que sabía que aquel era un trabajo especialmente exigente, se esperaba encontrar a alguien con una imagen más imponente.

—Yo soy Darlene —dijo otra mujer, con una voz más profunda, casi masculina. Era considerablemente más joven que Janice, pero más corpulenta y atlética, más próxima a la imagen que se había hecho él.

La otra mujer del grupo y los tres hombres se despidieron y se dirigieron a la maraña de cubículos.

—He recibido un mensaje tuyo diciendo que querías hablar conmigo del caso de Cynthia Evers —dijo Janice.

—Y yo, referente a Norman Colbert —dijo Darlene.

—¿Tienes preferencia en cuanto a con quién hablar antes? —le preguntó Janice.

—No, en absoluto —respondió Ryan—. Depende de ustedes.

—Muy bien —dijo Janice—. ¿Por qué no empiezas conmigo, si a ti te parece bien, Darlene?

—Sin problemas —dijo Darlene, y se alejó.

Janice le indicó con un gesto a Ryan que la siguiera y lo llevó a su cubículo, que era contiguo al despacho de Bart Arnold, como correspondía a una veterana como ella. Era un espacio algo mayor que el de David o el de Kevin, y contenía un archivador, un colgador de abrigos y algunas sillas más.

En cuanto a su aspecto, estaba algo menos desordenado que el de David, pero más que el de Kevin. En cuanto se quitó el plumón y el gorro, Ryan hizo lo propio.

—Bueno —dijo ella, una vez se sentaron—, en primer lugar déjame que te diga que me alegra ver que alguien del departamento forense ha decidido echar un vistazo a este asunto que ha señalado David. Seis suicidios con sospechas sobre la forma de la muerte en un período de seis meses a mí me parecen muchos. Seis más de lo normal.

—Ahora ya son siete —dijo Ryan—. Esta mañana hemos hecho la autopsia a otro, y usted ha sido la IML del caso.

—¡Dios, tienes razón! —exclamó Janice—. Eso te da una idea de lo ocupados que hemos estado. Aún no se me había ocurrido pensarlo. Pero sí, el caso O'Brien, de anoche, sin duda se encuadra en la misma categoría.

—Hablemos primero de Cynthia Evers, si no le importa.

—Me parece bien —dijo Janice—. Supongo que habrás leído la documentación disponible.

—Sí, pero el material que he encontrado en la red es bastante escaso —dijo Ryan—. Sé que se trató del suicidio de una mujer de treinta y cuatro años que apareció colgando de la ducha con un alargador. El informe también decía que había constancia de que sufría de depresión y de que existía una historia de intento de suicidio por sobredosis cuando era adolescente —dijo, haciendo un esfuerzo mental por bloquear el recuerdo de su propio intento de suicidio.

—Bueno, yo tengo mucho más material sobre el caso, pero tienes razón: había una historia de depresión y un intento de suicidio previo, lo cual siempre resulta muy significativo.

—Me encantaría poder ver todo lo que tenga —dijo Ryan—. Si le doy mi dirección de correo electrónico, ¿me mandará el informe completo y cualquier otra nota que conserve del caso? También me gustaría disponer de los datos de contacto de la persona que halló el cadáver o de quien proporcionara la mayor parte de la información sobre la víctima.

—Con mucho gusto. Por lo que recuerdo, fue su novio quien descubrió el cuerpo y me proporcionó la información que necesitaba, pero cuando llegué allí creo que la policía había conseguido apartarle de algún modo. Es algo que a veces hacen, y a partir de entonces él no se mostró tan cooperador como esperaba. Aunque al final habló. Por cierto, que no recuerdo su nombre, pero lo buscaré y te lo enviaré.

—David Goldberg me ha explicado que en casos así la policía suele mostrarse... deseosa de que los IML declaren que es un suicidio, porque eso supone menos trabajo para ellos.

—Ni te lo imaginas —dijo Janice—. Pueden ser muy insistentes, especialmente cuando vienen a apremiarte para que confirmes que es un suicidio, de modo que puedan perder de vista el cadáver. Es una lucha constante, pero yo no me dejo coaccionar. Aunque, para ser honesta, necesitaría repasar el caso para poder hablar contigo de él con más seguridad y con más detalle. Fue hace cuatro meses, y desde entonces me he ocupado de un montón de casos más.

—Lo entiendo —dijo Ryan—. Espero con impaciencia el material que me envíe, para poder leerlo. —Le escribió su dirección de correo electrónico en el cuaderno que llevaba consigo, arrancó la página y se la entregó. Ella se la quedó mirando y luego la dejó sobre su mesa, en el centro.

—Encontraré un rato para buscar el material y te lo enviaré esta misma noche. Te doy mi palabra.

—Gracias, pero déjeme que le haga una pregunta: ¿recuerda al menos alguno de los motivos por los que pensó que la forma de la muerte podría no ser el suicidio?

—Creo que sí —dijo Janice, que hizo una pausa y fijó la vista en el techo, muy concentrada. Luego volvió a mirar a Ryan—. En primer lugar, era evidente que en algún momento de la tarde la mujer había estado limpiando el baño. Había todo tipo de productos de limpieza en el suelo y en el lavabo. Ese tipo de actividad se realiza con vistas al futuro; no es típica en el escenario del suicidio de un individuo deprimido, aunque reconozco que los productos de limpieza podrían llevar allí días, quién sabe. Aun así, me llamó la atención. Por otra parte observé que había unas marcas de arañazos verticales en el cuello, entre cinco y siete centímetros por debajo de la barbilla. Y, ahora que lo pienso, también había señales de congestión, entre el color de su rostro y algunas petequias en el blanco de los ojos. Ambas cosas me hicieron pensar al menos en una estrangulación, no en un ahorcamiento. Desde luego no estaba tan pálida como cabría esperar en un caso de ahorcamiento.

—Supongo que eso es importante porque las señales de estrangulación hacen pensar en un homicidio y no en un suicidio, ¿no?

—Sí —dijo Janice, mirando a Ryan de reojo y meneando la cabeza—. ¡Me da la impresión de que estás un poco verde en cuanto a ciencia forense!

Ryan levantó las manos, como si se rindiera.

—Pido disculpas. Tiene razón. Yo soy patólogo anatómico. Este es mi primer contacto con la medicina forense.

—Disculpas aceptadas —dijo Janice, sonriendo—. Desde el punto de vista forense, hay diferencias entre la estrangulación y el ahorcamiento, aunque las señales pueden confundirse en cierta medida. En el caso de la estrangulación, y también del *burking*, el proceso patológico consiste básicamente en bloquear la tráquea, de modo que el individuo se ahoga, mientras que en el ahorcamiento, especialmente en el ahorcamiento parcial, que es el que más se ve en caso de suicidio, la patología consiste principalmente en que se corta la circulación de las carótidas, y a veces incluso de las arterias vertebrales. Desgraciadamente, en el mundo real suele producirse una combinación de señales, lo que a menudo requiere cierta interpretación, por lo que la experiencia marca la diferencia.

—Es algo de lo que me doy cuenta constantemente, con solo seguir los razonamientos de todo su equipo —dijo Ryan—. ¿Qué significa *burking*?

—¿No has oído nunca el término *burking*? —preguntó Janice, sonriendo de nuevo.

—Creo que no —reconoció Ryan.

—La palabra viene de dos delincuentes escoceses del siglo XIX, William Burke y William Hare, que desenterraban cadáveres para que los anatomistas pudieran hacer sus disecciones. Cuando no disponían de cadáveres recientes que desenterrar, los facilitaban ellos mismos asesinando a gente. El término *burking* viene del modo en que mataban a sus víctimas, sentándoseles sobre el pecho y tapándoles la boca de modo que no pudieran respirar.

—¡Por Dios! —exclamó Ryan. No se esperaba oír algo tan espeluznante—. ¿Así que en ese momento se planteó que quizá Cynthia Evers pudo haber sido víctima del *burking*?

—Quizá se me pasara por la cabeza, pero solo brevemente —reconoció—. Mira, como IML, cuando analizas el escenario y las circunstancias, tienes que pensar en todas las posibilidades.

—Y eso, mientras la policía va tocándote las narices.

—Exacto —dijo Janice, asintiendo—. Ya vas haciéndote a la idea.

—¿Y a pesar de todo esto, siguió convencida de que se enfrentaba a un suicidio?

—Pues sí.

—¿Y por qué fue? —preguntó Ryan cuando ella se quedó en silencio, aparentemente concentrada en sus pensamientos.

—Ahora que lo pienso, había otra cosa que me llamó la atención. La tapa del váter estaba bajada.

—¿Y eso por qué le llamó la atención?

—Es difícil de explicar, pero me hizo pensar, especialmente viendo todo el material para limpiar el baño, incluido un cepillo para el váter. La bañera tenía los bordes muy anchos y lisos, así que no sé por qué iba a estar el váter tapado, porque la señora Evers podía subirse al borde de la bañera si quería llegar a la altura del surtidor de la ducha. Se lo mencioné a uno de los agentes que, por supuesto, me estaba apremiando para que acabara y que así pudieran atender la siguiente llamada. Cuando le pregunté cuánto tardaría en llegar un especialista de la científica para que buscara huellas en la tapa del váter, se rio y me dijo que le recordaba a su madre, que no era capaz de tomar una decisión aunque tuviera la respuesta ante las narices. Al final, dado que la mayoría de las pruebas señalaban en dirección al suicidio, fue lo que determiné, pero aquello fue una de las cosas que me hizo pensar después de cerrar el caso.

—Como una mosca detrás de la oreja.

Janice se rio con ganas.

—Supongo que has estado hablando con David. Sí, era como una mosca detrás de la oreja, sumado a lo de las petequias y a lo del material de limpieza. Pero aun así la mayoría de las pruebas apuntaban a un suicidio, que fue lo que puse en el informe.

—Veamos... —dijo Ryan, repasando sus notas para no dejarse nada—. Ah, sí. Supongo que Cynthia Evers era soltera.

—Lo era.

—¿Recuerda qué tipo de trabajo hacía?

—Curiosamente, sí que lo recuerdo. El novio nos dio esa información porque trabajaban en la misma empresa, solo que en oficinas diferentes. Ambos trabajaban en departamentos de gestión en el Citibank.

—Así que eran ejecutivos de banca —dijo Ryan, tomando nota—. ¿Y diría que el apartamento de Cynthia era lujoso?

—Hasta cierto punto, aunque desde luego nada ostentoso.

—Vale —dijo Ryan—. Pasemos a Sean O'Brien. Aquí la situación es diferente. En este caso he leído todo su informe. En comparación con algunos de los informes de sus colegas que he podido leer, era mucho más detallado.

—Gracias —respondió Janice con una sonrisa—. Intento emplearme a fondo en cada caso. ¿Qué es lo que quieres preguntarme? Eso fue anoche; lo recuerdo bien.

—Por lo que recuerdo había dos cosas que le llamaron la atención: que la víctima aún tenía la pistola en la mano y que nadie había oído el disparo. ¿Puede decirme algo más al respecto?

—Sí, claro —dijo Janice—. Ya he analizado unos cuantos suicidios por disparo, y en mis veinticinco años de experiencia nunca me he encontrado con un caso en el que el individuo estuviera sentado y siguiera con la pistola en la mano tras la muerte. En todas las otras ocasiones, la pistola había acabado en el suelo, y el brazo de la víctima colgando a un lado de la silla. En esta situación, la mano parece que cayó sobre el regazo del individuo, el dedo seguía en el gatillo y el cañón pegado a la parte interior del muslo izquierdo, que supongo que fue lo que hizo que aún la tuviera en la mano. Me sorprendió por lo inusual. En cuanto a que nadie oyera el disparo, por el estado del *rigor mortis* y la temperatura corporal calculé que la hora de la muerte habría sido hacia las diez de la noche, una hora a la que la mayoría de los vecinos del edificio estarían preparándose para dormir y habrían reaccionado ante un sonido como el de un disparo. Pero nadie lo oyó, y tuve ocasión de preguntar a una buena parte de los vecinos del edificio. El jaleo de la llegada de la policía les había despertado prácticamente a todos.

—Parece razonable —comentó Ryan—. ¿Cómo era el apartamento? ¿Diría que era lujoso?

—Desde luego —dijo Janice—. Aún más que el de Cynthia Evers. ¿Por qué me preguntas por los apartamentos?

—Lo que estoy intentando hacer con estos siete casos es descubrir cualquier punto en común. Por ejemplo, he observado que todos tienen más o menos la misma edad. Y de los que he podido investigar hasta ahora, todos son lo que yo llamaría profesionales, y viven en apartamentos bastante lujosos. Cuando menos, me resulta curioso...

—El señor O'Brien era asesor financiero en Morgan Stanley —dijo Janice—. ¿Eso es lo que tú llamas profesional?

—Sí, aunque quizá sería más preciso decir que todos eran ejecutivos de grandes empresas, como Cynthia Evers en el Citibank.

—Interesante —comentó Janice. Era evidente que estaba registrando esa información para aplicarla a su vasto repertorio de investigaciones. Si se le había ocurrido algún otro punto en común no se lo hizo patente, pero Ryan tuvo la sensación de que estaba pensando en ello, y de que habría muy pocas cosas que le pasaran desapercibidas.

—¿Encontró algo que le indicara que el señor O'Brien pudiera estar haciendo alguna cosa en particular antes de dispararse? —preguntó Ryan.

—El televisor de la cocina estaba encendido.

—Eso no lo mencionó.

—No, no lo hice. Es algo tan habitual que no lo consideré relevante.

—¿Y por lo demás el escenario era completamente normal?

—Sí. No había ningún indicio de forcejeo, de ningún tipo. Por mi experiencia en la investigación de suicidios, nunca hay indicios de forcejeo, mientras que en los suicidios fingidos sí puede haberlos.

—Pasemos a lo que la doctora Montgomery consideró la parte más decisiva de su informe —propuso Ryan—, la observación de que el paciente estaba deprimido por habérsele diagnosticado cáncer. Esto me resulta especialmente interesante, porque no encontramos rastro de ningún tumor en la autopsia, al menos en un primer examen. Puede que eso cambie con el examen histológico, pero de momento no tenemos nada. Sé que no especificó el tipo de cáncer en su informe. ¿Sabe de qué tipo era?

—La novia, que fue quien encontró el cuerpo, me dijo que estaba muy triste y deprimido después de que se lo diagnosticaran con uno de esos nuevos métodos de detección precoz. Dijo que se había obsesionado con ello, porque su padre había muerto de cáncer bastante joven.

Ryan, que estaba tomando notas mientras Janice hablaba, se detuvo de pronto y la miró a la cara. Lo que acababa de decirle le recordó la conversación que había tenido con Tyrell Friss solo unas horas antes. Los puntos en común eran, cuando menos, sorprendentes.

—¿Cómo se llama la novia?

—Chloé Makris.

—¿Me puede enviar también sus datos de contacto, cuando me mande el informe de Cynthia Evers?

—Por supuesto.

—¿Dijo algo Chloé sobre la prueba de detección de cáncer que se había hecho el señor O'Brien? ¿Dijo si formaba parte de algún examen anual?

—Creo que sí, pero deja que consulte mis notas. —Janice se puso en pie y abrió el cajón superior de su archivador. Sacó una carpeta, volvió a sentarse y la abrió. Tras echar un vistazo a una página, le miró de nuevo a la cara—. Sí, formaba parte del examen médico obligatorio de su empresa. Se realizó en una clínica llamada Oncology Diagnostics. Chloé me dijo que recordaba el nombre porque él la había mencionado en varias ocasiones. No estaba contento con ellos por algún motivo, y se quejaba del tratamiento.

Ryan apuntó *Oncology Diagnostics* y lo subrayó dos veces. Estaba seguro de que era la misma clínica en la que Tyrell Friss le había dicho que había recibido su diagnóstico Lily Berg, y le pareció que la coincidencia era sorprendente.

—¿Tiene algo más en sus notas sobre ese diagnóstico de cáncer?

—Sí, el padre del señor O'Brien murió de cáncer de páncreas, y a Sean le preocupaba especialmente la posibilidad de tenerlo él también.

—Muy bien —dijo Ryan, tomando nota de aquel dato. Recordó que habían diseccionado el páncreas de Sean esa mañana y que no habían encontrado nada mínimamente sospechoso. Quizá en Histología les dijeran algo diferente, pero lo dudaba.

—¿Es todo, pues? —preguntó Janice—. Voy a tener que ponerme en marcha, porque tengo que hacer unas cuantas llamadas.

—Sí, creo que es todo —dijo Ryan, poniéndose en pie—. Muchas gracias por su tiempo; debo decir que admiro y valoro cada vez más el trabajo que hacen los IML. Yo no podría hacer en un millón de años lo que hacen ustedes a diario.

—Gracias, pero estoy segura de que podrías ser un magnífico IML, teniendo en cuenta el esfuerzo que has tenido que hacer para llegar a ser residente de patología. En cuanto al material que te he prometido, te lo enviaré durante la noche. Quiero animarte en tu trabajo, así que te voy a dar mi número de móvil. Sé que al hacer el turno de noche puede resultar difícil contactar conmigo; así podrás llamarme si tienes más preguntas —dijo, y le dio una tarjeta de visita en la que había escrito su número de móvil.

Ryan cogió la tarjeta y le echó un vistazo.

—Me sabría mal molestarla si está durmiendo.

—No tienes que preocuparte. Siempre pongo el teléfono en

modo «no molestar» cuando duermo. Y tampoco duermo tanto últimamente. Como mucho cinco o seis horas.

—Muchas gracias. Si puede indicarme el camino al despacho de Darlene, se lo agradeceré.

Encontrar a Darlene resultó más fácil de lo que pensaba. Janice solo tuvo que llamarla en voz alta, y esta se levantó en su cubículo, asomando la cabeza y haciéndole un gesto a Ryan con la mano. A los pocos minutos ya estaban sentados junto a su escritorio. Una vez más, observó la sorprendente diferencia entre ambas mujeres. Estaba claro que Darlene sería mucho más capaz de plantar cara a los policías que intentaran agobiarla que Janice, a pesar de no tener tanta experiencia como ella. Tenía una presencia autoritaria que habría resultado lógico esperar en Janice.

—Tengo que salir enseguida a ocuparme de un nuevo caso —dijo Darlene, nada más empezar—. Lo que significa que tenemos que ir rápido. Dado que el caso de Norman Colbert fue hace meses, he sacado mis notas y me las he vuelto a leer. ¿Qué es lo que quieres saber?

Ryan repitió la habitual presentación y le dijo lo que necesitaba, y luego le preguntó directamente por qué había incorporado su caso a la lista de David Goldberg.

—Hubo un par de cosas sospechosas, a pesar de que me habían dicho que la víctima estaba algo deprimida. En primer lugar, había evidencias de que el hombre se había hecho la cena, lo cual me hizo pensar que no estaría pensando en suicidarse tan inminentemente. Para cocinar hay que hacer cierto esfuerzo y planificar un poco, algo que por mi experiencia no suelen hacer las personas que están a punto de suicidarse. Un suicida no prepara la cena y la mete en el horno, donde me encontré los restos de su cena calcinados. Lo segundo fue que no tenía el labio superior lacerado. Para mí, este segundo motivo era más llamativo que el primero. Me he encontrado con una buena cantidad de casos de suicidio con disparo en la boca y el labio superior siempre presentaba heridas por el roce con la mira.

—De acuerdo —dijo Ryan—. Esas cosas ya me las han explicado. ¿Qué es lo que hizo que no les diera importancia?

—No es que no les diera importancia; fue solo que la mayoría de las pruebas, incluido el historial de depresión, apuntaban al suicidio. Los IML nos vemos obligados a hacer ese tipo de valoraciones en muchos casos, y no siempre es fácil. En cuanto a lo del labio superior, es increíble el retroceso que tiene una pistola de nueve milímetros, especialmente cuando alguien la está agarrando del revés.

—Me lo imagino —dijo, mientras pensaba en dos nuevas columnas que añadir a su tabla, para el calibre de la bala usada en los suicidios por disparo y el tipo de arma. Se imaginó que intentar obtener esa información de la Policía de Nueva York resultaría difícil, o quizá imposible, con lo que quizá ganara uno o dos días más evitando hacer autopsias.

—¿Eso es todo? —preguntó Darlene, que evidentemente tenía prisa por marcharse.

—Un par de preguntas rápidas, por si son datos que tal vez no estén en su informe. ¿Qué tipo de trabajo hacía Norman Colbert?

—Tienes razón. Eso no lo puse en el informe porque no me pareció relevante. Era ejecutivo en la AIG.

—Vale —comentó Ryan, mientras tomaba nota. Parecía cada vez más evidente que trabajar como ejecutivos en una gran empresa era algo que tenían en común la mayoría de las víctimas—. ¿Qué hay del apartamento?

—¿Qué quieres decir? —preguntó ella, mirando el reloj.

—¿Diría que era lujoso, normal o humilde?

—Lujoso.

—Última pregunta: ¿había alguna evidencia de forcejeo?

—¡No, por Dios! —exclamó ella—. De ser así, habría insistido a la policía para que llamaran a más agentes y a los de la científica.

—Vale, eso es todo —dijo Ryan, poniéndose en pie—. Gracias por su ayuda y gracias por adelantado por enviarme ese material. Y siento haberla entretenido.

—De nada. Siento tener que irme a toda prisa. Los jueves por la noche siempre hay mucho trabajo. No tanto como los viernes y sábados por la noche, pero casi.

Mientras se dirigía a los ascensores, Ryan se ajustó el abrigo. Estaba contento de haber hecho el esfuerzo de ir hasta allí esa noche, ya que había hecho progresos significativos. Cuando salió del edificio le parecía que el invierno se había recrudecido. Hundió las manos en los bolsillos del abrigo y se puso en marcha, dando gracias de que vivía en el barrio y que solo tenía que caminar unas travesías. Mientras se dirigía hacia el oeste por la calle Treinta, con el cuerpo encogido para protegerse del frío de la noche, no pudo evitar pensar en Isabella y se sorprendió a sí mismo al reconocer que lamentaba que hubiera insistido en marcharse. Estaba disfrutando de su compañía más de lo que pensaba, por ejemplo, del simple hecho de estar en la misma habitación con ella mientras ambos trabajaban en sus cosas. Además de eso, le habría gustado compartir con ella la sensación de haber conseguido algo con su visita nocturna a la OCME.

Aunque era agradable volver a disfrutar de la calidez de su apartamento, se sentía algo solo. Mientras se quitaba el abrigo y dejaba su cuaderno en la mesa de la cocina, convertida en escritorio de trabajo, se dio cuenta de que su portátil Razer aún estaba encendido, y en la pantalla aún podía ver lo que había estado haciendo Isabella. Pensó en ella y miró la hora.

Solo eran las 23.37 h, lo que significaba que había sido notablemente eficiente en su visita. Y lo más importante era que tenía posibilidades de encontrarla antes de que se metiera en la cama y apagara la luz, ya que apenas había pasado una hora desde que se habían despedido. Con esa esperanza en mente, le envió un mensaje para preguntarle si aún estaba despierta. Se pasó varios minutos allí de pie, en la entrada de la cocina, con los ojos pegados a la pantalla del teléfono, esperando que llegara un mensaje de respuesta.

Los segundos fueron convirtiéndose en minutos y su optimismo fue menguando. Pero de pronto el teléfono sonó con fuerza: en lugar de un mensaje lo que llegó fue una llamada. Con movimientos torpes aceptó la llamada y, para alegría suya, era de Isabella.

—Me has pillado cepillándome los dientes —dijo Isabella—. ¿Qué tal te ha ido la visita?

—La verdad es que muy bien, y tengo que reconocer que cada vez admiro más a estos investigadores médico-legales. Lo que hacen es realmente importante, pero no reciben el reconocimiento que merecen. Es un trabajo increíble, muy exigente, y trabajan a todas horas. Es terrible, pero necesario.

—Interesante. Pero ¿te han dicho algo significativo?

—Sin duda, sí, y tengo más material para la tabla que te he enseñado.

—¡Fantástico! Me alegro por ti.

—Cuando he vuelto al apartamento tenía la esperanza de que aún estuvieras aquí, trabajando en tu proyecto.

—Es bonito que digas eso.

—Solo quiero que sepas que puedes venir a usar mi ordenador cuando quieras, incluso de noche.

Isabella se rio.

—Gracias. Es todo un detalle, pero con mi proyecto actual ahora tengo un respiro.

—Pues qué lástima.

—Te veo el domingo por la mañana.

—Sí, hasta el domingo por la mañana.

Cuando colgaron, Ryan se quedó donde estaba unos minutos, pensando en lo que sentía por Isabella. Se daba cuenta de que estaba en un territorio desconocido, adentrándose en aguas profundas, sin saber nadar.

19

Viernes, 8 de diciembre, 6.45 h

Aún faltaba un cuarto de hora para que saliera el sol, y ya era una espléndida mañana de inicios de invierno en Nueva York, con un cielo de color melocotón en lo alto que iba virando a un rojo manzana hacia el este, donde debía aparecer el sol, y a azul plateado hacia el oeste, donde iba ocultándose la noche. Para Jack, que pedaleaba hacia el sur por Central Park's Drive en su nueva bici Trek, la escena no podía ser más bonita e idílica, pese al frío invernal. Pero con su chaqueta de pana marrón oscura, la bufanda de lana que llevaba anudada al cuello, los guantes y el esfuerzo físico que estaba haciendo, conseguía mantener una buena temperatura corporal y podía disfrutar del amanecer sin problemas. Le gustaban más los amaneceres que las puestas de sol porque eran la promesa de un nuevo día, en lugar del fin del día ya pasado.

Dado que hacía exactamente un año desde el último día en que había ido al trabajo en bicicleta, su forma física no era la de entonces. Aun así, ahora que habían prohibido el tráfico de vehículos por West Drive, podía circular a unos treinta kilómetros por hora, así que para cuando llegó al extremo suroeste del parque, donde pensaba salir a Columbus Circle, ya estaba casi sin aliento, y tenía los cuádriceps doloridos, por lo que no le importó tener que esperar varios minutos a que cambiara el semáforo, algo que en el pasado siempre le hacía perder los nervios. A partir de ese punto tuvo que ir considerablemente más lento, porque ahora tenía que sortear peatones y vehículos motorizados, aunque hubiera carril bici a lo largo de todo lo que le quedaba de camino hasta el trabajo.

Eran poco más de las siete de la mañana cuando Jack paró en el muelle de carga de la OCME, por donde entraban y salían los cuerpos. Se subió la bici al hombro y la metió dentro, saludando con un gesto de la cabeza al personal de seguridad y luego a los técnicos de la morgue, hasta llegar al lugar donde se acumulaban los ataúdes para enviar los cuerpos no reclamados a la fosa común de Hart Island. Encadenó la bicicleta y el casco a la tubería de siempre y se quedó un momento admirando el diseño de su nueva bici, su color rojo fuego y la ausencia de anticuados frenos de pinzas, lo que le daba un aire especialmente elegante. También tenía unos neumáticos más modernos y algo más anchos que las antiguas bicis de carretera, lo que hacía que la conducción fuera más suave.

Satisfecho, Jack subió por las escaleras traseras hasta la planta baja, pasando frente a la oficina de Muertes Súbitas Infantiles, y entró en el Departamento de Identificación, el lugar donde iniciaba realmente su jornada en la OCME. Era el lugar donde el examinador médico de guardia repasaba los casos que habían llegado durante la noche y decidía si era necesaria la autopsia, asignaba los casos a los diferentes médicos y los programaba según la urgencia. Esa semana la forense de guardia era la doctora Nala Washington, una mujer negra de aspecto imponente que llevaba el cabello recogido en elegantes trenzas africanas. Pertenecía al grupo de las nuevas incorporaciones al equipo, la mayoría de ellas mujeres, que le hacían sentir viejo.

Ver al teniente Lou Soldano sentado en una de las dos viejas sillas de cuero desparejadas con el rostro oculto tras el *New York Times* de la mañana fue una agradable sorpresa. Jack lo reconoció por los raídos pantalones oscuros y holgados de color azul que asomaban por debajo del periódico. Seguramente eran los mismos que llevaba el día anterior, y probablemente los que llevaría al día siguiente, algo que dejaba claro su adicción al trabajo. Todos los que lo conocían sabían que no tenía vida propia.

Aparte de ser un adicto al trabajo, Lou era un admirador confeso de la patología forense. La experiencia le había enseñado hasta qué punto contribuía a la resolución de los asesinatos, y en muchos casos seguía a los cadáveres hasta la morgue una vez al mes, más o menos, para asistir a las autopsias, sobre todo a las que hacían Laurie y Jack. Eso había propiciado la amistad entre ellos y en ocasiones quedaban fuera del trabajo. Pero el hecho de que Lou estuviera allí dos días seguidos resultaba inusual y eso despertó su curiosidad. Tenía que haber pasado algo grave.

Detrás de Nala había un mostrador con una pequeña nevera y la cafetera que compartían los forenses y los técnicos de la morgue. Delante estaba Vinnie Amendola, uno de los técnicos más veteranos, haciéndose un café. Iba vestido con su habitual sudadera de capucha gris. Con el paso de los años los dos se habían hecho colegas, dado que eran siempre los primeros en llegar y que Jack siempre estaba deseoso de ponerse manos a la obra. Los otros forenses solían aparecer entre las siete y media y las ocho. Muchas veces, cuando empezaban su primera autopsia Jack ya estaba casi acabando la suya.

Cuando Jack miró hacia donde estaba Nala, esta le saludó con la mano. Al igual que todos los recién contratados, se había acostumbrado rápidamente a la rutina de primera hora de Jack. Él siempre se mostraba dispuesto a compartir su amplia experiencia si Nala tenía alguna pregunta o necesitaba una segunda opinión sobre la necesidad o no de hacer la autopsia en un caso específico. Desde luego no le importaba que Jack escogiera entre los casos de la noche para llevarse el que le supusiera un reto mayor, ya que invariablemente acababa haciendo más autopsias que nadie. Jack le devolvió el saludo, pero no se acercó a hojear el montón de casos nuevos, como solía hacer. En lugar de eso miró por encima del periódico del policía y se encontró con su rostro serio y mal afeitado.

—¿Y a qué debemos el placer de tu compañía dos días seguidos? —preguntó Jack, lo suficientemente alto como para que todos le oyeran—. Espero que no sea otro tiroteo con policías involucrados.

Lou levantó la vista.

—No, pero son dos muertes, no una, y tiene pinta de que este caso va a ser un buen grano en el culo. Estoy seguro de que voy a tener noticias del comisario general muy pronto, y prefiero estar preparado.

—¿Están relacionadas las dos muertes?

—Sí que lo están —respondió Lou con una risa nada alegre—. Es un homicidio con suicidio. El problema es que la víctima del homicidio, la esposa del suicida, de treinta y cuatro años, es una periodista de investigación de la CNN, lo que sin duda va a convertir este caso en una noticia muy mediática. Justo cuando estamos haciendo un esfuerzo para que disminuya la preocupación de la opinión pública por la delincuencia en la ciudad. Las cadenas de televisión por cable y los periódicos sensacionalistas se van a poner las botas. Lo que significa que el alcalde se va a cabrear como una mona, y el comisario va a pagarlo con los de homicidios, y conmigo en particular. ¡Ya lo verás!

—Pero vosotros no podéis hacer gran cosa con un caso de asesinato con suicidio, y mucho menos con los suicidios, en general. Es un problema de salud mental, no de los cuerpos de seguridad.

—Dudo mucho que la opinión pública, y por ende el alcalde, lo vean así —dijo Lou—. El caso es que es un crimen macabro. Bueno, ¿te encargarás al menos de uno de los casos, si no puedes encargarte de los dos? Quiero saber qué sorpresas me esperan, para estar preparado.

—¿Qué tipo de sorpresas te esperas?

—No tengo la menor idea —dijo Lou—. Tú eres el especialista.

—¿Fue con pistola, como es habitual en los asesinatos con suicidio?

—Sí, una Glock 19 de nueve milímetros.

—¿Las dos son heridas en la cabeza?

—Sí, la de ella en la parte trasera, y la de él en la boca.

—¿En la parte trasera de la cabeza? Eso es algo inusual.

—¡¿Lo ves?! —exclamó Lou, abriendo los brazos—. Eso es exactamente lo que quería decir. Yo no sabía que fuera inusual. ¿Qué te sugiere eso?

—No me sugiere nada más que el hecho de que no estaban cara a cara cuando la disparó. En todos los casos de asesinato con suicidio a los que me he enfrentado, a la mujer la dispararon en el pecho, en ocasiones varias veces, si estaba de pie. Y si estaba dormida, siempre era en la sien.

—Vale —dijo Lou—. Si te encargas de uno de los casos, ¿puedes coger el del homicidio, como favor personal? La intuición me dice que, si hay sorpresas, serán en la mujer, y no en su marido, casi veinte años mayor que ella.

—Supongo que sí —respondió Jack, que se giró y se dirigió a Nala—. ¿Lo has oído? Me gustaría encargarme de la víctima de homicidio de treinta y cuatro años, si te parece bien.

Y se acercó al escritorio de la forense de guardia.

—Sí, lo he oído —dijo Nala, que ya había encontrado el dosier de Marsha Levi y lo tenía listo para dárselo—. ¿Por qué no iba a parecerme bien? —añadió, riéndose. Jack sabía que era imposible que pusiera alguna objeción.

—Parece que nos toca salir a escena, Vinnie —dijo, dirigiéndose al técnico, que ya se había acabado su café y se había puesto cómodo en la segunda silla de cuero. Siguiendo su rutina habitual, se había escondido tras su *New York Post*, fingiendo que no le oía. Formaba parte de la pantomima que interpretaban cada mañana. Jack agarró el dosier que le tendía Nala, se sirvió una taza de café y se sentó frente a otra de las mesas de la sala.

Al sacar el informe de la IML, se llevó la agradable sorpresa de ver que lo había elaborado Janice Jaeger. Aunque no le gustaba saber demasiado del caso para que no influyera en sus observaciones, provocando que pasara por alto algún detalle crucial, le gustaba tener una idea general, para lo que solía leer en diagonal el informe. Como siempre, Janice había sido muy exhaustiva. Cuando acabó, seguía convencido al noventa y nueve coma nueve por ciento de que no habría sorpresas, pese a los temores de Lou. Iba a ser una autopsia de rutina a una mujer relativamente joven, probablemente sana, que había recibido un disparo en la nuca.

A Jack le daba pena la pérdida de una vida de forma tan prematura, pero al menos, pensó, no habría sufrido.

20

Viernes, 8 de diciembre, 8.15 h

Mientras pasaba bajo los andamios y entraba en el viejo edificio de la OCME, Ryan notó que se sentía significativamente mejor que nunca desde el inicio de su rotación en el centro, y el motivo era muy simple: tenía bastante confianza en que ese día no iba a verse sometido a la tortura sensorial de hacer otra autopsia. Su plan era quedarse en la sala de residentes o, si eso le resultaba demasiado deprimente, en la pequeña pero cómoda biblioteca de publicaciones de la tercera planta. En uno u otro lugar, pretendía mostrarse muy ocupado y absorto en su trabajo. Y dado que el proyecto le había empezado a interesar, tampoco tendría que fingir mucho.

Saludó alegremente a la siempre sonriente Marlene Wilson, que como de costumbre montaba guardia en la entrada, pasada la sala de espera. Pasó por el Departamento de Administración y usó el ascensor delantero para subir a la primera planta, donde atravesó el comedor, que estaba desierto, para llegar a la sala de residentes. Se encontró las luces encendidas, lo que significaba que Sharon ya había pasado por allí y que probablemente ya estuviera en las mazmorras, sufriendo su tortura. Le sorprendía de verdad ver que aparentemente ella disfrutaba con la rotación. «Para gustos, los colores», pensó distraídamente.

Tras quitarse el abrigo, Ryan se puso cómodo frente a su escritorio, y sacó las notas que había tomado durante la visita que les había hecho a Janice Jaeger y Darlene Franklin. También sacó su tabla, que en su nueva forma ampliada tenía un aspecto bastante convincente, con los curiosos puntos en común de edad, profesión, estado civil y modo de vida. Luego encendió el ordenador. Abrió el correo electrónico y observó, satisfecho, que tenía mensajes de Blodgett y de las dos IML. Primero abrió el de Blodgett y lo leyó rápidamente. Ninguna sorpresa.

Luego pasó al correo de Janice y leyó su informe sobre Cynthia Evers, que era detallado, tal como esperaba. El informe era completo, pero lo que más le impresionaba era la cantidad de detalles que había podido recordar durante su charla con ella la noche anterior. Con todos los casos que habría hecho desde mediados de agosto, cuando había escrito el informe de Evers, resultaba sorprendente lo que había podido recordar sin tener que consultar el informe. Tal como le había dicho, el informe documentaba la presencia de artículos de limpieza para el baño, la evidencia de cierta congestión facial, los arañazos en el cuello, por debajo del nudo del alargador eléctrico, e incluso la observación de que la tapa del váter estaba bajada y la escobilla junto a la taza, como lista para usarse.

El correo electrónico también incluía el nombre de Robert Frank, con un número de teléfono. Aunque no había ninguna explicación, Ryan supuso que Robert era el novio de Cynthia Evers. Cogió su teléfono y consultó la hora. Eran casi las 8.45 h. Tras unos momentos de vacilación, decidió llamar, convencido de que Isabella, con su optimismo natural, le habría animado a hacerlo. A los dos tonos le respondieron:

—¿Sí? —dijo una voz, casi gritando. De fondo se oía un estruendo constante, con un chirrido agudo en primer plano.

Ryan tuvo que gritar para explicar que llamaba de la Oficina del Médico Forense Jefe y que quería hablar con él sobre Cynthia Evers.

—Estoy en el metro —gritó Robert—. Le llamo más tarde.

«No puedes ganar siempre», se dijo Ryan, mientras colgaba. No estaba desanimado. Hasta el momento había tenido bastante suerte en la búsqueda de las personas con las que quería hablar. Volvió al monitor, y al correo electrónico de Janice Jaeger, y encontró la información de contacto de Chloé Makris. Con la esperanza de que ella no estuviera también en el metro, llamó. Tardó más tiempo en responder que Robert Frank, pero al menos cuando lo hizo no había ruido de fondo.

Tras intercambiar saludos, Ryan procedió a dar la ya habitual explicación sobre quién era y por qué llamaba. Cuando acabó, la respuesta no fue inmediata. Tras varios segundos de silencio, se separó el teléfono del oído para ver si seguía en línea. Así era.

—¿Hola? ¿Señorita Makris? —preguntó, después de acercarse de nuevo el teléfono a la oreja—. ¿Está ahí?

—Sí, estoy aquí —dijo Chloé, aparentemente afectada.

Ryan cayó de pronto en que, inmerso como estaba en todos los detalles macabros de los siete casos que estaba investigando, hasta ese momento no había valorado convenientemente el aspecto emocional de las historias que estaba escuchando, y de pronto se sintió avergonzado. Él, más que nadie, habría tenido que mostrarse considerado con el dolor de esas personas.

—Le pido disculpas por haberla llamado sin avisar —dijo, sintiéndose culpable, consciente de pronto del poco tiempo que había pasado desde el suceso y de lo afectada que podría estar ella—. Siento haberla molestado. Puedo llamarla dentro de unos días, si necesita más tiempo.

—No, está bien. Quiero ayudar. Es que estoy destrozada. Fue un shock terrible encontrármelo así.

Por un momento Ryan sintió la tentación de decirle que sabía perfectamente cómo se sentía, pero se mordió la lengua.

—¿Qué más puedo decirle? —preguntó Chloé—. Creo que la otra noche ya le dije a la investigadora todo lo que sabía.

—¿Podemos tutearnos, Chloé?

—Sí, claro.
—Quería saber algo más sobre Oncology Diagnostics. A la investigadora le mencionaste que Sean no estaba contento con la clínica. ¿Puedes ser más específica?
—No puedo darte más detalles —dijo ella—. A Sean no le gustaba hablar mucho de ello, porque cada vez que lo hacía se irritaba, y desde luego yo no quería contribuir a su enfado. Yo diría que tenía algo que ver con que su médico personal había cuestionado la necesidad de hacer todas esas pruebas tan caras a las que Sean se había sometido en Oncology Diagnostics.
—¿No sabrás por casualidad el nombre del médico de Sean?
—Sí. Es el doctor Herbert Stein, del Weill Cornell.
—Te agradezco esa información. Me pondré en contacto con el doctor Stein para ver si él puede aportar algún dato más. Mientras tanto, déjame que te dé mi número, por si se te ocurre algo más que quieras decirme.
—Si es el número desde el que estás llamando, ya lo tengo —dijo Chloé.
—Sí. Gracias por hablar conmigo, y siento haberte molestado.
—Está bien —dijo ella, educadamente.
Ryan colgó y se quedó unos minutos con la mirada perdida, regañándose en silencio por no haber sido más considerado. Tendría que haber recordado que Sean O'Brien acababa de morir apenas dos días atrás y que, sin duda, Chloé Makris seguiría en estado de shock.
Cuando se recuperó (hasta cierto punto), Ryan volvió a fijar la atención en su monitor y buscó en Google «Oncology Diagnostics». Unos segundos más tarde estaba en el sitio web de la clínica, que era bastante impresionante. Estaba claro que habían invertido una cantidad considerable de dinero y esfuerzo en su creación. En la página de Información General leyó que era una clínica relativamente nueva situada cerca del Hospital Lenox Hill, en Park Avenue, entre las calles Ochenta y dos y Ochenta y tres, especializada en pruebas de imagen para la detección y

diagnóstico del cáncer, en estrecha asociación con otra empresa llamada Full Body Scan. También se indicaba que la clínica no proporcionaba tratamiento. Para el tratamiento del cáncer tras el diagnóstico y la determinación de la región implicada, decía que mantenía un estrecho contacto con numerosos centros conocidos en todo el país a los que derivar a los pacientes, como el Sloan Kettering de Nueva York, el Dana-Faber de Boston o el MD Anderson de Houston. Además explicaba que la empresa ofrecía gratuitamente a las empresas abonadas uno de los test de imagen para la detección del cáncer más precisos y modernos del mercado, el OncoDx, como parte de los controles médicos anuales obligatorios para sus ejecutivos. Concluía explicando que el OncoDx aplicaba tecnologías de vanguardia, como la inoculación de vesículas extracelulares en la sangre.

De nuevo en la página de inicio, Ryan observó las opciones que le ofrecía el menú: Gestión, OncoDx y Contacto. Aunque tenía curiosidad por seguir leyendo, en particular sobre la tecnología, de la que recordaba haber leído algo en una de las principales revistas de anatomía patológica, decidió que eso lo dejaría para el fin de semana, ya que tenía asuntos más urgentes de los que ocuparse. Pero la idea de que dos de los siete casos que estaba investigando tuvieran algo que ver con aquella pequeña clínica le parecía curioso, cuando menos.

En lugar de eso, Ryan buscó en Google «Dr. Herbert Stein», y descubrió que era un internista con consulta en el Hospital Weill Cornell. Aunque dudaba que pudiera contactar con el doctor Stein directamente, llamó a la consulta y dejó un mensaje. Una vez zanjado ese tema, cerró el correo electrónico de Janice Jaeger y pasó al de Darlene Franklin.

En consonancia con las marcadas diferencias de aspecto y carácter de ambas mujeres, el informe de Darlene era mucho menos detallado que el de Janice, y Ryan pudo leérselo rápidamente. No añadía ninguna información a lo que ya sabía. Bajó hasta el final del correo electrónico de Darlene, donde encontró el nombre de Mia Parker con un número de teléfono, y la nota de que la mujer era enfermera en cuidados intensivos. Aunque no estaba teniendo tanta suerte a la hora de encontrar gente como la noche anterior, probó a llamar de todos modos. Al quinto tono saltó el contestador automático, y dejó un mensaje. La muerte de Norman Colbert se había producido hacía más de dos meses, pero se imaginó que seguiría siendo muy doloroso para ella hablar del tema, y no tenía nada claro que le devolviera la llamada.

Luego se fijó en los tres forenses con los que no había hablado y, sobre todo, a los que no les había pedido informes completos de sus autopsias: la doctora Jennifer Hernandez para el caso de Cynthia Evers, la doctora Nala Washington para el de Norman Colbert, y el doctor George Fontworth para el de Sofia Ferrara. De los tres, sabía que Fontworth sería el más problemático, ya que era adjunto a la forense jefe y tenía responsabilidades de gestión. Así pues, llamó a su despacho en primer lugar usando el sistema interno de la OCME. Tal como se esperaba, no consiguió hablar con él directamente, pero consiguió una cita para verle esa tarde a la una y media.

Más tarde probó suerte con la doctora Jennifer Hernandez y se llevó una grata sorpresa cuando ella misma le cogió el teléfono. Había supuesto que estaría en la sala de autopsias, porque era la hora más ajetreada del día. Después de presentarse y explicarle lo que estaba haciendo, le preguntó si podría pasar a verla y llevarse una copia de su informe completo de la autopsia de Cynthia Evers. Ella accedió y lo invitó a que fuera directamente a su despacho, en la tercera planta. En lugar de tomar el ascensor, Ryan subió por las escaleras. Cuando pasó junto a la biblioteca, en la tercera planta, miró dentro para ver si había alguien usándola. Estaba vacía, y pensó que podría aprovechar aquel espacio por la tarde, ya que era cien veces más agradable que la sala de residentes. El despacho de la doctora Hernandez estaba dos puertas más allá, en el mismo lado del edificio, de cara a los pocos edificios de ladrillo rojo que quedaban en el Hospital Bellevue, al otro lado de la calle Treinta. La puerta estaba abierta, pero Ryan llamó con los nudillos igualmente para anunciar su llegada. Jennifer estaba ocupada mirando por el microscopio, de espaldas al pasillo.

—Por favor, entra —dijo ella, señalándole una silla vacía frente a su mesa. En cuanto se sentó, le dio una copia del informe de la autopsia de Cynthia.

—¡Fantástico! —exclamó Ryan, mirándolo.

—Sé que solo llevas una semana con nosotros —dijo Jennifer—. Tengo que preguntártelo: ¿qué te está pareciendo esta rotación de momento?

Ryan levantó la vista y dudó antes de responder. Le pareció que Jennifer tenía un aspecto especialmente joven, a pesar de los años de formación que habría tenido que pasar para obtener el título oficial de forense en uno de los grandes centros de medicina forense del mundo. Su rostro ovalado de rasgos latinos, con labios carnosos y enmarcado en una melena oscura, proyectaba a la vez jovialidad e inteligencia, y le recordaba al de Isabella. En lugar de responder siguiendo las convenciones sociales, se vio obligado a ser sincero, consciente de que ella no le hablaba como una figura de autoridad, sino más bien como alguien con los pies en el suelo.

—Probablemente no debería reconocerlo —dijo, vacilante—, pero me temo que no estoy disfrutando en absoluto. Más bien lo contrario. Para ser completamente honesto, creo que la rotación debería ser opcional, y no un requisito para los residentes de anatomía patológica.

—Vaya... —dijo ella, mostrándose empática al momento y girando el cuerpo para ponerse de frente—. Lamento mucho oír eso. ¿Cuál es el problema, si no te importa que te lo pregunte?

Estaba claro que lo que la había llevado a la medicina era un innato sentido de la empatía, combinado con un impulso reflejo a reparar todo lo que no funcionara.

Ryan se encogió de hombros. No tenía muy claro que quisiera volver a tener esa charla, y se arrepintió de haber sido tan sincero, pero sabía que no podía dejarla sin respuesta.

—Digamos que las autopsias me parecen una agresión a los sentidos. Sé que suena algo contradictorio para un residente de patología, pero así es como lo siento.

—Y aun así has decidido espontáneamente que quieres investigar esta interesante serie de casos de suicidio. Parece contradictorio.

—Supongo que sí, en cierta medida, pero aparte de la reacción que me provocan las autopsias, la ciencia forense me parece un reto muy interesante, especialmente en lo relativo al esclarecimiento de la forma de la muerte.

—En eso te doy la razón —respondió Jennifer—. Pero la autopsia es la base de la medicina forense, en lo que se sustenta todo lo demás.

—Lo entiendo, pero no es para mí. ¿Podemos dejarlo ahí, al menos de momento? Preferiría hablar sobre el caso de Cynthia Evers —dijo, levantando el informe de la autopsia—. Anoche hablé de ello con Janice Jaeger, y ella me indicó unas cuantas cosas que en un primer momento le parecieron señales de alarma.

—Lo recuerdo. Sí, claro, hablemos de ello.

—¿Se encontró con alguna sorpresa al hacer la autopsia? —preguntó Ryan, que recorrió el informe con la vista leyéndolo en diagonal, habilidad que había desarrollado en el internado por la necesidad de ponerse al día con sus compañeros.

—En realidad, no —dijo ella—. Puesto que hace ya casi cuatro meses de eso, le he echado una ojeada rápida mientras venías. Lo único que no está en ese informe es el resultado del análisis de ADN del material que encontré bajo las uñas de la mano derecha. Sé que Janice señaló en su informe que el cadáver presentaba arañazos en el cuello.

Ryan levantó la vista.

—¿Y cuál fue el resultado del análisis de ADN?

—Era su ADN. Obviamente se había arañado ella misma, quizá en el último momento de agonía previo a la muerte.

Ryan contuvo una mueca de dolor al imaginarse la escena, preguntándose si la mujer habría cambiado de opinión en el último minuto, cuando ya no podía liberarse.

—¿Así que consideró que los arañazos eran congruentes con la determinación de que la forma de la muerte fuera el suicidio?

—Así es —dijo Jennifer—. En todos los falsos suicidios por ahorcamiento de los que he leído (y hay una cantidad considerable de literatura al respecto), se han observado señales de forcejeo. Si el ADN hubiera sido de otra persona, habría valorado mucho más la posibilidad de que fuera un homicidio falseado y presentado como suicidio.

—Interesante —dijo Ryan. Aquello tenía sentido—. ¿Qué hay del hecho de que aparentemente la víctima estuviera en plena limpieza del baño? ¿Eso influyó en su valoración?

—Ese es el terreno de Janice Jaeger —dijo ella—. Ella fue la que valoró este tipo de información, porque fue ella quien estuvo en la escena, no yo. Así que no, eso no influyó en mi valoración.

—¿Qué hay de las señales de congestión en el rostro?

—Sí, había congestión, y algunas petequias en la esclera de los ojos —dijo Jennifer—. Pero no eran muy marcadas, y he visto cosas parecidas en víctimas de suicidio en el pasado. Y había otros datos anatómicos que apuntaban más a un ahorcamiento que a una estrangulación.

—¿Como cuáles?

—Había una pequeña fractura del hioides.

—Sí, aquí lo veo. ¿Eso qué significa?

—Bueno, es más común en los casos de ahorcamiento. No es definitivo, pero apunta a ello. Y lo mismo ocurre con los daños internos que encontré en la arteria carótida izquierda. Eso es muy raro en caso de estrangulación. En cualquier caso, la preponderancia de pruebas obtenidas en la autopsia y la investigación de la escena apuntaban a una muerte autoinducida, en particular si incluimos la típica forma de V invertida en las marcas de las ligaduras.

—Un momento —dijo Ryan de pronto. Había vuelto a leer en diagonal el informe de la autopsia y se había encontrado con una pequeña sorpresa. Jennifer había descrito una fractura de la sexta costilla del lado izquierdo—. ¿Qué es esta fractura?

—Sí, eso me sorprendió un poco —reconoció Jennifer—. Salió en la radiografía inicial. Aquí hacemos radiografías a todos los cadáveres, no solo a los que tienen heridas de bala. Y he aquí un buen ejemplo del porqué de esta práctica. De no haberla hecho se nos habría pasado por completo, ya que no había señales externas de trauma, como por ejemplo magulladuras.

—¿Y cómo se explica eso? —preguntó Ryan, recordando lo que le había contado Janice Jaeger sobre las andanzas de Burk y Hare en el siglo XIX, cuando mataban a la gente sentándoseles en el pecho y tapándoles la boca.

—No pude explicarlo hasta que diseccioné la zona para examinar la fractura. Entonces me hice una idea bastante clara de su causa.

—¿Y cuál era?

—Pues que alguien habría metido la pata —explicó Jennifer, con una mueca interrogativa en el rostro—. Lo más decisivo era que casi no había sangre en el punto de la fractura, lo que hacía pensar que esta se habría producido después de la muerte, y no antes, más específicamente después de que el corazón hubiera dejado de latir.

—Ya veo —dijo Ryan, que enseguida entendió lo que quería decir: la fractura se habría producido, muy probablemente, durante el traslado del cadáver del apartamento a la OCME, o posiblemente en la OCME. En cualquier caso, sugería una posible negligencia.

—Todos hemos oído historias de cadáveres que se han caído

—confesó, pero no dijo nada más al respecto ni quiso hacer ninguna acusación.

—Estoy seguro. —Ryan recogió el informe para devolvérselo a Jennifer.

—Puedes quedártelo. Yo tengo otro en el dosier.

—Muchas gracias —dijo él, poniéndose en pie—. Y gracias por recibirme.

Por un momento se planteó preguntarle a Jennifer si estaría de acuerdo en que sería más lógico que fueran los IML, y no los forenses, los que certificaran la forma de la muerte, pero enseguida cambió de opinión. No tenía nada que ganar y quizá sí algo que perder, y estaba claro que Jennifer le había dedicado una gran atención a este caso, sin limitarse a certificar los hallazgos de la IML sin más.

—De nada —respondió Jennifer—. Y si puedo ayudarte de algún modo en tu estudio, no dudes en pedírmelo.

21

Viernes, 8 de diciembre, 9.45 h

Mientras bajaba por las escaleras, Ryan pensó en la conversación que acababa de tener, ya que era la primera vez que hablaba con un forense y le aportaba algo inesperado, en este caso la fractura en la costilla. Por un momento se preguntó cómo reaccionaría la familia Evers si lo supiera, y si eso les crearía una gran conmoción. Había oído hablar de otros casos de malas prácticas en las morgues como parte de las historias de humor negro que corrían por la Facultad de Medicina, pero eran mucho más macabras que la simple caída de un cadáver.

Cuando llegó a la primera planta y estaba a punto de salir a las escaleras le asaltaron dos ideas que le hicieron vacilar y quedarse agarrado a la manilla de la puerta. Una era cuál sería la reacción de Janice Jaeger si se enteraba de lo de la costilla fracturada, y lo que pensaría al respecto. Entendía que si no había habido hemorragia, o si había sido mínima, el trauma tendría que haber sido *post mortem*, pero aun así... era otra duda a la que él no podía encontrar respuesta. ¿Podría convertirse aquello en otra señal de alarma? Y el mero pensamiento le hizo preguntarse si habría un mecanismo institucional para que los IML pudieran tener noticia de los resultados de las autopsias de los casos que habían investigado, o si dependía de que preguntaran ellos mismos.

La otra idea que se le ocurrió, que nada tenía que ver con la primera, era que la doctora Nala Washington, la forense que había hecho la autopsia a Norman Colbert, era la examinadora médica de guardia, lo que significaba que en ese momento seguiría en la sala de identificación, acabando de repartir las autopsias del día. En lugar de volver a la sala de residentes para llamarla y verse obligado a dejar un mensaje, le pareció mejor idea dirigirse a la sala de identificación e intentar abordarla en persona. Bajó otra planta, pasó junto a la oficina de Muertes Súbitas Infantiles y entró en la sala de identificación. Eran casi las diez, y el ambiente era completamente diferente al de días anteriores, cuando se había presentado allí con Sharon Hinkley, dos horas antes, para encontrarse con el doctor McGovern. En esas ocasiones siempre había diversos forenses yendo de un lado al otro, esperando a que les asignaran sus autopsias y sirviéndose café. Pero ahora, a las diez, los forenses estaban abajo, en el hoyo, haciendo autopsias, o de vuelta en sus despachos, trabajando a la espera de que llegara su turno, ya que solo había ocho mesas de autopsias y más de treinta forenses. Pero Ryan esperaba que la doctora Washington siguiera en la oficina de programación.

—Bueno, bueno —dijo ella, en su habitual tono jovial, al verle acercarse—. Aquí está el hombre del momento.

—¿El hombre del momento? —preguntó Ryan, confuso. Desde luego lo último que pretendía era ser el hombre del momento, ya que intentaba pasar lo más desapercibido posible.

—He oído que te has ofrecido para investigar esa serie de suicidios. Todos pensamos que eso supone más iniciativa de la que suelen mostrar los residentes de patología. Te felicito.

—Gracias —dijo, puesto que no sabía qué otra cosa responder a lo que sonaba como un halago con doble intención—. De hecho, ese es el motivo por el que querría hablar con usted unos minutos, si tiene tiempo.

—Te haré un hueco, dado que es para una buena causa. Pero a cambio espero que me tutees. ¿De qué se trata?

—Está bien —dijo Ryan, entregándole su dirección de correo—. En primer lugar, querría pedirte que me enviaras una copa del informe completo sobre la autopsia de Norman Colbert. Supongo que sabes que es uno de los casos de la lista de McGovern.

—Te lo enviaré con mucho gusto. Y sí, sabía que uno de mis casos estaba en la lista, desde luego.

—¿Y recuerdas por qué añadieron los IML el nombre de tu paciente al grupo?

—Pues sí, especialmente porque después de la presentación del doctor McGovern volví a repasar el caso. La IML había señalado que la víctima estaba preparándose la cena, y que eso se salía de lo habitual en casos de suicidio. Probablemente fuera el principal motivo por el que se cuestionó la forma de la muerte. El segundo motivo era la falta de laceración del labio superior, algo que ella había observado en todos los casos de suicidio con disparo en la boca que había investigado en el pasado.

—¿Y qué hay de lo que tú detectaste durante la autopsia? ¿Hubo algo que te hiciera cuestionarte si era un suicidio de verdad?

—Sinceramente no, aparte de que la lengua quedó muy afectada, y de que la trayectoria de la bala era relativamente horizontal, en lugar de estar orientada hacia arriba, como era de esperar. Como este caso era el primero de suicidio con disparo en la boca que me encontraba, quise consultar la literatura disponible, que describe ambas circunstancias como infrecuentes. Así que me surgieron dudas.

—Pero aun así determinaste que era un suicidio.

—Sí, lo hice, igual que la IML, y te diré por qué, porque es algo que he estado pensando. Hace no muchos años, el arma de fuego más común era el revólver de calibre 38, mientras que ahora lo es, con mucho, la pistola semiautomática de nueve milímetros. Creo que eso cambia mucho las cosas.

—¿Por qué crees que eso cambia las cosas? —Recordó que

tanto su hermano como su padre habían usado una Smith & Wesson del 38.

—Por el diámetro del cañón. Los antiguos revólveres tenían un cañón relativamente estrecho y redondo, y una mira frontal menuda, todo lo cual cabe holgadamente en la boca, lo que causa siempre una laceración del labio superior con el retroceso. Las pistolas más nuevas, como la Glock 19, tienen el extremo del cañón ancho y rectangular, por lo que es mucho más difícil metérselo en la boca. Al hacerlo, es probable que la lengua se vaya para atrás, interponiéndose en la trayectoria de la bala. La IML dijo que en el caso de Norman Colbert el arma usada era una Glock 19.

—Interesante —dijo Ryan. Entendía que debía ser así, y que quizá hubiera que actualizar la literatura forense en lo relacionado con los suicidios por disparo en la boca. Decidió que durante el fin de semana investigaría el asunto y que, si podía, lo incorporaría a cualquier presentación que le pudieran pedir sobre su proyecto de investigación.

—¿Se te ocurrió planteárle esto a Darlene Franklin?

—No lo hice, y quizá debería haberlo hecho. Es uno de los problemas de que todos estemos tan liados. Y también es parte del problema que haya una separación física entre los forenses y los IML, nosotros metidos en esta madriguera y ellos en su moderno rascacielos.

Ryan asintió y, una vez más, sintió la tentación de plantear la idea de que quizá los forenses tendrían que tener la misión de determinar la causa de la muerte, y los IML la manera en que se produjo la muerte, repartiendo así la responsabilidad de emitir algo tan importante como el certificado de defunción. Sin duda, eso les obligaría a trabajar más en equipo. Pero una vez más se mordió la lengua. No quería hacer nada que pudiera molestar a nadie ni que creara malestar y que, por tanto, acabara llamando la atención. Tenía suerte de poder estar haciendo lo que hacía para mantenerse a distancia de la sala de autopsias el máximo tiempo posible, y desde luego no quería comprometer su situación. En lugar de arriesgarse a tocarle la cresta a nadie, se limitó a darle las gracias a la doctora Washington por hablar con él y por compartir su informe completo de la autopsia.

22

Viernes, 8 de diciembre, 10.35 h

Satisfecho con sus logros, Ryan regresó a la sala de residentes. La deprimente decoración de aquel espacio ya no le molestaba tanto. Al contrario, su aspecto abandonado le hacía sentir seguro, como si fuera un lugar donde esconderse, dado que la única persona que había visto allí había sido el doctor McGovern, dos veces.

Se sentó ante la maltrecha mesa de metal y añadió los datos que pudo a su tabla.

También volvió a pensar en la costilla fracturada; no veía la hora de mencionárselo a Janice Jaeger. Apoyó el teléfono en la mesa, ya que aún estaba esperando que le devolvieran la llamada Robert Frank para hablar del caso de Cynthia Evers, el doctor Stein en relación con Sean O'Brien y Mia Parker, por el caso de Norman Colbert.

Mientras esperaba las llamadas, se conectó a internet y buscó en Google «suicidios con disparo en la boca». Mientras repasaba la larga lista de artículos le llamó la atención uno que le parecía especialmente relevante, ya que hablaba de manera específica de los detalles que diferenciaban las lesiones provocadas por un disparo realizado en caso de suicidio y de asesinato, pero lo único que pudo leer fue el resumen del estudio. Para leer el artículo completo tenía que inscribirse en una organización de investigación en línea y demostrar que era un profesional del sector. Mientras lo hacía, la puerta se abrió de golpe y Sharon Hinkley entró a toda prisa, como solía hacer. Llevaba puesto el equipo quirúrgico, incluido un gorro que le ocultaba la larga melena.

—¡Hey, Ryan! —dijo mientras cerraba de un portazo, se dejaba caer en la silla ruidosamente y encendía el ordenador en un único movimiento continuo—. ¿Cómo va?

Ryan tardó unos momentos en recuperar la calma. La repentina entrada y todo aquel ruido le habían pillado desprevenido y le había activado una intensa respuesta de enfrentamiento o huida. Mientras tanto, Sharon, ajena al efecto que había causado con su llegada, estaba ya tecleando algo.

—¿Qué demonios estás haciendo? —le preguntó Ryan, algo irritado, viendo cómo tecleaba a toda prisa.

—Estoy tomando nota de los detalles de las autopsias a las que he asistido —dijo Sharon—. La de esta mañana ha sido especialmente interesante, y quería ponerla por escrito y añadirla a mi lista mientras aún la tengo fresca en la memoria.

El tecleo se prolongó un buen rato.

—¿Y bien? —preguntó Ryan por fin—. ¿Vas a contármelo o tengo que preguntarte por qué era tan interesante ese caso?

—En un segundo —dijo ella, sin detenerse.

Ryan intentó retomar lo que estaba haciendo, pero no conseguía concentrarse. No conseguía llegar a entender que Sharon estuviera disfrutando (y no solo tolerando) lo que a él tanto le desagradaba. Al principio había pensado que era una actuación, condicionada por su necesidad natural de hacerles la pelota a sus superiores, pero ahora se daba cuenta de que su interés era real.

Sharon acabó de escribir, guardó el documento y luego escribió una nota a mano en su diario de autopsias. Cuando acabó, hizo girar la silla y miró a Ryan de frente con un brillo especial en sus ojos azules. Su emoción era palpable.

—Me alegro de que estés aquí —dijo—. Había pensado en ir a buscarte. Acabo de participar en un caso que me ha parecido fascinante. Lo he disfrutado mucho, y estoy segura de que tú también lo habrías hecho.

—Eso es muy improbable —replicó Ryan—, pero tanta excitación me intriga, así que cuéntame más.

—Es otro caso que puede añadirse a tu lista.

—¿Quieres decir que era un suicidio, y que ha planteado dudas sobre la forma de la muerte?

—Exacto.

—¿Cuál ha sido la causa de la muerte?

—Un disparo en la cabeza.

—¿En la sien o en la boca?

—En la boca.

—¿Hombre o mujer?

—Hombre. Se llamaba Nathan Levi.

El entusiasmo de Sharon empezaba a contagiársele en parte; un caso más en su lista potenciaría la transcendencia de su trabajo.

No sabía qué importancia podría tener que se hubieran producido dos casos con un solo día de separación, pero eso no le importaba. Pasar de siete casos a ocho daba un mayor peso a su estudio.

—¿Quién ha sido el forense del caso?

—El doctor McGovern, y a pesar de lo que piensas de él, tengo que decir que es un profesor fantástico.

—Estoy convencido de que lo es —dijo él, poniendo los ojos en blanco—. Seguro que se muestra especialmente atento con una estudiante tan agradecida, atractiva y diligente como tú.

—¿Qué se supone que significa eso?

—¿Quién ha sido el IML? —preguntó él, sin responder a su pregunta.

—No me he fijado —dijo Sharon—. Pero el informe estaba muy bien hecho y era muy detallado, si es eso lo que preguntas.

—¿Podría ser Janice Jaeger? —dijo Ryan, que sabía que Janice estaba de turno la noche anterior.

—La verdad es que no lo sé —respondió ella, encogiéndose de hombros.

—Si era un informe muy detallado, podría ser ella —insistió Ryan. Si era así, sabía que podía confiar en que habría realizado una investigación a fondo—. ¿Qué es lo que encontrasteis en la autopsia que pusiera en duda la forma de la muerte?

—Dos cosas —dijo Sharon, deseosa de compartir lo que había aprendido—. En primer lugar, la lengua había quedado muy dañada, algo que según el doctor McGovern no es habitual en casos de suicidio por disparo en la boca. Toda la parte de atrás de la lengua había desaparecido. Y en segundo lugar, la trayectoria de la bala era horizontal, con un orificio de salida al nivel de la primera vértebra. Según dice, eso tampoco es lo habitual.

—Bueno, tranquilízate. Todo esto me suena familiar. Tres de mis siete casos eran suicidios con disparo en la boca, y en todos ellos la trayectoria de la bala era bastante horizontal. Así que es evidente que no es tan inusual. Acabo de tener una conversación sobre este mismo asunto con una de las forenses, la doctora Washington, que tiene una teoría al respecto.

—Ya la conozco —dijo Sharon—. Es la que asigna las autopsias al resto de los forenses esta semana.

—Exacto. Y resulta que también hizo la autopsia en uno de mis siete casos, uno de los suicidios con disparo en la boca. Ella dice que hay que actualizar las consideraciones de la ciencia forense en lo relativo a este tipo de casos, porque el modelo de pistola utilizada con mayor frecuencia ha cambiado. Actualmente lo más habitual es usar una semiautomática, como la Glock 19, que tiene un diseño completamente diferente al de los revólveres de antes, que tenían un cañón mucho menos grueso. Piensa en ello: el cañón de una Glock probablemente sea demasiado grande como para encajar en la boca de la mayoría de las personas, lo que significa que la trayectoria de la bala va a ser más horizontal y que invariablemente va a afectar a la lengua.

Ryan se encogió por dentro solo de pensar en que alguien pudiera meterse el cañón de una semiautomática en la boca.

—Ya. Sí, tiene sentido. Hummm. No veo la hora de hablar de ello con el doctor McGovern. Pero ahora tengo que darme prisa. Tengo otra autopsia dentro de nada.

Se puso en pie de un salto y estiró los brazos.

—¿Vas a asistir a otra autopsia esta mañana? Joder, vas a dejarme fatal.

—Es tu elección. A mí estas autopsias me parecen fascinantes. El siguiente caso es el de una azafata de vuelo de treinta y dos años con una salud perfecta que ha aparecido muerta en su habitación de hotel. Estoy impaciente por ver si podemos descubrir lo que pasó.

—¿Podemos? ¿Significa eso que vas a trabajar otra vez con nuestro intrépido líder?

—¡Por supuesto! El doctor McGovern y yo trabajamos bien juntos.

—De eso no hay duda —dijo Ryan, sarcástico—. Buena suerte. Espero que descubráis la causa y la forma de la muerte. A mí podrían resultarme tolerables las autopsias, siempre que no hubiera ningún otro caso «pasadito». Pero, oye, te agradecería que de momento no le mencionaras nada sobre los diferentes tipos de pistola al doctor McGovern. Me gustaría hacerlo yo mismo, y compartir el mérito con la doctora Washington. Es algo que contribuye a justificar mi estudio, no sé si me entiendes. Yo voy a intentar alargarlo todo lo que pueda, y me gustaría contar con algo así para presentárselo como señal de progreso.

—Vale, lo entiendo —dijo Sharon—. Pero no puedo prometerte nada si me pregunta mi opinión sobre la forma de la muerte del caso anterior teniendo en cuenta la trayectoria horizontal de la bala. Aunque probablemente no lo haga. Tal como están las cosas, sé que tanto él como el IML piensan que fue un suicidio.

—De acuerdo. Pero dime una cosa: ¿tienes idea de dónde está

el dosier de la autopsia de Nathan Levi? Me gustaría leer el informe completo del IML para añadir el caso a mi estudio.

—Ni idea, pero imagino que se lo llevaría el doctor McGovern. Salió de la sala de autopsias mientras yo ayudaba al técnico de la morgue a meter el cadáver en la cámara.

—Así que probablemente se lo llevara a su despacho.

—Ni idea —dijo ella, encogiéndose de hombros—. Ahora tengo que volver a la sala de autopsias. ¡Suerte!

—Sí, gracias.

Ryan se la quedó mirando mientras salía a toda prisa de la sala, cerrando la puerta de un portazo. Levantó los ojos hacia el techo y repasó sus opciones. Tenía claro que quería añadir este nuevo caso a su lista, y para hacerlo necesitaba el informe del IML. Tendría que pedírselo a McGovern. Sabía lo que tenía que hacer, aunque no le gustara: seguir a Sharon hasta la odiosa sala de autopsias.

23

Viernes, 8 de diciembre, 11.10 h

Ryan pensó en la ironía del asunto mientras bajaba en el ascensor: de pronto su proyecto para evitar la sala de autopsias requería una visita a esa misma sala. Una vez en el sótano, pasó junto a la oficina de los técnicos de la morgue y entró en el vestuario masculino, que estaba vacío. Una vez allí se puso un traje quirúrgico sobre su ropa de la calle y cogió dos mascarillas. Aunque el truco de la doble mascarilla no había funcionado del todo la última vez, esperaba que en esta ocasión mitigara al menos el característico olor de la sala de autopsias, especialmente penetrante cuando las ocho mesas estaban en uso, algo inevitable a aquella hora de la mañana. Solo esperaba que no hubiera ningún cadáver que llevara muerto varios días.

Justo antes de atravesar las puertas batientes que daban al hoyo, se paró a ponerse las mascarillas. Mientras lo hacía, miró a través de una de las ventanas de vidrio armado. Dado que en la mayoría de las mesas había dos personas, un forense y un técnico de la morgue, tenía que buscar la mesa en la que hubiera tres. La número 3 parecía ser la que buscaba, sobre todo porque le pareció reconocer en ella a Sharon. Se armó de valor, cogió un último soplo de aire limpio y entró.

Solo algunos de los presentes levantaron la vista al verlo pasar. El murmullo de las conversaciones apenas resultaba audible con el ruido del sistema de ventilación. Cuando llegó a la mesa número 3 vio que el doctor McGovern estaba a punto de empezar, armado con un escalpelo nuevo y situado frente al cuerpo desnudo de una mujer de aspecto joven. Con la mano izquierda ya estaba tensando ligeramente la piel del pecho en preparación para el primer corte.

—Disculpe, doctor McGovern —dijo Ryan.

Chet levantó la vista y al verle irguió la cabeza.

—Oh, Dios mío. Es el príncipe Ryan. ¿Qué hemos hecho para merecer este honor?

Ryan se mordió la lengua para no responder en el mismo tono.

—Siento molestar, pero la doctora Hinkley me ha dicho que esta mañana han practicado la autopsia a un caso que podría añadirse a la lista de suicidios que me dio ayer.

—Es cierto, y es una lástima que no estuvieras aquí para participar en persona. Quizá habrías aprendido algo.

—Quizá sí —reconoció Ryan, haciendo un esfuerzo por controlarse. Todo le recordaba que no podía soportar a aquel individuo—. He oído que la implicación de la lengua y la trayectoria de la bala le han hecho cuestionarse, cuando menos, la forma de la muerte. ¿Ha visto algo más durante la autopsia que le haya hecho pensar que quizá no fuera un suicidio?

—¿Qué te parece, doctora Hinkley? —dijo Chet—. ¿Había algo más?

—Nada —dijo Sharon—. Aparte de eso, la única patología presente era una leve cirrosis hepática.

—Así que supongo que no —dijo Chet, satisfecho, girándose de nuevo hacia Ryan.

—¿Quién ha sido el IML del caso? —preguntó Ryan.

—Janice Jaeger.

—Me alegro de oír eso —dijo Ryan—. Al menos sabemos que el trabajo estará bien hecho. Para poder añadir el caso a mi estudio necesito leer su informe y hacer una copia. ¿Dónde puedo encontrar el dosier de la autopsia?

—Está sobre mi mesa —respondió Chet, que era evidente que estaba perdiendo interés en la visita de Ryan y que había vuelto a girarse hacia el cadáver que tenía delante, reposicionando la mano izquierda para tensar la piel.

—¿Le parecería bien que subiera y lo cogiera para hacer una copia?

—Supongo —dijo Chet, sin levantar la vista, mientras hacía un corte profundo desde cada hombro hasta el esternón, para luego extenderlo cruzando todo el abdomen hasta el pubis.

—Gracias —dijo Ryan, que se puso en marcha de inmediato, aliviado de poder salir de allí. Una vez en el pasillo se quitó las mascarillas y respiró hondo, satisfecho. No había sido tan duro como se temía, pero aun así se alegraba de haber salido ya.

Dejó el equipo quirúrgico y las mascarillas en el vestuario, cogió el ascensor y subió a la segunda planta. Aunque los ascensores de delante eran más rápidos, el de atrás ya estaba en el sótano, y no tuvo que esperar a que llegara.

El despacho del doctor McGovern tenía la mejor ubicación, tal como correspondía a su veteranía, cerca de los ascensores delanteros, junto al de la doctora Mehta. Ryan ya se había dado cuenta el día anterior, al ir a visitar a la doctora Mehta. Al llegar se encontró la puerta abierta y vio el dosier de la autopsia de Nathan Levi en primer plano, en el centro de la mesa.

Antes de recoger el dosier echó un vistazo al despacho. Lo que le sorprendió en primer lugar fue la falta de fotografías de familiares e incluso de recuerdos o de artículos personales de cualquier tipo, en claro contraste con los despachos de otros forenses que había visitado, en particular con el de la doctora Mehta. En un momento de empatía, Ryan se preguntó si esa falta de conexiones personales explicaba de algún modo el carácter del doctor McGovern.

Se encogió de hombros y, fijando de nuevo la atención en el dosier de la autopsia, extrajo el informe de Janice Jaeger, de dos páginas. Aunque sintió la tentación de leerlo allí mismo, no lo hizo. Salió del despacho y tomó los ascensores delanteros hasta la planta baja, donde sabía que había una fotocopiadora. Con la copia en mano, volvió al despacho del doctor McGovern, volvió a meter el informe original en la carpeta y bajó de nuevo por las escaleras hasta la primera planta. Una vez allí atravesó el comedor, ahora muy concurrido, hasta la sala de residentes, y se aseguró de cerrar bien la puerta para aislarse del murmullo de las conversaciones. Lo primero que hizo fue añadir a Nathan Levi a su tabla. La incorporación de otro nombre le daba un aspecto bastante impresionante, así que su primera reacción fue de satisfacción. Luego, con los pies apoyados en el pico de la mesa, empezó a leer el informe de Janice. Casi inmediatamente su actitud cambió, dando paso a la decepción. La primera frase decía que Nathan Levi había nacido en 1976, ¡lo que significaba que tenía cuarenta y siete años! Eso, por supuesto, contrastaba con la edad de todos los demás sujetos de la lista, que eran considerablemente más jóvenes. Luego, a partir de lo que Janice había sabido por la cuñada de la víctima, Ryan supo que Nathan Levi estaba casado, que vivía con su esposa Marsha y que era el fundador y gestor de un fondo de inversión, lo que significaba que tampoco trabajaba para una gran empresa.

Siguió leyendo el informe y por fin encontró un punto en común: que la víctima residía en un apartamento muy elegante, en el que tenía su propio estudio, donde fue hallado el cadáver. Ese dato, sin embargo, no era suficiente para justificar su incorporación a la lista.

La situación de Nathan Levi arrojaba dudas sobre todos los puntos en común que había descubierto entre el resto de los casos, y sin embargo no podía eliminarlo sin más, sobre todo porque ya le había comunicado al doctor McGovern su intención de incluirlo.

En sus conclusiones, Janice había determinado que se trataba de un suicidio, a pesar de la posición del orificio de salida de la bala, que indicaba que la trayectoria era más horizontal de lo que cabría esperar. Lo más sorprendente era que Janice había hecho constar en el informe que la única sorpresa había sido no hallar en todo el apartamento señal alguna de forcejeo o desorden alguno, algo que ella había descrito como curioso.

Ryan se quedó mirando al vacío unos minutos. ¿Por qué le parecía curioso a Janice que no hubiera señales de forcejeo, si a él le había dejado claro que, en su larga carrera, nunca había encontrado señales de forcejeo en un caso de suicidio? Aquello parecía contradictorio, como poco, y decidió que tendría que preguntárselo personalmente. Tenía la clara sensación de que estaba pasando por alto algo crucial, pero no tenía ni idea de qué podía ser.

Dejó caer los pies al suelo y se sacó del bolsillo de atrás la tarjeta de visita de Janice Jaeger con el número de su móvil escrito a mano, recordando que le había animado a llamarla si tenía alguna pregunta. Echo un vistazo al teléfono para ver la hora.

Eran poco más de las doce del mediodía, sin duda demasiado pronto para llamar a alguien que habría acabado su turno apenas cinco horas antes. Sin embargo, recordaba claramente que le había dicho que no dormía mucho y que, cuando lo hacía, ponía el teléfono en modo «no molestar». Con la confianza de que no la molestaría y que al menos podría dejarle un mensaje de voz, apretó el botón de llamar. Al cuarto tono le saltó el contestador. Se identificó, le dio las gracias por el tiempo que le había dedicado la tarde anterior, y le pidió que le llamara cuando lo considerara conveniente.

A continuación colgó y repasó la lista de llamadas pendientes. Desde luego Isabella había acertado al animarle a llamar a la gente a última hora del día, ya que de momento aquella mañana había sido una decepción en cuanto a llamadas. No había tenido noticias de Robert Frank, del doctor Stein ni de la enfermera de cuidados intensivos, Mia Parker, con quien esperaba poder hablar de Norman Colbert. Con la carga de trabajo que tenían las enfermeras de la UCI últimamente, dudaba que fuera a tener noticias de ella hasta que no acabara el turno, y eso con suerte.

Viendo que no podía hacer otra cosa que esperar esas llamadas, Ryan se tranquilizó un poco. Repasó todo el material y se dio cuenta de que de momento no tenía nada que hacer, por lo menos hasta su reunión con el doctor Fontworth, a la una y media. Se planteó hacer una escapada al Hospital Pediátrico de Hassenfeld y ver qué se cocía en el laboratorio de patología, pero descartó la idea. Su relación con el doctor McGovern ya era frágil y no quería correr el riesgo de que le vieran abandonando el edificio. Incluso se planteó salir en busca de algún puesto de comida callejera para comprar algo de almuerzo, pero abandonó la idea por el mismo motivo.

Se acercó a la mesa, encendió su monitor y se conectó a internet. Buscó en Google el artículo que le había recomendado Kevin Strauss, *El arte de asesinar y que no te pillen: análisis de homicidios confirmados presentados como suicidios*, para ver si podía descargarlo. Satisfecho al ver que era posible hacerlo, pinchó el enlace y se puso a leerlo. Al momento perdió la noción del tiempo.

24

Viernes, 8 de diciembre, 14.45 h

El tono de llamada del teléfono sacó de golpe a Ryan de su estado de intensa concentración. Después de leer el artículo que le había recomendado Kevin Strauss, escrito por los dos patólogos australianos, había buscado en Google «homicidios presentados como suicidios» y había descubierto un filón de información.

La literatura forense sobre el asunto era mucho más abundante de lo que se había imaginado y muy sugerente.

La primera parte de la tarde había transcurrido sin sobresaltos. Se había pasado todo el rato leyendo en internet. Sharon había vuelto a entrar para hacer apuntes en su lista de autopsias, pero había vuelto a salir corriendo para asistir a otra, lo que aumentó una vez más la preocupación de Ryan porque compararan el rendimiento de ambos en la rotación. Su entusiasmo no hacía más que dejar en evidencia la falta de interés que mostraba él.

A la una y media en punto Ryan ya estaba ante la secretaria del doctor George Fontworth, adjunto a la forense jefe, para su reunión. Aunque tuvo que esperar diez minutos, consiguió hablar con él y pedirle una copia del informe de la autopsia de Sofia Ferrara. Aparte de eso, no consiguió ningún dato nuevo.

De las llamadas que estaba esperando, la única que había recibido había sido de la consulta del doctor Herbert Stein, y no con la respuesta que le habría gustado. En primer lugar, no fue el doctor quien le devolvió la llamada, sino alguien de su equipo. Cuando Ryan le comunicó que necesitaba hablar con él sobre el historial médico de Sean O'Brien, en particular sobre su diagnóstico de cáncer, la colaboradora le informó de que el doctor Stein estaba obligado por la Ley de Seguros Médicos a mantener la confidencialidad, a menos que contara con la autorización del paciente. Cuando Ryan le dijo que llamaba de la OCME porque el paciente había fallecido, la respuesta de ella fue que aquello no eximía al doctor de la responsabilidad sobre la información privada del paciente, y le dijo que la OCME necesitaría una orden judicial para solicitarla.

Ahora volvía a sonar el teléfono. Con la esperanza de que esta llamada fuera más fructífera, descolgó e inmediatamente tuvo la sensación de que así sería, porque quien le llamaba era Janice Jaeger.

—Siento no haberte llamado antes —se disculpó Janice—. ¿Cómo va tu estudio?

—Va progresando —dijo Ryan, intentando sonar optimista—. Pero me he encontrado con un pequeño tropiezo.

—¿Y eso?

Entonces le describió la conversación que había tenido con la colaboradora del médico de Sean O'Brien, en la que le había dicho que no podría acceder al historial clínico debido a las normas de la Ley de Seguros Médicos, algo que le había sorprendido, dado que el paciente ya había muerto.

—De hecho es así —dijo Janice—. Las normas de la Ley de Seguros prohíben la difusión de la información médica de los pacientes hasta cincuenta años después de su muerte. Afortunadamente los IML no tenemos que afrontar esa situación demasiado a menudo, dado que la mayoría de gente no sabe que eso es así, ni siquiera algunos médicos, y yo desde luego no se lo recuerdo, sobre todo cuando estoy visitando un escenario. ¿Qué es lo que querías saber?

—No tengo muy claro qué es lo que quería saber —reconoció Ryan—. Hablé brevemente con Chloé Makris, y ella me mencionó que O'Brien estaba algo molesto con la clínica que le había diagnosticado el cáncer, y que eso tenía que ver con algo que le había dicho su médico.

—Es curioso. Me pregunto si tendría que ver con su depresión.

—Eso es lo que esperaba descubrir —dijo Ryan—. En cualquier caso, no es eso de lo que quería hablar con usted. Es sobre su caso de anoche, que parece que debería añadir a mi estudio. Aunque lo ha definido como suicidio, planteaba la cuestión de que la trayectoria de la bala era más horizontal de lo habitual.

—Sí, desde luego, e iba a llamarte para que consideraras el caso. Tienes toda la razón. Lo consideré un suicidio a pesar de la localización del orificio de salida. Pero lo que más me llamó la atención fue lo trágico del asunto. Tras tantos años haciendo esto quizá pienses que me he vuelto inmune, pero no es así, y este caso me ha afectado mucho, hasta el punto de que esta mañana me ha costado conciliar el sueño.

—Siento oír eso —dijo Ryan, algo confundido, puesto que sabía el número de suicidios con los que tenía que enfrentarse Janice cada año, pero decidió no cuestionar su respuesta—. Su informe era muy detallado, como siempre, pero hubo una cosa que me llamó particularmente la atención. Por eso quería hablar con usted.

—¿Y qué es lo que te ha llamado la atención?

—Al final decía que le parecía curioso que no hubiera señales de forcejeo ni desorden, algo que usted misma me había dicho que no suele encontrar en casos de suicidio. ¿Qué es lo que me estoy perdiendo?

—Te estás perdiendo que no fue un suicidio aislado. Fue un asesinato con suicidio.

—¿Perdón? —dijo Ryan, aún más confuso.

—No fue un suicidio aislado. En mi opinión, y en la de la policía, fue un asesinato con suicidio. Según parece, Nathan Levi asesinó a su mujer antes de quitarse la vida. Desgraciadamente, estos casos tan trágicos no son tan infrecuentes. De hecho, hay unos seiscientos al año solo en Estados Unidos, y yo ya he visto unos cuantos. Por mi experiencia, siempre hay señales de discusión, o incluso de pelea, a veces hasta platos rotos por la cocina. En este caso no había nada, y a la mujer la dispararon en la cabeza desde atrás, lo cual tampoco es típico. De hecho, en los casos de los que me he ocupado yo, siempre ha sido con un disparo en el pecho.

—¡Por Dios...! —exclamó Ryan. Ahora tenía que reorganizar sus pensamientos—. ¿Usted se ha encargado también de la esposa?

—Por supuesto. No tenemos personal suficiente para enviar a dos IML al mismo caso, que es lo que es, esencialmente, un asesinato con suicidio, aunque haya dos víctimas, y tampoco es necesario.

—¿Cómo se llamaba la esposa?

—Marsha Levi —dijo Janice—. Parece que no te has leído mi informe sobre ella.

—No, no lo he leído. No sabía ni que existiera. ¿Puede enviármelo?

—Te lo puedo enviar esta tarde cuando vuelva al despacho.

—Muy bien, no se preocupe. Lo encontraré por aquí. Dos cosas más: ¿quién descubrió los cuerpos?, ¿fue esa persona su fuente de información para ambos informes?

—Fue la hermana menor de la esposa, Eva Hoffman, que vive a menos de una manzana. Ha sido una buena fuente de información, ya que los conocía bien a los dos, puesto que pasaban mucho tiempo juntos. Esperaba una llamada de su hermana anoche, y al no recibirla se acercó al apartamento y se encontró aquel infierno.

—¿El matrimonio tenía una relación conflictiva?

—Ella me dijo que solían discutir, pero en absoluto de forma violenta. También sabía que el marido estaba preocupado últimamente, y quizá algo deprimido con la caída del mercado de valores, pero no se esperaba que perdiera la cabeza.

—¿Tiene el teléfono de la señora Hoffman?

—Sí, tengo su tarjeta de visita. Te mandaré su número en cuanto colguemos. Si quieres hablar con ella, estoy segura de que accederá, ya que estaba tan furiosa como triste, y por tanto deseosa de hablar. Y trabaja desde casa, así que debería estar accesible.

—Gracias.

—¿Hay algo más que quisieras preguntarme?

Ryan intentó pensar, pero aún estaba algo confuso con tanta información nueva. Luego recordó su reunión con la doctora Hernandez y la noticia de la fractura de costilla hallada en la autopsia de Cynthia Evers. Le preguntó a Janice si estaba al corriente.

—No, no me había enterado.

—Cuando aparece un hallazgo sorpresa en una autopsia, ¿hay algún canal establecido para que el IML del caso lo sepa?

—No hay un procedimiento formal, si es eso lo que preguntas. Depende del forense. Pero dime una cosa: ¿la consideraron una fractura *pre mortem* o *post mortem*?

—La doctora Hernandez dijo que sería *post mortem*, ya que la hemorragia era mínima —dijo Ryan, impresionado con la rapidez con que Janice había reaccionado al asunto.

—Bueno, pues ahí lo tienes —respondió Janice—. De algo así no me esperaría recibir noticias. No es de mi competencia, ni podría afectar a mi opinión sobre la forma de la muerte.

—¿Así que la costilla rota no le genera dudas sobre la posibilidad de fuera un caso de *burking*?

—No, no si la fractura tuvo lugar *post mortem*.

—Muy bien. Gracias por devolverme la llamada.

—De nada. Y si puedo ayudarte en algo más, ya sabes dónde estoy.

—Tomo nota —dijo él, antes de colgar. Luego cogió el teléfono interno y pidió una conexión con el despacho de la doctora Nala Washington, que respondió de inmediato.

Ryan se identificó y le preguntó qué forense se había ocupado del caso de Marsha Levi.

—Se lo pidió el doctor Stapleton —dijo Nala—, a petición del teniente Soldano.

—¿Quién es el teniente Soldano?

—Es un oficial de Nueva York, muy fan de la OCME, y además amigo personal tanto del doctor Stapleton como de la jefa. Viene al menos una vez al mes a presenciar autopsias, sobre todo de casos criminales.

—Gracias, doctora Washington.

—Un placer.

Usó el dedo para colgar sin quitarse el auricular de la oreja y le pidió a la operadora que le conectara con el despacho del doctor Stapleton, que le respondió enseguida, lo cual no le sorprendió, puesto que ya se había dado cuenta de que el mejor momento para pillar a los forenses en sus despachos era a media tarde. Ryan se presentó y le explicó el motivo de su llamada.

—Sí, claro. Puedes venir y hacer una copia del informe de Janice sobre Marsha Levi —dijo el forense—. Mi despacho está en la segunda planta.

—Sí, gracias, ya sé dónde está —respondió Ryan—. ¿Ahora le iría bien?

—Perfecto.

Aunque Jack no entendía muy bien por qué se interesaba tanto Ryan por un caso de homicidio tan claro en lugar de centrarse en el posible suicidio, tenía curiosidad por conocer al residente del que le había hablado Laurie la noche anterior. Si tanto se parecía a Aria Nichols, le preocupaba que dejarle hacer cualquier investigación sobre el asunto de la forma de la muerte por sí solo pudiera tener consecuencias inesperadas.

25

Viernes, 8 de diciembre, 15.25 h

Ryan se encontró la puerta del despacho del doctor Stapleton abierta, y a él de espaldas, mirando por el microscopio tras su mesa en forma de ele. Aquello parecía ser la norma. Para anunciarse, golpeó la puerta abierta con los nudillos.

—Entra, entra —dijo Jack, retirando una bandeja de portaobjetos de encima de una silla e indicándole a Ryan que se sentara con un gesto—. Me alegro de conocerte por fin.

—Gracias —dijo Ryan, aceptando la silla. Mientras se sentaba observó detenidamente al doctor Stapleton, dado que hasta el momento solo lo había visto de lejos.

En contraste con el doctor Blodgett y el doctor Fontworth, que se habían descuidado físicamente, el doctor Stapleton parecía estar muy en forma. Sus mangas remangadas mostraban unos antebrazos musculados, y desde luego no tenía grasa en su abdomen.

—Aquí tienes el informe de la IML sobre Marsha Levi —dijo Jack, entregándoselo—. He impreso una copia, así que puedes quedártela.

—Gracias —dijo Ryan, echando una mirada a la única página—. ¿Solo es esto? Parece mucho más corto que otros informes de Janice.

—Janice es una de nuestras mejores IML. Sus informes se

ajustan a cada caso. Si las circunstancias de la muerte son obvias, como en este caso, no se extiende de manera innecesaria. Sabe exactamente lo que tiene que incluir en el informe y lo que no, con lo que nos facilita mucho el trabajo a los forenses. No hincha los informes con observaciones inconexas sobre cosas que no ha visto.

—Entiendo —respondió Ryan, mientras iniciaba una lectura rápida al informe. Pero no llegó muy lejos. En el primer párrafo descubrió que Marsha Levi tenía treinta y cuatro años, lo que significaba que era considerablemente más joven que su marido, de cuarenta y siete. Leyó que tenía un buen trabajo como periodista en una gran corporación, la Warner Bros. Lo que suponía que, aunque su marido no cumplía los puntos en común de su estudio, ella sí. No sabía qué podía significar eso, pero tomó nota mentalmente.

—Tengo curiosidad por saber por qué te interesa este caso —preguntó Jack.

—Me interesa más el caso del marido —dijo Ryan—. Estoy haciendo un estudio sobre un grupo de suicidios en los que han aparecido señales de alarma que permiten cuestionarse la forma de la muerte.

—Eso he oído. Una buena iniciativa. ¿Crees que el suicidio del marido puede entrar en esa categoría?

—Janice observó que la trayectoria de la bala era horizontal en vez de ir hacia arriba, y que la lengua había quedado muy afectada.

—También lo observó el doctor McGovern, pero tras analizar el resto de las pruebas tanto él como Janice decidieron que era un suicidio. ¿Tú estás en desacuerdo?

—No, no estoy en desacuerdo —dijo Ryan—. Desde luego que no. Pero no he sabido que era un caso de asesinato con suicidio hasta que he hablado con Janice, hace unos minutos. Hasta entonces, estaba considerando el suicidio del marido como un caso aislado. De todas maneras, no tengo intención de llevarles la contraria a Janice ni al doctor McGovern. En absoluto. Yo soy nuevo en esto de la medicina forense y ellos dos son expertos.

—Bien visto.

Ryan se planteó sacar a colación la mención que había hecho Janice de la falta de señales de forcejeo o discusión, que ella consideraba típicos en casos de asesinato con suicidio, pero de pronto sintió la urgencia de llamar a Eva Hoffman, la hermana de Marsha Levi, que le había proporcionado a Janice bastante información sobre Nathan, pero no tanta sobre Marsha. Una idea se había cruzado por su mente: ¿cabría la mínima posibilidad de que tanto el asesinato como el suicidio fueran fingidos? Ryan era nuevo en el ambiente forense y no sabía siquiera si aquello había sucedido alguna vez en el pasado, pero podría explicar que Marsha fuera el objetivo y Nathan el daño colateral.

—Bueno, gracias por esto —dijo, mostrando el informe de Janice y poniéndose en pie.

—De nada —respondió Jack—. Pero antes de que te vayas, déjame decirte algo. ¿Te importa? —Jack le señaló la silla de nuevo, pidiéndole que se sentara.

Ryan vaciló, indeciso. Quería regresar a la sala de residentes para buscar al menos en internet «asesinatos con suicidio fingidos» para ver si era algo que hubiera ocurrido alguna vez. No sabía si su idea tendría algún valor o si sería efecto de su imaginación.

—Por favor —insistió Jack, dando unas palmaditas en la silla vacía con la mano.

No muy convencido, Ryan se sentó. Lo que quería era marcharse.

—Sé que la doctora Montgomery te ha animado a que hagas este estudio. Hace unos años también animó a otra residente de anatomía patológica que se llamaba Aria Nichols a hacer otra investigación. Supongo que has oído hablar de su muerte.

—Desde luego —dijo Ryan, intrigado por saber adónde quería llegar, y se relajó un poco—. Yo era residente de primer año cuando murió.

—Entonces conoces toda la historia —dijo Jack—. Lo que quiero decir es que, durante su investigación, la doctora Nichols decidió abandonar el entorno seguro de la OCME para investigar fuera y acabó encontrándose con quien no debía, por así decirlo. Yo apoyo plenamente que estudies estos casos de suicidio algo sospechosos y con ciertos puntos en común hablando con los IML y los forenses, pero, por favor, prométeme que seguirás esta línea de investigación y que no saldrás de las instalaciones.

—¿Visitar el rascacielos también cuenta como salir de las instalaciones?

Jack se rio, lo que contribuyó a aliviar la tensión que se había acumulado en su voz.

—No, por supuesto que no. La separación entre esta antigua morgue y el Centro de Medicina Forense es un fastidio; lo sé por experiencia propia. Lo que no quiero es que te pongas a investigar nada asociado con estos suicidios, bajo ningún concepto.

—¿Por qué iba a hacerlo? —preguntó Ryan.

—No lo sé —respondió Jack, levantando ambas manos al aire—. A lo mejor decides hacer una visita al escenario tú mismo, o algo así. En cualquier caso, no lo hagas. Si por algún motivo sientes la tentación de investigar algo fuera de la oficina, llámame antes y hablaremos de ello. Yo estoy aquí prácticamente todos los días de la mañana a la noche, y los fines de semana estoy localizable a través de la centralita. ¿De acuerdo?

—Supongo —dijo Ryan, sin demasiado entusiasmo. Tenía la impresión de que le estaba tratando como a un niño, no como a un residente de segundo año.

—No estoy intentando cortarte las alas de ningún modo —se explicó Jack, como si entendiera la reacción de Ryan—. Te hablo por experiencia personal. ¿Sabías que hace un año, cuando iba en bici, se me echó encima un jefe de enfermería psicópata con su coche y casi me mata?

—No, no lo había oído.

—Bueno, pues así fue, y todo porque había decidido investigar un poco por mi cuenta en un escenario, a pesar de que un policía experimentado ya me había advertido de que no lo hiciera. La vida ahí fuera es peligrosa, especialmente cuando investigas a tipos turbios, como hicimos Aria Nichols y yo. No quiero que tú hagas lo mismo, por improbable que pueda parecer.

—Vale —dijo Ryan—. Lo pillo. No iré investigando por ahí, y si siento la tentación de hacerlo, le llamaré antes y lo hablaremos.

—Perfecto, es todo lo que te pido. —Ambos se pusieron en pie. Jack le tendió la mano y Ryan se la estrechó—. Me alegro de conocerte. Y tengo que decir que a pesar de lo poco que te gusta pasar esta rotación con nosotros, resulta mucho más agradable hablar contigo que con Aria Nichols.

—Me lo tomaré como un cumplido con doble intención —dijo Ryan, sonriendo—. Yo solo tuve un contacto mínimo con ella, pero he oído que no era la persona más fácil del mundo.

—Te has quedado bastante corto —dijo Jack—. Pero también es cierto que era lista y resuelta, y su pérdida fue una tragedia. A pesar de su carácter difícil, habría sido una gran patóloga.

26

Viernes, 8 de diciembre, 15.50 h

Cuando Ryan volvió a la sala de residentes, se encontró a Sharon aún vestida con el equipo quirúrgico, apuntando una nueva autopsia en su lista. Resultaba deprimente verla siempre así, daba la impresión de que lo hacía a propósito. Pero intentó no pensar en ello y optó por una charla insustancial:

—Bueno, ¿qué habéis descubierto el doctor McGovern y tú sobre la azafata de vuelo?

—No mucho —reconoció Sharon, dejando su diario de autopsias sobre la mesa—. La única patología visible era un gran quiste ovárico.

—¿Así que no habéis encontrado la causa de la muerte?

—Aún no, pero el doctor McGovern cree que sabe lo que ha sido. Le ha pedido al IML que vuelva al escenario, en el hotel donde se alojaba la mujer, y que recoja todos los aparatos eléctricos, como secadores o planchas de pelo. Parece estar convencido de que la víctima murió de electrocución de bajo voltaje. Según dice, eso puede pasar si la gente enchufa aparatos defectuosos a redes sin diferenciales.

Ryan no tenía ni idea de lo que era un diferencial, pero en ese momento no le importaba.

—Una pregunta... —dijo, dejando suspendida la palabra.

—¿Qué? —preguntó ella, al cabo de un momento.

—Cuando me has hablado de la autopsia del caso de suicidio, esta mañana, ¿por qué no me has dicho que había un caso de asesinato relacionado con ese suicidio? —Su voz tenía un tono acusatorio.

—Pensaba que ya lo sabías.

—¿Cómo demonios iba a saberlo?

—Todo el mundo en el edificio lo sabe, hasta los de mantenimiento —se defendió Sharon—. No se habla de otra cosa. Hasta ha salido en las portadas de los periódicos sensacionalistas esta mañana. Quizá si no te escondieras aquí y actuaras como una persona normal lo sabrías, como todos los demás.

Ryan aceptó la regañina, ya que no podía decir que no fuera verdad. Estaba ocultándose, por motivos obvios. Resignado, asintió y se giró hacia su monitor. No veía la hora de llamar a Eva Hoffman, pero primero quería buscar en Google «asesinato con suicidio fingido» para ver qué encontraba, ya que no podía dejar de pensar en las ideas que le habían asaltado sobre la posibilidad de que el asesinato y suicidio de los Levi fuera un montaje. Al navegar por la red se llevó una decepción, ya que el motor de búsqueda interpretó que estaba buscando «suicidio fingido», mientras que lo que a él le interesaba era un «doble asesinato fingido», en el que un tercero hubiera matado a las dos víctimas con la intención de que las autoridades creyeran que se trataba de un asesinato con suicidio. Mientras buscaba diferentes combinaciones de palabras para realizar la búsqueda, se dio cuenta de que Sharon se había ido. Se sintió algo culpable por haberla acusado en falso de ocultarle información significativa y decidió que se disculparía cuando la viera el lunes.

Tras pasarse un buen rato intentando afinar su búsqueda, se rindió y tuvo que reconocer que fingir un asesinato con posterior suicidio sin duda sería algo infrecuente, si es que llegaba a producirse. La única posible referencia que encontró fue la del juicio de alguien acusado precisamente de eso pero hallado no culpable, lo que significaba que quizá fuera una posibilidad, aunque muy improbable.

Cogió su teléfono y recuperó el mensaje de texto de Janice Jaeger con el número de Eva Hoffman. Mientras llamaba, se recordó a sí mismo que muy probablemente la mujer estaría en estado de shock, dado que había perdido a su hermana y a su cuñado hacía menos de veinticuatro horas. Desgraciadamente le salió el buzón de voz. Decepcionado pero decidido a no rendirse, dejó un mensaje diciendo que era médico y que llamaba desde la oficina del forense en relación con la tragedia de la noche anterior, y le pidió que le devolviera la llamada.

Se sintió de nuevo tranquilo, sereno en medio de la tormenta. Dejó el teléfono y repasó las notas que había tomado por la mañana, intentando decidir qué hacer. Justo en el momento en que iba a llamar de nuevo a Mia Parker, le sonó el teléfono en la mano. Era Eva Hoffman.

Ryan le habló con tacto y se disculpó por haberla molestado.

—No me molesta —dijo ella, exaltada—. Cuanto más pienso en lo ocurrido, más furiosa y asqueada estoy. Nunca fui muy fan de Nathan. ¡Nunca! Pero desde luego no pensaba que fuera capaz de hacer algo tan terrible y egoísta como esto. ¡Nunca! Sé que mi hermana podía llegar a ser muy intensa y egoísta, y probablemente no sería fácil vivir con ella, siempre encendida con todas esas causas. Siempre había sido así, pero desde luego esto no se lo merecía. ¡De ningún modo!

—Lo siento —dijo Ryan, y era verdad. Él, más que nadie, sabía el efecto destructivo que tenía el suicidio, en cualquiera de sus formas, para todos los implicados—. La depresión te va comiendo por dentro y ni te das cuenta —añadió. No pudo evitarlo, pero recordó su propia lucha cuando se vio encerrado en lo que eufemísticamente llamaban institutos correccionales juveniles, pero que en realidad eran cárceles—. A lo mejor el señor Levi ni siquiera era consciente de lo deprimido que estaba.

—¿De qué me está hablando?

—La investigadora médico-legal con la que habló anoche me ha dicho que a usted le constaba que el señor Levi estaba deprimido.

—Dije que estaba afectado por las fluctuaciones de la bolsa.

—¿No dijo también que estaba deprimido?

—No lo sé, quizá lo dijera. Pero lo que quería decir era que llevaba año y medio pendiente de la economía a diario. Si alguien estaba deprimida, era mi hermana.

—¿Ah, sí? ¿Tenía tendencia a la depresión?

—No, en absoluto. Era dura, como yo.

—¿Y entonces qué era lo que la deprimía?

—Había hecho su examen médico anual y le habían diagnosticado cáncer. El problema es que no podían decirle en qué parte del cuerpo lo tenía; solo que afectaba al tracto gastrointestinal. Para ella era como tener una espada de Damocles colgando sobre la cabeza, y eso la tenía preocupada. Nuestro padre murió joven de cáncer de estómago, y ella estaba convencida de que lo tenía, aunque le habían hecho una radiografía y le habían dicho que no. Hacía unos días que apenas se levantaba de la cama.

—¿Sabe en qué centro le hicieron las pruebas? ¿No sería Oncology Diagnostics?

—Sí, el nombre me suena —dijo Eva—. Llegó un punto en el que no podía hablarle del tema, especialmente cuando se ponía furiosa por el modo en que le estaba sacando el dinero la clínica para buscar el cáncer, lo cual en realidad es una estupidez, porque desde luego Nathan y ella podían permitírselo.

—Interesante —dijo Ryan, con la mente disparada al darse cuenta de que había dado con algo realmente extraordinario. Tres personas de ocho de los sujetos de su estudio (nueve, si contaba a Marsha), una de cada tres más o menos, habían tenido algo que ver con la misma clínica de diagnosis. Aquello era mucha coincidencia.

—A lo mejor fue la depresión de ella la que hizo enloquecer a Nathan —planteó Eva—. ¿Quién sabe?

—Supongo que es una posibilidad —dijo Ryan, pero él ya estaba pensando en otra cosa, preguntándose si a algún otro de sus sujetos le habrían dado ese mismo diagnóstico de cáncer inesperado—. Muchas gracias por hablar conmigo —dijo, y en cuanto pudo, con la promesa de volver a llamar si tenía más preguntas, puso fin a la llamada. Luego se pasó unos minutos incorporando a Marsha Levi a la tabla y rellenando los campos con la información conseguida, sobre todo incluyendo un *sí* en la columna Dx Cr y el nombre *Oncology Diagnostics*. Una vez más, observó que sus datos demográficos coincidían con los del resto de las personas de su tabla, salvo por Nathan, que quedaba al margen.

Volvió al teléfono. Ya eran más de las cuatro de la tarde, así que pensó que podía volver a llamar a Robert Frank y Mia Parker. Cabía la posibilidad de que Mia hubiera salido de trabajar a las tres, así que probó primero con ella, y tuvo suerte, porque le respondió al tercer tono.

Animado, Ryan repitió su habitual perorata. Sin pensarlo, añadió que su función era servir a los vivos, no solo a los muertos; al escucharse a sí mismo le hizo gracia ver que sonaba como si fuera un gran admirador de la OCME. Tras su breve monólogo, le dio el pésame por el fallecimiento de Norman Colbert, añadiendo que esperaba que su llamada no le provocara más dolor.

—Gracias por su preocupación —dijo Mia—. No ha sido fácil, pero soy enfermera de cuidados intensivos, y me enfrento a la amenaza y a la realidad de la muerte casi a diario. Han pasado ya más de dos meses desde que Norman se quitó la vida. Desde luego le echo de menos y desearía haber podido ayudarle más, pero no lo vi venir. En fin, ¿en qué puedo ayudarle? Siento no haberle devuelto la llamada. Me lleva un tiempo recuperarme después de uno de mis turnos en la UCI.

—No hay problema —dijo él—. No le quitaré demasiado tiempo. Solo quería hacerle unas cuantas preguntas. He repasado el informe que redactó la investigadora médico-legal la noche que fue hallado el señor Colbert. ¿Recuerda que habló con ella? Se llama Darlene Franklin.

—Sí, por supuesto. Esa noche se me ha quedado grabada a fuego en la memoria.

—Me lo imagino —dijo Ryan, que también recordaba claramente la horrible experiencia que supuso encontrar el cadáver de su padre. Él también tenía la imagen grabada a fuego en la memoria. Sacudió la cabeza para mandar de nuevo el recuerdo a lo más hondo de su mente y siguió adelante—. Quería preguntarle por lo que le dijo a Darlene Franklin de que Norman había sufrido depresión. La señora Franklin no registró lo que usted le dijo.

—Le dije que Norman había sufrido de depresión, pero la verdad es que no quise ahondar más.

—¿Ah, sí? ¿Y eso por qué fue?

—Tal como le he dicho, soy enfermera de cuidados intensivos y me enfrento a la muerte habitualmente. La dirección del hospital nos recuerda constantemente a mis colegas y a mí las normas de la Ley de Seguros, que prohíben dar información médica sobre los pacientes, incluso después de su muerte.

Ryan contuvo un gruñido de rabia, temiendo haber dado con otro callejón sin salida, igual que le había pasado con el doctor Stein al preguntar por Sean O'Brien. Intentó matizar:

—Tiene razón —dijo—. Pero también es cierto que la OCME podría obtener la información solicitando una orden judicial. Lo que pasa es que el procedimiento se alargaría.

—De eso yo no sé nada —dijo Mia—. Solo sé cuáles son mis responsabilidades.

—¿Qué le parece si le hago alguna pregunta general en lugar de entrar en lo específico? ¿Le parece bien? —De pronto Ryan pensó que quizá podría adquirir algún dato significativo dando algún rodeo. La Ley de Seguros Médicos buscaba impedir la difusión de información médica específica.

—No sé muy bien qué quiere decir.

—Déjeme que le haga una pregunta general sobre la depresión del señor Colbert que no implique revelar detalles personales, como síntomas o tratamientos específicos. ¿Fue una depresión reactiva a algún suceso de su vida?

Mia hizo una pausa y Ryan se quedó a la espera. Confiaba en que su pregunta fuera lo suficientemente genérica, pero no tenía ni idea de cómo respondería Mia Parker.

—Sí, yo creo que se podría decir que era una depresión reactiva —dijo ella, rompiendo por fin el silencio.

Durante sus años en la facultad, Ryan había estudiado algo de psiquiatría y sabía que, a diferencia de los grandes trastornos depresivos, los episodios de depresión reactiva surgían a causa de experiencias estresantes, como el divorcio, la muerte de algún familiar o amigo, la pérdida del empleo o un problema de salud grave. Sabía que el señor Colbert era soltero, así que eso le dejaba otras tres grandes categorías.

—¿Había sufrido el señor Colbert la muerte de algún familiar o amigo cercano?

—No.

—¿Le habían despedido de AIG?

—No —dijo Mia, con una risita nada alegre—. ¡Dios Santo! Está bien informado. ¿Por qué me pregunta eso?

—Estoy eliminando posibilidades, nada más —explicó Ryan, con la mente acelerada. Sabía lo que quería preguntarle, pero no podía. Bajó la vista a su tabla y vio la columna que había etiquetado Dx Cr, fijándose en un *sí* junto al que aparecía *Oncology Diagnostics* en tres de sus ya nueve casos. De pronto se le ocurrió otra pregunta que pensó que sí podría obtener respuesta, sin que Mia tuviera la sensación de estar revelando información médica privada—. Dígame, ¿el señor Colbert tenía algún trato con una clínica llamada Oncology Diagnostics?

Se hizo un silencio que duró unos segundos. Pero justo cuando Ryan iba a reformular su pregunta, ella respondió:

—Sí lo tenía, y no estaba nada contento con ellos. Es todo lo que puedo decir.

Ryan se quedó de piedra, y de pronto sintió la necesidad de poner fin a la llamada.

—Muy bien —dijo—. Le agradezco mucho que haya accedido a hablar conmigo.

—Siento no poder ser más específica, ni de mayor ayuda —se disculpó Mia.

—Ha sido de gran ayuda —le corrigió Ryan—. Y respeto su celo en el cumplimiento de la Ley de Seguros Médicos. Siento haberla molestado recordándole un episodio sin duda complicado y emotivo para usted.

—No ha sido ninguna molestia —respondió Mia, educadamente.

Tras despedirse colgó, y se quedó absorto unos minutos, mirando por encima de su monitor, hacia la pared de cemento pintado. Aquel punto en común entre cuatro de sus sujetos le había dejado atónito. Tras unos minutos de parálisis reaccionó y lo primero que hizo fue incorporar la información a su tabla. Introdujo un *sí* en la casilla de Norman Colbert correspondiente a la columna Dx Cr y añadió *Oncology Diagnostics*, como en los casos de Lily Berg, Sean O'Brien y Marsha Levi.

Estaba convencido de que a Norman Colbert le habrían diagnosticado cáncer durante su examen médico anual, y por lo que había leído en el informe de la autopsia de la doctora Washington sabía que no había hallado rastro de cáncer en un primer examen. Con lo que había estudiado de estadística médica, sabía que si casi un cincuenta por ciento de sujetos de un estudio compartían un rasgo común, no podía ser pura casualidad. No tenía otra opción que preguntar si los otros cinco compartían ese mismo rasgo, y en ese caso, descubrir qué significaba. Cogió el teléfono y llamó de nuevo a Robert Frank, el ejecutivo de banca que había pillado en el metro y que aún no le había devuelto la llamada. Al mismo tiempo rebuscó entre sus notas, encontró lo que había apuntado sobre Cynthia Evers en su diario y lo leyó. Mientras sonaba el teléfono, murmuró «¡Venga, venga!», con los dientes apretados, nervioso e impaciente. Por suerte Frank descolgó al cuarto tono.

Desde el inicio de la conversación, Ryan intentó ser delicado. Recordaba que Janice Jaeger le había contado que Robert Frank se había sentido apartado por la policía la noche que había descubierto a Cynthia Evers medio colgando de la ducha, lo que había hecho que se mostrara poco cooperador en un principio. No podía imaginarse lo duro que habría sido ver a su novia así.

Mientras proseguía con su presentación, se disculpó repetidamente por tener que hacerle pasar por aquello otra vez. Y tuvo la impresión de que su enfoque dio resultado, porque al acabar su breve monólogo Robert respondió disculpándose por no haberle devuelto la llamada.

—A decir verdad, no estaba muy seguro de querer recordar otra vez todo ese episodio tan terrible.

—Lo entiendo perfectamente —dijo Ryan, y así era—. Intentaré ser breve. He repasado los detalles del caso de la señorita Evers y hay algo específico que querría aclarar. He leído en el resumen que, antes del infortunado suceso, la señorita Evers estaba deprimida. Lo que no especificaba el informe era si se trataba de una batalla continuada con la depresión, que por lo que he leído también sufrió de adolescente, o si se debió a un evento reciente.

—Sin duda, fue debido a algo ocurrido recientemente —dijo Robert, convencido.

Ryan sintió que se le aceleraba el pulso.

—¿Se debía a un asunto de salud?

—Sí. Le habían diagnosticado cáncer en fase temprana, pero no se lo habían localizado. Lo único que le habían dicho era que tenía un cáncer que afectaba al aparato reproductor, así que tenía que someterse a varias pruebas para detectar el origen, pero no parecía que estuvieran funcionando. Ella era muy hipocondríaca, así que todo aquello la tenía consumida: no podía dormir ni comer. Al final conseguí hablar con su ginecóloga para ver si podía ayudarla, y al principio lo hizo. Cynthia pareció superar aquel momento, y empezó a mostrarse más enfadada que deprimida, a causa de los costes de los procedimientos. Su seguro médico no incluía todas las pruebas, en particular un escáner integral que tenía que hacerse. Al menos eso es lo que yo entendí, pero a mí no me lo contó todo, y tampoco soy médico.

Una vez más, Ryan estaba perplejo, pero deseoso de saber más.

—¿No la atenderían por casualidad en una clínica llamada Oncology Diagnostics?

—Sí, creo que se llamaba así.

La conversación duró unos minutos más, pero Ryan no veía la hora de colgar. En cuanto lo hizo añadió un *sí* y un *Oncology Diagnostics* a la tabla, en la línea de Cynthia Evers. Eso solo dejaba otros cuatro sujetos con la casilla Dx Cr vacía: Stephen Gallagher, Sofia Ferrara, Daniela Alberich y Nathan Levi. Teniendo en cuenta que Nathan era un caso aparte y que no formaba parte de lo que fuera que estuviera sucediendo, puesto que eran los datos de Marsha los que tenían que mostrar puntos en común con el resto de la lista, tachó el nombre de Nathan con una línea, limitando de nuevo la tabla a ocho sujetos.

Con una excitación creciente y sin acabar de creérselo, Ryan llamó a Harold Gallagher, Nancy Beardsley y Helen Ferrara para comprobar si podía añadir a esos tres nombres el inesperado factor común. Tanto Nancy Beardsley como Helen Ferrara le respondieron. A Harold Gallagher tuvo que dejarle un mensaje de voz pidiéndole que le llamara. Pero lo importante fue que la señorita Beardsley y la señora Ferrara le comunicaron que tanto a Daniela Alberich como a Sofia Ferrara les habían diagnosticado un cáncer asintomático en fase temprana en Oncology Diagnostics, y que estaban bastante afectadas por ello. Al preguntarles por qué no habían informado de ello anteriormente, ambas dijeron que no les parecía que tuviera nada que ver con sus suicidios. A pesar del malestar que les había provocado el diagnóstico, ninguna de las dos pensaba que aquello hubiera contribuido a su suicidio, porque unos días antes sus médicos personales les habían asegurado a ambas que no tenían cáncer, lo que significaba que los resultados de Oncology Diagnostics debían de ser falsos positivos.

Tras las llamadas, Ryan sintió cierta satisfacción al añadir un *sí* y un *Oncology Diagnostics* en las casillas correspondientes de su tabla. En la columna Dx Cr, solo la casilla de Stephen Gallagher seguía en blanco. Sabía que la relación de Harold con su hermano no era íntima, así que ni siquiera podía estar seguro de que este pudiera estar al corriente de si Stephen había tenido algún contacto con Oncology Diagnostics. Pero no importaba. El hecho de que siete de sus ocho sujetos hubieran sido pacientes de Oncology Diagnostics ya era suficiente como para buscar una explicación. Las posibilidades de que aquello fuera una coincidencia eran prácticamente cero. Como poco, habría que informar a Oncology Diagnostics de que un número significativo de sus pacientes tenían dificultades para asumir el diagnóstico de cáncer, y de que podían acabar suicidándose.

27

Viernes, 8 de diciembre, 16.20 h

De pronto Ryan sintió la irresistible necesidad de saber todo lo que pudiera de Oncology Diagnostics, especialmente de la base científica de la tecnología empleada. Para ello volvió a visitar su sitio web. Cuando lo abrió, seleccionó OncoDx, que era el test de diagnóstico oncológico que ofrecían. Al mismo tiempo, sacó una hoja de papel limpia para tomar notas.

Lo que descubrió Ryan fue que Oncology Diagnostics no hacía las pruebas del OncoDx en sus instalaciones, sino que enviaba muestras de sangre de sus pacientes a otra compañía que realizaba el test. Lo que le quedó claro fue que el modelo de negocio de Oncology Diagnostics dependía de proporcionar servicios de detección del cáncer a corporaciones ofreciéndoles el test OncoDx como parte de los exámenes médicos anuales obligatorios en estas grandes empresas. Luego, si el test daba positivo, se iniciaba el complicado proceso de localizar el cáncer diagnosticado antes de derivar al paciente a uno de los grandes centros oncológicos para su tratamiento.

Ryan siguió leyendo y se enteró de que el test OncoDx estaba basado en una tecnología relativamente nueva relacionada con las vesículas extracelulares. Como residente de patología, sabía que esas vesículas extracelulares eran unas estructuras minúsculas pegadas a las membranas que flotaban en los espacios intercelulares y en el flujo sanguíneo, y que contenían todo tipo de moléculas orgánicas, desde ácidos nucleicos como el ADN hasta proteínas y lípidos. También sabía que podían producirse en el interior de las células, que luego las excretaba (y en ese caso se llamaban exosomas) o que podían aparecer como un apéndice externo de la membrana celular (en cuyo caso se llamaban microvesículas).

Conocía aquella nueva tecnología hasta cierto punto porque la primera vez que había oído hablar de ella le había suscitado diversos interrogantes. En su opinión, la propia existencia de exosomas y microvesículas como método de comunicación intercelular sugería una posible explicación sobre el origen de la evolución de los organismos multicelulares. Tenía que haber algún tipo de comunicación de modo que las diferentes células supieran qué estaban haciendo sus vecinas para que cada una pudiera especializarse en diferentes funciones, y las vesículas extracelulares podían proporcionar esa comunicación.

Siguió leyendo y se enteró de que los test OncoDx se hacían mediante ultracentrifugado de una muestra de sangre para separar un tipo específico de microvesículas de mayor tamaño llamadas oncosomas. Una vez aislados, se contaban los oncosomas presentes en un espacio determinado, y si el recuento superaba un número determinado, se analizaba el contenido de esas microvesículas en busca de ADN con mutaciones procedente de células cancerosas. Luego, con posteriores análisis del ADN cancerígeno, se podía determinar el sistema o aparato del cuerpo afectado, aunque no el órgano específicamente.

Se apuntó todo aquello en su diario de estudio para poder recuperar los datos fácilmente en un futuro. Luego se sentó y levantó la vista al techo, con la mirada perdida, mientras asimilaba toda aquella información. Estaba realmente impresionado con aquella nueva tecnología y se daba cuenta de que suponía una verdadera revolución en la medicina preventiva. De pronto disponían de una oportunidad para diagnosticar el cáncer en la fase más temprana posible, cuando una o unas cuantas células acababan de hacer la transición entre la replicación controlada a la división de forma descontrolada. Hasta ese momento, el diagnóstico del cáncer dependía de síntomas evidentes como la aparición de una masa o el mal funcionamiento de un órgano específico, lo que suscitaba el problema de que a esas alturas ya había millones —o miles de millones— de células cancerígenas extendiéndose por diferentes partes del cuerpo, dificultando en gran medida el tratamiento, si es que aún era posible. El hecho de que esa nueva prueba permitiera emitir un diagnóstico de cáncer en una fase tan temprana explicaba por qué nadie en su grupo de estudio había podido encontrar indicios de cáncer en la autopsia, o incluso en el examen histológico. Si la extensión del cáncer en cualquier órgano era microscópica, la posibilidad de detectarlo, incluso con múltiples biopsias, era irrisoria.

De repente, le vino algo nuevo a la cabeza y echó el cuerpo hacia delante de golpe. Por estupenda que fuera esta nueva incorporación a las herramientas de diagnóstico para la medicina preventiva, también tenía un lado negativo. Los resultados positivos en el OncoDx crearían una nueva categoría de pacientes, que etiquetó mentalmente como futuros enfermos. Para la mayoría de la gente, la noticia de que tienen un cáncer en formación en algún lugar del cuerpo podría llegar a ser devastadora, especialmente para los más hipocondríacos, como confirmaba su estudio, en la que siete —y probablemente los ocho— individuos diagnosticados de cáncer habían acabado suicidándose. Daba la impresión de que no habían podido soportar la idea de estar incubando una enfermedad posiblemente mortal y de que habían decidido tomar las riendas de su propio destino suicidándose. Decidió que había que advertir a Oncology Diagnostics de ello, cuanto antes mejor, antes del fin de semana, y se lo apuntó en su diario de estudio, subrayándolo varias veces para darle mayor visibilidad.

Volvió al sitio web de Oncology Diagnostics y abrió la página con la etiqueta Gestión, donde encontró información sobre los fundadores y propietarios, los doctores Jerome Pappas y Malik Williams. Ambos eran médicos, lo que le hizo pensar que no solo se mostrarían interesados en oír que muchos de sus pacientes se habían suicidado, sino que también entenderían la importancia de buscar una solución al evidente problema de salud mental. Pasó a la página de contacto del sitio web y encontró el número de teléfono de la clínica.

La situación era en cierto modo una emergencia y, viendo que ya era viernes por la tarde, Ryan decidió llamar inmediatamente. Tenía la sensación de que cuanto antes pudiera informar a los directores de la clínica, mejor. Mientras marcaba el número, decidió además que sería mucho más efectivo si se tomaba la molestia de acercarse al Upper East Side a darle la noticia en persona a uno de los médicos fundadores del centro. Cuando una recepcionista le cogió el teléfono, Ryan se identificó como médico de la OCME y dijo que necesitaba reunirse con urgencia con el doctor Pappas o el doctor Williams, el que estuviera disponible en ese momento. Sin decir palabra la recepcionista pasó la llamada a otro teléfono.

—Buenas tardes —dijo otra voz de mujer—. Soy Beverly Aronson, secretaria de organización. ¿Con quién hablo?

Volvió a identificarse, haciendo énfasis en que llamaba de la Oficina del Médico Forense Jefe, y repitió su petición. Luego añadió, con cierto tono de urgencia:

—¿Estarían disponibles el doctor Pappas o el doctor Williams en la próxima hora más o menos? Es de vital importancia que pueda hablar con uno de los dos lo antes posible.

—Un momento, por favor —dijo Beverly.

Desapareció varios minutos. Cuando volvió dijo:

—El doctor Pappas puede atenderle, pero tiene que venir a Park Avenue, entre la calle Ochenta y dos y la Ochenta y tres.

—Estaré ahí en cuanto pueda —dijo Ryan, antes de colgar. Estaba convencido de que era lo correcto, dadas las circunstancias, y así lo escribió en su diario de estudio.

Cogió su abrigo con la intención de bajar a la calle y tomar un taxi o llamar a un Uber, pero vaciló. De pronto recordó la promesa que le había hecho al doctor Stapleton de no hacer ninguna visita a un escenario. «¿Eso es una visita a un escenario?», se preguntó. «No», se respondió, ya que ninguno de los suicidios se habían producido en la clínica ni iba a enfrentarse a nadie problemático. Y aun así... Ryan paró un momento. Lo cierto era que iba a un lugar fuera de la OCME, y que tenía que ver con su estudio, así que no le costaba nada hacer lo que le había dicho el doctor Stapleton y contárselo. Al fin y al cabo solo le llevaría un par de minutos pasarse por la segunda planta, y siempre cabía la posibilidad de que el doctor Stapleton no solo estuviera de acuerdo en que era necesario actuar inmediatamente, sino que pensara que convenía que fuera alguien de más categoría quien diera el incómodo mensaje a la clínica, quizá incluso él mismo.

Con esa idea en la cabeza, subió a toda prisa a la segunda planta y se dirigió a la oficina del doctor Stapleton. Mientras se acercaba vio que la puerta estaba cerrada, lo cual no auguraba nada bueno. Aun así llamó con fuerza con los nudillos.

—El doctor Stapleton se acaba de marchar —dijo una voz.

Ryan se giró, y vio la oficina de la doctora Mehta al otro lado del pasillo, con la puerta abierta. Estaba sentada otra vez ante el microscopio, y era evidente que había oído los golpes contra la puerta.

—Va a casa en bici, y si puede le gusta llegar a su casa antes de que oscurezca —añadió la doctora Mehta.

—¡Vaya, eso es impresionante! —exclamó Ryan. Ahora entendía por qué se le veía tan en forma en comparación con los otros forenses—. ¿Vive muy lejos?

—En la parte alta del Upper West Side —respondió la doctora Mehta—. Es un buen trecho, especialmente cuando hay tráfico. Ninguno lo entendemos muy bien, especialmente después de que el año pasado tuviera ese accidente en el que estuvo a punto de morir.

Ante la ausencia del doctor Stapleton, Ryan se planteó la posibilidad de involucrar a la doctora Mehta, dado que era una de los forenses implicados indirectamente en su estudio, pero descartó la idea. Tendría que darle muchas explicaciones, y no querría arriesgarse a perder la ocasión de ver al doctor Pappas antes de que se fuera de fin de semana. Además, eso no supondría cumplir la promesa que le había hecho al doctor Stapleton. Se excusó, volvió a las escaleras y bajó a la planta baja.

Pero entonces, mientras pasaba por la entrada a la zona de oficinas, tuvo otra idea. Podría decirle a la doctora Montgomery que tenía pensado ir a visitar Oncology Diagnostics. Le parecía la solución perfecta, dado que ella sabía exactamente lo que estaba investigando, y como el doctor Stapleton era su marido, podría contárselo, con lo que él cumpliría su promesa de tenerlo informado.

Ryan se desvió de su trayectoria y se acercó al mostrador de Cheryl Stanford. Él y Sharon Hinkley habían conocido a la secretaria de la jefa el primer día de la rotación, cuando la doctora Montgomery les había recibido para darles la bienvenida. Pero antes de que pudiera decir nada Cheryl levantó un dedo índice y apuntó hacia los auriculares que llevaba puestos.

Ryan se quedó allí de pie, delante de Cheryl, cada vez más nervioso, viendo que iba pasando el tiempo, mientras ella repetía «sí» unas cuantas veces para luego apuntar algo y colgar.

—Perdona, doctor Sullivan —dijo—. ¿Qué puedo hacer por ti?

—Necesito ver a la doctora Montgomery dos segundos —dijo, apresuradamente, levantando dos dedos para dejar claro que sería una conversación muy breve—. Es extremadamente importante.

—Lo siento, pero ya se ha ido —respondió Cheryl—. Tenía una reunión fuera del campus, y de allí se irá a casa. ¿Puedo programarte una cita a primera hora del lunes?

Ryan se quedó descolocado. Era evidente que no le iba a resultar fácil cumplir su promesa, pero no estaría mal hablar con la doctora Montgomery el lunes de todos modos. Le parecía una decisión acertada, ya que así la jefa estaría informada de su investigación, y podría decírselo al doctor McGovern esa misma mañana, cuando quisiera ponerse al día de sus progresos, tal como había amenazado.

—¿Qué hora es «primera hora»? —preguntó Ryan.

—Su agenda arranca a las ocho —dijo Cheryl—. Podrías ser el primero.

—Vale. Resérvame una cita con ella a las ocho, por favor —dijo, decidiendo que valía la pena llegar pronto al trabajo.

—Apuntado —dijo Cheryl, mientras introducía el nombre de Ryan en el ordenador.

Cuando por fin salió, Ryan se dio cuenta de que era plena hora punta, y que la Primera Avenida estaba atestada de coches, taxis y autobuses que apenas avanzaban algo más rápido que los peatones. Como él vivía en el barrio, nunca se había fijado en el tráfico, ya que iba a pie al trabajo, pero ahora sí se daba cuenta, y eso no hizo más que acrecentar su estado de nervios. Sabía que sería inútil intentar parar un taxi y que si pedía un Uber tendría que esperar un buen rato a que llegara, de manera que caminó hacia el norte, seguro de que encontraría taxis disponibles en la entrada del hospital, media manzana hacia el norte de la OCME. Efectivamente, unos minutos más tarde ya estaba sentado en el asiento trasero de un taxi amarillo, avanzando lentamente hacia el norte.

A causa del embotellamiento, tardó más de lo esperado en llegar al 968 de Park Avenue, y se alegró de haber llamado a la clínica para fijar una reunión en lugar de presentarse sin avisar. Para cuando entró en Oncology Diagnostics eran casi las cinco y media y daba la impresión de que la clínica estaba a punto de cerrar.

Le impresionó la decoración. El ambiente era de lo más elegante, y todo parecía nuevo. En el vestíbulo vacío había óleos enmarcados y el suelo era de madera, con una lujosa alfombra oriental en el centro. A la derecha había un mostrador alto con una pared de cristal con ventanillas correderas y, tras el mostrador una amplia zona administrativa muy bien iluminada. En el momento en que Ryan se acercó, una joven vestida a la última moda abrió uno de los paneles de cristal.

—¿Puedo ayudarle? —dijo, sonriendo.

—Espero que sí —respondió él, acercándose al mostrador—. Soy el doctor Sullivan. He venido a ver al doctor Pappas. He hablado con Beverly Aronson.

—Sí, por supuesto —dijo la secretaria—. Le diré a Beverly que está aquí.

Y corrió de nuevo el cristal, cerrando la ventanilla.

Antes de que Ryan tuviera tiempo de sentarse en una de aquellas butacas de aspecto tan caro, se abrió una puerta integrada en una pared de caoba y apareció una mujer elegante de mediana edad y aspecto serio con un peinado a la antigua perfectamente fijado con laca.

—¿Doctor Sullivan?

—Sí. He venido a ver al doctor Pappas.

—Por supuesto. Le estábamos esperando. Sígame, por favor —dijo, indicándole que pasara con un gesto de la mano.

Ryan la siguió. Al otro lado de la puerta la decoración cambió, y la elegante calidez del vestíbulo dio paso a un ambiente blanco y aséptico. Dejaron atrás una serie de puertas cerradas con placas que indicaban los números de consulta. Al final del pasillo la mujer abrió una puerta, se hizo a un lado y le indicó que pasara.

La transición fue de nuevo abrupta: mucha madera oscura y otra alfombra oriental. Ryan entró y oyó cómo se cerraba la puerta a sus espaldas. Al otro lado de una enorme mesa de oficina estaba sentado un hombre robusto, cuadrado, con la piel del rostro de un tono tan pálido que parecía tener la consistencia de una masa sin hornear. Llevaba una bata blanca de médico perfectamente almidonada, y debajo una camisa blanca de vestir y corbata azul. Tras las gafas se le veían unos ojos enrojecidos y húmedos, y lucía una sonrisa tensa. Llevaba el cabello moderadamente largo, muy oscuro, como sus ojos, peinado con la raya en el centro y engominado, tan tieso como el de la señora Aronson.

Al acercarse Ryan, el hombre se puso en pie, rodeó la mesa y fue a su encuentro con la mano tendida.

—¡Bienvenido! —dijo, mientras le estrechaba la mano. Le indicó el sofá de cuero negro.

—Por favor...

—Gracias —dijo Ryan, animado al ver la amabilidad con que le recibía, aunque aquella sonrisa parecía tensa, y el hombre tenía la palma de la mano bastante húmeda.

Ryan se sentó, y Jerome se acercó a una pared de madera y abrió uno de los armarios ocultos, en cuyo interior apareció un mueble bar.

—Al final de la jornada me concedo un dedito de whisky —le explicó—. ¿Puedo ofrecerle uno?

—No, gracias —respondió Ryan. Era lo último que querría en ese momento. Se quedó mirando mientras Jerome se servía lo que le parecieron más bien dos dedos de whisky. Luego el hombre se acercó y se sentó en una butaca de madera significativamente más alta que el sofá. Ryan no pudo evitar preguntarse si aquello era algo premeditado.

—Muy bien —dijo Jerome, poniéndose cómodo. Volvió a sonreír, pero la sonrisa tampoco duró esta vez—. ¿Qué es lo que puedo hacer por usted? Es la primera vez que recibimos una visita oficial de la Oficina del Médico Forense Jefe.

—Le agradezco que me haya recibido —dijo Ryan. Pero luego vaciló un momento. No había pensado cómo iba a decirles exactamente a esa gente lo que tenían que saber, pero ahora que estaba a punto de empezar se dio cuenta de que tendría que presentarse para dar credibilidad a su relato—. En primer lugar, no soy forense. Soy patólogo de la Universidad de Nueva York, y estoy haciendo una rotación de un mes como residente de patología forense en la OCME, durante la que he tenido ocasión de hacer un estudio de lo que empezaron siendo seis casos y que ahora son ya ocho. En pocas palabras, se trata de casos de suicidio que de uno u otro modo han planteado la posibilidad de que pudieran ser en realidad homicidios. Hasta ahora todos han sido confirmados como suicidios, pero mi estudio intenta buscar puntos en común que expliquen por qué se han producido tantos casos similares en un período de tiempo de seis meses. Y el caso es que he encontrado algunos. Pero lo más sorprendente es un punto en común que he descubierto esta tarde. Da la impresión de que al menos siete de los ocho sujetos han sido pacientes de Oncology Diagnostics. Todos ellos dieron positivo en la prueba de diagnóstico de cáncer que ustedes ofrecen, y estaban en el duro proceso de localizar el origen de sus cánceres. —Jerome, que hasta ese momento estaba mirando fijamente a Ryan, se bebió su whisky de un trago y luego, con la mano temblorosa, apoyó el vaso vacío en una mesita auxiliar. Parecía impactado por la información.

—¿Tiene los nombres de esos pacientes? —preguntó, titubeante.

—Sí —dijo Ryan, que sacó una lista escrita a mano y se la entregó. La había preparado con la esperanza de que se la pidiera. Habría querido que le confirmara que eran todos pacientes de Oncology Diagnostics.

Jerome cogió la hoja y le echó un vistazo; luego la dejó junto a su vaso, como si prefiriera no tenerla en la mano.

—Muchos de estos nombres los reconozco. Los otros los puedo comprobar fácilmente. ¡Dios! Qué tragedia que estos pacientes se hayan quitado la vida después de todos los esfuerzos que hemos hecho para proteger su salud. Qué terrible desperdicio de prometedoras vidas humanas.

—Quería compartir esta información con ustedes lo antes posible por si quieren comunicarse con los pacientes que han dado resultados positivos en el test para advertirles de este riesgo y, sobre todo, para animarles a que busquen la ayuda de un profesional de la salud mental en caso necesario. Supongo que son conscientes de que un diagnóstico de cáncer aumenta significativamente el riesgo de suicidio.

—Oh, por supuesto —dijo Jerome, agarrando de pronto su vaso vacío y poniéndose en pie. Se dirigió otra vez al mueble bar—. Una noticia tan terrible requiere de otro whisky. —Mientras se servía un par de centímetros más se giró a preguntar de nuevo—: ¿Está seguro de que no puedo tentarle para que me acompañe?

—No, gracias —dijo Ryan.

Jerome regresó a su butaca y dio cuenta de su segundo whisky.

—¿Ha estado trabajando en este estudio con alguien más, quizá con algún otro residente?

—No, la idea se me ocurrió a mí. Solo intentaba hacer algo útil y aprovechar el tiempo durante mi rotación.

—¿Y el estudio lo está supervisando alguno de los forenses?

—No, la verdad es que no, al menos de momento —dijo Ryan—. El forense a cargo de los residentes en la OCME me dio la lista de las primeras seis víctimas, a partir de los datos proporcionados por varios de los investigadores médico-legales. No creo que pretendiera hacer nada con ella, y tampoco me dio instrucciones precisas. El lunes tengo que presentarle mis progresos. De los seis casos originales se han ocupado diferentes forenses, así que he tenido que buscar los informes de las autopsias y de los diferentes investigadores médico-legales. Y, sobre todo, he hablado con los familiares o amigos de las víctimas que descubrieron los cadáveres en un principio, los identificaron y proporcionaron información personal. Han sido ellos los que me han revelado este dato en común.

—Parece que es usted un joven con muchos recursos —observó Jerome, asintiendo—. Felicidades. —Y se puso en pie—. Quiero darle las gracias por hacer el esfuerzo de venir a verme esta tarde. Siento no poder dedicarle más tiempo, pero quiero compartir esta información tan inquietante con mi socio para que podamos emitir una nota de advertencia. Realmente esto es una emergencia. No teníamos ni idea.

Ryan tuvo que hacer cierto esfuerzo para levantarse del mullido sofá.

—Gracias por escucharme. Le agradezco que me haya recibido hoy mismo y siento ser el portador de malas noticias.

Se despidieron con un apretón de manos y Jerome abrió la puerta.

—Supongo que podrá encontrar la salida solo —dijo, señalando hacia el final del pasillo con una mano temblorosa—. La puerta del final da al vestíbulo.

—Sin problemas —dijo Ryan, asintiendo y poniéndose en marcha.

Mientras recorría aquel pasillo aséptico, de un blanco reluciente, se sintió bien por haber hecho esta visita, ya que había tenido el efecto deseado de motivar a los responsables de Oncology Diagnostics para actuar adecuadamente y con rapidez. Ryan no tenía ni idea de cuántos pacientes podía tratar la clínica, pero teniendo en cuenta las elegantes instalaciones y su ubicación, en Park Avenue, tendría que ser un número significativo. Aun así, habían muerto al menos siete personas, así que había que afrontar el problema, fuera cual fuese el porcentaje que supusieran esos siete casos en relación con la población total de pacientes de la clínica.

Una vez en la calle, Ryan sacó el teléfono y pidió un Uber. Aunque apenas pasaban unos minutos de las 17.45 h, ya estaba oscuro. Mientras pasaba el tiempo, a la espera de su coche, se puso a pensar si realmente debía volver a la OCME tal como se había planteado. Quería recuperar su tabla y sus notas de estudio para poder trabajar en el proyecto durante el fin de semana si le apetecía. Sin embargo, cuanto más pensaba en el asunto, más ganas tenía de olvidarse de todo lo que tuviera que ver con la OCME por un par de días. Al fin y al cabo, estaba claro que tenía suficientes progresos que presentar al doctor McGovern. Al final decidió volver a casa directamente, así que volvió a sacar el teléfono y cambió el itinerario.

En el momento en que vio acercarse el Toyota blanco que venía a recogerle, no pudo evitar pensar en que estaría muy bien encontrar a Isabella en su apartamento al llegar, como la noche anterior. Pero aquel pensamiento feliz solo duró un momento; sabía que las posibilidades de que ocurriera eran prácticamente nulas, y asimilar aquella idea le hizo sentir extrañamente solo, algo que le sorprendió a sí mismo.

Ryan solía disfrutar estando solo, lejos del mundo, en la seguridad de su apartamento. Estaba claro que era Isabella, con su particular personalidad, la que estaba causando esa disonancia emocional, sobre todo porque sabía perfectamente que tenía compromisos sociales tanto esa noche como el sábado. Desear pasar tiempo con alguien era algo nuevo para él, y le asustaba un poco, porque le hacía preguntarse si ella sentiría lo mismo y, en caso de que así fuera, si duraría en cuanto le contara toda la historia de su desastrosa infancia. Desgraciadamente, aquella época de su vida formaba parte de quién era, tanto como el hecho de ser médico, lo que solía darle la imagen de persona socialmente aceptable.

Quince minutos más tarde, mientras se subía en el asiento trasero de su Uber, Ryan tuvo otro altibajo emocional. Ahora de pronto tenía ganas de llegar a su apartamento y disfrutar de la soledad de su hogar y de sus cosas. Se alegraba de que el material de su estudio se hubiera quedado donde estaba. Tras un día tan ocupado, complicado y provechoso, lo que más le apetecía era jugar a algún juego tonto de ordenador, navegar por YouTube y ver la televisión. El domingo estaba a la vuelta de la esquina.

28

Viernes, 8 de diciembre, 17.35 h

Jerome se bebió un tercer whisky y echó un vistazo a la lista de pacientes que le había entregado el residente de patología, que apoyó en la encimera del mueble bar mientras se servía un trago más. Cuando le había dicho a Ryan Sullivan que reconocía el nombre de parte de los pacientes estaba mintiendo. Los reconocía a todos, ya que eran tres cuartas partes de los pacientes que habían dado la voz de alarma sobre los falsos positivos arrojados por su OncoDx y de los que había tenido que encargarse Action Security.

—¡Dios Santo! —exclamó en voz alta, respirando hondo e intentando calmarse. Habría querido lanzar su vaso de whisky ya vacío contra la pared opuesta, pero se contuvo. La visita inesperada del doctor Sullivan era algo más que una sorpresa molesta; era un desastre en ciernes. Notaba que ya le estaba afectando a la tensión arterial y que esta se le estaba disparando.

No había duda de que era algo de lo que había que encargarse de inmediato.

Cada vez que se había producido uno de aquellos episodios que habían requerido de la intervención de Action Security, se había planteado si los riesgos que estaban corriendo valían realmente la pena, a pesar de que Malik y Chuck Barton le insistieran siempre en que todo iba a ir sobre ruedas. Al mismo tiempo, se daba cuenta de la dimensión del desastre que supondría para su vida y la de Malik permitir que Full Body Scan se fuera a pique, así que se trataba de escoger la menos mala de las dos opciones. Él siempre había sido una persona insegura, desde que iba al colegio. Le habría gustado de verdad parecerse un poco más a Malik, que era capaz de echarse cualquier problema a la espalda sin preocuparse.

Una vez sintió el efecto reconfortante del tercer whisky extendiéndosele por el cuerpo, rebajando en cierta medida su nivel de ansiedad —lo cual se reflejaba en que ya no sentía el pulso en las sienes—, se dirigió hacia el despacho de Malik, llevando consigo la lista de pacientes. Estaba muy cerca, al otro lado de la oficina de Beverly Aronson, pero en lo relativo a la decoración era como si estuviera en la otra cara de la luna. Él era un clásico, y prefería los tonos oscuros y la tapicería de lujo, mientras que Malik era más moderno y había optado por un estilo minimalista con mucho blanco. La silla de su escritorio tenía más el aspecto de un aparato de tortura que de un lugar cómodo donde sentarse.

Jerome estaba tan nervioso que no se paró a hablar con Beverly, frente a la que pasó saludándola con un breve gesto de la mano, solo para que no se preocupara. Al llegar ante la puerta de Malik llamó con los nudillos, pero no esperó respuesta. Como era habitual en él, estaba hablando por teléfono. Acostumbrado como estaba a la idiosincrasia de su socio, Malik levantó un dedo índice para comunicarle que estaría con él en un momento, y siguió hablando. Tenía puestos los auriculares y se había separado de la mesa para poder cruzar sus largas piernas. Al igual que Jerome, llevaba una camisa blanca, pero con el cuello abierto y la corbata aflojada. En lo único en que se parecían ambos socios era en su predilección por el atuendo clásico de los médicos, con largas batas blancas, a pesar de que el contacto que tenían con los pacientes era mínimo, ya que ambos estaban centrados sobre todo en los intereses del negocio.

Jerome no estaba dispuesto a esperar. Se acercó a la mesa de Malik y le plantó sobre la hoja de cálculo que tenía en el escritorio la lista que le había dado Ryan Sullivan, la alisó con la palma de la mano y le dijo:

—¡Echa un vistazo a esto!

Malik echó una mirada a la lista de nombres pero siguió con su conversación sobre un asunto de impuestos. Apartó la lista a un lado y siguió con un monólogo relativamente largo para luego escuchar la respuesta de su interlocutor e incluso tomar unas cuantas notas en un cuaderno a la derecha de la hoja.

Al darse cuenta de que su socio estaba hablando con alguien de la oficina de su gestor y que no iba a colgar enseguida, Jerome levantó las manos al cielo, frustrado, y se puso a caminar arriba y abajo frente a la mesa de Malik. A cada segundo que pasaba su ansiedad iba en aumento, y se arrepintió de no haberse llevado la botella de whisky. Sabía que Malik era un abstemio total, así que no intentó buscar alcohol entre los armarios que cubrían por completo una de las paredes.

Tras lo que le pareció una eternidad, Malik puso fin a su conversación y se despidió. Luego se quitó los auriculares y levantó la vista.

—Vale. ¿Ahora qué pasa?

—¡Esto no vas a creértelo! —exclamó Jerome, que se acercó de nuevo a la mesa de Malik, agarró la lista de pacientes y volvió a colocársela ante las narices—. ¿Ves estos nombres? —le preguntó, casi gritando.

Malik miró el papel otra vez.

—Los veo. Cálmate. Parecen los nombres de algunos de los pacientes de los que pedimos que se encargaran los de Action Security. ¿Es así?

—Sí, es así —le confirmó Jerome. Viendo que Malik no perdía la compostura, empezó a calmarse un poco. Cerró los ojos un momento y respiró hondo—. Tienes razón, pero esta lista no procede de Action Security. ¡No, no! Esto me lo ha dado hace unos minutos un médico de la Universidad de Nueva York que está haciendo la residencia en la oficina de la Fiscal Jefe. Ahí es donde hacen las autopsias a la gente para saber cómo han muerto. Dime la verdad: ¿esto no te pone los pelos de punta?

—No, aún no —respondió Malik, sin alterarse—. Necesito más información. ¿Por qué no te sientas y hablamos de la situación?

Jerome paseó la vista por la selección de asientos, todos tan duros como clavos.

—No, gracias —dijo, después de plantearse las opciones—. Me quedaré de pie, a menos que prefieras que volvamos a mi oficina.

—Lo que tú quieras —respondió Malik, en su habitual tono conciliador.

Usando un montón de gestos para mostrar la gravedad del asunto, Jerome le contó la visita de Sullivan palabra por palabra, describiendo al residente de patología como un tipo listo, con recursos y especialmente peligroso, una amenaza para su negocio.

—Vale, vale —dijo Malik, cuando Jerome empezó a repetirse—. Ya lo pillo. Ahora deja que te haga unas preguntas.

—De acuerdo —respondió Jerome, secándose la frente, ya que había empezado a sudar—. Pregunta.

—A ver si lo he entendido bien. Me has dicho que este joven médico está haciendo este estudio por su cuenta, lo que significa que no ha compartido sus descubrimientos con nadie, entre ellos el de que esta lista de sujetos eran todos pacientes nuestros. ¿No?

—Eso es lo que he entendido. Sí.

—Y si no me equivoco has dicho que tenía que comunicar sus progresos a su tutor el lunes. ¿Eso es correcto?

—Lo es.

—Bueno, pues a mí me parece que en lugar de entrar en pánico o desesperarnos, deberíamos dar gracias, porque en realidad no es problema nuestro. Plantéatelo así: no es que haya estallado una presa y vaya a llevársenos por delante la riada. La presa tiene una pequeña fuga que hay que reparar.

Jerome se quedó mirando a su socio mientras asimilaba sus palabras, como siempre pronunciadas en un tono suave y reconfortante, y sintió que le invadía una sensación de calma. Era algo parecido al efecto que le habría provocado otro whisky.

Malik levantó la lista de la mesa.

—Deberíamos pensar en cómo responder adecuadamente a este residente que nos ha traído la lista. En realidad, nos ha hecho un gran favor acudiendo directamente a nosotros.

—Ya veo por dónde vas.

—¿Quieres llamar tú a Chuck Barton o lo llamo yo?

—Lo haré yo —dijo Jerome, decidido.

—Cuanto antes, mejor.

—No podría estar más de acuerdo.

29

Domingo, 10 de diciembre, 11.35 h

Isabella colgó en cuanto oyó el mensaje del contestador de Ryan una vez más. Era la quinta vez que intentaba hablar con él aquella mañana después de enviarle una serie de mensajes de texto, y con el paso de las horas había ido experimentando una amplia gama de emociones diferentes. Con lo entusiasmado que parecía por salir con ella, desayunar y ver el árbol de Navidad del Rockefeller Center juntos, suponía que tendría noticias suyas a primera hora. Incluso se había puesto el despertador y se había levantado a las ocho para prepararse, mucho antes de lo que se habría levantado normalmente, ya que había vuelto a casa tarde después de una noche en los clubes. Pero hacia las nueve empezó a impacientarse al no recibir noticias suyas y, algo molesta, había decidido llamarle ella. En su primer mensaje de voz se obligó a poner un tono jovial a pesar de su irritación, diciéndole que tenía hambre y ganas de verle, y que le llamara en cuanto pudiera. Media hora más tarde, viendo que no llamaba, la impaciencia se transformó en un cierto malhumor. Aunque había aprovechado para hacer un poco de limpieza en el apartamento, tenía la sensación de estar perdiendo el tiempo. Y, además, empezaba a tener hambre de verdad.

Cada vez más enfadada, llamó por segunda vez y de nuevo tuvo que dejar un mensaje de voz. Esta vez hizo patente su creciente irritación. Lo justo: tampoco se puso desagradable.

Le dijo que estaba preparada desde hacía más de una hora y que se moría de hambre. Que la llamara enseguida.

Quince minutos después de la segunda llamada intentó concederle el beneficio de la duda y se preguntó si tendría el teléfono en silencio, así que volvió a enviarle un mensaje de texto. Pero no sirvió de nada. Ryan no la llamó ni le escribió; ni siquiera había leído su mensaje.

Hacia las diez, la irritación de Isabella se transformó en rabia. No era de las que solía programarse, puesto que prefería que las cosas surgieran, pero cuando lo hacía, esperaba que el plan llegara a buen puerto. Para ella, aquella situación era como una bofetada. Pero al mismo tiempo la tenía confundida, ya que no encajaba en absoluto con la generosidad mostrada por Ryan al ofrecerle su apartamento y su ordenador.

Afortunadamente tenía peras Anjou maduras y plátanos en la nevera, con las que se quitó el hambre. También tenía algunos proyectos de trabajo que revisar, y eso le calmó el ánimo. A medida que iba pasando la mañana y menguando su indignación, se convenció de que tenía que haber una explicación. Quizá hubiera habido alguna emergencia en la oficina de la Forense Jefe.

Pese a estar concentrada en el trabajo, encontró tiempo para llamar al número de Ryan dos veces más en la hora siguiente, y con cada llamada se sentía menos furiosa y más intrigada. Se preguntó incluso si podía darse el caso de que hubiera tenido que hacer una autopsia de emergencia. No conseguía imaginarse que una autopsia fuera algo urgente, dado que el paciente ya está muerto pero... ¿qué sabía ella?

Cuando llamó por quinta vez su estado emocional ya había vuelto a cambiar. Aunque había pasado de la indignación a la irritación, luego a la rabia y por último a la curiosidad, ahora estaba más bien preocupada. Y con este nuevo estado mental se planteó qué hacer. Tras el último intento de llamada, dejó el teléfono en la mesa, donde tenía varias presentaciones de anuncios, y se quedó mirando por la ventana, con la mirada perdida en los edificios de la calle Veintidós, que daban al sur y estaban bañados por el sol. Al menos el tiempo era agradable, especialmente para principios de diciembre, lo que la animó a salir a dar un paseo y quizá comprar un periódico dominical y un cruasán. Y aquella idea le hizo recordar que el apartamento de Ryan estaba a solo tres manzanas al norte.

Apartó la vista de la ventana y bajó la mirada, posándola en la llave del apartamento de Ryan. Se había quedado en el centro de la mesa del comedor, donde la había puesto al volver el jueves, después de pasarse la tarde usando su ordenador. En aquel estado de incertidumbre, la presencia de la llave la invitaba a acercarse al apartamento para asegurarse de que estuviera bien. Cuanto más pensaba en la situación, más se daba cuenta de lo raro que era todo aquello. Si al menos pudiera confirmar que no estaba allí, podría suponer que la falta de noticias se debía al trabajo, y no a una pataleta.

Animada de pronto por la posibilidad de hacer algo al respecto, agarró la llave, se calzó y se puso el abrigo. Cuando salió del edificio se dio cuenta de que podía haber cogido una chaqueta más ligera, ya que la temperatura exterior era agradable, especialmente al sol.

Dado que las calles entre ambos apartamentos trazaban una cuadrícula, tenía dos opciones para llegar. Acabó tomando el camino ligeramente más largo para no apartarse del sol.

En poco más de cinco minutos llegó a la calle de Ryan. Desde la acera de enfrente veía las ventanas de la tercera planta. Se quedó allí dos o tres minutos para ver si detectaba algún movimiento. No vio ninguno. Por un momento se preguntó si sería apropiado lo que tenía en mente hacer. ¿Y si estaba en casa pero con otra mujer? En ese caso se sentiría totalmente estúpida.

—¡Oh, venga ya! —se dijo, ahuyentando sus inseguridades. Con renovada determinación cruzó la calle, localizó el botón del interfono y le dio un buen apretón. Esperó. Nada. Volvió a intentarlo, esta vez apretando el botón por lo menos diez segundos. Ninguna respuesta. Cuando estaba a punto de intentarlo por tercera vez, alguien abrió la puerta desde dentro, pillándola por sorpresa.

—¡Oh, perdón! —dijo una chica de su edad más o menos, que salió a toda prisa prácticamente chocando con ella.

—No pasa nada —respondió Isabella, reaccionando enseguida.

La chica asintió, rodeó a Isabella y salió a la calle.

—¡Perdona! —dijo Isabella, haciéndole parar y girarse—. Espero que no te moleste que te lo pregunte: ¿eres vecina del edificio?

—Sí.

—¿Conoces por casualidad al doctor Ryan Sullivan?

—Creo que el tipo que vive en el segundo piso me dijo que se llamaba Ryan.

—Sí, vive en la segunda planta. ¿Lo has visto hoy?

—Pues no. Pero es la primera vez que salgo de casa esta mañana.

—Gracias —dijo Isabella que, girándose de nuevo hacia el edificio, sacó la llave que abriría la puerta exterior, además de la del apartamento. Una vez en el interior subió por las escaleras, dado que solo eran dos pisos y que el minúsculo ascensor era algo desagradable, si no ya inquietante.

Unos minutos más tarde estaba frente a la puerta de Ryan, donde volvió a detenerse un momento para hacer acopio de valor, por si estaba en casa y había estado ignorándola a propósito o —peor aún— estaba con otra. No lo conocía tanto como para poder adivinar qué probabilidades había de que se diera alguna de esas posibilidades, pero sí lo suficiente como para estar bastante convencida de que tenían que haberle llamado para algún tipo de emergencia en la OCME o en el hospital. Aquello podía tener cierta lógica. Había sido tan generoso ofreciéndole su ordenador y su apartamento que dudaba que pudiera mostrarse tan mezquino con ella.

Armándose de valor, Isabella llamó por fin con los nudillos. Primero lo hizo con bastante suavidad. Al ver que no había respuesta, insistió, pero esta vez usando la base del puño con suficiente energía como para que se oyera desde cualquier punto del apartamento. Esperó. Debía de haber llamado lo suficientemente fuerte, porque un tipo vestido con una camiseta asomó la cabeza por otra puerta del rellano.

—¿Todo bien? —le preguntó.

—Sí, todo bien —respondió ella—. Estoy buscando a Ryan. ¿Le ha visto hoy?

—No —dijo el hombre sin más, y cerró su puerta.

Isabella se giró de nuevo hacia la puerta de Ryan. Tras otro momento de indecisión, sacó su llave y abrió la cerradura. Empujó la puerta, pero se quedó en el rellano.

—¡Hola! —dijo—. ¿Ryan?

Al no recibir respuesta, pasó al interior, dejando la puerta abierta a sus espaldas.

El apartamento estaba tal como lo recordaba, con varios libros de patología abiertos sobre la mesita junto al sofá. El ordenador seguía sobre la mesa, donde lo había estado usando ella el jueves por la noche. Desde su posición podía ver el interior de la cocina, separada del salón por un mostrador. Estaba impecable, sin cacharros por en medio, como en su casa. En el escurridor había unos platos.

—¡Ryan! ¿Estás ahí? —dijo, lo suficientemente alto como para que pudiera oírla desde el dormitorio, al otro lado del pasillo, que también daba paso al baño, a un lado, y a un armario empotrado, al otro. Isabella se quedó inmóvil, aguantando la respiración por un momento, atenta a una eventual respuesta. Nada. Volvió a llamarle, pero se convenció de que Ryan no estaría en casa, que era lo que se esperaba. Pero solo para asegurarse recorrió el pasillo para echar un vistazo al dormitorio, sobre todo para ver si por el estado de la cama podía deducir si había dormido en casa. En cuanto entró, percibió un olor desagradable. Y cuando llegó a la altura del baño, que tenía la puerta entreabierta, el olor se volvió más intenso. Tras un momento de vacilación, extendió el brazo y empujó la puerta, abriéndola del todo.

El chillido de Isabella, procedente de lo más hondo de su pecho, sonó a cristales rotos. Lo había encontrado por fin. Estaba medio colgado de la ducha con un alargador, y tenía las rodillas dobladas. Lo peor de todo era la horrible mueca de su rostro congestionado, con la lengua fuera y los ojos desorbitados.

Con la mano en la boca para contener otro grito, se giró y volvió al salón trastabillando. Le costó sacarse el teléfono del bolsillo, pero cuando lo tuvo en la mano marcó el número de emergencias.

Mientras esperaba a que se estableciera la llamada, Isabella cayó de rodillas, como si no pudiera soportar su propio peso. Aquello era una tragedia. Apenas estaban empezando a conocerse, pero tenía la extraña sensación de que era culpa suya. Él le había sugerido quedar el viernes o el sábado por la noche. ¿Por qué se había negado? No lo sabía.

30

Domingo, 10 de diciembre, 14.45 h

Hasta el momento en que el teléfono de Laurie vibró con una llamada entrante, había sido un día casi perfecto. Jack y ella se habían levantado antes de lo que les habría gustado siendo domingo porque sus relojes internos estaban acostumbrados a madrugar de lunes a viernes. Los niños habían tardado una hora más en despertarse, pero les habían esperado para poder desayunar todos juntos, incluidas Caitlin y Dorothy. Tal como era costumbre en la casa, habían hecho las tortitas todos juntos y se las habían comido también juntos con jarabe de arce del bueno. Era el favorito de J.J.

Tras el desayuno, Jack y J.J. se habían ido al parque con sus sticks de lacrosse mientras Laurie y Dorothy tenían entretenida a Emma con el material proporcionado por su terapeuta conductual. A media mañana toda la familia, excepto Dorothy y Caitlin, se fueron al Museo de Historia Natural, que los niños adoraban. A J.J. le encantaba la Sala de Dinosaurios Saurisquios, con su imponente esqueleto de tiranosaurio, mientras que Emma mostraba un sorprendente interés en los dioramas de la Sala de Mamíferos Africanos, en particular por el del gorila de montaña. Aunque Emma no se expresaba con palabras, solía quedarse mirando la muestra mucho rato, y esa mañana no fue una excepción. Laurie habría deseado poder ver el interior de la mente de su hija para comprender qué era lo que pasaba allí dentro. Siempre se quedaba allí con ella, esperando pacientemente, mientras J.J. y Jack pasaban a las otras salas. Después de tanto tiempo dedicado a aquel lugar en sus múltiples visitas al museo, sabía que el diorama estaba ubicado en el Parque Nacional de los Volcanes de Ruanda, tal como mostraban los dos inmensos volcanes pintados en el fondo. En primer plano se veían tres enormes gorilas de montaña adultos y uno joven que parecían interactuar entre sí, como si estuvieran vivos.

Cuando el teléfono se puso a vibrar, Laurie miró a su alrededor, sintiéndose culpable: no quería alterar la concentración de Emma ni molestar a ningún otro de los visitantes al museo. Sacó el teléfono del bolsillo para ver quién llamaba. Pensaba que sería Jack para decirle que ellos se iban a alguna otra sala del museo, y en ese caso podía responder de forma rápida y discreta. Pero cuando vio que llamaban de la OCME no le hizo ninguna gracia. No solían darse muchas emergencias que no pudieran esperar hasta el lunes por la mañana, así que si era la forense de guardia, tenía que haber pasado algo grave.

Tal como se temía, era la doctora Nala Washington, que se disculpó por la llamada.

—Tranquila —respondió Laurie, en voz baja y tapándose la boca con la mano, ya que le avergonzaba hablar por teléfono en el museo—. Estoy en el Museo de Historia Natural. ¿Puedo llamarte yo en unos minutos?

—Por supuesto —dijo Nala—. Estoy en mi despacho.

Laurie se metió el teléfono en el bolsillo y buscó a Jack con la mirada. Pero con el pequeño rebaño de ocho elefantes africanos disecados en el centro de la sala y la gente que se movía alrededor no resultaba fácil. A ver que no lo encontraba, se decidió a usar el teléfono para llamarlo.

—Oh, oh —dijo Jack cuando respondió, consciente de lo poco que le gustaba a su mujer usar el teléfono—. ¿Qué pasa?

Hablando en voz baja y a toda prisa, Laurie le contó que le había llamado la doctora Washington y que tenía que devolverle la llamada.

—¿Puedes volver al diorama de los gorilas para que pueda salir al pasillo y llamarla?

—Voy —dijo Jack, y colgó.

Después de dejar a los niños con Jack, Laurie salió de la sala y encontró un rincón en lo alto de una amplia escalinata que apenas se usaba. Viendo que había otras personas hablando por teléfono en las inmediaciones, se sintió cómoda haciendo su llamada. Un momento más tarde volvía a tener a la forense de guardia al otro lado de la línea.

—Espero que estés sentada, Laurie —dijo Nala, sin más preámbulos. Laurie sintió que se le aceleraba el pulso.

—¿Qué pasa? —preguntó, algo inquieta. En algunos aspectos, le costaba aceptar la familiaridad con que le hablaban las generaciones más jóvenes. Veinte años atrás, cuando entró a trabajar en la OCME, no se le habría ocurrido nunca hablar con aquella familiaridad al jefe de entonces, el doctor Bingham.

—Hace una hora he recibido una llamada de Cheryl Myers, una investigadora médico-legal que había ido a ver el escenario de un suicidio. Acababa de confirmar la identidad del fallecido y se había quedado de piedra. Me ha llamado a casa, y yo también me he quedado de piedra, así que he venido inmediatamente para asegurarme de que la identificación es correcta, aunque Cheryl Myers es una de nuestras IML más experimentadas.

—¿De quién se trata? —preguntó Laurie, cada vez más preocupada.

—Es uno de los residentes de patología de la Universidad de Nueva York que tenemos de rotación en el centro —dijo Nala—. Se llama Ryan Sullivan.

Laurie se apoyó en la pared para no perder el equilibrio. Estaba atónita. «¡No puede ser, de ningún modo! —le decía su mente a voz en grito—. ¡Otra vez no! Es imposible».

Se aclaró la garganta, intentando guardarse sus pensamientos y sus emociones para ella.

—¿Así que no hay duda sobre la identificación? —preguntó

Laurie, con la vana esperanza de que hubieran podido cometer un terrible error.

—Ninguna duda —dijo Nala—. Yo he pensado lo mismo. Pero es cierto. El viernes hablé con Ryan. Me preguntó por uno de mis casos de suicidio, el de Norman Colbert. Estaba haciendo un estudio sobre una serie de suicidios en los que se había planteado alguna duda sobre la forma de la muerte.

—Lo sé —dijo Laurie—. Fui yo quien le animó a hacer el estudio. Todo partió de la autopsia de un suicidio que hice con él el jueves.

—¿Qué quieres que haga? —le preguntó Nala—. Cheryl aún no ha completado su informe, pero me ha prometido que lo tendrá listo hoy mismo. El cuerpo ya lo tenemos aquí. Está abajo, en la cámara.

Laurie tenía la mente disparada, pasando a toda velocidad de la tragedia inmediata que suponía la pérdida de una vida prometedora a preguntarse por todas las repercusiones que podía tener aquello.

—¿Se ha efectuado una identificación formal? —preguntó Laurie, más que nada para darse tiempo para pensar. Aquello era un desastre monumental. Era la segunda muerte de un residente de patología de la Universidad de Nueva York en su rotación en la OCME bajo su supervisión, y eso eran dos muertes más de las esperables. Por otra parte, ¿cómo iba a afrontarlo personalmente? En cierto modo le había obligado a hacer una autopsia de un caso de suicidio que le había provocado que se identificara con el cadáver, y que evidentemente no quería hacer. Por si eso fuera poco, le había animado a que investigara otros casos de suicidio similares, sumergiéndolo en un mundo de suicidios a tiempo completo. Se estremeció al pensar en lo insensible que había sido. Tenía que haber descartado la idea al darse cuenta de lo difícil que resultaba para él todo lo relacionado con el suicidio.

—Sí, el proceso de identificación se ha completado —respondió Nala.

—¿Quién lo ha hecho? —preguntó Laurie. Tras la reunión que había tenido en el Departamento de Patología de la Universidad de Nueva York sabía que Ryan no tenía familia cercana, salvo su padre adoptivo, Robert Matson, de la conocida familia Matson. Y no tenía ni idea de si Matson mantenía un estrecho vínculo con él.

—Su novia —dijo Nala—. Fue ella quien descubrió el cuerpo. Por lo que yo sé, aún sigue allí, hablando con el personal de Identificaciones.

—¿Sabes si se ha informado de su muerte a un tal Robert Matson? —preguntó Laurie. Como hijo adoptivo de un rico magnate con propiedades, no sabía las consecuencias políticas que podría tener el suicidio de Ryan.

—No tengo ni idea —dijo Nala—. ¿Ese quién es?

—Si no lo sabes, sería demasiado largo de explicar.

—¿Qué quieres que haga, doctora Montgomery? —repitió Nala—. Normalmente, la autopsia de una muerte como esta, en fin de semana, debería programarse para mañana.

—No hagas nada —dijo Laurie—. Ahora mismo estoy en la calle con mis hijos. Los llevaré a casa y luego voy para allá.

—Pues para mí será un alivio —confesó Nala—. ¿Qué hago si se presenta la prensa? Cuando llegue la noticia a los periódicos sensacionalistas, se nos van a echar encima.

—No les hagas ni caso —dijo Laurie—. O diles que voy de camino a mi despacho, que ya hablarán conmigo.

—De acuerdo. ¿Quieres que te espere aquí?

—No hace falta.

Después de colgar, Laurie miró alrededor, pero sin ver nada en realidad. En silencio, pero profundamente angustiada, se repetía a sí misma que eso no podía estar ocurriendo. ¡Otra vez no!

Un momento más tarde, sintiéndose que despertaba de una pesadilla, Laurie se metió el teléfono en el bolsillo y volvió rápidamente a la sala donde seguía su familia. Una cosa estaba clara: tenía que ir cuanto antes a la OCME.

31

Domingo, 10 de diciembre, 15.05 h

De vuelta a la Sala de Mamíferos Africanos, Laurie encontró a su familia entre un grupo de personas que observaban el diorama de los leones, otro de los favoritos del público. La escena mostraba a una manada de leones descansando sobre la hierba de una gran llanura africana.

—Bueno, pandilla —dijo Laurie, intentando poner un tono de voz normal, pero sin conseguirlo demasiado—. Me temo que tenemos que irnos. Desgraciadamente mamá tiene que ir a trabajar.

—Oooh —protestó J.J.—. Aún no hemos visto los dinosaurios.

—Sé que es un chasco —dijo ella, mientras cogía a Emma de la mano—, pero ya volveremos el fin de semana que viene.

—¿Qué pasa en la oficina? —preguntó Jack—. Quizá podría quedarme aquí con los chicos mientras tú haces lo que sea que tengas que hacer.

—Voy a necesitar que vengas conmigo —dijo Laurie, encaminándose a la salida. No le contó más, pero no hizo falta. Estaba claro que había pasado algo fuera de lo normal, porque la veía más tensa de lo habitual.

Hasta que no estuvieron en un Uber, dirigiéndose al norte por Central Park West, Jack no volvió a preguntar qué era lo que pasaba. Estaba en el asiento delantero, y Laurie detrás, con los dos niños.

—Preferiría contártelo cuando estemos solos —respondió. Estaba muy ocupada intentando consolar a Emma, que no llevaba bien los cambios bruscos en el programa. Tampoco J.J. estaba contento: no dejaba de quejarse de que no habían ido a ver a los dinosaurios, y exigía que la próxima vez que fueran a visitar el Museo de Historia Natural fueran a ver los dinosaurios antes que nada. Para apaciguarlo, Laurie accedió.

Tanto Dorothy como Caitlin se sorprendieron al verlos volver tan pronto, y enseguida se encargaron de los niños en cuanto oyeron que Laurie tenía una emergencia en el trabajo y que Jack iba a acompañarla. Caitlin se ocupó de Emma mientras Dorothy acompañaba a J.J., que se puso a jugar al ordenador, algo que no solían permitirle hacer los fines de semana por la tarde, a menos que hiciera mal tiempo y tuviera todos los deberes hechos.

Cuando Jack y Laurie se quedaron solos, mientras se ponían ropa más adecuada para el trabajo, él volvió a preguntar qué sucedía. Laurie dejó lo que estaba haciendo y vaciló antes de responder:

—Perdona tanto hermetismo, pero es que aún no he asimilado lo que me han dicho. Sé que es pedirte mucho, pero ¿podemos esperar y te lo cuento cuando hayamos salido de casa?

—Por supuesto —dijo Jack. Estaba enormemente intrigado, pero no quería incidir en el malestar de Laurie. Se preocupó por ella. Intentó adivinar qué podía ser lo que la tenía tan afectada, pero no tenía ni idea.

Un cuarto de hora más tarde estaban de nuevo en un coche, recorriendo Central Park West hacia el sur. A pesar de la tensión que se respiraba en el coche, a causa del evidente malestar de Laurie, en el exterior la imagen era de serenidad, con los bosques de Central Park, desnudos de hojas, iluminados por la suave luz del sol invernal.

—Veo que estás nerviosa —dijo Jack por fin, rompiendo el silencio—. He intentado ser paciente y darte apoyo, pero me resulta difícil si no sé qué está sucediendo y qué es lo que te ha afectado tanto. ¿Ahora me lo puedes contar?

—Sí, por supuesto —respondió ella—. Lo siento, aún estoy intentando procesarlo. Me ha llamado Nala Washington, que está de guardia este fin de semana, para decirme que el doctor Sullivan se suicidó anoche, y que el cadáver ya ha llegado a la OCME.
—¡Dios Santo! —murmuró él—. Es increíble.
—¡Dímelo a mí! —exclamó Laurie, meneando la cabeza. Jack volvió a mirar al exterior por la ventanilla, contemplando la tranquilidad del parque, que contrastaba dramáticamente con la triste noticia que acababa de oír. Se giró hacia Laurie, que lo miraba con gesto suplicante.
—Eso es trágico, y a diferentes niveles —señaló Jack—. Casi no sé ni qué decir. ¿Tú cómo te sientes?
—Horrible —dijo ella—. Y responsable.
—Entiendo lo de horrible. Yo también me siento horrible. El mismo viernes por la tarde hablé con él, para decirle que no hiciera ninguna investigación externa para su estudio. Le dije que podía ser peligroso, especialmente si resultaba que alguno de los casos que estaba investigado eran en realidad homicidios. Estaba intentando advertirle, tal y como Lou intentó advertirme a mí en el pasado, y tú también, por cierto. Nunca se me ocurrió que el problema se estuviera gestando en su interior. Pero no entiendo por qué te sientes culpable. Si se quitó la vida, es responsabilidad suya, y tú me has contado que había un historial de suicidios en su familia, y que él mismo lo había intentado anteriormente, lo cual lo convertía en un sujeto de alto riesgo.
—Sí, se quitó la vida, pero el hecho es que yo contribuí a potenciar ese riesgo.
—¿En qué sentido?
—Se puede decir que le obligué a hacer una autopsia a una víctima de suicidio. En ese momento no era consciente del papel que ocupaba el suicidio en su vida, pero sus reparos eran evidentes, y con motivo. Tendría que haberle dispensado de hacerla al ver que se identificaba con el paciente. El problema era que tenía

tantas ganas de hacer una autopsia con él para intentar despertar su interés por la medicina forense que no fui todo lo sensible que tenía que haber sido.

—Siento que te sientas responsable, pero te aseguro que, visto desde fuera, resulta evidente que no estás siendo justa contigo misma.

—Posiblemente, pero hay más. También le animé a llevar a cabo el estudio que estaba realizando, lo que hizo que tuviera en mente los suicidios constantemente. Y, por si fuera poco, me pidió que le eximiera de hacer autopsias para poder centrarse en el estudio. En retrospectiva, esa concesión fue probablemente lo peor que podía haber hecho, porque a partir de ese momento no pensaba más que en casos de suicidio.

Laurie levantó las manos al cielo, enfadada consigo misma.

—Entiendo todo lo que dices, pero la intuición me dice que tiene que haber pasado algo más en la vida de Ryan Sullivan que haya desencadenado ese acto horrible, quizá algo de su vida privada. Me gustaría que dejaras de machacarte hasta que sepamos algo más. ¿Quién es el IML del caso? ¿Te lo ha dicho la doctora Washington?

—Sí. Es Cheryl Myers, y aún no ha terminado su informe.

—Eso es bueno —dijo Jack—. Cheryl tiene tanta experiencia como Janice, y quizá sea tan buena como ella. Si hay detalles importantes que puedan arrojar algo de luz sobre las motivaciones del doctor Sullivan, es probable que ella los encuentre. ¿Quién descubrió el cuerpo?

—La novia —dijo Laurie.

—¿La novia? —preguntó Jack—. Hummm. Eso podría ser significativo. Me pregunto si iría todo bien entre el doctor Sullivan y su novia o si se habrían encontrado algún bache en el camino.

—Puede ser —dijo ella, pero por el sonido de su voz quedaba claro que aquello no la ayudaba a combatir su sensación de culpabilidad.

32

Domingo, 10 de diciembre, 16.02 h

Por indicación de Laurie, el conductor cruzó la Primera Avenida por la calle Treinta en lugar de girar a la izquierda como le marcaba su GPS. Laurie quería entrar en la OCME por la puerta trasera, por donde entraban y salían los cadáveres, no por la entrada principal de la Primera Avenida. Así podría ver el cuerpo de Ryan Sullivan en la cámara junto a la sala de autopsias antes que nada. Aunque el cadáver ya había sido identificado, quería estar segura de que era él.

Jack y Laurie subieron por las escaleras hasta el muelle de carga, pasaron junto al puesto de seguridad y siguieron por el pasillo donde Jack solía dejar su bici.

Jack se adelantó, abrió la puerta de la cámara y se la sostuvo para que entrara ella. En el interior había numerosos cuerpos en camillas, todos cubiertos con sábanas. Suponiendo que el de Ryan Sullivan sería uno de los últimos en llegar, Laurie se puso a levantar con delicadeza las sábanas que cubrían el rostro de los más próximos a la puerta. El tercero que encontró fue el de Ryan Sullivan.

A pesar de estar acostumbrada a aquel tipo de imágenes tras los muchos años que llevaba de forense, Laurie se quedó sin respiración al ver aquel rostro conocido. Aún llevaba el alargador atado en torno al cuello. Tenía los ojos inyectados en sangre, bien abiertos, con pequeñas petequias, y la lengua le asomaba ligeramente fuera de la boca. También se le veía cierta congestión en el rostro, algo cianótico.

Laurie seguía mirándolo, con la sábana levantada, como hipnotizada, y Jack fue a su lado. Alargó la mano y levantó el lateral de la sábana, dejando a la vista el brazo y la mano derechos de la víctima. Levantó la mano y la giró hacia el exterior para exponer el interior de la muñeca.

—Tenías razón con lo de que se había cortado las venas cuando era adolescente. ¡Mira estas cicatrices!

Laurie echó un vistazo a la muñeca de Ryan y asintió.

—Ojalá hubiera visto eso el jueves por la mañana, antes de la autopsia —dijo, rompiendo por fin su silencio. Jack volvió a extender la sábana, cubriendo el brazo de la víctima, y ella hizo lo mismo con el rostro.

—¿De verdad habrías hecho algo diferente de haber visto las cicatrices? —preguntó Jack.

—Es difícil de decir. No estoy segura.

—Bueno, ¿qué quieres hacer ahora que estamos aquí?

—Primero salgamos de esta nevera.

—Me parece estupendo.

Ya en el pasillo, se quedaron mirándose el uno al otro.

—Podríamos irnos a casa y afrontar esto mañana —dijo Jack, tras un momento de silencio. Laurie parecía algo agobiada por las circunstancias y por las posibles consecuencias de todo aquello.

—No, tenemos que afrontar esto hoy. De hecho, creo que lo mejor sería que hiciéramos la autopsia inmediatamente, para que dispongamos de toda la información posible por si surgen sorpresas. No me imagino qué puede pasar mañana, especialmente si los periódicos sensacionalistas se enteran de este desastre, que probablemente lo harán. Lo que está claro es que tendré noticias del Departamento de Patología de la Universidad de Nueva York, del Comité Rector de la universidad y quizá hasta del alcalde. Esto podría incluso afectar a nuestra lucha por las instalaciones para el centro y a nuestro presupuesto.

—¡Joder, desde luego estás dejando volar la imaginación! Puede que tú te sientas responsable por este suicidio, pero dudo mucho de que nadie más te haga responsable. ¿Debo recordarte que, desgraciadamente, Ryan se ha quitado la vida él solo?

—Ojalá pudiera compartir tu confianza con respecto al reparto de culpas, pero si hay una cosa que he aprendido del puesto de forense jefe es que el cargo es en un noventa y nueve por ciento político, y lo cierto es que esta es la segunda muerte de un residente de patología que tenemos en un par de años, lo cual es políticamente intolerable. Yo creo que lo único que podemos hacer para intentar controlar el desastre es conseguir la máxima información posible, tan pronto como podamos. Me pregunto si Cheryl Myers ya habrá acabado su informe.

—Puedo preguntar —sugirió Jack.

—Estupendo. Y luego concentra tus energías en hacer la autopsia lo antes posible. Podemos hacerla juntos.

—Oh, vaya, ¡qué divertido! —exclamó Jack, sarcástico—. Yo ya tuve que hacer la autopsia de Aria Nichols justo después de trabajar con ella. No me ilusiona especialmente repetir la experiencia. ¿Por qué no dejamos que sea la doctora Washington la que tenga el placer?

—No, no voy a someterla a esa responsabilidad. Es su primer año aquí, y este caso va a tener connotaciones políticas. Lo haremos nosotros, juntos. Pero primero ve a ver si Cheryl ha acabado con su informe. No veo la hora de hacer la autopsia, pero no quiero empezar la casa por el tejado, así que necesitamos ese informe. Me gusta contar con toda la información posible antes de la autopsia.

—Sí, ya lo sé —dijo Jack—. Vale, hablaré con Cheryl y veré cómo tiene el informe. También veré si puedo convencer a Vinnie para que venga en su día de fiesta, porque no sé qué técnicos de la morgue están de guardia este fin de semana. ¿Tú qué vas a hacer?

—Nala me ha dicho que la novia de Ryan, la que descubrió el cadáver, seguía aquí, en Identificación. Si es así, me gustaría hablar con ella, a ver si me cuenta algo de su vida privada. Con un poco de suerte quizá encuentre algo que me haga sentir menos responsable por esta tragedia.

Con esos planes en mente, usaron el ascensor de atrás, y Laurie se quedó en la planta baja, mientras que Jack siguió subiendo hasta la segunda. Laurie aceleró el paso, pasó frente a la Oficina de Muertes Súbitas Infantiles y entró directamente en la zona de Identificación. El proceso de identificación era esencial en la OCME, ya que suponía el primer paso en la investigación de cualquier muerte. Normalmente no era problemático, pero podía serlo en ocasiones, sobre todo en una ciudad del tamaño de Nueva York. En la cámara frigorífica siempre había una serie de cuerpos pendientes de identificación. Al final, los que no conseguían ser identificados, eran enterrados en la fosa común de Hart Island, en el Long Island Sound.

Dado que en Nueva York no paraba de morir gente, el personal de identificación trabajaba veinticuatro horas al día, siete días a la semana. Laurie asomó la cabeza por la puerta del primer despacho que encontró, interrumpiendo a una de las empleadas que estaba interrogando a una familia. Sorprendida al ver a la jefa, y en domingo nada menos, la empleada se disculpó ante la familia y salió de su despacho.

—Siento interrumpirte —dijo Laurie—. Necesito saber a quién le han asignado el caso de Ryan Sullivan.

—A Marjorie Cantor —dijo la empleada, señalando al otro lado del pasillo—. Está ahí mismo.

—Vale, muy bien —respondió Laurie—. Gracias.

Y atravesó la sala, dejando a la sorprendida empleada atrás. Al llegar ante la puerta entreabierta del despacho de Marjorie, Laurie llamó con los nudillos para anunciar su presencia y entró. Marjorie Cantor, que estaba sola en ese momento, era una mujer madura encantadora con el aspecto de la abuelita perfecta.

Laurie la conocía razonablemente, ya que era una de las más veteranas del equipo de identificación y solía colaborar en la selección de personal. Al ver entrar a Laurie se puso en pie.

—Supongo que viene por el doctor Sullivan —dijo Marjorie—. Qué desgracia.

—Me cuesta pensar en algo peor —respondió Laurie—. ¿La mujer que encontró el cuerpo y lo identificó sigue aquí?

—Sí. La pobre chica está consternada, por decirlo así. Ha oído que estábamos intentando ponernos en contacto con el padre adoptivo del doctor Sullivan y ha querido quedarse para conocerle y darle el pésame. La he dejado esperando en el vestíbulo.

—¿Cómo se llama?

—Isabella Lopez.

—¿Y Robert Matson va a venir?

—Sí —dijo Marjorie—. Le he dicho que no hacía falta porque ya hemos podido identificar el cadáver, pero ha insistido en venir igualmente.

—Espero que no quiera ver el cadáver —comentó Laurie. La imagen de Ryan Sullivan con el nudo en torno al cuello sería demasiado dura para cualquier familiar, pero por protocolo no podían quitárselo hasta que empezara la autopsia.

—No tengo ni idea de qué intención tiene —confesó Marjorie.

—Bueno, estaré por aquí, por si quiere verme —dijo Laurie, aunque esperaba entrar en la sala de autopsias lo antes posible. Le daba la impresión de que lo adecuado sería recibirle personalmente, ya que la familia Matson tenía contactos en la política.

Salió del Departamento de Identificación y se dirigió al vestíbulo principal. Al llegar al umbral vaciló un momento, repasando con la vista a los individuos y familias que esperaban identificar a algún fallecido. Los sábados por la noche siempre se cobraban muchas víctimas, así que los domingos solía haber mucha gente. Al igual que el resto del edificio, el vestíbulo también había vivido años mejores. Estaba amueblado con sofás y sillones desparejados, y solía ser escenario de momentos de dolor y emociones descarnadas. Laurie recorrió la estancia con la vista hasta dar con una figura solitaria, la de una joven morena vestida con ropa a la moda, que imaginó que sería la novia de Ryan.

—¿Señorita Lopez? —preguntó Laurie, mientras se acercaba. Al principio la joven no se movió, ni pestañeó siquiera. Cuando reaccionó, apenas levantó la cabeza para mirar a Laurie—. Siento molestar. ¿Es usted Isabella Lopez?

Isabella asintió y habló por fin:

—Sí, soy yo —se limitó a decir.

—Soy la doctora Montgomery, la forense jefe. Me han dicho que nos ha ayudado con la identificación del doctor Sullivan proporcionándonos información útil. Quería darle las gracias y mis condolencias. También es un duro golpe para nosotros, ya que el doctor Sullivan formaba parte de nuestro equipo, aunque fuera de forma temporal.

—Me alegro de haber podido ayudar —dijo Isabella, casi sin fuerzas, como si estuviera agotada.

—Creo que está esperando para hablar con el padre adoptivo del doctor Sullivan —añadió Laurie—, pero me preguntaba si podría hablar también conmigo un momento.

—Supongo.

—Gracias. Si me quiere seguir, mi despacho está aquí cerca, y allí estaremos más tranquilas.

—Sí, por supuesto.

Laurie se puso en marcha y se la llevó al extremo norte de la sala, donde una puerta cerrada daba paso al interior de la OCME. Un robusto guardia de seguridad reconoció a Laurie y abrió la cerradura. Laurie asintió en agradecimiento y pasó dentro, seguida de Isabella.

Una vez en la zona de administración, rodearon el escritorio de la señora Stanford y Laurie abrió la puerta de su oficina. Nada más entrar encendió las luces del techo, que iluminaron el despacho. La luz del sol se colaba por los grandes ventanales de la pared norte, pero con las obras del vecino rascacielos del hospital era en realidad poca.

—Por favor —dijo Laurie, señalando el sofá, de vivos colores. Isabella se sentó en un extremo y Laurie en el otro—. Toda esta experiencia tiene que haber sido muy dura para usted... para ti —señaló Laurie, corrigiéndose al darse cuenta de lo joven que era.

—Ha sido lo peor.

—Sé que has hablado recientemente con nuestra investigadora médico-legal, Cheryl Myers, pero aún no he podido leer su informe, así que te pido disculpas si hago preguntas similares a las de ella.

—No pasa nada —dijo Isabella.

—¿Hacía mucho que conocías al doctor Sullivan?

—No, solo unos meses. La verdad es que estábamos empezando a conocernos.

—Vuelvo a pedirte disculpas si repito las mismas preguntas, pero... ¿has tenido la sensación de que el doctor Sullivan estuviera deprimido, sobre todo últimamente?

—No. Estaba abatido, pero yo no diría que estaba deprimido —dijo Isabella, recordando que el propio Ryan había hecho esa distinción el jueves por la noche, en la primera llamada que había hecho sobre uno de los sujetos de su estudio.

—¿Habéis pasado tiempo juntos últimamente?

—Sí. El jueves por la noche estuve con él en su apartamento. Yo soy diseñadora gráfica, y trabajo para una casa de publicidad, y me dejó usar su ordenador, que es mejor que el mío para el tipo de trabajo que hago yo. Estuve allí trabajando con él casi hasta las once, cuando dijo que tenía que volver aquí para entrevistar a alguno de los investigadores del turno de noche.

—¿Y él qué hacía mientras tú trabajabas con su ordenador?

—Hacía llamadas, para su proyecto de investigación.

—¿Y esas llamadas le pusieron de mal humor?

—No, al contrario. Estaba animado con lo que iba descubriendo; lo veía cada vez más motivado. Tuve la impresión de que las llamadas fueron muy productivas para él.

—Pero hace un momento me has dicho que estaba abatido. ¿Puedes explicarme cómo podía estar abatido y motivado a la vez?

—Si estaba abatido era por tener que venir aquí. Imagino que usted no querrá oír esto, pero lo cierto es que odiaba este lugar y hacer autopsias, algo que desde luego entiendo. Pero estaba muy motivado con su investigación, porque decía que le evitaba hacer autopsias, y además estaba haciendo grandes progresos. Incluso me enseñó una tabla que estaba haciendo sobre un papel cuadriculado y un diario que llevaba con notas sobre los suicidios que estaba investigando. Estaba orgulloso de lo que estaba logrando al encontrar puntos en común entre los diferentes sujetos.

—¿Y esa tabla y ese diario los tenía en su apartamento?

—Sí.

Laurie vaciló un momento, y tomó nota mentalmente para preguntarle a Cheryl Myers sobre una tabla y un diario, por si los había encontrado en el apartamento de Ryan. Querría echarles un vistazo para ver cuáles eran exactamente esos progresos, aunque dudaba de que eso le ayudara a combatir el pesado lastre de la sensación de responsabilidad que tenía. De pronto Isabella le sorprendió con una confesión que era reflejo de lo que sentía ella:

—Me siento fatal por lo ocurrido. Quizá haya contribuido de algún modo al suicidio de Ryan. —Y con la sorprendente revelación llegaron unas cuantas lágrimas, que la joven se limpió con un dedo.

—Lamento oír eso —dijo Laurie, que entendía perfectamente lo que era—. ¿Por qué lo dices?

—Me había contado que su padre se había suicidado —dijo Isabella—. Y he leído que la gente que ha tenido que enfrentarse a suicidios corren un riesgo mayor de tener tendencias suicidas.

—Eso es cierto, pero ¿qué tiene que ver contigo?

—Tal como le he dicho no hace mucho que conozco a Ryan, solo unos meses, y hasta hace poco no hemos empezado a sincerarnos y a tener una relación más íntima. Pero en este breve tiempo me he dado cuenta de que era una persona solitaria y que quizá iba un poco más rápido que yo en lo relativo a nuestra relación. Este fin de semana quería que quedáramos el viernes o el sábado por la noche, o ambos, pero yo quería ir más despacio y solo accedí a quedar hoy para desayunar. Se quedó algo decepcionado.

—¿Lo suficientemente decepcionado como para deprimirse? —preguntó Laurie.

—No lo sé. ¿Eso cómo se puede determinar? Simplemente tengo la sensación de que, si hubiera accedido a verle una de esas noches, ahora estaría vivo.

Laurie sintió una necesidad casi irresistible de darle un abrazo a aquella pobre chica para tranquilizarla y convencerla de que no tenía la culpa de la muerte de Ryan Sullivan. Pero se contuvo, dándose cuenta de que esa sensación de culpa no podía aliviarse con simples palabras, tal como había intentado hacer Jack con ella.

—Lo hacemos lo mejor que sabemos —dijo Laurie—. La vida puede ser cruel.

—¡Doctora Montgomery! —dijo una voz junto a la puerta abierta, al tiempo que llamaban con los nudillos.

Laurie levantó la vista y se encontró con Marjorie Cantor, acompañada por un hombre alto y bronceado, trajeado y con el cabello blanco que tenía un inconfundible aspecto aristocrático.

—Enseguida voy —respondió Laurie, poniéndose en pie. Isabella también se levantó.

Laurie superó sus prejuicios y le dio un abrazo a Isabella, susurrándole al oído que estaba absolutamente segura de que no tenía ninguna responsabilidad en la muerte de Ryan.

—¡Adelante! —le dijo entonces a Marjorie.

En cuanto Marjorie les presentó al doctor Robert Matson, Isabella se dirigió a él:

—Doctor Matson, solo he conocido a su hijo durante un breve período de tiempo, pero lo echaré de menos. Era una persona muy generosa. Le acompaño en el sentimiento. Solo quería decirle esto.

—Gracias —dijo Robert, algo descolocado y sorprendido. Pero recobró la compostura, miró a Laurie y le dijo que querría hablar con ella en privado.

Laurie accedió y le pidió a Marjorie que acompañara a Isabella a la salida y le diera su número personal de contacto. Luego abrazó de nuevo a la chica y la animó a que la llamara si tenía cualquier pregunta. Las dos mujeres se fueron, y Marjorie cerró la puerta del despacho al salir.

—¿Quiere sentarse? —le dijo Laurie a Robert, señalando el sofá.

—Prefiero estar de pie, gracias —dijo Robert, con un tono de voz algo airado.

—¿Qué puedo hacer por usted? —preguntó Laurie, que ya tenía la sensación de que la conversación no iba a ir muy bien.

—Viniendo hacia aquí me he enterado de algo sorprendente —dijo Robert—. Me he enterado de que la muerte de mi hijo, que trabajaba aquí bajo su supervisión, no ha sido la primera de este tipo, sino la segunda. Como médico, debo decir que es algo intolerable, y hace que a mi dolor se sume la rabia.

—Lamento muchísimo su pérdida —dijo Laurie—. Puedo asegurarle que para nosotros también ha sido algo terrible.

—Eso espero. Y he pensado que era conveniente advertirle que voy a encargarme de que este asunto, con su historial previo, sea sometido a la supervisión de las más altas esferas. Esto es una burla intolerable.

—Estaremos aquí para colaborar en todo lo necesario —dijo Laurie, con la máxima diplomacia posible.

Sin decir nada más, Robert dio media vuelta y salió del despacho. Por un momento Laurie se quedó mirando el umbral. Lo único que podía hacer para prepararse para lo que fuera que Robert pretendiera hacer era intentar hablar con la doctora Camille Duchamp para darle la noticia del suicidio del doctor Sullivan antes de que se enterara por otras fuentes. Al menos ella estaba al corriente de cómo había reaccionado el doctor Sullivan a la autopsia que había hecho con Laurie, y de su historial en relación con el suicidio. Pero en realidad la jerarquía de mando de su departamento era algo curiosa. Aunque la doctora Duchamp era la jefa del Departamento de Patología de la Universidad de Nueva York, en el que quedaba encuadrado el Departamento de Medicina Forense, la jefa del departamento era Laurie, no la doctora Duchamp. Oficialmente, Laurie era la responsable elegida por el alcalde, y la que tenía que responder ante él directamente.

Rodeó el escritorio y se sentó. Cogió el teléfono y llamó a la sala de autopsias para ver cómo iban los preparativos. Le sorprendió que respondieran al primer tono y que fuera Jack quien lo hiciera.

—¿Cómo va la cosa? —preguntó.

—Vamos progresando —dijo Jack—. Tras unas cuantas protestas y unos improperios que no voy a reproducir, Vinnie ya está de camino, así que no tendremos que trabajar con un técnico de la morgue sin experiencia. Estará a punto de llegar. Le he pedido un Uber, para que tú y yo podamos acabar con esto y volver a casa.

—Espero que ninguno de los técnicos de guardia se sienta ofendido porque le hayamos llamado a él.

Jack se rio.

—Eso lo dudo mucho. Hay mucho trabajo por aquí.

—¿Qué hay del informe de la IML? ¿Ya está listo?

—Oh, sí. Está todo listo para cuando llegue Vinnie.

—Excelente —dijo Laurie—. ¿Lo has repasado?

—Lo estaba hojeando cuando has llamado.

—¿Alguna sorpresa?

—Ninguna. Parece un suicidio sin más, según Cheryl.

—¿Dice algo el informe de que hayan encontrado en el apartamento algún documento sobre el grupo de suicidios que estaba investigando el doctor Sullivan?

—No que yo recuerde, pero ese no es el tipo de detalles en los que suelo fijarme, así que no puedo estar seguro al cien por cien.

—He hablado con la novia; fue ella la que descubrió el cuerpo —dijo Laurie—. Pasó la noche del jueves con él. Cuando le he preguntado si le parecía que estuviera deprimido, me ha dicho que estaba muy motivado con su proyecto de investigación. Mencionó una tabla y un diario de estudio que le había enseñado, y que lo tenía muy ilusionado.

—Bueno, por experiencia personal te puedo decir que la depresión puede venírsete encima y arrollarte como un camión.

—Es cierto —respondió Laurie, pero no estaba convencida. Dadas las circunstancias, no le parecía que Ryan pudiera estar motivado y deprimido a la vez—. Veré si puedo hablar con Cheryl. Me gustaría ver el material del estudio si es posible. En cuanto cuelgue, bajo. Con un poco de suerte Vinnie ya estará ahí y podemos empezar.

—De acuerdo —dijo Jack—. Cuanto antes empecemos, antes acabaremos y podremos volver a casa.

En cuanto acabó de hablar con Jack, llamó a la operadora y pidió que le pusiera con Cheryl Myers. Mientras esperaba, la vista se le fue a la agenda del lunes, que su secretaria solía dejarle sobre la mesa los viernes por la noche. ¡La primera reunión que tenía, a las ocho, era con el doctor Ryan Sullivan! Y había una nota diciendo que el doctor Sullivan se había pasado por ahí el viernes a última hora y había insistido mucho en que quería verla.

Laurie levantó la vista y se quedó mirando fijamente la pared que tenía delante. Daba la impresión de que el destino estaba conspirando para magnificar cualquier sensación de culpa o responsabilidad que pudiera tener por esa tragedia. Si el viernes no se hubiera ido pronto para asistir a la infructuosa reunión con la decana del Hunter College, Ryan la habría encontrado y quizá hubiera podido evitar el desastre. Sin apartar la vista de la pared intentó pensar en qué podría ser lo que le angustiara, pero acabó sacudiendo la cabeza y aceptando que probablemente nunca hallaría la respuesta a esa pregunta.

De pronto recibió una llamada, y el sonido del teléfono la devolvió a la realidad. Tal como esperaba era Cheryl Myers. Laurie fue al grano:

—El doctor Stapleton y yo vamos a hacer la autopsia de Ryan Sullivan ahora mismo. Deja que te diga que aún no he podido leer tu informe, pero el doctor Stapleton sí. Le he preguntado si mencionaba el material del trabajo que estaba haciendo la víctima sobre esa lista de suicidios con señales de alarma que tu colega IML nos había pasado. ¿Sabes de qué lista te hablo?

—Sí, claro.

—El doctor Sullivan estaba investigando esos casos —dijo Laurie—. Y según su novia había creado una tabla escrita a mano y llevaba un diario.

—No he encontrado nada de eso —dijo Cheryl—. Ni había documentos recientes de Word en su ordenador, al que he podido acceder porque la contraseña estaba en una nota adhesiva sobre la mesa.

—Eso probablemente se deba a que su novia lo había estado usando últimamente.

—Me lo mencionó.

—¿Te fue de ayuda, en general?

—Mucho. Creo que se sentía responsable y algo culpable.

—Yo he tenido la misma impresión —dijo Laurie, resistiéndose a la tentación de admitir que ella compartía esa misma sensación—. Tal como te decía, aún no he leído tu informe, pero ya que te tengo ahí... ¿ha habido algo que te llamara la atención?

—Qué curioso que me lo preguntes, porque sí, había algo.

Sabiendo que iba a ser un caso muy importante, por motivos obvios, he querido ser exhaustiva. He comprobado el escenario a fondo. He mirado en la nevera por si había algo fuera de lo normal, para hacerme una idea del estado mental de Ryan, y el botiquín por si había medicamentos inesperados. Incluso he revisado la basura.

»Tal como sabes, si fuera un suicidio sospechoso, o quizá un asesinato disfrazado, habría señales de enfrentamiento o resistencia, o pruebas de una limpieza posterior. Bueno, pues no había nada. De hecho, y esto te va a sonar raro, era exactamente lo contrario, hasta el punto de que me llamó la atención. El doctor Sullivan era meticuloso. Salvo por un par de libros de patología abiertos en la mesita del sofá, todo estaba en su sitio. Su ropa estaba plegada y guardada, la ropa sucia en un cesto en el baño e incluso el estante de las especias estaba perfectamente ordenado, con todas las etiquetas mirando hacia el exterior.

—¿Qué es lo que me quieres decir?

—No sé qué es lo que quiero decir —reconoció Cheryl—. Por eso no he incluido nada de todo esto en mi informe. Supongo que lo que digo es que el apartamento estaba inmaculado, como si fuera el de una persona con un trastorno obsesivo-compulsivo. Y además había una cantidad significativa de comida fresca en la nevera. Se había hecho la cena y había fregado los platos después. Eso es mucha actividad...

—Déjame adivinar lo que estás sugiriendo —le interrumpió Laurie—. Te llamó la atención que no hubiera ningún indicio de depresión, algo prácticamente impensable en un caso de suicidio.

—Supongo que sí —reconoció Cheryl—. Pero no me pareció que fuera suficientemente decisivo como para ponerlo en el informe, ni para descartar el suicidio.

—Te agradezco todo esto —dijo Laurie—. Me alegro de que me lo hayas contado, y se lo mencionaré al doctor Stapleton, para que lo tengamos en mente cuando hagamos la autopsia.

—Gracias —dijo Cheryl—. Yo me alegro de haber tenido ocasión de mencionártelo.

Tras la conversación con Cheryl, Laurie se sentó a su mesa, preguntándose por la tabla y el diario de estudio que Isabella le había dicho que le había enseñado Ryan Sullivan. ¿Por qué no lo había encontrado Cheryl, especialmente si había registrado el apartamento tan exhaustivamente como decía? El principal motivo por el que pensaba tanto en la tabla era porque le recordaba que ella también había hecho algo parecido años atrás. Había usado esa técnica para resolver dos de sus casos más interesantes, cuando empezaba como forense.

—Qué tiempos aquellos... —se dijo Laurie en voz baja. Eso le recordaba lo mucho que le gustaba practicar la medicina forense antes de tener que ocuparse de las responsabilidades políticas asociadas al cargo de jefa.

33

Domingo, 10 de diciembre, 16.55 h

—¿Por qué yo? —preguntó Laurie.
—Porque yo hago autopsias prácticamente a diario, y tú no —dijo Jack—. Tú diriges la autopsia y yo te ayudo.

Estaban de pie en la sala de autopsias, frente a la radiografía de rigor que le habían efectuado a Ryan, que Vinnie había puesto en la caja de luz y no mostraba nada raro. Los dos llevaban ya puesto el equipo completo, que incluía mascarillas faciales. Tras ellos estaba el cadáver de Ryan, ahora desnudo, tendido sobre la mesa número 8. Aparte de ellos dos, en la sala solo se hallaba Vinnie Amendola, que aún estaba colocando en su sitio el instrumental necesario, los frascos de muestras y demás material necesario para la autopsia.

Laurie y Jack ya habían realizado un exhaustivo examen externo, durante el cual habían retirado el alargador eléctrico del cuello y habían fotografiado la marca de la ligadura, de trayectoria ligeramente oblicua, que cuadraba con un ahorcamiento parcial. También habían tomado fotografías de las cicatrices de ambas muñecas, así como de las petequias que presentaba Ryan en ambas escleras. De vuelta a la mesa, Jack le preguntó a Laurie si le parecía que el cadáver tenía un aspecto cianótico. Ella respondió de forma ambigua, y Jack estuvo de acuerdo en que él tampoco lo veía claro.

—No le he hecho la autopsia nunca a alguien conocido —confesó Laurie—. No tengo muy claro cómo me siento al respecto.

—Yo sí sé cómo me siento —dijo Jack—. Tuve que hacer la autopsia de Aria Nichols. Y por si eso no fuera suficiente, el año pasado hice la de la doctora Sue Passero. Tras esas dos desagradables experiencias, puedo decir sin temor a equivocarme que no me gusta.

—Es lo último que querría hacer ahora mismo —dijo Laurie—. Pero hay que hacerlo. No sé qué repercusiones puede tener este nuevo desastre, pero no quiero que nos pille a contrapié. No dejo de pensar en lo que me ha dicho Cheryl Myers sobre el orden casi excesivo que encontró en el apartamento de Ryan.

Jack soltó una risita sarcástica.

—Sí, yo también he estado pensando en eso. Me pregunto si el doctor Sullivan no estará intentando gastarnos una bromita póstuma.

—¿Qué quieres decir? —preguntó Laurie, girándose hacia él.

—Estaba estudiando casos de suicidios que podían ser homicidios disfrazados, así que habrá ido aprendiendo sobre los detalles que marcan la diferencia. Quizá esté intentando jugar con nosotros, creando un suicidio que pueda parecer un asesinato disimulado.

—Yo no lo encuentro en absoluto divertido —le espetó ella.

—Bueno, soy forense. Tengo un sentido del humor algo macabro.

—Ya veo —dijo Laurie—. Venga, pongámonos en marcha, listillo.

—Entrégale a la bella dama el escalpelo, por favor —le dijo Jack a Vinnie—. Ella va a ser la encargada de hacer la autopsia.

—Con mucho gusto —dijo Vinnie, tendiéndole el instrumento—. Será un alivio asistir a alguien que sabe lo que se hace, para variar.

—Vale, chicos —dijo Laurie, cogiendo el bisturí—. Si conseguís mantener el sarcasmo en mínimos, os lo agradeceré.

No perdió un segundo. Ejerciendo una presión superficial con la mano izquierda, realizó la típica incisión en forma de Y, con un ligero desvío en torno al ombligo. Tras separar la piel con un movimiento rápido, el cuerpo quedó abierto como un libro, con el esternón y las costillas a la vista en la parte superior y la membrana que cubría los órganos abdominales por debajo.

Aunque durante el examen externo habían estado charlando, durante la parte de la autopsia dedicada a los órganos internos no hubo mucha conversación, y Laurie trabajó con la rapidez que le daba su experiencia. Muy pronto tuvieron todos los órganos a la vista, incluidos los pulmones, el corazón y el intestino.

A continuación Laurie se ocupó de los órganos torácicos, y después de extraer una muestra de sangre del corazón con una jeringa para Toxicología, retiró tanto el corazón como los pulmones, y comprobó que eran normales para un varón sano no fumador de treinta años, aunque había un pequeño número de bullas pulmonares en la superficie del pulmón derecho.

—¿Qué importancia les das a estas bullas? —preguntó.

—No demasiada —dijo Jack—. Son pocas como para que tengan significado. Pudo desarrollarlas hace unos días en un ataque de tos.

Laurie asintió, y pasó a la cavidad abdominal. Meticulosamente, analizó todos los órganos y decidió que todo estaba normal. Aunque palpó todo el intestino al retirarlo, dejó que Vinnie se lo llevara a uno de los lavaderos para abrirlo y repasara el interior para un examen visual completo.

—Una autopsia de lo más normal —observó Jack, cuando acabaron con la parte principal.

—De momento, sí —confirmó ella.

—Es asombroso cómo funciona la mente humana —comentó Jack—. Ahora que estamos en pleno proceso, no me preocupa tanto el hecho de estar haciéndosela a alguien conocido.

—Habla por ti —dijo Laurie, aunque entendía lo que quería decir. Estar concentrados en su trabajo facilitaba las cosas—. Ahora viene la parte técnicamente más difícil, con la disección del cuello. Nunca me ha gustado.

—Pues nunca se te ha notado —dijo Jack, que había hecho muchas autopsias con ella a lo largo de los años.

—Eres muy amable.

Le pidió a Vinnie que le pusiera una nueva hoja al escalpelo, y en cuanto la tuvo empezó. Ante la mirada atenta de Jack y Vinnie dejó al descubierto los músculos esternocleidomastoideos. Al momento se hizo evidente que había habido hemorragia.

—Oh, oh —dijo Jack, observando el trabajo de Laurie—. Con una hemorragia así, y teniendo en cuenta la posible cianosis, quizá tengamos que considerar al menos la posibilidad de la estrangulación.

—¿Y eso por qué? —preguntó Vinnie, que había aprendido mucho de medicina forense al cabo de los años y que siempre se mostraba curioso por aprender más. Era uno de los motivos por los que a Jack le gustaba trabajar con él.

—Si el ahorcamiento es una escenificación de un suicidio —explicó Jack—, lo que significa que la víctima fue estrangulada previamente, se observan diferencias sutiles en la autopsia. Una de ellas es que suele haber más magulladuras en los músculos del cuello, pero no es una regla infalible. También podría ser porque el alargador es algo más cortante que una soga.

—Veamos qué pinta tiene el hioides —dijo Laurie, prosiguiendo con la disección.

Unos minutos más tarde el hueso situado en la base de la lengua y encima de la laringe quedó a la vista, y estaba fracturado.

—Bueno —dijo ella—, una fractura del hioides apunta más bien a un ahorcamiento y no a una estrangulación, ya que es más común en los casos de ahorcamiento. Sigamos adelante y veamos qué nos dicen las carótidas.

Un momento más tarde los tres vieron que había daños visibles, tanto externos como internos.

—Es un alivio —dijo Jack, con cierta frivolidad—. Eso es un dos a uno a favor del ahorcamiento y en contra de la estrangulación. Y se suma a las marcas oblicuas de las ligaduras. En el caso de la estrangulación, las marcas son siempre más horizontales.

—En las estrangulaciones suele haber marcas de arañazos en el cuello —añadió Laurie, reafirmando su postura—. Y aquí no las hay.

—Tienes razón —confirmó Jack—. Hemos observado algunos detalles cuestionables que plantean la posibilidad de la estrangulación, pero en conjunto soy de la misma opinión que Cheryl Myers: diría que se trata de un suicidio por ahorcamiento, sobre todo teniendo en cuenta el historial del paciente, que ya había intentado quitarse la vida antes.

—Estoy de acuerdo en que la mayoría de las pruebas apunta en esa dirección —dijo Laurie—. Pero al mismo tiempo reconozco que me inquieta que haya esa mínima duda, sobre todo porque sigo teniendo mala conciencia.

—Entiendo por qué te sientes tan mal —dijo Jack—. ¿Hay algo que podamos hacer para que te sientas mejor?

Laurie negó con la cabeza.

—Es domingo, y es tarde. No creo que pueda hacer gran cosa. Podría intentar llamar a la doctora Duchamp para ponerla al corriente, pero eso no serviría más que para estropearle la tarde. Me temo que tendré que esperar a ver qué pasa mañana. Justo antes de bajar, Robert Matson ha venido a verme y básicamente me ha amenazado.

—¿Robert Matson de los Matson de Nueva York?

—Sí, Robert Matson en persona. El padre adoptivo de Ryan.

—Eso no es aceptable. ¿Cómo y por qué te ha amenazado?

—El *por qué* es el dolor que le ha producido el suicidio de su hijo —dijo Laurie—. El *cómo* está menos claro. Sabía que la muerte de su hijo era la segunda de un residente de patología durante su rotación bajo mi supervisión. Dijo que iba a encargarse de que el «asunto» se gestionara desde «las altas esferas».

—¿Y eso qué demonios quiere decir?

—No tengo ni idea. Quizá lo descubramos mañana. Si tuviera que apostar, diría que se pondrá en contacto con el Departamento de Patología de la Universidad de Nueva York, quizá con la idea de que me despidan.

—Pero eso no pueden hacerlo. Tú respondes ante el alcalde.

—Es cierto, pero probablemente también puedan quitarme el título profesional.

—Tal vez, pero ¿qué consecuencias tendría eso? A ti te paga el ayuntamiento, no la universidad.

—Quién sabe cuáles pueden ser las consecuencias... Mientras tanto tengo otro problema: el de ver cómo afronto mi sensación de responsabilidad y de culpa.

—¡Hey, chicos! —dijo Vinnie, algo cansado. Llevaba un buen rato a la cabeza de la mesa, esperando pacientemente—. ¿Qué tal si dejamos el parloteo para otro rato y acabamos con este caso, para que pueda volver a mi casa a ver el fútbol?

—Buena idea —dijo Jack, recogiendo el escalpelo para levantar un trozo del cuero cabelludo—. ¿Tienes la sierra para huesos?

Vinnie cogió el instrumento y se lo pasó.

Laurie y Jack se miraron a los ojos. Ellos también querían acabar lo antes posible, especialmente Laurie. De pronto lo único en lo que podía pensar era en los niños y en si aún podría dedicarles algo de tiempo.

34

Lunes, 11 de diciembre, 6.45 h

—Gracias por traerme —dijo Laurie al bajar del vehículo de la OCME. Le hubiera gustado que Jack hubiera ido con ella, pero él había preferido usar su bici nueva. El conductor, que era nuevo, se había presentado al llegar, pero con los nervios se le había olvidado el nombre.

No había sido una buena noche. Después de realizar la autopsia a Ryan Sullivan, Jack y ella habían vuelto a casa para intentar salvar algo del que debía haber sido un día en familia. Había que admitir que los niños habían reaccionado bastante bien después de la traumática salida del Museo de Historia Natural y que se habían comportado con naturalidad. Era Laurie la que estaba afectada. No había podido dejar de pensar en la tragedia de la muerte de Ryan Sullivan, en lo responsable que se sentía, y en las consecuencias que podía tener aquello para la OCME. Lo peor llegó horas después, cuando se metió en la cama y no consiguió desconectar. El hecho de que Jack se hubiera dormido inmediatamente hacía que la situación resultara aún más insoportable. Por fin, después de dar vueltas en la cama durante más de una hora, se había levantado y había bajado a la cocina para prepararse una infusión.

Allí abajo, a oscuras, mientras daba sorbos a su bebida caliente llegó a lo que le pareció una conclusión razonable. A corto plazo no había modo de que pudiera afrontar en condiciones la carga que suponía ser forense jefe, en particular con las importantes negociaciones que acababan de iniciarse con el Hunter College para reubicar el nuevo Centro Forense de la OCME. Dos años antes, cuando tuvo que someterse a su operación de pecho, había delegado las responsabilidades del cargo en su adjunto, el doctor George Fontworth, que había cumplido perfectamente con el cargo temporalmente, y podía hacerlo otra vez.

Se preguntó por qué no habría pensado en esa solución antes, y agarró su teléfono. Le preocupaba relativamente la posibilidad de poder despertar a George si no era de los que apagaba el móvil por las noches, pero aun así decidió escribirle en ese mismo momento. El mensaje era breve: le pedía que acudiera verla lo antes posible por la mañana, preferiblemente entre las siete y las siete y media. Y en cuanto apretó el botón de enviar se sintió mejor. La idea de que al menos estaba haciendo algo era el antídoto que necesitaba. Quince minutos más tarde ya estaba de nuevo en la cama, y se durmió enseguida.

Ahora Laurie estaba entrando en su despacho, y mientras colgaba su abrigo en el armario se preguntaba si George habría recibido el mensaje. Aunque no había tenido respuesta, esperaba que le hubiera llegado, porque cuanto antes pudiera cederle el mando, mejor se sentiría. Eso le daría el tiempo y el espacio mental para afrontar las consecuencias que pudiera tener el suicidio de Ryan Sullivan, y para lidiar con sus sentimientos de responsabilidad y de culpa.

Se sentó a su mesa y cogió la agenda del día, para estar preparada y poder poner al tanto a George del día que le esperaba añadiendo sus compromisos a los que ya pudiera tener él. Desgraciadamente se había olvidado de que el nombre de Ryan Sullivan estaba en lo alto de la lista. Solo el hecho de leerlo volvió a activar su malestar, y le hizo preguntarse de nuevo si habría podido evitar todo aquel desastre de haber estado en su despacho el viernes, en el momento en que acudió a verla. Dejó la agenda en la mesa, se frotó los ojos e intentó recuperar la compostura. Por suerte tuvo algo de ayuda.

—Buenos días —dijo George Fontworth, al tiempo que entraba en su despacho. Hacía ya cuatro años que George era el jefe adjunto, y aunque al principio su nombramiento por parte del comité de selección le había suscitado algunas dudas a causa de su deslucido rendimiento como forense, a la larga había resultado ser una incorporación espléndida al equipo de administración, y había ido ganando con el tiempo, mejorando incluso su aspecto.

George se quitó el abrigo, lo apoyó en el respaldo de la silla situada frente a la lujosa mesa de su colega y se sentó.

—¿Qué hay?

—Me alegro de verte —dijo Laurie—. No estaba segura de que hubieras leído mi mensaje.

—Perdona, tendría que haberte contestado. No lo he visto hasta esta mañana, pero he querido darme prisa para llegar aquí lo antes posible. He visto que me lo has enviado a la una y media de la noche. ¿Ha pasado algo?

—Sí. Se ha producido una desgracia este fin de semana.

—¿Qué ha sucedido? —preguntó George, frunciendo el ceño en señal de preocupación.

Laurie le contó toda la historia del suicidio de Ryan, incluido lo que habían observado en la autopsia Jack y ella y lo que había descubierto Cheryl Myers durante su investigación.

—¿Así que va a decretarse que ha sido un suicidio pese a las señales de alarma?

—Así es.

—¡Vaya, menuda ironía! —exclamó George—. El doctor Sullivan vino a verme el viernes para preguntarme por uno de mis casos, el de Sofia Ferrara, diciéndome que estaba analizando esa lista de suicidios algo cuestionables. Y luego va y se suma él mismo a esa misma lista.

—Es un modo particular de verlo, sí.

—¿Quieres que haga algo en concreto?

—La verdad es que sí —dijo Laurie—. Quiero que tomes las riendas de la oficina el tiempo que tarde en afrontar esta situación sin precedentes. Espero que solo sea un par de días, como cuando me operaron. A decir verdad, no tengo ni idea de qué consecuencias puede tener esto, ni el tiempo que va a llevar. Aún tengo que informar al Departamento de Patología de que ha muerto otro de sus residentes.

—Haré lo que haga falta —dijo George, con total sinceridad.

—Gracias. Es un enorme alivio para mí. El único asunto que no se puede posponer es la reunión a las once y media de hoy con la decana de la Facultad de Enfermería y de Ciencias de la Salud del Hunter College para hablar de la ubicación y el espacio destinado a nuestras instalaciones en el nuevo centro. Lo cierto es que probablemente nos ayude contar con una nueva voz que sumar a la mía. Como bien sabes, necesitamos un espacio adecuado y queremos que el centro esté en la calle Veintiséis, para poder estar en contacto con el rascacielos del edificio central, si es posible.

—Es evidente —dijo él—. Iré, no te preocupes.

—Aquí tienes mi agenda de hoy —dijo Laurie, pasándosela por encima de la mesa—. Repásala, habla con tu secretaria e intenta compaginar mis compromisos con los tuyos. Aparte de la reunión en el Hunter College, que es ineludible, pídeles a Edna o Cheryl que reprogramen para la semana que viene todo lo que no puedas hacer.

—Muy bien —dijo George, poniéndose en pie—. Comunicaré a la forense de guardia y a la centralita que asumo el cargo de jefe temporalmente y el motivo. Así la noticia se extenderá por la oficina y enseguida lo sabrán todos.

Laurie sonrió. En la OCME la transmisión de boca en boca resultaba casi tan eficiente como el sistema de mensajería interna.

En cuanto George se fue, Laurie se dispuso a llamar al Departamento de Patología de la Universidad de Nueva York. Esperaba encontrar a la doctora Camille Duchamp para informarle personalmente sobre la muerte de Ryan Sullivan, si es que no le había llegado ya la triste noticia por alguna otra fuente. Pero cuando intentó llamar directamente al Departamento de Patología la llamada se desvió automáticamente a la centralita de la universidad. Cuando pidió que le pasaran al departamento, le informaron de que no abría hasta las ocho.

Dado que no tenía nada más que hacer de momento, se puso en pie y se dirigió a la sala de identificaciones y a la cafetera comunitaria. Solo había dormido cinco horas, así que necesitaba urgentemente algo que la estimulara.

35

Lunes, 11 de diciembre, 7.55 h

Cheryl Stanford llegó a la oficina y, cuando asomó la cabeza en el despacho de Laurie para saludar, esta le hizo una señal con el brazo para que entrara y se sentara. Le contó toda la historia sobre Ryan Sullivan.

—¡Qué horror! —exclamó Cheryl cuando acabó—. Pobre hombre. ¿Ha visto que había programado una visita para verla esta mañana?

—Sí —dijo Laurie, sintiéndose de nuevo culpable.

—Qué lástima que no estuviera aquí —dijo Cheryl—. Estaba muy interesado en hablar con usted.

—Eso me decías en tu nota. ¿Te dio alguna pista de lo que tenía en mente?

—No, la verdad.

—Es una tragedia —dijo Laurie, que no quería seguir preguntándose qué estaría pensando Ryan—. Y no tengo muy claro qué consecuencias tendrá esto. Para tener más libertad y poder enfrentarme a lo que se nos venga encima, le he pedido a George que se haga cargo de la dirección unos días, así que habla con Edna, por favor, para combinar las agendas. Espero poder decirte algo más a medida que avance el día.

—Por supuesto —dijo Cheryl—. Hay muchas cosas que se pueden retrasar unos días, o hasta la semana que viene.

—Te agradeceré que hagas lo que puedas. Pero antes de cambiar nada, consúltalo todo con George. Ya hemos quedado que será él quien irá a la reunión de esta mañana con la decana del Hunter College. Mientras tanto, yo tengo que informar al Departamento de Patología de la Universidad de Nueva York, y la verdad es que no me apetece nada hacerlo. ¿Puedes ponerme con la doctora Camille Duchamp?

—Por supuesto —dijo Cheryl, y salió del despacho, cerrando la puerta a sus espaldas.

Mientras esperaba, Laurie ensayó varias fórmulas para dar la dramática noticia, pero no había manera de endulzar la cruda realidad. Un momento más tarde Cheryl le dijo por el intercomunicador que tenía a la doctora Duchamp por la línea uno.

Laurie respiró hondo para armarse de valor y descolgó. Tras un breve saludo, le preguntó directamente a Camille si le habían comunicado la terrible noticia.

—Pues creo que no —respondió Camille—. ¿Qué terrible noticia?

Por tercera vez esa mañana, Laurie relató la triste historia de Ryan Sullivan. Aunque mencionó que habían hecho la autopsia el día anterior, no entró en los detalles sobre las dudas planteadas con respecto a la forma de la muerte. Cuando acabó, hizo una pausa y dejó que el silencio flotara entre ellas, preparándose para el golpe.

—Oh, pobre hombre —dijo Camille, realmente impresionada—. Qué tragedia, especialmente para alguien que tuvo que afrontar tantas adversidades en su juventud, y que era tan prometedor. Estoy desolada. Y no puedo ni imaginarme cómo te sentirás tú, dado que lo tenías a tu cargo.

—Ha sido todo un golpe, desde luego —respondió Laurie, aliviada y conmovida por la reacción empática de Camille.

—Tener que afrontar la muerte de otro residente es muy duro —añadió Camille—. Especialmente porque no te pusimos al corriente de sus respectivas historias desde un principio.

—Agradezco tu comprensión. A decir verdad, temía que tu reacción fuera la contraria, dado que ambas muertes se han producido mientras los tenía a mi cargo.

—No, por Dios. La primera fue asesinada por mi predecesor, y el doctor Sullivan tenía una desgraciada historia previa de suicidios. ¿Ha descubierto el investigador algún motivo específico por el que decidiera quitarse la vida?

—No, y eso es parte del misterio que hay que explicar. Sin una causa evidente, la verdad es que me siento algo responsable. Tal como te mencioné el jueves, yo insistí en que practicara una autopsia a una víctima de suicidio con el que se identificaba, y luego le animé a estudiar una serie de casos de suicidios, así que los últimos días ha estado inmerso en este tema, y todo gracias a mí.

—Es impensable que un residente de patología pueda ser tan frágil, y desde luego no creo que tú hayas tenido nada que ver con su decisión de quitarse la vida.

En ese momento se abrió la puerta y Cheryl asomó la cabeza. Laurie frunció el ceño, ya que Cheryl no había hecho nunca algo así, y mucho menos en circunstancias parecidas.

—Siento mucho interrumpir —dijo Cheryl, susurrando pero con un volumen suficiente como para que Laurie la pudiera oír—. ¡La oficina del alcalde en la línea dos, exigiendo hablar con usted inmediatamente!

Un segundo más tarde había desaparecido y había cerrado la puerta.

—Oh, oh, doctora Duchamp —dijo Laurie—. Tengo una llamada urgente de la oficina del alcalde.

—Bueno, querida, atiéndela y ya hablaremos más tarde —dijo Camille, y colgó.

Algo nerviosa, Laurie cambió de línea y se presentó.

—Soy la jefa de gabinete del alcalde —le espetó una voz de mujer—. El alcalde le ordena que acuda a su despacho inmediatamente. ¿Queda claro?

—Creo que sí —dijo Laurie, sorprendida por el tono imperioso.

—Bien. No tarde.

Un momento más tarde Laurie tenía en la mano un teléfono mudo. Colgó el auricular lentamente. «Dios santo —pensó—. ¿Esto significa que me van a despedir?».

36

Lunes, 11 de diciembre, 11.15 h

Por décima vez al menos, Laurie echó una mirada a su teléfono para ver cuánto tiempo llevaba sentada en el exterior del despacho del alcalde. Había visto llegar a decenas de personas que habían entrado, presumiblemente para ver al alcalde, y que se habían ido después, mientras ella estaba allí sentada a la espera de que la hicieran pasar. Era un desprecio evidente, y fue irritándose cada vez más. Si iban a despedirla, que lo hicieran ya de una vez. Estaba tan cabreada que no sabía si aquello supondría para ella un mazazo o un alivio. Incluso se planteó la posibilidad de levantarse y marcharse de allí, y asumir las consecuencias.

Aunque Laurie había visto al alcalde varias veces en la OCME —la última había sido en junio de 2022, con ocasión del anuncio de la creación de la nueva Unidad Criminalística de Balística y ADN— no había estado nunca en su oficina en el ayuntamiento, y le impresionó la majestuosidad de las chimeneas de mármol y las lámparas de araña, que resultaban aún más imponentes comparadas con el viejo y destartalado edificio de la OCME.

—Muy bien, doctora Montgomery —le llamó la secretaria, cuyo escritorio parecía guardar la entrada al despacho del alcalde como una verja levadiza medieval—. El alcalde ya puede recibirla.

Laurie se puso en pie, echó los hombros atrás, rodeó el escritorio de la secretaria y entró en el despacho. Allí dentro la decoración neoclásica resultaba aún más impresionante, con unos techos altos, pilares aflautados, molduras decorativas y retratos a tamaño natural de alcaldes pasados de gesto serio.

El alcalde, como siempre elegante, con su camisa blanca perfectamente planchada y su corbata de seda roja, estaba sentado tras un enorme escritorio de caoba con los bordes tallados a mano. La chaqueta del traje estaba plegada y apoyada en el respaldo de su butaca tapizada en cuero capitoné. No levantó la vista al oírla entrar, sino que usó la pluma para señalar una de las sillas de respaldo vertical frente a su mesa. Estaba en pleno proceso de firmar una pila relativamente alta de documentos.

Laurie tomó asiento y aprovechó la espera para observar el recargado entorno con más calma, comparándolo sin querer con la decoración sencilla, luminosa y alegre de su oficina. Detrás del alcalde había dos banderas en sendos postes, una la estadounidense y otra del estado de Nueva York. Y a uno de los lados le sorprendió ver una bicicleta estática.

—Muy bien —dijo por fin el alcalde, apartando el montón de documentos firmados. Levantó la cabeza y ella fijó la vista en él—. Gracias por venir.

Laurie no respondió.

—Como ex miembro de la policía —prosiguió—, valoro enormemente el importante papel que hacen usted y su equipo de la OCME en la ciudad, y entiendo perfectamente que necesitan nuevas instalaciones, pero me inquieta profundamente la noticia que he recibido esta mañana de un patrocinador diciéndome que dos prometedores residentes de patología han fallecido mientras trabajaban a sus órdenes. Las importantes conexiones políticas de esta última muerte me complican mucho el trabajo. Necesito alguna explicación, para intentar sofocar este incendio antes de que se extienda y quede fuera de control.

Laurie se quedó desconcertada al ver el sentido que tomaban los comentarios del alcalde. Cuanto más se alargaba la espera, más se había convencido de que iba a ser despedida fulminantemente. Pero ahora tenía la impresión de que el alcalde libraba sus propias guerras, y era evidente que Robert Matson había llamado durante la mañana y se había quejado de ella.

—¿Qué le pasa? ¿Se le ha comido la lengua el gato?

—Yo... —No encontraba las palabras—. Estoy sorprendida. Esperaba que me despidiera.

—¿Que la despidiera? —preguntó el alcalde, aparentemente perplejo—. Necesitamos que usted y su equipo sigan haciendo lo que hacen, pero sin que mueran residentes de patología, especialmente los de familias con conexiones en la política.

—Supongo que le ha llegado la noticia por el doctor Robert Matson.

—Efectivamente. Y me ha dicho que era el padre adoptivo de ese chico, y que estaba destrozado por la muerte de su hijo que, según dice, era de lo más prometedor y que se ha visto abocado al suicidio mientras trabajaba en la OCME.

—Permítame que le ponga en antecedentes —dijo Laurie, algo más animada al ver cómo había cambiado la situación—. Se han producido dos muertes de residentes mientras hacían la rotación exigida de un mes con nosotros. La primera era una joven con conflictos sociales que fue asesinada por el entonces jefe del Departamento de Patología de la Universidad de Nueva York. Esta segunda muerte, que ya ha sido investigada por nuestro Departamento de Investigadores Médico-Legales y de cuya autopsia me he encargado yo misma, se debe al suicidio de un joven que ya había intentado quitarse la vida cuando era adolescente. A ello se le suma que su padre y su hermano mayor también se suicidaron. Esa historia familiar lo encuadraba en una categoría de alto riesgo. Nosotros no hemos sabido todo esto hasta el jueves, cuando tomé personalmente la iniciativa de ir a hablar con la nueva jefa de Patología, porque el residente no estaba rindiendo como esperábamos.

—Bueno, eso cambia un poco las cosas —reconoció el alcalde.

—Al mismo tiempo, quiero decirle que sí me siento algo responsable, en particular en lo relativo a esta segunda muerte. Por eso he querido hablar esta misma mañana con la nueva jefa del Departamento de Patología, que ha intentado convencerme de que ella no lo ve así. Y, sobre todo, hemos quedado en que aumentaremos la comunicación entre departamentos en lo relativo a los residentes de patología con determinados perfiles. Esperamos que así no tengamos que lamentar más tragedias como estas dos en el futuro.

—Yo también lo espero —dijo el alcalde—. Por mi parte me pondré en contacto con el doctor Matson para decirle que ya le he dado la correspondiente reprimenda.

—¿Es eso todo?

—Una pregunta más: ¿está satisfecha con la asignación del Centro de Ciencias de la Salud de Kips Bay para la nueva sala de autopsias? Hace un mes que quería preguntárselo.

—Estamos todos encantados —dijo Laurie poniéndose en pie—. Sobre todo, porque estará junto a nuestro Centro de Medicina Forense. Gracias por su apoyo al proyecto.

—Va a ser uno de los grandes logros de mi equipo de gobierno. Ahora volvamos al trabajo los dos.

Al abandonar el despacho, Laurie sonrió con elegancia a la irritante secretaria del alcalde, aliviada por haberse quitado de encima al menos parte de la responsabilidad por el suicidio de Ryan. Ahora que ya había hablado con la doctora Duchamp y con el alcalde, podía concentrarse en intentar combatir su sentimiento de culpa.

37

Lunes, 11 de diciembre, 12.30 h

Por primera vez en los seis años que llevaba Laurie como forense jefe, entró en el edificio de la OCME sin esa sensación de que en cualquier momento iba a tener alguna noticia desagradable relacionada con alguno de los seiscientos empleados de la oficina o de las casi doscientas muertes que se producían a diario en la ciudad. Fuera lo que fuese lo que hubiera pasado mientras estaba en el ayuntamiento, confiaba en que George Fontworth lo habría gestionado perfectamente con la ayuda de las dos brillantes secretarias administrativas.

Al llegar a su despacho vio que tanto Cheryl como Edna estaban hablando por teléfono. Se paró frente a la mesa de Cheryl y le preguntó en silencio, moviendo la boca: «¿Todo bien?».

En respuesta, Cheryl le mostró un pulgar levantado, y luego escribió a toda prisa en un papel que el doctor Fontworth aún estaba en el Hunter College, todo ello sin interrumpir la conversación al teléfono.

Con renovada sensación de alivio, Laurie entró en su despacho y cerró la puerta. Por un momento se quedó allí de pie, asombrada al constatar lo diferente que era la decoración con respecto a la de la elegante oficina del alcalde. Se encogió de hombros, se quitó el abrigo, lo colgó y se sentó a su mesa.

Las conversaciones con la doctora Duchamp y con el alcalde

le habían quitado de encima un lastre considerable, así que podía concentrarse en gestionar esa incómoda y dolorosa sensación de culpa. Lo que tenía que descubrir era una causa clara y comprensible por la que Ryan hubiera podido decidir tirarlo todo por la borda, más allá de lo que hubiera podido influir ella insistiéndole en que practicara la autopsia a una víctima de suicidio. No podía pensar que hubiera sido la negativa de Isabella Lopez a verle el viernes o el sábado por la noche, tal como se temía la joven, sobre todo porque había accedido a quedar con él el domingo por la mañana.

Ahora que pensaba en Isabella, Laurie recordó que le había mencionado que Ryan le había mostrado su tabla y un diario de estudio de los que estaba muy orgulloso, y que le tenía muy motivado. ¿Podría ser la pérdida o la destrucción accidental de este material motivo suficiente como para que Ryan perdiera el control de sus emociones? Le parecía improbable, pero... ¿dónde estaban la tabla y el diario? Laurie recordó que Cheryl le había dicho que había hecho un registro especialmente exhaustivo del apartamento, hasta el punto de examinar la basura, y que no había visto nada que pudiera considerarse una tabla o un diario.

Laurie decidió dirigirse a la sala de residentes y echar un vistazo a la mesa que se le había asignado para ver si esos documentos estaban ahí. Eso también le daría la oportunidad de preguntarle a su compañera, Sharon Hinkley, si sabía algo de esos documentos, y si le constaba que Ryan estuviera deprimido. Por lo que había hablado con Chet sobre los dos residentes, sabía que no tenían una relación muy estrecha y que mostraban una actitud opuesta en cuanto a la rotación. En cualquier caso, valía la pena ir a ver qué le decía.

Para evitar tener que hablar con las secretarias, Laurie salió de su oficina a través de la puerta que daba a la sala de conferencias. Una vez allí tomó las escaleras que iban al primer piso. Mientras atravesaba el comedor, que estaba atestado a aquella hora, Laurie devolvió el saludo a varias personas, pero no se detuvo hasta llegar a la sala de residentes, en la que no había estado en años. Nada más entrar, se detuvo en seco. Probablemente fuera más consciente que nadie del mal estado en que se encontraba el edificio, salvo por un par de despachos de los forenses y el laboratorio de toxicología, que habían sido reformados. Aun así, no estaba preparada para aquel lugar tan deprimente, sin ventanas y con viejos muebles metálicos de oficina llenos de abolladuras. Aquello fue otro claro recordatorio de la necesidad que tenían de conseguir un nuevo centro de medicina forense.

Desgraciadamente la doctora Hinkley no estaba allí, y Laurie supuso que estaría en la sala de autopsias, donde según Chet se lo pasaba estupendamente. Tras echar un vistazo a las dos mesas, y teniendo en cuenta la descripción que le había hecho Cheryl del apartamento de Ryan, no le costó decidir cuál sería la de Sharon y cuál la de Ryan. Una mesa estaba cubierta de estudios impresos, con varios vasos de café, unos cuantos periódicos y un par de libros sobre medicina forense. En la otra solo había un monitor solitario y un teclado.

Laurie se fue directa a la mesa vacía y empezó a abrir cajones, la mayoría de los cuales estaban también vacíos. Pero cuando abrió el central tuvo recompensa. Allí, en primer plano, encontró lo que parecía una tabla dibujada a mano y un cuaderno. Recogió ambos y cerró el cajón empujando con el muslo, mientras echaba una ojeada a la tabla. En las filas horizontales estaban los nombres de los pacientes, incluido el de Sean O'Brien, mientras que en las columnas verticales había diez categorías, como edad, profesión, etcétera. A continuación echó un vistazo al cuaderno y vio que estaba lleno de notas, relacionadas con otras o inconexas, pero todas fácilmente legibles.

Luego inspeccionó los cajones del lado derecho del escritorio por si encontraba algo de interés. En el cajón superior había unos cuantos bolígrafos y lápices sueltos, una regla de plástico transparente y varios cuadernos sin usar. Los otros dos cajones estaban vacíos. Laurie cogió la tabla y el cuaderno y salió de aquella sala tan deprimente.

Aunque no veía el momento de volver a su despacho para estudiar el material que había encontrado con la esperanza de que arrojara algo de luz sobre lo que pensaba Ryan Sullivan, al pasar de nuevo por el comedor se sintió obligada a parar en varias de las mesas a intercambiar unas palabras. Dado el cargo que ejercía, le parecía que tenía que comunicarse con todos los empleados. Era un modo de reconocer sus aportaciones, lo que contribuía a que la OCME pudiera desempeñar mejor su misión.

Un cuarto de hora más tarde Laurie volvió a entrar en su oficina por detrás y se sentó a su mesa. Era una sensación extraña y agradable saber que, a menos que se le cayera el cielo encima, nadie la molestaría. Dejó el cuaderno a un lado y se puso la tabla de Ryan delante. Una vez más, la idea de que este hubiera decidido crear una tabla para investigar la posible relación entre una serie de muertes le recordó las dos ocasiones en que ella misma había recurrido a esa herramienta. La primera había sido a los pocos meses de empezar a trabajar en la OCME, cuando se encontró con una extraña serie de muertes por supuesta sobredosis de cocaína; la segunda había sido unos diez años más tarde, al detectar una serie de muertes posoperatorias misteriosas. En ambas ocasiones, ese método le había sido de gran ayuda para resolver el misterio.

Laurie examinó la tabla atentamente. La primera columna señalaba las edades similares de las ocho personas. Al bajar por la lista de nombres, vio que el último que había añadido Ryan era el de Marsha Levi. Aquello le sorprendió muchísimo, porque recordaba claramente que después de hacerle la autopsia Jack le había dicho que había sido asesinada por su marido y que su muerte formaba parte de un caso de asesinato con suicidio posterior. De hecho, el nombre del marido estaba en la línea inmediatamente superior, pero había sido tachado.

Por unos segundos Laurie se quedó con la mirada perdida en la pared, intentando deducir por qué habría añadido Ryan a una víctima de asesinato a su lista de suicidios cuestionables. Al mirar de nuevo la tabla, su curiosidad fue en aumento al observar que Marsha Levi era también la única persona de la lista que estaba casada, mientras que todos los demás eran solteros. Aquello no tenía sentido a menos que... Volvió a levantar la vista para mirar otra vez a la pared. Puesto que aquello era una lista de posibles suicidios fingidos, quizá Ryan hubiera decidido, por algún motivo, que el caso Levi era un asesinato con suicidio fingido. Solo una vez había oído hablar de un caso así en la literatura especializada, y recientemente había llegado a juicio, que se había resuelto con la absolución de la persona acusada del crimen.

Aunque esperaba llegar a entender el razonamiento de Ryan en lo relativo al caso Levi con la lectura del diario de estudio, que suponía que incluiría sus consideraciones personales, así como el resultado de todas las entrevistas que parecía que había hecho a los diferentes IML y forenses, Laurie decidió seguir de momento con la tabla. Fue entonces cuando se fijó en la última columna, que llevaba por título Dx Cr. Al principio no entendió qué querría decir exactamente Dx Cr, pero cuando vio que Sean O'Brien había sido diagnosticado en Oncology Diagnostics, supuso que Dx Cr sería una abreviatura de «diagnóstico de cáncer».

Entonces Laurie observó que siete de los ocho nombres de la tabla tenían un diagnóstico positivo, o falso positivo, y que en la columna Dx Cr aparecía siempre *Oncology Diagnostics*. En todos los casos salvo el de Stephen Gallagher, que tenía la casilla en blanco. A Laurie aquello le sorprendió, ya que sin duda era un rasgo en común realmente curioso, sin duda más curioso que la coincidencia de edades, estado civil, tipo de trabajo o estilo de vida.

Cada vez más intrigada, Laurie dejó la tabla a un lado y se puso a hojear el diario de estudio. Apoyó la espalda en el respaldo de la silla y empezó desde el principio. En un primer momento se sintió desalentada porque había menos conclusiones personales de las que esperaba. Lo que tenía delante eran, sobre todo, resúmenes de sus conversaciones con todos los IML y los forenses, así como apuntes de los informes. Pero a medida que avanzaba se encontró cada vez con más comentarios sobre lo que pensaba de lo que iba descubriendo.

A Laurie le intrigaron especialmente las dudas que se planteaba Ryan sobre quién estaba más capacitado para determinar la forma de la muerte, si los forenses o los investigadores médico-legales, y no pudo reprimir una sonrisa, porque pese a sus convicciones personales tuvo que admitir que aquel debate tenía sentido, y que quizá tendría que animar a Chet a que abriera un diálogo sobre el tema en una de sus conferencias a nivel municipal, invitando a Bart Arnold a que asistiera. Quizá en los casos más complicados convendría buscar un consenso antes de tomar la decisión final sobre la forma de la muerte.

Laurie siguió leyendo cada vez con mayor interés. Cuando vio que Ryan expresaba su convicción de que había que informar a Oncology Diagnostics de que algunos de sus pacientes tenían graves problemas de salud mental y que acababan suicidándose, le pareció que tenía toda la razón, aunque no entendía por qué no iban a saberlo ya. Al fin y al cabo, era algo conocido en la profesión médica que tener cáncer aumentaba el riesgo de suicidio.

La parte siguiente del diario de estudio le llamó especialmente la atención. Con una exposición muy efectiva, Ryan resumía los conceptos científicos y la tecnología usada para la detección temprana del cáncer, usando unas vesículas extracelulares específicas llamadas oncosomas. Lo que le pareció particularmente interesante fue que Ryan especulara con que las vesículas extracelulares hubieran jugado un papel clave en la evolución de la vida, desde los organismos unicelulares hasta los multicelulares, aportando un método de comunicación intracelular.

De pronto, Laurie dejó de leer de golpe y se quedó mirando una frase. En ella, Ryan afirmaba: «Esta realidad es algo de lo que hay que advertir a Oncology Diagnostics inmediatamente».

Sabía que con «esta realidad» se refería a los suicidios, pero fue la palabra *inmediatamente* la que le llamó la atención. Sabía que había escrito aquella frase el viernes, ya que la fecha figuraba en lo alto de la página, y la redacción de aquella frase suscitaba la duda de si Ryan habría contactado con Oncology Diagnostics antes de morir. ¿Y si lo había hecho —o si había visitado la clínica incluso— y al hacerlo se había enterado de algo que le había desencadenado una potente reacción depresiva? Laurie suspiró. En principio parecía una especulación, algo improbable, pero luego recordó que la madre de Ryan había muerto de cáncer cuando él no tenía más que ocho años. Quizá no fuera algo tan descabellado.

Se encogió de hombros, soltó de un soplido el aire que tenía retenido desde hacía ya un rato y pasó la página. En el párrafo siguiente, Ryan respondía la pregunta. Allí ponía que había llamado a Oncology Diagnostics y que había hablado con una recepcionista, y que uno de los directores de la clínica, el doctor Jerome, había accedido a recibirle si iba enseguida. Así que Ryan no solo había llamado a la clínica, sino que había ido hasta allí. Ahora la cuestión era saber de qué se habría hablado en esa reunión, para que Ryan Sullivan se sumiera en un estado de depresión profunda.

Laurie buscó «Oncology Diagnostics» en Google para conseguir el teléfono de contacto. En cuanto lo tuvo, se puso a marcar números en su teléfono, pero no llegó al final. De pronto cambió de opinión. En lugar de llamar, decidió que los visitaría en persona, sin anunciarlo, pero de forma oficial, en calidad de forense jefe de Nueva York. Quería ver cómo reaccionaba el doctor Pappas a la noticia del suicidio de Ryan y a la posibilidad de que quizá estuviera relacionado con su visita, en lugar de tener que interpretar su respuesta al teléfono. Si hubiera ocurrido algo impropio o fuera de lo normalmente aceptable en aquella reunión, quizá el doctor Pappas no se mostrara tan franco como esperaba Laurie en un principio. Echó un vistazo al reloj. Era casi la una y media, lo que significaba que probablemente llegaría a Oncology Diagnostics hacia las dos, una hora que le parecía perfecta. Laurie cogió su abrigo y, en el momento en que lo hizo, se preguntó si la visita que pensaba hacer Ryan a Oncology Diagnostics era el motivo de que tuviera tanto interés en verla el viernes por la tarde. Ahora era imposible saberlo, claro, pero solo de pensarlo volvió a desear no haberse ido tan pronto aquella tarde.

Salió por la puerta principal, y pasó por la mesa de Cheryl para decirle que volvería en un par de horas. No se molestó en contarle dónde iba, solo que aún estaba batallando con los efectos colaterales de la muerte de Ryan Sullivan.

38

Lunes, 11 de diciembre, 14.05 h

En el momento en que Laurie salió del coche que la llevaba por el Upper East Side, tuvo la sensación de que Oncology Diagnostics la iba a impresionar. Todo el barrio era muy elegante, y se imaginó que la clínica seguiría la misma tendencia. Le dijo al conductor que podía informar al supervisor del equipo de transporte que no necesitaría un chófer de vuelta, puesto que tomaría un Uber para regresar a la OCME, y lo despidió. No quería crear más problemas al equipo de transporte, ya que el cambio de turno, a las tres de la tarde, siempre resultaba problemático.

Se giró hacia la entrada de la clínica y sacó la cartera con la placa de forense. No recordaba la última vez que había usado la placa, pero en esa situación le pareció que le haría un buen servicio. Tenía un aspecto muy oficial, con su águila americana rodeada de cuatro estrellas plateadas en lo alto y con la palabra JEFE en gruesas letras negras sobre un fondo dorado en la parte inferior. No había duda de que impresionaba a quien la veía.

Tras coger aire para darse ánimos, Laurie se dirigió a la puerta.

No había sido un buen día para el doctor Jerome Pappas. Se esperaba ver alguna noticia sobre Ryan Sullivan en la prensa, algo que corroborara su supuesto suicidio, pero no había encontrado nada. Incluso le había pedido a Beverly Aronson que le llevara el *New York Post* y el *Daily News*, periódicos que solían regodearse con las historias más sórdidas. Jerome recordaba que dos años atrás ambos tabloides se habían mostrado muy interesados en el asesinato de otra residente de patología, así que se imaginaba que se tirarían de cabeza a esta nueva historia. Incluso había dejado el televisor puesto en el canal NY1 toda la mañana, mientras trabajaba, con la esperanza de oír algo.

Para intentar desconectar, el fin de semana Jerome se había ido a su casa en los Hamptons, que siempre estaba tranquilo fuera de temporada. Al principio todo había ido bien. El sábado por la noche, a última hora como habían quedado, Chuck Barton le había llamado para informarle de que la misión relativa a Ryan Sullivan se había efectuado sin problemas, así que podía estar tranquilo. Y Jerome se tranquilizó, pero solo esa noche. A partir del domingo se esperaba alguna confirmación de que la muerte del residente hubiera sido considerada un suicidio, pero no había oído nada en los medios de Nueva York, normalmente tan dados a los chismes. Y ahora ya era lunes por la tarde, y aún no había noticias al respecto.

Jerome apartó las deprimentes hojas contables de Full Body Scan que tenía delante y se puso en pie. Decidió que se había ganado otro trago de la botella de Macallan de veinticinco años que se había comprado durante el fin de semana. Pero no llegó al mueble bar, porque sonó el intercomunicador, obligándole a volver a su mesa.

—¡Sí! —dijo, irritado, después de apretar el botón. Observó que la llamada no procedía de Beverly, sino del mostrador de recepción de la clínica, cuyos empleados tenían instrucciones precisas de no molestarles ni a él ni a Malik.

—Siento molestarle, doctor Pappas —dijo una voz femenina, agradable pero algo tensa—. La doctora Montgomery, forense jefe de Nueva York, está aquí y quiere verle inmediatamente. Me ha enseñado una placa.

El corazón de Jerome, ya arrítmico por naturaleza, empezó a latir rápidamente en su pecho, y por un momento tuvo que apoyarse con ambas manos en la mesa. Afortunadamente fue algo transitorio, se recuperó y encontró la voz.

—Llama a Beverly y dile que haga pasar a la doctora Montgomery a mi despacho —respondió Jerome, sin poder contener un gallo. Se dirigió al mueble bar con más urgencia que antes, se sirvió un dedo de su whisky normal, no del caro, y se lo bebió de un trago. Luego cerró los ojos. Afortunadamente el potente fluido tuvo un efecto calmante casi inmediato, lo que le dio fuerzas para recobrar la compostura. Por raro que fuera que viniera la forense jefe, no era en absoluto el fin. Evidentemente querría tener una charla, nada más. Si no, se habría presentado con agentes del orden de algún tipo. Aunque claramente Malik no compartía su preocupación, Jerome sabía que vivían siempre colgados del precipicio, agarrados al borde con la punta de los dedos. Lo siguiente que se planteó Jerome era si debía alertar a Malik y hacerle participar en esa reunión extraordinaria, pero no pudo pensar en ello demasiado, ya que enseguida llamaron a su puerta.

—Adelante —dijo, con la misma voz tensa de antes. Y cerró la puerta del armarito a toda prisa para ocultar el mueble bar.

Beverly entró en el despacho y le hizo un gesto a la visitante que la seguía para que la siguiera. Jerome no se consideraba un hombre con prejuicios, pero le sorprendía que la forense jefe fuera una mujer. Y no solo era una mujer, sino que era mucho más joven de lo que se esperaba. También observó que su cabello castaño rojizo se movía de forma natural al darle el abrigo a Beverly, en claro contraste con el casco lacado de su secretaria.

—Gracias por recibirme sin previo aviso —dijo Laurie, en cuanto se hubo quitado su abrigo. Luego se acercó a Jerome con la mano tendida, sin dejar de mirarle a los ojos.

Jerome le estrechó la mano. A diferencia de la suya, la de Laurie estaba seca y apretaba con fuerza.

—Por favor —dijo Jerome, señalando la silla que Beverly estaba acercando a la mesa de Jerome.

—Gracias —respondió Laurie, sentándose. Recorrió el despacho con la vista brevemente y enseguida volvió a fijarla en el doctor Pappas.

—Los dejaré solos —anunció Beverly, y se retiró.

Jerome rodeó el escritorio y se sentó en su silla. Apoyó los codos en la mesa y juntó las puntas de los dedos, presionándose las yemas para intentar reducir el temblor al mínimo.

—¿Puedo ofrecerle algo de beber? ¿Agua, café, té? —preguntó Jerome.

—No, gracias —respondió Laurie, que no dejaba de mirar al médico y empresario. Desde el momento en que había entrado en el despacho, tenía la impresión de que estaba más nervioso y tenso de lo que cabría esperar.

—¿Algo más fuerte, quizá?

—Por Dios, no —respondió ella, sorprendida.

—Parece ser que mi recepcionista se ha quedado impresionada al ver su placa —dijo Jerome, en un intento por relajar el ambiente—. ¿Puedo verla? No he visto nunca la placa de una forense. Ni siquiera sabía que existiera tal cosa.

—Por supuesto —dijo Laurie, tendiéndole la placa al médico, que la examinó atentamente.

—Realmente impresionante —comentó Jerome con una sonrisa forzada—. Parece la placa de un agente de las fuerzas del orden.

—Así es. Trabajamos en estrecho contacto con las fuerzas del orden.

—Ah, sí, desde luego. —Jerome empezaba a recuperarse de la impresión provocada por la visita de Laurie, pero aún estaba tenso—. ¿Qué puedo hacer por usted en este día de diciembre tan extrañamente templado?

—Ayer recibimos una noticia devastadora —dijo Laurie, observando al médico atentamente. Su visita había tenido el efecto deseado, y le había dado el tiempo y el espacio necesarios para que se calmara un poco, pero ahora ya estaba lista para hacer lo que había ido a hacer—. El doctor Ryan Sullivan, residente de patología de la Universidad de Nueva York que estaba haciendo su rotación en la Oficina del Médico Forense Jefe, se suicidó el sábado por la noche. Como médico, sabrá lo que es la rotación de los residentes...

Hizo una pausa, obligando a Jerome a responder.

—Por supuesto —dijo él—. La residencia se compone de diversas rotaciones para que el residente tenga contacto con las diferentes opciones de la especialidad que está estudiando.

—Exacto —dijo Laurie, pero luego hizo otra pausa para volver a observar a su interlocutor, que ahora se frotaba las manos nerviosamente mientras la miraba, a la espera de que continuara. Siguiendo un plan que apenas había tenido tiempo de pensar, le estaba dando al doctor Pappas diversas ocasiones para mencionar voluntariamente la visita de Ryan el viernes y para que le contara de lo que habían hablado. Estaba razonablemente segura de que lo haría, a menos que hubiera algo de lo que no quisiera que se enterara. Era su versión personal del juego del gato y el ratón.

—Bueno —dijo Jerome por fin, juntando de nuevo las puntas de sus dedos temblorosos—. Es una tragedia, especialmente teniendo en cuenta el tiempo y el esfuerzo que habrá invertido el joven en llegar tan lejos. Pero no lo entiendo muy bien. ¿Por qué ha venido hasta aquí para hacerme partícipe de esa mala noticia?

—Porque esperaba que usted pudiera decirme por qué se quitó la vida.

—¿Y cómo iba a saberlo yo? —preguntó Jerome, de pronto algo irritado. La tensión que sentía de repente se agudizó, y perdió el control por un momento. En aquellas circunstancias, la inesperada visita de la forense jefe suponía una presión enorme. Lo que necesitaba era otro trago de whisky, y se planteó la posibilidad de ponerse en pie y servírselo.

—Porque el doctor Sullivan vino aquí el viernes por la tarde y habló con usted —dijo Laurie con la misma energía—. ¿De qué hablaron exactamente y qué le dijo usted para que se sumiera en tal estado mental que pudiera desear quitarse la vida?

Los dos se miraron fijamente durante unos segundos. Laurie no tenía ni idea de qué esperar, aunque el evidente nerviosismo del hombre y sus evasivas le hacían pensar que le estaba ocultando algo importante.

En cambio, la reacción de Jerome fue la opuesta. De pronto sintió un alivio instantáneo al darse cuenta de que Laurie estaba dando palos de ciego, y que lo único que sabía era que Ryan Sullivan había estado en Oncology Diagnostics. Fue Jerome quien rompió el silencio.

—El doctor Sullivan vino de parte de su organización a transmitirnos una información importante, y a hacernos una recomendación. Nos informó de que unos pocos de los cientos y cientos de pacientes a los que hemos diagnosticado un cáncer asintomático en fase temprana no habían podido soportar la presión y se habían suicidado. Incluso me dio una lista de ocho pacientes, la mayoría de los cuales reconocí por el nombre. Todos estaban pasando por el difícil proceso de hacerse pruebas de diagnóstico para localizar sus cánceres asintomáticos. Su recomendación era muy simple y oportuna: la de que alertáramos a nuestros pacientes del riesgo de suicidio y que animáramos a los que pudieran mostrar comportamientos autodestructivos a que buscaran el apoyo de un profesional de la salud mental. Y me alegra informarle de que nos tomamos muy en serio la recomendación del doctor Sullivan y que encargamos a nuestro equipo de comunicaciones que la llevara a efecto durante el fin de semana.

—¿Por qué no me ha dicho eso en cuanto le he hablado de su suicidio? —preguntó Laurie, con un tono muy diferente, al darse cuenta de que había puesto demasiadas esperanzas en que la visita de Ryan a Oncology Diagnostics pudiera explicar su suicidio. De pronto se encontraba en la casilla de salida, y eso no aliviaba su sentimiento de culpa.

—Sencillamente porque me ha descolocado completamente su visita, tan repentina como inesperada —dijo Jerome—. Hasta el viernes, cuando nos visitó el doctor Sullivan, nunca habíamos tenido contacto con su oficina. Nosotros no tratamos con la muerte, ya que nos dedicamos al diagnóstico temprano del cáncer, pero no a su tratamiento. Así que recibir la visita de la forense jefe de pronto ha sido toda una sorpresa. Bien mirado, creo que he reaccionado bastante bien.

—Supongo que tiene sentido —concedió Laurie.

—Déjeme que le haga una pregunta —dijo Jerome, recobrando la confianza perdida—. ¿Por qué ha venido en persona en lugar de enviar a algún miembro de su numeroso equipo? Imagino que la dirección de una organización tan grande debe de tenerla muy ocupada.

—Porque me siento implicada personalmente —confesó Laurie—. El doctor Sullivan es el segundo residente que muere estando a mi cargo. Desgraciadamente yo misma le animé a que investigara la serie de suicidios que estaba estudiando. Ahora me doy cuenta de que fue una decisión equivocada por mi parte, ya que el suicidio había estado muy presente en su vida. Esperaba que viniendo aquí y hablando con usted me ayudara encontrar una explicación de por qué se ha suicidado. Pero por lo que usted me ha dicho, tengo la sensación de que, cuando se fue de aquí, el viernes, no se mostraba deprimido ni alterado en ningún sentido.

—Correcto —dijo Jerome—. Al contrario, parecía satisfecho, sobre todo porque le agradecí profundamente su visita y le dije que seguiríamos su recomendación inmediatamente.

Tras una breve pausa, prosiguió:

—Déjeme que le haga otra pregunta: me dice que ha convertido la búsqueda de la motivación del doctor Sullivan para el suicidio en una cruzada personal. ¿Lo hace quizá para combatir un sentimiento de culpa?

—Supongo que es una manera de decirlo —dijo Laurie, que torció la boca en una sonrisa y se puso en pie. Jerome también se levantó—. Tendré que seguir escarbando para encontrar algo que me ayude a superarlo —dijo—. Dejó muchas notas sobre el estudio que estaba llevando a cabo con ese grupo de sujetos, que han resultado ser todos pacientes de Oncology Diagnostics. He leído el material en diagonal, pero voy a tener que examinarlo más a fondo para ver si encuentro lo que le provocó esa reacción. Evidentemente le pasaría algo entre el momento de su visita a este lugar y la noche del sábado que desencadenó esa reacción depresiva letal.

—Buena suerte —dijo Jerome. No veía el momento de poner fin a la visita, así que usó el intercomunicador para pedirle a Beverly que trajera el abrigo de la forense jefe. Luego se puso en pie y rodeó su mesa con la intención de acompañar a Laurie hasta la puerta.

—Hay una pregunta más que querría hacerle —dijo Laurie, poniéndose en pie—. El doctor Sullivan había creado una especie de tabla para introducir los datos personales de los pacientes que estaba estudiando y buscar puntos en común. Una de las columnas era para el diagnóstico de cáncer, y en ella asignó a todos los pacientes un resultado positivo o de falso positivo. ¿Por qué iba a atribuirles un falso positivo? Por lo que yo he leído, el OncoDx es muy preciso. ¿Se encuentran muchos falsos positivos con el OncoDx? Sería doblemente trágico si los pacientes acabaran suicidándose por un test de cáncer que hubiera dado un falso positivo.

Jerome se quedó de piedra. Esa era la última pregunta que habría querido que le hiciera, y por sí sola socavó la confianza que había empezado a sentir de que la visita no iba a acabar siendo el desastre que se temía inicialmente. Pero en realidad la cosa era aún peor. Declarar que algunos pacientes examinados con el OncoDx habían dado positivo cuando en realidad el resultado era negativo era la base del método que habían ideado él y Malik en su intento desesperado por evitar la bancarrota de Full Body Scan. Todos los casos de Ryan Sullivan eran falsos suicidios de personas que habían descubierto que sus pruebas habían dado falsos positivos.

—Bueno, hum, no —consiguió responder por fin, farfullando. Luego se aclaró la garganta y repitió—. No, no hay casos de falsos positivos con el test OncoDx.

Laurie asintió.

—Eso me parecía. Bueno, eso vuelve a ponerme el lastre sobre las espaldas. Tendré que volver y analizar eso de los falsos positivos, a ver si Ryan explica en su diario de estudio qué sentido tenía añadir esa columna a su tabla.

En ese momento Beverly llegó con el abrigo de Laurie, y para Jerome fue la salvación. Mientras ayudaba a la forense a ponérselo, le sonrió para camuflar el pánico que sentía. Incluso le dio las gracias a Laurie por haber ido a verle y se disculpó por no poder ser de más ayuda. Luego, en cuanto las dos mujeres salieron, cerró la puerta y se apoyó en ella mientras esperaba que se le calmara el pulso. El comentario que había hecho Laurie de que iba a estudiar el asunto de los falsos positivos de los test del OncoDx planteaba el peor escenario posible y exigía una atención inmediata.

En cuanto recuperó las fuerzas se enderezó y se dirigió a toda prisa hacia el mueble bar oculto en el armario. Lo abrió, se sirvió dos dedos de su whisky de diario con una mano temblorosa y se lo bebió de un trago, pero estaba tan nervioso que el efecto fue mínimo.

Volvió corriendo hacia la puerta del despacho y la abrió con cuidado, echando un vistazo por el largo pasillo para asegurarse de que Laurie y Beverly ya no estaban allí. Cuando estuvo seguro de ello cerró la puerta y usó la que comunicaba con el despacho de Malik, pasando a la carrera frente a la mesa vacía de Beverly. Como era habitual, su socio estaba en su despacho hablando por teléfono. Últimamente era lo que le ocupaba la mayor parte de su tiempo de trabajo, pero en esta ocasión Jerome no esperó. Entró hecho una furia, se acercó a la mesa de Malik y le colgó el teléfono.

—¿Qué demonios...?

—Calla y escucha —dijo Jerome—. No vas a creerte quién acaba de estar en mi despacho.

—¿De verdad tengo que adivinarlo?

—¡La forense jefe de Nueva York, nada menos! —le gritó Jerome—. Se ha presentado en la recepción mostrando su placa, exigiendo que la recibiera.

—¿Y a santo de qué? —preguntó Malik, frunciendo las cejas. Por primera vez en los muchos años que llevaban trabajando juntos, su reacción inmediata al estallido de nervios de Jerome había sido de preocupación.

—He venido por la muerte de Ryan Sullivan. Ha descubierto que estuvo aquí el viernes.

—Vale —dijo Malik, intentando calmarse él y tranquilizar a Jerome—. Cuéntame lo ocurrido. ¿Qué te ha dicho? ¿Por qué ha venido ella en persona, precisamente?

Jerome le describió la visita de Laurie casi palabra por palabra. Hasta incluyó su reacción, que había ido de la preocupación y los nervios a una calma relativa y de nuevo el pánico cuando le dijo que iba a estudiar el asunto de los falsos positivos en los test OncoDx.

—Vale, vale —dijo Malik, levantando la mano e indicándole con un gesto a Jerome que se calmara, ya que estaba casi histérico—. Centrémonos en lo positivo. Te ha explicado que el motivo de que haya venido a vernos en persona es que está en una especie de cruzada personal para consolarse a sí misma, lo que hace pensar que no habrá hablado de esto con sus subordinados.

—Sí, eso es lo que ha dicho y lo que ha sugerido —respondió Jerome, que estaba caminando de nuevo arriba y abajo frente a la mesa de Malik. Su rostro, normalmente pálido, estaba considerablemente rojo.

—¿Puedes dejar de caminar adelante y atrás ante mis narices para que pueda pensar un poco?

—No, no puedo. Estamos al borde del precipicio.

—Dios Santo —murmuró Malik entre dientes. Cerró los ojos, repasando todo lo que le había dicho su socio. Lo único positivo parecía ser que la situación era similar al problema de Ryan Sullivan, lo que significaba que tenían la oportunidad de contener los daños, si se ponían en marcha enseguida. Pero en el caso de la forense jefe, *rápido* significaba esa misma tarde. ¿Sería posible? Malik no lo sabía, pero pensaba que valía la pena descubrirlo.

—Muy bien —dijo, con una convicción inesperada—. Esto es lo que vamos a hacer: vamos a llamar a Chuck y le preguntaremos si Action Security puede ocuparse de este asunto con una emergencia máxima.

Jerome dejó de caminar y se lo quedó mirando fijamente.

—¿Tú crees que eso es posible?

—No lo sabremos hasta que se lo preguntemos —dijo Malik. Sacó un móvil de prepago e hizo la llamada. Puso el teléfono en modo sin manos y lo apoyó en su mesa. Se oyó el sonido electrónico del tono de llamada.

Jerome se acercó a la mesa y se inclinó sobre el teléfono, apoyando la parte superior del cuerpo en los nudillos. Tanto él como Malik fueron contando los tonos en silencio. Al tercero hubo respuesta.

—¿Qué hay? —preguntó Chuck, sin más preámbulos.

—Tenemos una emergencia grave y urgente —dijo Malik, sin identificarse.

—Diez-cuatro —respondió Chuck. La respuesta en clave quería decir que le devolvería la llamada inmediatamente con una línea segura. Malik colgó y se apoyó en el respaldo de la silla. Jerome irguió el cuerpo y se puso a caminar de nuevo arriba y abajo. Pero no tuvo que caminar mucho. En menos de un minuto el teléfono de prepago volvió a sonar.

Poniendo de nuevo el modo sin manos, Malik explicó brevemente que se encontraban en una emergencia extrema derivada de la misión del sábado por la noche. Luego le dio la palabra a Jerome, que volvió a explicar la charla que había tenido con la doctora Laurie Montgomery.

—Así que ahí está —dijo Malik, cuando acabó Jerome—. Yo creo que está claro que esta situación es una emergencia.

—Sin duda —respondió Chuck—. Es un fuego localizado que hay que sofocar enseguida para evitar un gran incendio.

—A nosotros también nos lo parece, pero la ventana de oportunidad es muy limitada. Yo diría que tendría que ser esta tarde —dijo Malik—. ¿Eso es posible?

—Es posible, pero requerirá activar numerosos recursos y saldrá caro.

Malik levantó la vista y la fijó en Jerome, que estaba de pie frente a él. Jerome asintió con gesto ausente, ya que no había elección.

—Nos parece bien —dijo Malik—. ¿Nos puedes dar una idea aproximada de la posibilidad de éxito?

—Yo diría que muy buena, si contamos con el personal adecuado. A nuestro favor tenemos que, como forense jefe, la doctora Laurie Montgomery es una personalidad pública, lo que significa que, con nuestros recursos, podremos obtener una enorme cantidad de información sobre ella, su estilo de vida y sus hábitos en una lapso de tiempo muy breve. Eso nos dará la oportunidad de idear un plan seguro. Aquí lo esencial es que me deis luz verde cuanto antes. No tenemos un momento que perder.

Malik volvió a mirar a Jerome, que volvió a asentir, esta vez con confianza.

—¡Adelante! —dijo, antes de colgar.

39

Lunes, 11 de diciembre, 15.15 h

Durante el trayecto de vuelta, después de su improductiva visita a Oncology Diagnostics, Laurie empezó a aceptar la posibilidad de no llegar a saber qué era lo que había empujado a Ryan Sullivan a quitarse la vida. Al final tendría que aceptar cierto grado de responsabilidad, sin más.

Al llegar a la zona de administración se dio cuenta de que Cheryl y Edna estaban teniendo una charla distendida de uno a otro lado de la sala, que era lo que solían hacer cuando tenían un momento de calma en el trabajo.

—¿Todo bien? —le preguntó Laurie a Cheryl, solo por asegurarse.

—Todo va bien —dijo Cheryl—. Solo cosas rutinarias —añadió, mostrándole una lista.

—¿Qué sabemos de George? ¿Se las arregla?

—Está bien —respondió Edna, desde su lado de la sala—. Acabo de hablar con él. Viene de camino del Hunter College. La reunión con la decana se ha pospuesto hasta después de comer.

Laurie asintió. Tenía curiosidad por saber qué le habían dicho y si veía el resultado con mayor optimismo que ella tras su primera reunión con la decana.

—Dile que se pase un momento por mi despacho cuando pueda.

Edna asintió y le indicó con un gesto que tomaba nota.

Laurie volvió a dirigirse a Cheryl y le pidió que llamara al doctor McGovern para que acudiera a hablar con él un momento. Luego se metió en su despacho y cerró la puerta. Después de colgar el abrigo en el armario, se sentó ante el escritorio. Su plan era repasar la tabla de Ryan y su diario con mucha más atención que la primera vez, e intentar descifrar qué quería decir con lo de los falsos positivos y por qué los había señalado con varios signos de admiración, como si tuvieran un significado especial. Pero primero quería hablar con Jack. No había hablado con él en todo el día. Usó el móvil para llamarle y él respondió al primer tono, como si estuviera esperando su llamada. Pero en realidad se debió a que en ese momento tenía el teléfono en la mano.

—Me has pillado de casualidad —dijo Jack. Por el sonido estaba en las escaleras; oía el eco de las pisadas en el metal.

—¿Adónde vas?

—A la sala de autopsias. Estoy a punto de hacer un caso de última hora con Lou. Ahora mismo viene hacia aquí.

—¿Qué tipo de caso? —preguntó. Los casos que llegaban a media tarde solían dejarse para la mañana siguiente a menos que hubiera algún motivo especial.

—Hace unas horas ha aparecido muerto un agente de policía en su coche a causa de un disparo —le contó Jack, con la respiración algo agitada—. La pregunta inmediata es si fue un suicidio. Eso es lo que cree Lou, pero quiere estar seguro, y necesita saberlo lo antes posible para evitar cualquier reacción desatada de alguno de sus compañeros.

—Yo he tenido un día muy ocupado, como te puedes imaginar —dijo Laurie—. Le he cedido el mando temporalmente a George para intentar limpiar un poco la agenda.

—Ya lo he oído —dijo Jack—. Quería llamarte, pero también he estado muy liado. Esta será mi cuarta autopsia.

—Me alegro por ti —respondió ella. Sabía que a su marido le

gustaba estar ocupado—. ¿Qué tal aguanta la cadera? ¿No te ha dolido después de estar tanto rato de pie?

—En absoluto.

—Fantástico. ¿Algún caso interesante? —preguntó. Le daba un puntito de envidia que Jack pudiera dedicarse a las autopsias a diario y ella no.

—Desgraciadamente nada que supusiera un reto —dijo Jack—. ¿Y tú qué tal? ¿Cómo han ido las gestiones por la muerte de Ryan Sullivan?

—Ha sido complicado. Bueno, no exactamente. Aparte de tener que afrontar mi sentimiento de culpa, ha ido mejor de lo que me esperaba, aunque me he visto obligada a hacer una actuación memorable ante el alcalde.

—¡Dios Santo! ¿Y cómo ha ido?

—Como te decía, mejor de lo que me esperaba, especialmente después de que me sometiera a una espera interminable, lo que me ha hecho pensar que iba a despedirme al momento. También he hablado con la nueva jefa del Departamento de Patología de la Universidad de Nueva York. En cierto sentido, eso también ha sido una sorpresa. En lugar de enfadarse y usar un tono acusatorio, se ha mostrado muy comprensiva.

—No me sorprende —dijo Jack. Luego le oyó gritar en otra dirección—: ¡Estaré ahí en un segundo, Vinnie! ¡Ve preparando las cosas! —Luego volvió a la llamada—. Perdona.

—No hay problema —dijo Laurie. Se planteó hablarle de su visita a Oncology Diagnostics, pero decidió dejarlo hasta la noche, ya que le llevaría demasiado tiempo, y era evidente que Jack tenía prisa.

—En cuanto acabe aquí con Lou, me subo a la bici y me voy a casa —dijo Jack—. He recibido varias llamadas de Warren y Flash. Va a haber un gran torneo de baloncesto esta noche para aprovechar el buen tiempo. Vamos a ser unos cuantos, así que me gustaría llegar lo antes posible para entrar en el primer partido. ¿Sabías que estamos a unos quince grados?

—Acabo de venir de la calle —respondió Laurie. Aunque no le hacía gracia que Jack fuera en bicicleta o que jugara al baloncesto, había acabado aceptando lo inevitable y no hizo ningún comentario negativo—. Hace una temperatura sorprendentemente templada para diciembre; me alegro de que lo aproveches.

—No podría estar más de acuerdo —dijo Jack—. Oye, tengo que dejarte. Nos vemos esta noche.

Laurie colgó y volvió a fijar la atención en el material de Ryan, pero solo consiguió reorganizarlo antes de que llamaran a la puerta. Dio permiso para que entraran, y apareció Chet. Tal como era habitual en él, se fue directo al sofá y se sentó. Laurie, Jack y él habían empezado en la OCME más o menos en la misma fecha y existía entre ellos una gran familiaridad, pese a que ella fuera la jefa.

—Gracias por venir —dijo Laurie—. Quería preguntarte por Ryan Sullivan. ¿Cuándo te has enterado de lo de su suicidio?

—En cuanto he llegado esta mañana —respondió Chet—. Qué desastre. Tenía la sensación de que nos iba a dar problemas desde el primer día, pero esto no me lo podía esperar.

—Yo tampoco —dijo Laurie—. Y tengo que admitir que me siento algo responsable por haberle obligado a hacer la autopsia de Sean O'Brien y luego animarle a que estudiara ese grupo de suicidios. Me temo que he contribuido a lo que ha pasado después.

—Oye, si alguien debe sentirse responsable soy yo —dijo Chet, visiblemente afectado—. Fui yo quien le asigné el caso, no tú. Pero no me siento responsable. Mostró una actitud problemática desde el primer momento.

—Ojalá yo pudiera sentir lo mismo —dijo ella—. Pero no es así. Si quiero sentirme mejor, necesito descubrir si le pasó algo o si recibió alguna noticia que le afectara especialmente después de marcharse de aquí, el viernes. Algo a lo que pueda achacar esa reacción. ¿Se te ocurre algo?

—Pues no —dijo Chet, meneando la cabeza—. No se me ocurre nada.

—¿Y la doctora Hinkley? ¿Tú crees que ella tendrá alguna idea? Estoy planteándome hablar con ella.

—Ahórratelo —dijo Chet—. Está tan perpleja como yo. Ryan y ella no podrían ser más diferentes. Con ella se trabaja estupendamente, y parece que le está cogiendo el gusto a la medicina forense.

—Eso he oído. ¿Has hablado con ella sobre la muerte del doctor Sullivan?

—Por supuesto —respondió Chet—. Todo el mundo habla de ello. Ella está tan sorprendida como cualquiera de nosotros. Dice que ha hablado con los otros residentes, y que nadie puede creérselo.

—Vale, gracias —dijo Laurie.

Chet se puso en pie.

—Ninguno de nosotros es responsable de esta tragedia —dijo Chet—. No te machaques. Te necesitamos como jefa. George es un buen hombre, y como adjunto es mejor de lo que yo pensaba. Pero te necesitamos a ti, especialmente ahora que está en juego el nuevo centro de medicina forense. Sé que no me corresponde a mí decir esto, pero lo diré igualmente: ¡ponte las pilas, Laurie!

Y se dirigió a la puerta.

—Gracias, Chet.

—De nada —dijo él, sin girarse, y un momento más tarde desapareció.

Laurie fijó la vista en los papeles de Ryan y así pasó unos minutos, mientras reconocía que probablemente Chet tenía razón. Aunque no veía el momento de repasar la tabla y el diario de Ryan e investigar el asunto del falso positivo, tenía otras obligaciones más inmediatas y acuciantes. De pronto sintió la responsabilidad de recuperar el cargo de forense jefe y decidió que en cuanto George volviera del Hunter College y le pusiera al día de lo que se había hablado en la reunión, retomaría oficialmente el mando de la OCME.

Sacó el mayor de sus dos maletines y metió dentro la tabla y el diario de Ryan. La ventaja de releerlos en casa sería que podría contar con la opinión de Jack. Y al pensar en su marido cogió el teléfono y le envió un mensaje de texto, diciéndole que quizá llegara a casa algo más tarde de lo habitual, y advirtiéndole de que no se pasara con el baloncesto. En ese momento oyó la voz de George en la recepción, y a continuación el sonido de los nudillos contra la puerta.

—¡Entra, George! —dijo mientras cerraba el maletín y lo dejaba a un lado.

40

Lunes, 11 de diciembre, 16.45 h

Con el dedo índice temblando de pura emoción, Hank Roberts apretó el timbre de Action Security en el edificio Bloomberg, en Lexington Avenue. Estaba entusiasmado tras haber recibido otra llamada de Chuck, y el mensaje en código que le había transmitido le parecía especialmente interesante. Aunque había usado de nuevo la frase «Parece que se espera buen tiempo», lo que significaba que estaban preparando una nueva misión, había intercalado un sugerente «muy» en la expresión «futuro inmediato», lo que significaba que la urgencia en este caso sería extrema.

Al igual que en sus visitas previas a la oficina, fue Chuck quien abrió la puerta. Le dio la bienvenida y Hank notó que él también estaba nervioso, lo que le excitó aún más. Después de haber llevado a cabo misiones el miércoles, el jueves y el sábado, la idea de que hubiera otra tan rápido le parecía demasiado buena como para ser verdad. Además del significativo ingreso extra de dinero que supondría, con tanta acción seguida había conseguido que los síntomas del TEPT desaparecieran casi por completo y ya solo tenía alguna pesadilla leve. Al entrar en el despacho Hank observó que no había nadie más dentro, a diferencia de las dos últimas reuniones.

—¿Vuelvo a trabajar solo? —preguntó Hank, mientras se sentaba.

—Oh, no —dijo Chuck—. Esta va a ser aún más complicada que la anterior, así que volverás a formar equipo con David. Debería estar a punto de llegar. ¿Puedo ofrecerte algo de beber? ¿Café?

—No, gracias —dijo Hank, preguntándose de qué se trataría. La misión del matrimonio Levi había sido una de las más complicadas, y Hank se sentía afortunado de que hubiera salido tan bien. Estaba tan tenso que dio un respingo cuando sonó una campanilla que reverberó por todo el despacho.

—Oh, bien —comentó Chuck—. Ese debe de ser David.

Para pasar el rato mientras Chuck iba a recibir a David, Hank echó un vistazo a las fotos enmarcadas de la pared, tras el escritorio, y pensó que quizá debería recuperar alguna de sus fotos de la Marina y enmarcarla. No había duda de que sentía nostalgia del tiempo que había pasado en servicio ahora que había conseguido controlar su TEPT. Pero no tuvo mucho tiempo para pensar en ello, porque los dos hombres no tardaron en aparecer. David se sentó y Hank y él se saludaron con un gesto de la cabeza algo desganado. Ambos se giraron hacia Chuck y se lo quedaron mirando mientras rodeaba su escritorio y tomaba asiento.

—Muy bien, escuchad —ordenó Chuck, y su tono cambió de golpe—. Hace unas dos horas hemos recibido un Código 3 de Oncology Diagnostics. Parece ser que hay un posible efecto secundario de la misión del sábado del que tenemos que encargarnos inmediatamente.

—¿Qué tipo de efecto secundario? —preguntó Hank. En su opinión la misión había sido impecable, y no le gustaba que alguien sugiriera que no había sido así.

—El cliente afirma que el objetivo del sábado por la noche guardaba un diario de trabajo en el que anotaba los progresos de un estudio que estaba haciendo sobre vuestras seis primeras misiones, apuntando a que podrían ser homicidios falseados de forma que parecieran suicidios. Y mientras realizaba este estudio, el objetivo consiguió no solo relacionarlos todos con Oncology Diagnostics, sino que descubrió que eran lo que el cliente llama falsos positivos, algo que no entiendo qué significa, así que no me preguntéis. Lo más importante es que el cliente me ha dicho que la portadora de esta sorprendente noticia ha sido la forense jefe de la ciudad de Nueva York, que ha hecho una visita sorpresa a la clínica.

Hank se puso rojo de rabia.

—¿Cómo pudo pensar que las muertes eran por homicidio —protestó—, cuando seguí al pie de la letra todas las sugerencias y recomendaciones de tu equipo de investigación para que parecieran suicidios?

—No tengo ni idea —dijo Chuck—. Y ese no es el problema que nos ocupa ahora. Podemos pensar en eso más tarde. Lo urgente ahora es esta forense jefe. Lo bueno es que el cliente piensa que está actuando por cuenta propia, como parte de una especie de cruzada personal, lo que nos da una ventana de oportunidad antes de que implique a otras personas.

—Esto no va a ser fácil —señaló David, abriendo la boca por primera vez—. Es un personaje público. Puede que hasta tenga escolta.

—En primer lugar no tiene escolta —dijo Chuck—. Y en cuanto a eso de que es un personaje público, es verdad, pero en ciertos aspectos eso es una ventaja. Al menos lo ha sido hasta ahora.

—¿Y eso? —preguntó Hank.

—Porque hay una enorme cantidad de información disponible sobre ella —dijo Chuck—. Justo después de recibir la llamada de nuestros clientes, puse manos a la obra a nuestros equipos operativos, tanto el humano como el cibernético, y es impresionante todo lo que han encontrado.

Chuck cogió varios dosieres gruesos y les entregó uno a cada uno. Hank y David los cogieron y los sopesaron, ya que tenían el grosor de una novela. En la cubierta solo figuraba el nombre: DRA. LAURIE MONTGOMERY.

Casi al unísono, Hank y David pasaron la página. Hasta el sumario era enorme.

—Llegado el momento tendréis tiempo suficiente para leeros el informe completo, si os apetece —dijo Chuck—. Por lo pronto dejadme que os diga lo que hemos decidido el equipo de operaciones y yo, teniendo en cuenta que la rapidez en la actuación es importante. Dado que está casada y que vive en una casa de varias plantas dividida en apartamentos con su marido, dos hijos, madre y niñera, hemos descartado cualquier tipo de invasión al domicilio. Y como en la Oficina del Médico Forense Jefe hay un dispositivo de seguridad no infranqueable pero sí considerable, también hemos descartado esa ubicación. Eso solo nos deja el trayecto entre el trabajo y su casa, en la calle Ciento seis Oeste.

—¿Así pues esto va a ser un homicidio, sin más? —preguntó David.

—No —dijo Chuck, con convicción—. Va a ser un secuestro. Todo el equipo está de acuerdo en que el secuestro es la única alternativa que sabemos con seguridad que funcionará, y solo se puede producir en un lugar. Tenemos que llevárnosla cuando salga de su vehículo oficial, frente a la casa, antes de que tenga tiempo de subir los diez escalones de acceso a la puerta. O, como mucho, tenéis que salir a su encuentro antes de que tenga ocasión de abrir la puerta del edificio y desaparecer en el interior.

»Vosotros estaréis en la parte trasera de una furgoneta con el motor en marcha, con un conductor experto, justo cuando el coche pare frente a su casa. En el momento en que salga del vehículo, vosotros haréis lo mismo. Entre los dos no tendréis ningún problema para alzarla en volandas, contenerla, llevarla a la furgoneta y salir de ahí pitando. Solo serán unos segundos. Contáis con la ventaja de que el cliente me ha dicho que es una mujer menuda, probablemente de unos cincuenta kilos.

—¿Y dónde nos la llevamos? —preguntó David, con el ceño fruncido.

—No te preocupes —dijo Chuck—. Está todo planeado. El

conductor sabe exactamente el lugar en que os encontraréis con otro vehículo. Allí la pasaréis de una furgoneta blanca a una negra. Esa segunda furgoneta se la llevará a una granja desierta en los Catskills. Es propiedad de Action Security a través de una compañía *offshore*. Y una vez allí, Laurie Montgomery desaparecerá, sin más. Fin de la historia. ¿Alguna pregunta?

—Tengo tantas que no sé por dónde empezar —dijo Hank. No le gustaba no tener tiempo para practicar el golpe. Cuando estaba en el ejército practicaban una y otra vez antes de ejecutar una misión, y era algo que se le había quedado grabado en el cerebro.

—Sé lo que estás pensando —dijo Chuck—. Pero no hay tiempo. Este es el factor crítico. Para compensar el estrés provocado por la falta de tiempo para la habitual preparación del golpe, la paga será del triple de lo habitual.

—¿Y si hay peatones en la acera? —preguntó David.

—Puede que los haya —reconoció Chuck—. Pero eso no importa. Los dos iréis completamente vestidos de negro, y llevaréis pasamontañas. Cualquiera que pase por allí se quedará atónito, paralizado. Lo peor que puede pasar es que alguno grite algo, pero para entonces ya estaréis en la furgoneta, alejándoos de allí. Se me ha olvidado mencionar que en la furgoneta, con vosotros, habrá un enfermero con una inyección de ketamina para dejar inconsciente al objetivo.

Hank miró a David.

—¿Qué te parece? ¿Tú te apuntas?

—Me gusta lo de que la paga sea triple —dijo David—. En cuanto a la operación, debería funcionar. Me gusta la simplicidad. Mi lema es «cuanto más simple, mejor».

—Una cosa que no os he dicho —añadió Chuck— es que ya me han confirmado que la furgoneta está en posición, casi enfrente de la casa del objetivo, lo que significa que solo tendréis que arrastrarla una decena de pasos más o menos.

—Muy bien —dijo Hank—. Cuenta conmigo.

Y sintió un agradable subidón de adrenalina solo por el hecho de apuntarse.

—Y conmigo —dijo David.

—Estupendo —dijo Chuck—. Hay otro asunto. Esperamos que Laurie Montgomery lleve algún tipo de bolso o maletín. Si lo lleva, también lo queremos. Tenemos la esperanza de que lleve consigo el diario que estaba escribiendo el objetivo anterior. Necesitaremos que nos confirméis si habéis encontrado algo así cuanto antes. Si no lo lleva encima, lanzaremos una operación independiente de asalto a la OCME para encontrarlo. Necesitamos destruirlo.

Hank y David asintieron. En ese momento no les preocupaba en absoluto el maletín. Estaban concentrados pensando en las posibles permutaciones de todo lo que podría salir mal en una misión de secuestro apresurada e improvisada como aquella.

41

Lunes, 11 de diciembre, 18.20 h

Hacia las 18.20 h Laurie firmó la última carta pendiente que le había impreso Cheryl antes de marcharse y se puso a repasar la correspondencia de salida. Una hora antes, más o menos, había encontrado un momento para llamar a casa y hablar con Caitlin para decirle que llegaría un poco tarde y que empezara a dar de cenar a los niños. En ese momento había calculado que llegaría a casa hacia las siete, y ahora que había acabado con todo lo que se había propuesto hacer, tenía la confianza de que iba a llegar puntual. Con el tráfico de la hora punta, el trayecto a casa duraría al menos media hora.

Usando el teléfono fijo, llamó al Departamento de Transportes para ver si había algún vehículo disponible. Se alegró al saber que así era, y dispuso la recogida frente al edificio en cinco minutos.

Una vez acordado el transporte, Laurie se apresuró a recoger. En primer lugar abrió el maletín y apartó el material de Ryan Sullivan para añadir un montón de cartas aún sin leer, varios análisis de presupuesto y el resumen de la reunión de George en el Hunter College, que aún no se había podido mirar, puesto que le había llegado apenas quince minutos antes, en el momento en que George se marchaba. Luego recogió el abrigo del armario, echó un último vistazo a la mesa para asegurarse de que no se olvidaba nada y apagó las luces. Al salir por la puerta principal del edificio se despidió del guardia de seguridad, y una vez fuera se dio cuenta de que había llegado antes de la hora, por lo que tuvo que esperar la llegada del vehículo. No veía la hora de volver a casa. Había sido un día inusualmente tenso.

Jack estaba en el séptimo cielo. El tiempo no podía ser mejor, ya que haría unos trece grados, una temperatura extraordinaria para diciembre en Nueva York, teniendo en cuenta que el sol se había puesto dos horas antes. Había tardado poco en llegar a casa con la bici, y había llegado a la cancha de baloncesto del barrio lo suficientemente pronto como para estar entre los diez primeros jugadores, lo que suponía que, aplicando las normas de la calle, tenía un puesto en el primer partido. Además tuvo la suerte de que Warren, Flash, Spit y Dunk llegaran al mismo tiempo, y dado que se conocían todos bien, jugaron juntos. Warren y Flash eran con mucho los mejores jugadores, y Spit, Dunk y Jack tampoco eran malos, así que no les fue mal. Como siempre, el equipo que ganaba se quedaba en pista y jugaba contra cinco jugadores nuevos, así que el equipo de Jack pudo jugar sin parar, mientras la otra veintena de jugadores iban turnándose para jugar, y enfriándose mientras esperaban volver a la cancha.

La pista de baloncesto del barrio estaba detrás de un pequeño parque, frente a la casa de Jack y Laurie, así que era visible desde las ventanas que daban a la calle, e incluso desde la entrada. Los días en que Jack no tenía claro si quería jugar o no, solía observar desde su casa qué tipo de partidos hacían, si eran a media cancha o a pista completa, y con cuántos jugadores, y ambas cosas solían contribuir a su decisión.

—¿Vas a seguir jugando? —le preguntó Warren, alzando la voz desde el lateral de la pista, donde había ido a beber de una botella de agua. Acababan de ganar su tercer partido seguido y estaban monopolizando la cancha—. Por supuesto —le respondió Jack. No iba a dejar pasar esa oportunidad, ya que quizá no disfrutaran de un tiempo así hasta la llegada de la primavera. Además sabía que Laurie no había vuelto del trabajo, porque iba mirando de vez en cuando. Cuando ella llegara se sentiría bastante más culpable por pasar tanto rato en la cancha. Así que dejó la botella en el suelo, sacó el reloj del bolsillo del pantalón del chándal y sonrió: ya eran las seis y media.

Hank Roberts entrecruzó los dedos, orientó las palmas hacia el exterior y estiró los brazos todo lo que pudo. Se sentía tenso, rígido. David y él llevaban un buen rato agazapados en la zona de carga de una furgoneta estacionada en la calle Ciento seis esperando la llegada de Laurie Montgomery. En el asiento del pasajero iba sentado el enfermero, al que Hank y David no hacían ni caso, al considerarlo únicamente un asistente externo. Como agentes de fuerzas especiales que eran, Hank y David estaban absolutamente concentrados en la misión, y en su mente no cabía ningún otro pensamiento.

También había un conductor al volante, que mantenía el motor al ralentí, con el aire acondicionado a baja potencia para mantener una temperatura interior razonable. El equipo llevaba en posición casi una hora, y Hank y David empezaban a perder la paciencia. No hablaban entre ellos, salvo para darse el relevo en la observación por una de las dos ventanillas situadas en la parte alta de las puertas de atrás. Desde allí se veía la casa de Laurie Montgomery y, más allá, el semáforo de la esquina.

Media hora antes el coche aparcado delante de la furgoneta se había marchado, lo que le había dado ocasión al conductor para avanzar un poco, y ahora la furgoneta ocupaba dos plazas de aparcamiento. Eso era una ventaja, porque así Hank y David tendrían más espacio para meter al objetivo en la furgoneta, y el conductor podría ponerse en marcha más rápido.

—Vale, tu turno —dijo David, retirándose de la ventanilla y sumiéndose en la oscuridad del interior de la furgoneta.

Sin decir palabra, Hank se echó adelante y miró hacia el exterior. Tenía la escalinata de entrada a la casa de Laurie Montgomery a su derecha, a apenas diez metros. A unos quince metros había una farola que iluminaba con su luz toda la zona. Al llegar al escenario se habían planteado la posibilidad de apagar esa luz, pero habían decidido que era mejor no hacerlo, ya que eso les ayudaría a identificar a Laurie, gracias a las numerosas fotos que habían encontrado en el memorándum de Action Security y que habían memorizado. La luz de la farola había empezado a preocuparles algo menos al darse cuenta del poco tráfico de peatones que había en la zona. La única excepción era una zona de juegos con una pista de baloncesto iluminada en la que había un grupo numeroso de jugadores muy concentrados en el partido. Pero la zona de juegos estaba al otro lado de la calle, y la pista de baloncesto más alejada todavía, tras los columpios, un gran cajón de arena y un grupo de bancos, todos libres.

Mientras Hank observaba la entrada de la casa repasó mentalmente el procedimiento para el secuestro que había acordado con David. Inmediatamente después de que Laurie bajara de su vehículo y confirmaran su identidad, David y él descenderían de la furgoneta, David delante y él detrás. El plan era que David la agarrara mucho antes de que llegara a los escalones de entrada, le inmovilizara los brazos contra el cuerpo y la levantara del suelo, todo en un movimiento. La misión de Hank era ponerle una capucha negra en la cabeza y apretársela contra el rostro para sofocar cualquier chillido. Luego volverían a la furgoneta a la carrera, se meterían dentro y dejarían que el enfermero hiciera lo que tenía que hacer mientras el conductor arrancaba y se ponía en marcha hacia el punto de encuentro.

Hank asintió para sí, a oscuras, convencido de que tenía que funcionar. Su única reserva era que no hubieran podido colocar un vigía en la OCME para que diera el aviso de que se ponía en marcha. Y mientras le daba vueltas a ese error de procedimiento, empezó a temerse que quizá no volviera a casa en horas o, peor aún, que llegara justo cuando acabara el partido de baloncesto, con lo que la acera se llenaría de hombres dirigiéndose a sus respectivos apartamentos. Pero justo cuando le daba vueltas a esa inquietante posibilidad vio lo que parecía un SUV de pequeño tamaño que giraba desde Central Park West y tomaba la calle Ciento seis. Gracias a las farolas del cruce, pudo ver que la inscripción en el lateral de la furgoneta se correspondía con la de los vehículos de transporte de la OCME que aparecían en el memorándum de Laurie Montgomery.

—Listos —anunció, hablando por encima del hombro—. Estamos a punto.

En respuesta, David avanzó por el oscuro interior de la furgoneta. Miró por la otra ventanilla trasera. El vehículo en cuestión se acercaba rápidamente.

—¡Es este! —exclamó David.

Los dos hombres se pusieron los pasamontañas negros para taparse el rostro. Luego Hank recogió la capucha negra del suelo. Ambos tensaron los músculos. De acuerdo con el plan, David debía girar la manilla de las puertas traseras de la furgoneta pero sin abrirlas inmediatamente. Tenía que esperar hasta que Laurie bajara del vehículo para evitar asustarla y que decidiera permanecer en el interior, o incluso marcharse en él.

El vehículo paró en la acera opuesta a la casa de Laurie. A diferencia de muchas otras calles del barrio, el tráfico en la calle Ciento seis era de dos sentidos. Un momento más tarde la puerta del coche se abrió y salió una mujer, con el rostro de pronto iluminado por la farola que tenía justo encima.

—¡Es ella! —dijo Hank.

—Recibido —respondió David, que aguardó unos segundos más, a la espera de que el SUV reemprendiera la marcha y Laurie empezara a cruzar la calle—. ¡Vamos, vamos! —dijo, abriendo las puertas traseras de la furgoneta de golpe.

Un momento más tarde, dos operativos de fuerzas especiales perfectamente entrenados saltaron de la furgoneta, justo cuando Laurie estaba acercándose a la acera del mismo lado de la calle. Lo que sorprendió a ambos hombres era lo rápido que se movía.

Dado que ya eran más de las siete, mucho más tarde de lo que habría querido llegar, Laurie había cruzado la calle prácticamente a la carrera, pese a llevar a cuestas su pesado maletín, para llegar cuanto antes a su casa, puesto que no había visto a los niños en todo el día. Pesaba tanto, debido a los dos voluminosos dosieres de contabilidad que llevaba, que apenas se desequilibró cuando se subió a la acera de un salto. Un momento más tarde, apretando los dientes por el esfuerzo pero aprovechando la inercia, empezó a subir los escalones que llevaban a la puerta de entrada.

Fuera por el ruido o porque había detectado algún movimiento por el rabillo del ojo, algo llamó su atención mientras se acercaba a la puerta, y se giró hacia la derecha de golpe, y justo cuando llegó al escalón superior vio a dos tipos de aspecto siniestro, completamente vestidos de negro y con pasamontañas, corriendo hacia ella, uno delante del otro. Asustada, se giró de golpe sin pensarlo, en el mismo momento en que los dos hombres llegaban a su altura.

Reaccionando más por instinto de supervivencia que impulsada por un pensamiento consciente, Laurie agarró con fuerza el maletín, que trazó un amplio arco al girar con ella, para impactar en el bajo vientre y los genitales del hombre que iba delante. La velocidad y el peso del maletín hicieron que este impactara con tanta fuerza que el hombre detuvo su avance, provocando que el que iba detrás chocara contra él.

Tras el impacto Laurie soltó el pesado maletín, que cayó encima de su atacante haciendo que ambos hombres se tambalearan y retrocedieran. Pero en cuanto recuperaron el equilibrio se quitaron de encima la nube de papeles que habían salido despedidos, se reagruparon y se lanzaron de nuevo hacia delante. Esos instantes, sin embargo, le dieron tiempo a Laurie para recobrar la compostura y gritar «¡Socorro!» a pleno pulmón. Al mismo tiempo apoyó la espalda contra la puerta y levanto el pie, que usó para lanzar varias patadas a su agresor, antes de que este consiguiera agarrarle la pierna y tirarla al suelo.

Jack oyó el primer grito de Laurie y se detuvo de golpe. Conocía bien la voz de su esposa. Pero no fue el único que reaccionó. Todos los jugadores en pista y los que estaban esperando para jugar se quedaron inmóviles al oír los gritos, sobre todo porque no cesaban.

Dado que todos los que estaban allí eran vecinos de una ciudad con un fuerte sentido de identidad de barrio, al oír aquella llamada de auxilio no se lo pensaron dos veces. Aunque Jack fue el primero en responder, echando a correr a toda velocidad hacia su casa, donde pudo ver el forcejeo que se estaba produciendo en lo alto de las escaleras de entrada, todos los asistentes al partido fueron tras él, dispuestos a ayudar a quienquiera que lo necesitara. A pesar de que Jack corría con todas sus fuerzas, enseguida le adelantaron varios jugadores más jóvenes de ambos sexos. En los pocos segundos que tardaron en llegar ante la puerta de Jack y Laurie, los atacantes de Laurie solo habían conseguido hacerle bajar los diez escalones y estaban a medio camino de una furgoneta con el motor encendido, y eso porque Hank la había agarrado de las piernas mientras David forcejeaba para agarrarla del torso. Laurie había conseguido evitar que le pusieran la capucha, objetivo que habían abandonado al ver que no tenían tiempo.

Lo que siguió fue una tensa escena en la que la multitud de la pista de baloncesto rodeó y engulló al grupito que forcejeaba, con Jack a la cabeza. Las puertas abiertas de la furgoneta estaban a solo tres metros, pero resultaban inaccesibles para los dos hombres vestidos de ninjas. Al ver a toda aquella gente que había acudido a rescatarla, Laurie dejó de chillar.

Tras un breve silencio, Jack les ordenó:

—¡Dejadla!

No era una petición. Era una exigencia. Hank y David intercambiaron una mirada nerviosa y luego asintieron. Sin decir palabra, Hank dejó los pies de Laurie en el suelo y David le levantó el torso, dejándola de pie. Viéndose libre, Laurie fue corriendo hacia Jack, que la envolvió en un abrazo. Dos de los jugadores de baloncesto más jóvenes y bravucones se adelantaron, situándose en el centro del círculo que se había formado en torno a los dos veteranos de las fuerzas especiales, y uno de ellos alargó el brazo para darle un merecido empujón a Hank a modo de desafío, con una mueca de desprecio en la cara. Este reaccionó al instante con una rápida llave de artes marciales, derribando al joven, para asombro de todos los presentes. El chaval no resultó herido de gravedad, e inmediatamente se puso en pie.

—¡Ya basta! —ordenó Jack, que levantó las palmas de las manos para aplacar al grupo. Enseguida entendió que aquellos dos hombres eran profesionales entrenados y que probablemente irían armados, y no quería que nadie resultara herido ahora que Laurie estaba a salvo. Como forense tenía experiencia en muertes en eventos multitudinarios, y sabía de lo que eran capaces esos hombres—. ¡Dejad que se vayan! —gritó—. No vale la pena que nadie salga herido. ¡Dejad que se vayan!

Sin que nadie dijera una palabra, se abrió un paso entre la multitud en dirección a las puertas abiertas de la furgoneta. Todos tenían claro que el objetivo de aquellos dos hombres era secuestrar a Laurie, y que les habían desbaratado el plan.

Tensos y recelosos, Hank y David se acercaron lentamente a la furgoneta. David subió, seguido de Hank, que cerró las puertas. Un momento más tarde la furgoneta arrancó y salió del lugar donde estaba aparcada, pero no llegó lejos. Para sorpresa de la multitud, un pickup F-150 modificado con unas ruedas gigantescas apareció a toda velocidad por un lado de la calle Ciento seis e impactó contra la furgoneta blanca. Todo el mundo vitoreó a Spit cuando lo vieron bajar de la cabina. Cuando todos los asistentes a la pista de baloncesto habían salido en dirección a Laurie, él se había ido a buscar su pickup y había llamado a la policía.

En el momento en que de la accidentada furgoneta salían cuatro hombres, todos oyeron el familiar sonido de las sirenas de policía, cada vez más fuerte y más cerca. Al oír las sirenas, los cuatro extraños echaron a correr hacia Central Park, que estaba a una manzana. Algunos de los jugadores de baloncesto quisieron ir tras ellos, pero Jack les convenció de que no lo hicieran.

—¡Dejad que se ocupe la policía! —gritó—. Llegarán aquí enseguida.

Laurie soltó por fin a Jack.

—¡Dios Santo! —exclamó, recomponiéndose el abrigo y el vestido, que tenía subidos hasta la altura del torso—. Aún no me lo creo. Qué pesadilla...

—¿Estás bien? —preguntó Jack, observándola de arriba abajo.

—Creo que sí —dijo Laurie, respirando hondo y pasándose una mano temblorosa por el cabello.

—¿De qué demonios iba todo esto?

—No tengo ni idea.

—¿Te ha pasado algo raro hoy que haya podido provocar esto? Esos tipos estaban intentando secuestrarte.

—Hoy me han pasado muchas cosas raras, como que me llamara el alcalde en persona, pero nada que explique algo así. Pero... ¡espera!

—¿Qué?

—Sí que he hecho algo muy fuera de lo ordinario esta tarde —reconoció Laurie—. He sabido que Ryan Sullivan fue a visitar una clínica oncológica del Upper East Side el viernes por la tarde, y hoy se me ha ocurrido ir a mí, sin pensármelo demasiado. Lo dejó escrito en su diario de estudio. Tenía la esperanza de descubrir algo que pudieran haberle dicho y que le hubiera sumido en un estado de desazón. No fue el caso, pero aun así...

—Aun así ¿qué? —preguntó Jack, intrigado.

En ese momento el ruido de las sirenas de la policía alcanzó su volumen máximo para luego extinguirse de pronto cuando un par de coches patrulla giraron desde Central Park West y frenaron en seco en la calle Ciento seis, frente a la multitud. Los vehículos se vieron rodeados de inmediato por un grupo de jugadores de baloncesto excitados que señalaban desesperadamente hacia el parque, al este, gritando desordenadamente que los agresores habían huido por ahí. Un número reducido de jugadores habían conseguido rescatar el maletín de Laurie y ahora iban corriendo arriba y abajo para recoger todos los papeles dispersos.

Pese al caos reinante, Jack sintió de pronto un gran alivio, y en lugar de seguir con la conversación para intentar comprender lo que acababa de ocurrir, envolvió a Laurie en un cálido abrazo. Luego echó la cabeza atrás, pero siguió abrazándola como si tuviera miedo de soltarla. Notaba que ella seguía temblando del susto.

—Gracias a Dios que estás bien —dijo, emocionado—. Joder, qué episodio más aterrador. Vamos dentro; llamaré a Lou, a ver qué puede hacer. Él se encargará de todo y, lo principal, te proporcionará protección policial mientras tanto.

Laurie asintió.

—Vale, pero primero déjame que te diga que siempre estaré en deuda contigo y con tus colegas del baloncesto, y que te prometo que no volveré a quejarme nunca de que vayas a jugar. No quiero ni pensar dónde estaría ahora mismo si no hubieras estado ahí esta tarde.

Jack miró a su esposa. No sabía si decía en serio lo de no quejarse por el baloncesto, pero no le importaba. Lo único que sabía era que la persona más importante de su vida estaba sana y salva.

EPÍLOGO

Jueves, 15 de febrero, 16.10 h

El teniente Lou Soldano aparcó su Chevrolet Malibu sin distintivos entre dos furgonetas de la OCME, en el muelle de carga de la morgue. Después de colocar su tarjeta de la Policía de Nueva York sobre el salpicadero, salió del coche. A diferencia de otros días, en que se presentaba sin avisar, había llamado con antelación para asegurarse de que la jefa estuviera disponible y le habían firmado que a las 16.15 estaría allí.

El motivo de que Lou estuviera impaciente por verla era que esa misma mañana se habían abierto varios procedimientos de acusación formal, algo que estaba seguro que a Laurie le iba a interesar y, sobre todo, a tranquilizar. Tras varios meses de investigación encabezada por el propio Lou, habían descubierto detalles interesantes sobre la actividad del doctor Ryan Sullivan y sobre su muerte. Lou sabía que Laurie se había sentido culpable por la muerte del residente, y confiaba en que lo que iba a decirle le proporcionara alivio.

Entró en la minúscula oficina de seguridad junto al muelle de carga y dejó las llaves de su coche, por si necesitaban mover el Malibu. Era un gesto que sabía que valorarían. En una ciudad del tamaño de Nueva York uno nunca sabe cuándo puede producirse una llegada masiva de cadáveres.

Al entrar en la zona de administración, la secretaria de Laurie le saludó con una sonrisa, levantando un pulgar y señalando la puerta del despacho. Lou sabía que eso significaba que Laurie estaba en su despacho, disponible, esperándole. Llamó con los nudillos y entró, y se encontró con la agradable sorpresa de encontrar no solo a Laurie, sino también a Jack, que estaba estirado en el sofá.

—¡Bueno, bueno! —exclamó Lou—. Es mi día de suerte. ¡Dos por uno!

La amistad que tenía con ambos venía de lejos, y las bromas entre ellos eran habituales, sobre todo por influencia de Jack, que no perdía la ocasión de meterse con él.

—Cuando Cheryl nos ha contado que nos ibas a traer noticias relacionadas con la tragedia de Ryan Sullivan, he pensado que Jack querría oírlas de tu boca directamente. Además, nosotros también tenemos noticias inesperadas para ti.

—¿Ah, sí? —dijo Lou, sentándose en una de las sillas frente al escritorio de Laurie, mientras Jack erguía el cuerpo y se sentaba en el sofá—. ¿Qué tipo de noticias? —añadió, intrigado. Como buen policía, odiaba los secretos.

—Tú primero. ¡Venga! Estás muy misterioso, algo raro en ti, y eres tú quien nos ha llamado para quedar, no nosotros.

Lou se rio.

—Tienes razón, y supongo que sí, he estado algo misterioso. Pero es porque tenía muchas ganas de contaros lo ocurrido. Esta mañana se han presentado varias acusaciones formales. Ayer se produjo un gran avance, cuando Hank Roberts, un ex Navy SEAL, que era uno de los hombres que intentó secuestrarte, se vino abajo en el interrogatorio y pidió negociar. Su testimonio ha dado una nueva dimensión al caso. De momento nos hemos enterado de que todos esos casos de suicidio que estaba investigando vuestro residente, Ryan Sullivan, eran homicidios disfrazados para que parecieran suicidios, incluido el suyo. El pobre hombre no se mató. Fue asesinado, como todos los demás.

—¿Y eso cómo lo sabía Hank Roberts? —preguntó Laurie,

acongojada al recordar de nuevo la muerte de Ryan y su intento de secuestro con una claridad inquietante. Para facilitar la investigación había entregado todo el material de Ryan y no había tenido ocasión de examinarlo de nuevo. Aquellos últimos dos meses había estado completamente desconectada de la investigación.

—Lo sabía porque fue él quien los mató a todos —dijo Lou, con gesto duro—. Él ejecutaba los homicidios por orden de su empleador, Action Security, que actuaba a petición de su cliente, Oncology Diagnostics. Y para complicar esta macabra historia aún más, justificaba lo que él denominaba *misiones* como una especie de terapia de inmersión para hacer frente al fuerte trastorno de estrés postraumático que sufre desde que dejó la Marina.

—¡Un momento! —dijo Laurie, apoyando los codos en la mesa y la cabeza sobre las manos. Era demasiada información de golpe, y le costaba procesarla—. ¿Por qué iba a querer matar a sus pacientes Oncology Diagnostics?

—Para evitar que se supiera lo que hacían de tapadillo —respondió Lou, tan irritado como ella—. Los dos directores de la empresa, Jerome Pappas y Malik Williams, son también fundadores y propietarios de otra empresa llamada Full Body Scan. La crearon hace una década más o menos, cuando aumentó espectacularmente la demanda de escáneres como método de diagnóstico, aunque por lo visto su eficacia ha sido cuestionable desde el principio, motivo por el que los seguros de salud no los cubrían, y aún no los cubren. Pero vosotros, como médicos, comprenderéis todo ese lío de los seguros médicos mejor que yo. El caso es que para atender a la demanda, Pappas y Williams pidieron enormes préstamos e invirtieron mucho dinero en carísimas máquinas para hacer escáneres. Lo malo es que la demanda desapareció de pronto hace unos años, con la aparición de tecnologías de detección del cáncer más precisas a partir de simples análisis de sangre.

—Un momento —le frenó Laurie—. No sé si soy capaz de

asimilar toda esta sobrecarga de información. Y sigo sin entender por qué iba a querer matar a sus pacientes Oncology Diagnostics.

—Ahora llego a eso —dijo Lou—. El único modo que tenían Pappas y Williams de salvar Full Body Scan y evitar la bancarrota era aumentar la demanda de los servicios que esa empresa proporcionaba. Así que fundaron Oncology Diagnostics para ofrecer a las grandes corporaciones servicios de diagnóstico para sus empleados que incluían la tecnología más reciente mediante análisis de sangre, con la esperanza de encontrar nuevos clientes para Full Body Scan. Desgraciadamente, eso tampoco les proporcionaba bastantes pacientes, porque no obtenían suficientes diagnósticos de cáncer en fase temprana. Y entonces se les ocurrió registrar como positivos los resultados de un amplio grupo de personas, aunque hubieran dado negativo.

—¡Falsos positivos! —exclamó Laurie, comprendiéndolo todo por fin. Era eso precisamente lo que había querido explorar con una relectura en profundidad del diario de estudio de Ryan.

—Sí, falsos positivos —dijo Lou—. Y lo hicieron con cientos de casos, creando una demanda considerable para Full Body Scan. Cuando a alguien le diagnostican un cáncer asintomático con estos nuevos análisis de sangre, lo complicado es localizar el cáncer, y el escáner integral puede estar más o menos justificado.

—Dar falsos positivos ya es reprobable por sí solo —dijo Jack—, pero sigue sin explicar por qué iban a cometer asesinatos.

—Ahí es donde tuve que recurrir a gente mucho más lista que yo —confesó Lou—. Lo que descubrieron investigando a este gran grupo de pacientes con un diagnóstico de falso positivo fue que unos cuantos acudieron a su médico para repetir la prueba y, al ver que daba negativa y contradecía los resultados de Oncology Diagnostics, pidieron responsabilidades a la empresa, exigiéndoles la devolución del dinero invertido, dado que gran parte de estas pruebas de imagen para la detección de cánceres no las cubre ningún seguro médico, o acusándoles de fraude y mala praxis. En cualquier caso, de los cientos de clientes que pasaban por Oncology Diagnostics, fueron estos pocos los que decidieron que tenían que quitarse de en medio. Y para ello recurrieron a Action Security, que les brindaba el servicio requerido por un precio.

—Lo que puede hacer la gente por dinero... —dijo Laurie—. ¿Significa eso que Jerome Pappas y Malik Williams han sido procesados por asesinato?

—Por supuesto —dijo Lou, con cierto orgullo—. Asesinato, y también intento de secuestro, en su precipitación por afrontar la amenaza que suponías tú, Laurie. Y los cargos no se limitan a los dos médicos, sino que incluyen a la gente que trabajaba en Action Security y que sabía lo que estaba pasando. El Departamento de Justicia ha cerrado la empresa, así como Oncology Diagnostics y Full Body Scan.

—¡Dios Santo! —exclamó Laurie. Para ella aquella macabra historia era un ejemplo más de por qué la medicina no se llevaba bien con el capitalismo. Jerome Pappas y Malik Williams habían convertido un avance biomédico excepcional, el del diagnóstico temprano del cáncer mediante análisis de sangre, en algo obsceno con el único fin de enriquecerse intentando potenciar una tecnología que la comunidad médico-científica nunca había aceptado del todo.

—Uno de los motivos por los que tenía tantas ganas de daros esta noticia era acabar con cualquier sensación de responsabilidad que pudierais tener aún por la muerte de Ryan Sullivan.

—Y lo has conseguido, pero a la vez esto constata lo trágico de su muerte —dijo Laurie, abatida—. Desde luego Ryan ha sido todo un héroe. Fue él quien reconoció los elementos en común de un grupo de suicidios cuestionables, y merece todo el mérito. Haber acabado con esas organizaciones perversas salvará muchas vidas.

—Tienes toda la razón —convino Lou—. Sin duda. De no ser por Ryan Sullivan y, paradójicamente, su aversión por las autopsias, Oncology Diagnostics y Action Security seguirían con su matanza Dios sabe cuánto tiempo. Pero dejemos este tema tan macabro y pasemos a las emocionantes noticias que aún no me habéis dado. Dejadme adivinar... ¿otro *bambino*?

—¡Dios no lo quiera! —respondió Jack, con una sonrisa—. No, es algo mucho más inesperado. Pero voy a dejar que sea Laurie quien te lo cuente, porque es decisión suya.

—Te va a sorprender —dijo ella, aumentando el suspense para chincharle, porque ambos sabían lo mucho que Lou odiaba los secretos.

—¡Venga! —le suplicó Lou—. Esto es una tortura. ¡Suéltalo!

—He decidido presentarle al alcalde mi dimisión como jefa —dijo Laurie, decidida.

—¡¿Qué?! —replicó Lou, atónito—. Me estás tomando el pelo. O al menos eso espero. La OCME nunca ha funcionado tan bien como en los últimos cinco años. Dime que no es verdad.

—Sí que lo es —dijo Laurie—. Al principio el motivo fue el intento de secuestro; como madre no puedo correr ese riesgo. Pero aunque después he visto claramente que el intento de secuestro no tuvo nada que ver con mi cargo de forense jefe, me he dado cuenta de que lo que me gusta realmente es la aplicación práctica de la medicina forense, es decir hacer autopsias, y no dedicarme a la política para gestionar una organización enorme.

—Me has dejado de piedra —confesó Lou—. ¿Estás segura de esto?

—¡Muy segura! Aunque las mujeres siempre luchamos por tener acceso a cargos de autoridad, creo que ya he dejado mi huella, y ahora quiero volver a hacer lo que me encanta, a ser forense. Estoy cansada de que sea Jack quien se divierte mientras yo empleo todo mi tiempo y energías batallando con el ayuntamiento por el presupuesto o discutiendo con la decana del Hunter College por el espacio asignado a nuestras nuevas instalaciones.

Lou miró a Jack buscando ayuda. Sabía lo importante que

era la Oficina del Médico Forense Jefe para la policía, y ahora que funcionaba tan bien no quería que cambiara.

Pero Jack se encogió de hombros.

—Decide ella —dijo—. Y la verdad es que me va a encantar tenerla de nuevo trabajando a mi lado, aunque eso signifique tener que competir por los casos más interesantes.

—De acuerdo —dijo Lou, resignado, girándose de nuevo hacia Laurie—. Pero prométeme una cosa al menos: que no dejarás el cargo hasta que el comité encuentre a alguien de tu plena confianza.

—Te lo prometo —respondió Laurie, sonriendo.